国家哲学社会科学重大课题（编号：GSZ12003）

教育部人文社会科学研究青年基金项目

（编号：10YJC751007）

湖北省社会科学基金项目（立项号：BSY13026）

中南民族大学中国语言文学博士点建设经费资助出版

陈 啸/著

# 海派散文：

## 婆娑的人间味

中国社会科学出版社

**图书在版编目(CIP)数据**

海派散文:婆娑的人间味/陈啸著. —北京:中国社会科学出版社,
2015.9
ISBN 978-7-5161-7116-5

Ⅰ.①海… Ⅱ.①陈… Ⅲ.①散文评论—中国—现代
Ⅳ.①I207.65

中国版本图书馆 CIP 数据核字(2015)第 283353 号

| | |
|---|---|
| 出 版 人 | 赵剑英 |
| 选题策划 | 陈肖静 |
| 责任编辑 | 陈肖静 |
| 责任校对 | 刘 娟 |
| 责任印制 | 戴 宽 |

| | |
|---|---|
| 出　　版 | 中国社会科学出版社 |
| 社　　址 | 北京鼓楼西大街甲 158 号 |
| 邮　　编 | 100720 |
| 网　　址 | http://www.csspw.cn |
| 发 行 部 | 010-84083685 |
| 门 市 部 | 010-84029450 |
| 经　　销 | 新华书店及其他书店 |

| | |
|---|---|
| 印刷装订 | 三河市君旺印务有限公司 |
| 版　　次 | 2015 年 9 月第 1 版 |
| 印　　次 | 2015 年 9 月第 1 次印刷 |

| | |
|---|---|
| 开　　本 | 710×1000　1/16 |
| 印　　张 | 18.75 |
| 插　　页 | 2 |
| 字　　数 | 303 千字 |
| 定　　价 | 69.00 元 |

凡购买中国社会科学出版社图书,如有质量问题请与本社营销中心联系调换
电话:010-84083683

# 目　录

序 ························································ 吴福辉（1）

我与三月江南（代自序） ···························· （4）

引论　都会化进程与近现代上海散文的分形 ········ （1）

第一章　京海合流与海派散文的生成 ·············· （36）

　　一　文学中心变迁与作家群游走 ·············· （36）

　　二　"论语派"的意义 ························· （39）

　　三　同源异流与"十字街头"的审美 ·········· （51）


第二章　大众媒介与海派散文批评观及文体塑型 ···· （54）

　　一　大众媒介与文学文体 ···················· （54）

　　二　大众媒介生产了海派散文作家主体 ········ （57）

　　三　大众媒介的前瞻与海派散文的尖新 ········ （69）

　　四　文学的媒介化与海派散文的非文学化 ······ （77）


第三章　海派散文的空间化与表征批判功能 ········ （85）

　　一　都市的空间感与海派散文的空间化 ········ （85）

　　二　海派散文的空间形式 ···················· （88）

　　三　海派散文空间化的表征功能 ·············· （101）


第四章　海派散文的"都市性"与"都市心史" ······ （106）

　　一　实生活的审美与"人"的回归 ············ （106）

　　二　形而下的困惑与超越 ···················· （180）

三　海派散文的原乡印记与创伤记忆 …………………………（203）

结语　近现代中国工商文化的精神标识 …………………（221）
参考文献 ……………………………………………………（225）
附录一　中国现代性灵文学的存适语境与流变形态 ………（243）
附录二　主要海派散文作家简介 ……………………………（256）
后记 …………………………………………………………（281）

# 序

吴福辉

　　陈啸"读研"的时候做的是京派散文，后出了书，现在又顺势做起了海派散文的题目，他可能想象不到，这无形中替我还了一笔重要的"文债"。记得 20 世纪 90 年代我出版了研究海派小说的论著，当时，李君维先生（笔名东方蝃蝀）将拙作拿去给他朋友圈里的前辈同辈们看，其中就有曾经拉他担任过上海《世界晨报》编辑的冯亦代先生。冯先生并未得我赠书，翻读后竟兴致勃勃主动写了篇书评，让我十分惶恐也着实感动。这篇发在《瞭望》上的文章除了认为海派小说研究的意义，是在于"开启了中国文学研究中无人亦无法问津的都市文化"，还指出我之不足，"可惜他只写了小说一门，其他如诗，如散文，如戏剧，甚至是上海小报上写'豆腐干'一块块的专栏文章，他都没有触及"。（《读"海派小说"之余》）今日我可以告慰冯先生的，是我虽不才，但在我指导下的学生这十几年里却已做完了从杂志研究（刘铁群）、海派小报（李楠）到海派戏剧（尹诗）、海派散文（陈啸）诸个课题，手头的学生还在做海派作家迁徙香港后的论文（鹿义霞）。做得如何自然可勿论，但我们师生聚在一起，总算是实现了这个全面述说 20 世纪海派文学的愿望。我也可以直面冯先生了。

　　"海派散文"是个繁重吃力的课题，这不难想到。几十年尘封的沪上报刊需要一一翻录查找。谁是海派散文作家？写了多少散文？有多少不同个性和风格？有何价值？都是前人没有留下现成答案的问题。好在陈啸现在用了数年之力，钩沉爬梳，理出了一个头绪。他的成绩便在于在文学史上第一次确立了"海派散文"的地位。由他给"海派散文"做了初步界

· 1 ·

定，分析了它的现代都市发生语境、生成的过程，提出了固有的作家群体和代表性作家，厘定了基本的作品和形态流变，以及与其他散文和文体的互动互补关系等等。按照他全书对"海派散文"的定位，这是现代都市文学的一个必然的分支，一个合理的补充，必将给现代文体分类研究带来一定的推动，并且必然是对整个"海派文学"进一步的完型。研究的水平自然有深有浅，所提出的一些局部的概念也不无可商榷之处，不过他究竟迈出了这新鲜的一步，是可喜的。

任何局部的历史都是更大范畴的历史长河中的一朵水花，长环中的一个节点。陈啸在其海派散文研究的成果里，便悟到了历史研究（包括文学史研究）的根本路数，那就是衔接、对抗、失衡、渗透、融合。海派散文形成的资源首先是晚清报章文体，但处于更近位置的还是五四散文，所以本书在论证海派散文产生过程时一方面是注重现代都市文化环境的影响力，一方面就特别注重《语丝》在上海如何分化，沪地新起的作家如何围绕《论语》而崛起的史实。这样，海派文学的生长史就凸显了"京海合流"的力量，突出了周作人、林语堂两人的一定的作用。这种历史多面衔接和多元渗透的研究，是本书的一大特色，要比只讲对峙、只讲单向发展更加错综，更符合历史真相。"京海合流"不过是我举出的本书的一个例子而已。

论及海派散文的本体，此书抓住了典型的文学现象，借以做出合于文学研究规律的细致剖析。海派散文的三个典型现象根据作者的归纳是：更依赖也更能利用报刊媒介，更能开拓文学的空间，更能对现代都市性进行想象的再创造。对这三个紧要问题的提出和回答，彼此独立并且相互联系，便形成全书颇有特色的结构。论述按此次第展开，便避免了目前普遍存在的重复研究的弊病，有了自己的另辟蹊径的语言。比如关于"文学的媒介化与海派散文的非文学化"的大胆命题，便具深意存焉。其中论述海派散文的道德感的升降、"真美"的幻变、流行色的风趣及短平快的浅陋、传播方式的改进和实用趋向等等，均能切中要害。而依据消解文学性的斑斓和加入新闻性的芜杂之后的海派散文特点，提出"杂散文"的概念，也能道他人之所未道。对于散文空间化一题也是如此，虽不能尽善尽美，但论及散文的时间与空间之关系，散文空间化的各项表征功能，和散文空间形式中的感性空间、私密空间、色彩空间等，也都能自圆其说，提出个人的看法。至于海派散文对日常都市性的重塑作用（都市产生了海派散文，海派散文反作用于都市），在分辨了现代日常和传统日常的区别，在寻觅了现代都市对于"人"的意义之后，所评价的市民哲学——"安稳即道"，也颇意味深长。长久以来，我就曾以"如何细读散文？如何阐释散文"这样的题目来与作者讨论，以期通过一种散文的研究来窥视整个散文的研究。现在从此书看来，作者已经有些体会。能在一个全新的课题之上加以新的探索，处处显示出青年学者的蓬勃精神，这是可取的。

作者也认识到自己目前对海派散文认识的不足，尚有未尽之处。有的角度和层次虽已意识到了，比如海派散文隐现的"原乡印记与创伤记忆"，这实际是对"都市性"的深入认识，但从他安置的论证地位来看，仍不免举棋不定。还如海派散文的"文学审美性和文化本体性"的命题，几近呼之欲出了，如果假以时日，给他研究的余裕来仔细打磨，一定可以做出成绩来。

现在的学术环境说得严重一点，真是危机四伏。我们一年年地培养着硕士博士，学术队伍从来没有如此庞大，学术经费等物质条件从来没有如此雄厚过，但学术规范、学术风气、学术承传也从来没有跌到如此的低水平。大学圈子和研究界充斥着一种"快餐文化"的气味。在这方面，我希望陈啸能力戒浮躁，安心坐牢冷板凳，在初步有了属于自己的学术领地的基础上逐渐走向成熟。是为序。

2015 年 4 月 18 日于小石居小病中
想着鲁迅称小病是"一种福气"的话

# 我与三月江南(代自序)

在中国文学的悠长历史中，"江南"早已不是单纯的地理空间，一经历代文人骚客诗文的歌咏，"江南"成为"堆金积玉地，温柔富贵乡"的迷离意象，足以勾起无数中国人无限美妙的联想，诚如韦庄词里云："人人尽说江南好，游人只合江南老。春水碧于天，画船听雨眠。炉边人似月，皓腕凝霜雪，未老莫还乡，还乡须断肠。"江南最美是春天，烟花三月的江南无疑最能代表江南的"美"。那"杂花生树，群莺乱飞"的诗意画意不知让多少人为之迷醉。然而，江南的婉丽富庶对于像我这样的北方人来说，却长久地停留在古典诗文带给我的空洞的想象里。

我出生于三月皖北的乡村，"三月"是诗意的春的季节，但故园的"三月"仍然滞留着冬的萧条，确没多少诗意，如果有，也仅是种点缀，绝没有江南的秾丽与凄迷。因"三月"而将自己与"江南"勾连起的间接关联显然有些牵强。我与"江南"本是有"隔"的。长养我的故园地处苏鲁豫皖交界，为黄河流域，江淮大地。著名的淮海战役就发生在这块土地上。故园古属徐州（古九州之一），平川广野，山多为丘，起伏不大，多光秃。在悠长的历史上，皖北出过皇帝，也出流民，"穷山恶水出刁民"是毁之者对它的惯常概括。在我童年的记忆中，这片土地是与荒寒、空旷、孤寂相连的，即便是今天，也依然被很多人称为"安徽的西北利亚"。当然，作为故园，我是爱她的，她是我灵魂的家，这里有我的生命之根。说起故园，自有一种偏执的爱。倘要我说出她的"好"，同样可以如数家珍。这里有八仙张果老成仙的传说，有汉朝二十四孝之一蔡顺摘桑孝母的动人典故，是汉孝善文化的重要发祥地，是南朝皇帝刘裕故里，……4000年的文明史，2700多年的建城史，有的是厚重与沧桑。

这里有唱腔粗犷的梆子戏，有板式富丽，旋律优美的花鼓戏及坠子戏，有融南北之优长的剪纸艺术及泥人艺术……在历史的苍茫中，仿佛可以触摸到皖北人自在的吟咏寄情的艺术方式。

这里是中国著名的酒乡，萧县葡萄酒，淮北口子窖曾驰誉全国甚至海外。

那多味的撒汤，鲜美的萧县羊肉汤，手撕狗肉，王憨子油茶，丁家壮馍，蜜三刀（一种甜点）等满蕴家乡风味的小吃让远离故园的游子念之垂涎，回味无穷。

这里也曾诞生过"龙城画派"，被称为中国书画艺术之乡，走出过刘开渠、萧龙士、王肇民、朱德群等享誉全国以至世界的艺术大师。

然而，所有故园的一切，在我的感觉里，似乎仍只能以"粗犷"名之，加之生产力低下所带来的贫穷，比之"江南"的明丽苍翠与温柔绮丽显然有霄壤之别。故园会让我莫名地想起"大分起兮云飞扬"，而不是江南的"乌篷船""油纸伞"及杏花春雨等的诗意迷魅。"粗犷"当中或许蕴含有气概与豪情，但绝然少有着绵密与细腻，富贵与芬芳，或者说，在我早年成长的地域文化基底里，断与"江南"的俊秀与婉丽存有着距离。

十年前，从恩师吴福辉先生研究"京海"文学，算是自己与"江南"开始有了象征性的关联。我是远离"京海"研究"京海"，比起那些长养与生活于"京海"之地的京海派研究学者究竟又缺少着切肤的实感。不过，研究是一种靠近，其人其文无不对我形成无时不在的暗示与影响，因"京海"文学依然建立了我与"江南"的精神牵连及融通。"京海"文人多有南方人。京派文人虽活动在北方，但其中的很多却为江南才俊。杨晦先生就曾经说过：五四运动是海派势力延伸到北京去，并进而突破了京派的士大夫传统的结果。后来这个海派势力的一部分重新又南下，另一部分仍留于北京接受了士大夫传统。而海派文人则活动于近现代的上海，上海本身即为江南腹地，海派文人几乎全是江南文人或因长期生活于此而江南化了的文人。实际上，因工商业的领先发展，也使得"江南"之地一度成为近现代以来中国文学文化的中心并引领了中国文学文化的发展。"新文化运动"的早起领导人如蔡元培、鲁迅、周作人、胡适、刘半农等，最早都是活动及成名于"江南"的上海。"五四"前后，北平曾因政治与新北京大学的崛起等原因而成为文学文化的中心，但时间不长，守旧派的北洋军阀与新文化的领导者天生水火不融，冲突不断且日益加剧，发展到后来的迫害以至屠戮。因此，陈独秀、鲁迅、徐志摩、丁西林、叶公超、闻一多、饶子离、饶孟侃等新文学的干将们又纷纷南下，上海再次成为文学中心，实现了与经济中心的又一次重合。显然，研究京海文学，也就等同于亲炙江南文人与江南文化。而感悟人，在其生活的每一根纤维里，似乎都可以咀嚼出那特有的文化的意味。以"民以食为天"且习焉不察的"食"为例。"食"即"吃"，"吃"是人之本性，人必以"吃"延续着自然的生命。但"吃"在于文人，却似那样的雅，而且常将"吃"的趣味入诗入文，百谈不厌。这似乎是文人的通性，不独江南文人，如孔子的"食不厌精，脍不厌细"，范仲淹的"江上往来人，但爱鲈鱼美"，等等。"吃"体现的是一种生活的艺术以及对生活的热爱，这与作为生活反映的文学艺术有着内在的沟连。但在江南文人的津津乐道的谈"吃"的文字里却常常显现出佳丽地，富贵乡的优裕与精致，体现出江南的滋味，是长养于此的文人因内而符外的自在显现。那"故乡的野菜"与"茶食"，臭豆腐干、冬菜与红米饭，高邮的咸鸭蛋，微风中的咸水花生，"宁波人的吃"，年三十晚上的爆谷花、接灶圆子以及五花八门的吃酒等，无不体现出周作人、丰子恺、汪曾祺、张爱玲、苏青等的本色与祥和，优裕与安然，显现出"江南"的风雅与情韵。尤其是，《海派散文：婆娑的人间味》，这本小书，更是集中体现出我与"江南"的亲近。散文是一种强调自我、诉诸心灵的艺术，文化与散文的关系是一体两面的表里关系，它体现在两者于人的情感和心灵的共质。文化在很大程度上决定着散文文体的内容以至形式，而散文文体在一定的意义上也体现文化的内涵与个性。或者说，摩挲不已的海派散文更让我近距离地感悟且不自觉地认同着江南文化。

　　诚然，京海文人更多关注的是由乡入城的心理震荡及都市的日常性，但其视角之一隅所关涉到的"江南"的"美妙"也无疑让人沉醉，这是孕育其人其文的深厚的土壤与大气候。比如："江南"之"雨"在海派文人施蛰存《雨的滋味》（1930年）一文里变得美轮美奂，诗意盎然。试看：烟雾般的雨丝笼罩下，杨柳"曼舞低鬟"，花儿"滴粉溶脂"，远处山水失去了边际，斜插入画的"黄莺"与"红襟燕子"更似一个美的点缀。而且，又因这"雨的滋味"联想到古典的美人：长满了绿苔、散着落花的幽幽庭院里，春雨亦或秋雨静静落着，半掩的门中，"可以窥见室中陈列着的屏、帷、炉、镜之类"，一位美人"在静悄悄地无端愁闷"，以颐望落花，倚屏弄裙带……。"雨"与"美人"相得益彰，韵味无穷。"美人"因"雨"而迷离，"雨"更因"美人"而袅袅。"秋"常意味着萧索，尤其体现在北国及北国人的眼里，但倪贻德笔下的江南之秋却别有一番诗意与情调。"天宇暗淡"，"草木凋零"，"秋蝉声苦"，"月桂香清"。"秋"是属于艺术家的，那色彩浓艳的春天"毕竟只好让俗人去玩赏"。（《东海之滨》）"春天虽是娇美可爱，然而她的趣味毕竟是太浅薄：令人一望而无余味，这如同看了轻佻的喜剧，虽有一时的快乐，而无深刻的印象。夏天未免太流于庸俗，我们只要被那种恼人的阳光照着已经够烦闷欲绝了。只有这秋天的情调最为可爱，她虽是悲哀，但这悲哀之中仍有不尽的快慰；她虽是善泣，但这泪珠儿终究是甜蜜而有余味的"。"秋是追怀的时期，秋是堕泪的时期。"初秋"清凉的晚上，悠悠的微风吹过，使人把长夏的烦恼顿时忘去。"（《归乡》）倪氏还把秋天比作"一个美貌的女子，到了中年以后，她娇嫩的容颜慢慢的憔悴了，她浓黑的华发渐渐的稀少了，她往日的恋人也弃她而去了，到这样的时候，她一方面既感慨那似水的流年，一方面又还时时在眷恋着她那如花的青春，然而春花是一去不可复回，年华又一年一年的流向东去，她无可奈何，只是暗暗的背人流泪的样子，一般的具有美妙而悲凉的诗的情味"。（《秦淮暮雨》）诗意的江南给了倪氏诗性的眼睛，萧索之秋似乎也便因此有了唯美的意味。

缘于京海文学（更多是海派），我对"江南"有了观望与永恒的驻足。心醉"江南"之际也自然体悟着"江南"之于我的意义。"江南"对于我，并非实有，更多是一种想象。我是"江南"的仰望者。曾几何时，"江南"成为我的精神领地，想象的空间，更是诗意栖居的天堂。"江南"

有动人的美，这种美是典型的中国化的，易于勾起原乡梦。在现代中国城市化的进程中，我们都正处在"离乡"的路上。工商化的进程带来了乡土中国面影的模糊及传统伦理的变迁。原有的乡土中国的一切风俗习惯，地方文化人格等，在渐趋消融与消解，开始着有现代城市的特性。尤其是，现代工业文明对环境带来的破坏更是触目惊心，青山，绿水，蓝天，白云，也正在成为人类奢侈的想象。人类在享受着城市带来的先进的现代物质文明的同时，也同时开始失去那传统乡土文化诗意的灵魂的家。现代人对工商都市的亲近与融入的途中，不自觉地也有着隐隐的原乡情怀，那对于祖居之地与故土族群本能的回归意向，或者说对传统乡土诗意文化的眷恋。以类似于我这样的第一代由乡入城的人来说，虽居城多年，但似乎根还在乡土。灵魂的深处，乡土似乎就似我精神的沃土。那里有着自己太多的记忆。这种对家乡的思念与情感的皈依正是所谓的传统的乡愁情结。实际上，乡土文化本身就是一种乡愁文化。"家"是中国人的血脉之源，精神的堡垒，风筝的根线，农工商兵等各色人等难免有离家远游的际遇。离家即为"游子"，并因此恋想家乡的宁静、温情与诗意。然而，现代中国的乡土已经发生了巨大的变化，早在上个世纪三十年代京派文人那里就已深刻地意识到资本渗入乡间所带来的对乡村文明的冲击及其种种的失望与不如意处。时至当下，资本文明对乡村的浸淫更为明显。它在改变乡村一切传统的和平、率真、淳朴的品质。或者说，商业文明在带来方便、知识与亮光的同时，却也消解了传统的诗意与温馨。今天的乡村与农民早已不再是过去那种简单地依附于土地且以土地为主，而是更多地带有工商文明的特性。就我每年春节回乡的感觉：本来，团圆与温情应是春节的核心主题，然而当下的过年似乎变成了"显摆"，人与人之间的关系及联系也多有失落。走亲访友也多不是为了交流感情，而是变成了一项既有的任务，会面时的"寒暄"也变成了没有多少内涵的客套，甚至是收入多少的讨论。开私车回家常常成为今天的农民工回乡过年在外发财的标志与象征，也是最直接的炫耀方式。交通阻塞这种发生于现代城市的文明病在今天的乡村也变得依然严重。因为都买车了，而买车人并不仅仅为满足回乡的方便，更多为了虚荣的"炫阔"。车的价位、档次不等，只要是车子（更多的农民也并不在意车的档次），就证明着自己"衣锦还乡"，其买车的意义远远超越了"交通"的本身。我有一个表亲，因经商暴富开着一辆一百多万的奔驰回乡过年，就足以成为他傲视一切尤其是知识的资本。资本向农村的渗透更带来了乡村工业垃圾的堆积成山，环境恶化日甚一日。这在过去是不可想象的。城市的垃圾尚可有集中的焚烧或掩埋等处理方式，而今天乡村的工业垃圾是基本无人问津的，传统自然的分解方式解决不了时也就任之由之了。而我的这种闻见并非我的家乡独有，已经具有了普遍性。最近网上爆红的上海大学《一个博士生的返乡笔记：近乡情更怯，春节回家看什么》就曾详细记录有类似的情况。正因如此，温情与诗意的"江南"也就似乎成为"我"以及如我这样的人的替代性的精神意象与心理补偿，成为我精神意向的"家"。不仅如此，在更为宽泛的意义上，"江南"意象足以代表着整个中华民族精神的"家"。"江南"文化发生于中国最为富庶也最集中代表中国人向往的长江中下游的乡土，"江南"意象历经时间的淘洗，早已形成一种美妙的意识深入很多中国人的灵魂深处，成为中国人的一种集体记忆。也是乡愁精神的共同体，即人在文化中的生命的意义。正是在如此的意义上，"江南"意象象征着整个中国人隐性的原乡心结。它已经超越了特定的地理位置，代表着民族文化心理基础上的精神家园、母体文明的不自觉地回望。然而，让人扼腕的是，随着近现代物质文明的发展，"江南"的"美妙"受到了冲击。海派文人也曾表达过对"江南"的失望，并因此感到忧郁与不安。叶灵凤在其散文《煤·烟·河》里就思考与批判了近现代物质文明给"江南"带来的污染。他说：现在的江南，尤其是上海，如林的烟囱冒出来的煤烟，混沌腐臭了的上海的河流，已经摇撼了"江南明媚静谧空气中的诗意"。"江南好，风景旧曾谙，日出江花红胜火，春来江水绿如蓝。能不忆江南？"（白居易《忆江南》）古人笔下的"江南"多么纯净与明丽！即便带有忧愁，也多是伤春惜别及其因美妙的江南而勾起的流连的哀婉。而叶灵凤感性的"忧郁"中则不无渗透着"乡愁"与"乡思"——那失去灵魂之"家"的痛。

　　一定的意义上，我以"江南"的意象与想象拯救因现实而带来的内心的悲感，但又因"江南"的失落对现实与未来变得迷茫。"江南"之美似乎也不再是一种永恒。"留得住青山绿水，记得住乡愁"，这是今天更多的人已经意识到也正试图努力的方向。历史与想象中的"江南"正似风光明丽、文化繁盛、富裕温婉、天地人和的别名，也恰是乡愁文化的象征。物质文明的发展也并不必然以"温情"与"诗意"的巨大损失为代价，在都市化与城镇化进程不断加速的今天，希望"江南"意象并非仅仅停留在记忆与想象里。

2015 年 3 月 3 日

# 引论　都会化进程与近现代上海散文的分形

上海老照片

　　近现代以来上海都会化进程的本质是殖民文化影响下乡土中国的工商化进程。西方工商文化在乡土中国土壤上的扎根发展，其直接的结果是吸引了农村劳动力进城进而促使教育、服务、生产等各类机构的发展，从而导致了社会的多元分层，并逐渐形成一种中国式混合型及移植型的都市文化——海派文化。海派①文化的本质就是市民社会中的江南吴越文化与西方

---

　　① 据众多学者考证，"海派"作为一种名词称谓起始于19世纪下半叶上海的绘画界与"京剧"界。绘画界的"海派"是指江浙人对一批寓居上海以卖字鬻画为生的画师与画匠的贬称。（朱英：《商业革命中文化变迁——近代上海商人与"海派"文化》，华中理工大学出版社1996年版，第204页。）先后出现于道咸年间的赵之谦、任熊、任颐、虚谷、蒲华、吴昌硕等新画派即被命名为"海派"画家。早在"同治光绪年间，时局益坏，画风日漓，画家多蛰居上海，卖画自给，以生计所迫，不得不稍投时好，以博润资，画品遂不免流于俗浊，或柔媚华丽，或剑拔弩张，渐有海派之目。"［俞剑华：《中国绘画史》（下），北京商务印书馆1937年版，第196页。］而京剧中的"海派"（清同治六年即1867年，上海始有京剧，英籍华人在上海开设一家北平式茶园，即仿京式戏园——满庭芳，去天津邀皮黄班来沪演出，很得上海人的肯定与欣赏。于是许多昆曲、徽调、梆子戏、弋阳腔的演员纷纷改演京戏，于是有了混合有其他剧种艺术的海派京剧。）意指对传统京剧"唱做念打"等审美规定的逾越，与京派相对而言。1908年西班牙商人雷玛斯（转下页）

工商文化的融合。它不是完形的，而是深藏于各类都会居民的记忆当中。从文化的源流来看，传统的吴越文化是构成海派文化的根基与渊薮。其范围应是以上海为中心的江南地区。早在1843年11月7日上海开埠以前，以吴越文化为内核的中华传统文化就为海派文化的孕育与萌芽提供了基础。上海地区远自唐、宋、元时期即以港口与海上贸易闻名遐迩。宋元以后，上海由镇升县，更是迅速发展，而至清代，南北中西之货鳞集，上海已成"江海之通津，东南之都会"。1843年之后，中华人民共和国成立即1949年之前，上海"八面来风"似的移民，更是促进了海派文化的成长。上海开埠之后的1846年，即有英租界。后相继又有法租界、美租界。美租界与英租界于1863年合并为公共租界。起初，英租界和法租界总计长为10华里许，即常谓的"十里洋场"。然而，后来的租界扩张几乎涵盖了今上海老市区的全部。上海开埠之初，华洋泾渭分明。1853年，因发生"小刀会起义"①，华人中的富裕者开始涌入租界，因此形成了"华洋杂处"的局面。更为重要的是，上海工商业的发展吸引了农村劳动力进城进而促使教育、服务、生产等各类机构的发展，从而导致了社会的多元分层。如20世纪30年代的上海就有官僚、绅士、资产阶级、职员、专业人士、知识分子、自由职业者、工人、苦力、店员、公务员等。整体上看，当时的市民阶层大致分为四部分：以买办和通事为代表的新式商人；从事金融、商业和实业投资的资本家；以产业工人为主体的城市劳动者；城市管理及公共机构的职员与知识分子，他们是城市经济活动和文化消费

---

（接上页）将电影引进到上海并在虹口大戏院公映，由此引起了欧美商人及林祝三、张石川等民族商业者的仿效，于是又形成了所谓的海派电影。20世纪30年代初期中国文坛的"京海之争"则使得"海派"一词影响深远。"京海之争"是由沈从文于1933年10月18日发表在《大公报·文艺副刊》的《文学者的态度》一文所引起。在该文中，沈从文并没有用"海派"之称谓，但在批评讽刺那些"玩票白相文学家"时提到了上海寄生于书店、报馆、官办的杂志里的文人。同时也意指北京寄生于大学、中学以及种种教育机关中的文人。上海的杜衡随之发表了《文人在上海》为"海派"文人作辩解，指出文人在上海的困境。沈从文由是写出《论"海派"》明确批评了"海派"的"名士才情"与"商业竞卖"相结合的特点。针对沈从文的文章，曹聚仁连续发表《京派与海派》《续谈"海派"》两文进行论争与辨析。当双方论战愈益浓烈时，鲁迅发表了《"京派"与"海派"》一文，作出了著名的"京派"近官是官的帮闲，"海派"近商是商的帮忙的结论。这里是沿用旧称。

　① 1853—1855年，上海发生的以刘丽川等领导的上海人民反对清朝封建统治与列强侵略的城市武装起义。

的主体。①各人种的混合与社会的复杂分层即意味着中西文明、中国内部移民文明等各种文化的汇合及多元文化空间。多种文化之间既保持着各自的独立自由，又有着互动共生的可能。海派文化的主要特点正是这种工商性规约下的"吸纳百川"、兼蓄并容的敞开性与创新性。海派文化的复杂性一定程度上决定了海派散文的复杂与多元。市民散文、"鲁迅风"杂文、现代性灵小品等②相对独立的各种散文品类在上海这一共同的工商文化语境中都有其各自发生与存适的可能，但相互之间却又始终存在着纠葛与相生的复杂关系。另外，散文是一种诉诸心灵的文体，且与文化始终保持着特殊的密切关系，而人是文化的动物，"因内而符外"，"秀于中，形于外"，都会散文又是都会文化最有代表性的直接反映者、创造者与传播者。

上海老照片

---

① 参见熊月之主编《上海通史》第5卷第5章，上海人民出版社1999年版，第299—327页。

② 晚清民国时期上海的散文种类较为繁多，但大致可归为如此三类。市民都会散文、现代性灵小品与"鲁迅风"杂文等在现代文学开创期统可称为小品，是相对于"正统"与谨遵功令的大品或者说正规长篇议论文而言的，意于表现自由之个性与否定之精神。最广义的小品就等于新文学散文，区别于传统的古文或文章及正规学术性的论说文，即现在通行的所谓"散文"的概念。至20世纪40年代始，人们开始习惯于以"散文"的概念代替"小品"的概念，而且，杂文已经独立出来，形成文学散文、杂文、速写、报告文学等并列的局面。笔者在此无意于散文文体的细致辨析，对都会散文的如此分类主要缘于散文的内涵与作者的倾向。

一

都会意指较大的城市，融四方五湖之人，汇八方之物。"都会"与"散文"在中国都可谓源远流长，但二者的真正遇合却是一个艰难的过程，且有着不同于诗歌、小说等文体的别异形态。"都会"之"都"最早见于《周礼》："四县为都，方四十里。"《释名》里亦说："都者，国君所居，人所都会也。"汉、唐、宋元等诸时代都有过中国古代城市发展的高潮期，出现了诸如建康、扬州、江陵、长安、洛阳、开封等封建时代的著名都会。然而，封建时代之都会，是一种权力性的城市结构。中国古典文学中之"城市"者，也一直意味着"城"与"市"的结合。《说文解字》里说："城，以盛民也"，而"市，买卖所之也"。但以"城"为中心，是封建社会政治的堡垒。传统文人虽汇聚城市，但由于深受中国乡土文明浸染之深，往往冀得于都会有所政治的发展，如若政治失意，则或归为"出世"情怀，并非默契于城市之"市"的一面。加之，中国历代统治者的"重农抑商"传统，遂便决定了包括散文在内的整个中国古代文学只能是"农业文化型态的文学"①。诚然，源远流长的中国古典散文一直重视着载道明道等的思想内容要求，也一直多限于应用性强的杂文学的特征。相较于诗歌、小说等文体（主要指诗歌，小说在古代常被指为末道），散文文体与传统乡土文明正统的关系似乎更为密切。也正缘于散文文体偏于明道益世的价值标准，使得散文一直居于中国古典文学的主流文体地位。虽然，也曾出现过晚明"小品"及王充、吕南公、袁枚等重视以文娱乐怡情及个人心气才性的展露等现象，但相对于整个古典散文发展史毕竟是难得一见的异象，且常遭正统文人之批评，而且持此主张者也常作符于正统价值观的调整且往往多隐含着政治的失意。宋代中期以后至明清朝，随着资本主义的萌芽与商品经济的发展，中国的城市开始具有了现代的意味。近代海禁打开及现代工商业进程加快之后，中国的都会真正具有了现代都会的精魂。无疑应当以上海为代表。沪地于 1843 年（清道光二十三年）开辟租界，始称"夷场""洋场"，后逐渐成为"华洋杂处"的国际商业消

---

① 胡晓明：《传统诗歌与农业社会》，载《文学遗产》1987 年第 2 期。

费大都会。上海自开埠以来拥有全国经济的领先地位，有着庞大的也是最为典型的近代市民社会。这势必影响与决定着包括散文在内的整个中国现代文学对商业化与市民化运行模式的适应，使其有着或多或少或浓或淡的现代都会性的色彩。近代市民社会培养了文化消费的文明习惯，吸引着大批的文人，促进了文化市场的繁荣。上海成为五四之前中国文学文化的中心。然而，近代的上海尚未形成完整与成熟的现代机器工业经济，究竟算不上成型的现代都会，也由此决定了这时的文学仅只具备零星现代质的前都会文学（或者说旧派市民文学）。真正的中国现代都会文学，当是最多地"转运"新的外来文化，追求"某种前卫的先锋性"；"迎合读书市场，是现代商业文化的产物"；"是站在现代都市工业文明的立场上来看待中国的现实生活与文化的""新文学"。① 而这样的文学，只能是20世纪20年代末期以后发生。

五四之前，集中于宋元明清及民初，伴随着时代与商业因素等的发展，中国古典散文也在发生着自我市民化的渐变过程（亦可理解为现代都会散文的传统资源）。这是现代都会散文发生的胎化与萌动期，也是必要的准备期。不妨简要勾勒一下其轨迹：② 自先秦而北宋，名家辈出，群星灿烂，佳构如林。古典散文发展至唐宋，已抵巅峰，之后即呈衰微之势。时至南宋，国家偏安一隅，文人多思于抗战救亡等时政，加之其时理学行盛，谈理派的朱熹、真德秀等提倡"明理义切世用"为文标准，抑制了散文的艺术追求；论文派的吕祖谦、谢枋得、楼昉等则专谈写作技巧而抛却思想内容，散文因之雄风不振。至而元代，文辞乘唐宋之风，思想继宋儒道统，偏于明道而实用，总体忽视了艺术性。明朝永乐年间出现的"台阁体"，专事歌功颂德、粉饰太平。为纠此浮靡文风，明中期以李梦阳、何景明为首的"前七子"和以李攀龙、王世贞为首的"后七子"则主张"文必秦汉"，但模仿剽窃之迹过重，以致艰涩古奥缺乏生气。紧随之，唐顺之、王慎中、茅坤、归有光等提倡唐宋古文，力图矫"前后七子"之弊。

---

① 吴福辉：《都市漩流中的海派小说》，湖南教育出版社1995年版，第3页。
② 关于中国古典散文的发展轨迹，笔者参考了谭家健《中国古代散文史稿》（重庆出版社2006年版）、熊礼汇《明清散文流派论》（武汉大学出版社2003年版）、袁行霈主编《中国文学史》（四卷本，高等教育出版社1999年版）等书的相关内容，特以说明并致谢。

自元朝始，散文家多以秦汉唐宋之文为宗，或重形式，或尚质实，然往往模式重于创新，机械对待文道关系，古典散文因之江河日下。时至晚明，在李贽"童心说"的影响下，湖北公安"三袁"（袁宗道、袁宏道、袁中道），提倡"独抒性灵，不拘格套"，①大胆突破了"文以载道""文以明道"等儒学传统与复古的藩篱。"信腕信口"②，"以意役法"③，开创了中国散文史上的"性灵派"。"性灵派"散文除"三袁"外，尚有张岱、王思任、钟惺、谭元春、江盈科等。其为文重个人之性情与生活之气息，反对模拟古人，是古典散文发展的别一路向，在明末文坛影响巨大。时至清朝又有袁枚和郑燮等加盟延展，虽写法上较前灵活，但气魄、法度、规模、格调及内涵诸方面究竟不能与传统古文相颉颃，且时被清人视为"亡国之音"，偏居清代文坛的末流。但性灵散文的"个性""自由"等却成为以后市民都会散文（甚至五四文化革命）④的内在精神因子。清朝影响较大的是"桐城派"散文，其活动贯穿了自康熙以下的几乎整个清朝，后期成员遍布全国。"桐城派"散文是清代的"治世之音"。其奠基人方苞即提倡"义法"。"义即《易》之所谓'言有物'也，法即《易》之所谓'言有序'也。义以为经而法纬之，然后为成体之文。"⑤

"学行继程朱之后，文章介韩欧之间"⑥，以文求道、文道合一正是"桐城派"散文的魂脉。自鸦片战争始，社会动荡纷繁，难免冲击文坛。因之有了龚自珍的"经世致用"思想与曾国藩的"经国济世"说，意于纠正"桐城派"的迂阔空疏。但曾国藩及其子弟仍基本拘于桐城"义法"之绳墨。与之同时，一些人以报章为阵地讨论新问题、表达新思想、反映新

---

① 袁宏道：《序小修诗》，转引自郭绍虞《中国历代文论选》（3），上海古籍出版社2001年版，第211页。

② 袁宏道：《雪涛阁集序》，转引自郭绍虞《中国历代文论选》（3），上海古籍出版社2001年版，第206页。

③ 袁中道：《珂雪斋前集自序》，转引自郭预衡《中国散文史》（下），上海古籍出版社2000年版，第257页。

④ 西方的"民主"与"科学"作为一种外援，中国性灵文学的"自由"与"个性"即是一种内应。

⑤ 方苞：《又书货殖传后》，转引自郭绍虞《中国历代文论选》（3），上海古籍出版社2001年版，第402页。

⑥ 转引自熊礼汇《明清散文流派论》，武汉大学出版社2003年版，第464页。

事物，形成近代散文史上的"报章派"，则完全突破了桐城"义法"。报章体散文首先兴盛于上海，"其源头可以追溯到传教士的文章"①。报刊文章为了迎合一般读者之要求，行文表达浅明通俗，以近于当时口语的语言掺和接近文言且含有外来词汇语句语法的书面语言。信笔写来不拘一格、舒卷自如，解放了古文文体，打破了桐城派文统，开一代文风。在维新派人物梁启超手中，报章体极一时之盛。梁启超在《清代学术概论》如是说："启超夙不喜桐城派古文，幼年为文，学晚汉魏晋，颇尚矜炼，至是自解放，务为平易畅达，时杂以俚语韵语及外国语法，纵笔所至不检束，学者竞效之，号为新文体。老辈则痛恨，诋为野狐。然其文条理明晰，笔锋常带情感，对于读者，另有一种魔力焉。"② 然而，其行文的"言文参半"性、文学与非文学的模糊性、封建主义与民主主义的思想混沌性等，似乎也决定了报章体散文毕竟属于文言文的范畴。但其通俗浅近与近情的发展趋势却符合与顺应着时代的洪流。在此之后，秋瑾、陈天华、柳亚子、林白水等一些革命者缘于革命宣传鼓动之需要，写了一些真正意义上的白话文。清末民初之文，是梁启超时代"报章文体"的延续发展，虽报章体散文较多带有"革命"与"改良"的色彩，但因报纸作为大众文化传媒之特点，其文体势必考虑大众读者的阅读与接受。报刊也正是后来都会散文及现代小品借以产生的温床。而这一切背后的规约因素无疑是现代工商化及都会化进程的加快。现代工商化进程的加快，有利于庞大市民社会的兴起，有利于形成市民社会中新的即现代都市化的文化消费习惯，并反向规约文学迎合于市民读者，进而达成二者的合谋。

随着上海工商业的进一步发展，单纯迎合"大众读者"的报纸杂志与鼓吹"革命"旨在"启蒙"的文化刊物日益分离，造就了一批通俗作家，也吸引了部分严肃写作者下海，"海派"文人至此异军突起。近代以降，五四之前，出现的鸳鸯蝴蝶派散文即为初期具有现代都市性质的散文创作（或可称为旧派市民散文）。市民散文无疑是中国自古以来散文的新品类。所谓市民散文，简单地说，以同情与欣赏的眼光将都市生活与都市情感作

---

① 袁进：《试论中国近现代文化中心的北移与南下》，载《社会科学》（沪）2000 年第 8 期。

② 梁启超：《清代学术概论》，上海古籍出版社 1998 年版，第 85—86 页。

为中心表现的散文即为市民散文。鸳鸯蝴蝶派的绝大多数作家既写小说，又写散文，其中，郑逸梅、周瘦鹃、范烟桥、胡寄尘、严独鹤、姚民哀等更以此方面的专长与造诣为世人称道。鸳蝴文人身上尚留有浓厚的旧文人气息，古代士大夫鄙视小说之影响依然是其潜在心结，故虽以小说为业，但内心是轻视小说的。鸳鸯蝴蝶派散文直接承袭中国古典文学而来，有着较强的拟古色彩，如节瑞《贫士与孔方兄书》模仿李白的《上韩荆州书》，便是突出的例子。且常常带有浓重的"笔记"气息，郑逸梅、范烟桥、周瘦鹃、张慧剑等皆擅长"笔记"体散文，为文夹以杂文气，典型的如平襟亚的《秋斋笔谭》，即是笔记与杂文的混合体。古文写作是其当行，同时又写白话散文。当然，由于受到白话文运动的影响，后期鸳蝴文言散文也很少用典，大都浅近晓畅。

鸳鸯蝴蝶派散文的重要特点是近情、亲切、消闲，以普通市民为主要读者对象，取材随意宽泛，趋新务奇，形式无拘，小题小作，不求宏旨，唯求轻趣，嬉怒谑讥皆可成文，有世俗生活的钟情与品位，亦有租界阛阓景观的歆羡与礼赞，是日常性的散文创作。如他们触及的某些题材："儿时顽皮史""新年趣事""新婚的回忆""社会趣问题"等，写法不拘一格，摇曳多姿，品种繁多，各具风采，其艺术风格上的共同点是注重趣味，诸多世态、掌故、风物、趣闻以及人物、观感、游记等的抒写都显得生动活泼，以吸引读者为要。[①] 鸳蝴散文常散见于《礼拜六》《游戏杂志》《游戏新报》《快活》《消闲月刊》《红杂志》《红玫瑰》等报纸杂志，这些与"鸳鸯蝴蝶派"名字连在一起的报刊，本来就具有明显的消遣性质。生活化、消遣性与趣味性等是鸳蝴散文的标识，也是与后来现代市民都会散文的共通点。当然，部分鸳鸯蝴蝶派文人随着时代的发展，其散文创作的现代市民性也在增进，但总体来说，鸳蝴散文的基本格局是保守的，滞后于现代新文学的步伐，即便到了 20 世纪 40 年代，其现代化程度依然不是很高，自不属于现代市民都会散文之列。

现代市民都会散文的真正出现应始于创造社成员的分化。创造社自

---

① 参见袁进《前言》，载《随草绿天涯》（鸳鸯蝴蝶派散文大系 1909—1949），东方出版中心 1997 年版，第 1—7 页。

1921 年成立之日起，即带有青年人之青春气息，他们以浪漫主义融合现代主义为特点，以激情和孤独赢得青年和新知识分子大众。1925 年"五卅"运动之后，随着革命形式的急剧发展，后期创造社整体"突变"为大力提倡无产阶级革命文学。一部分作家甚至包括郁达夫等退出创造社。它的分化不仅产生出了"海派"小说第一批作家如张资平、周全平、潘汉年、叶灵凤、曾今可、曾虚白、章克标、林微音等人，也同样分化出现代市民都会散文第一批较有代表性的作家，有些作家本身即呈双栖性，既是小说家，亦是小品高手，如叶灵凤、章克标、林微音、倪贻德等。叶灵凤自"创造社"的小伙计始，几以"白相""小开""年轻貌美"及少年气盛的凌厉之风冲进文坛。类乎者还有潘汉年、周全平、柯仲平、周毓英、邱韵铎、成绍宗等。他们其时所高扬的"新流氓主义"旗帜，意味着一种对社会束缚、压迫、欺骗青年的不满与反抗。而且，这批人自小生长于城市，受的是西式教育，深受着波德莱尔等颓废派作家的影响。其生活方式甚至都是西方化的享受方式，似乎还都有着自恋的倾向。他们认同于上海的都市文化，有着浓郁的上海气。其实，自恋的倾向是不利于小说当中对生动人物形象的塑造的。换言之，他们更适合散文创作。典型的作家如叶灵凤，他在移居香港后，就完全放弃了小说创作。这些遗老遗少疏离于革命，大胆骇俗地致力于上海市民社会的抒写，其散文常见于《幻洲》《真善美》《良友画报》等杂志上。他们已远离五四时期散文的严肃雅致，无意于激烈鼓动与精致把玩，既不同于文体严肃而激烈的左翼散文，又相异于京派散文所具有的五四文化启蒙之遗风及文体的玩索与莹洁。注重散文的消费与通俗，新奇与哗众，以市场行情为指向，谋利自己，娱乐别人。其对上海的书写，少有判断，唯有描述，似在对上海各色人等与生活百景的炫展。周作人曾对之抨击过："我很喜欢闲话，但是不喜欢上海气的闲话，因为那都是过了度的，也就是俗恶的了……"①

　　散文作为一种古老的文体与自我心灵的艺术，其现代都会化较之"海派"小说（亦即现代都会小说）有一种渐变的自我演化的内在逻辑。明清之际即蔓延与形成于包括上海在内的江南地区的商业文明与商品化环境，

---

① 周作人：《上海气》，载《语丝》1927 年第 112 期。

在清末民初的鸳鸯蝴蝶派散文中虽有反映，如他们一开始就意识到的生产、流通与消费的关系及对生活化、娱乐性与消遣性的重视等，但还仅是一种工商文化规约下的文学写作倾向，只能以现象名之。鸳蝴文人"士"的济世传统与"怀古"的千年母题，似乎一直或隐或显地呈现，其散文的都会因子仅是一种特殊的质素或景观。创造社分化而来的叶灵凤、章克标、林微音、倪贻德等的小说与散文创作的都会性当不在同一层面上。其小说的前卫性与先锋性等已然使其脱落为地道的现代都会小说，而其20世纪20年代的散文则总是或明或暗地流露出些许政治性的困惑与指向。但随着时代与工商业的发展，由于他们传统的根相较不深且泥醉于都会，可望也正是他们成为最早的现代市民都会散文的代表者，首先实现了散文自应用文体到趣味性文体、由远在的乡村旷野到切近的都会景观与都会情感的转变。

20世纪20年代末，上海的工商业超前繁荣，特别是到20世纪30—40年代，上海成为发达的工商金融业和消费性文化构成了的现代都市空间，出现了初步具备文化工业面目的商业文化机制。文化事业的发达与沟通方式的便捷，加之租界环境的宽松，使得此时的上海再一次成为文学文化的中心，集纳了众多南下的北平及各方文人。在此之前的1920年前后，因新北京大学的崛起，蔡元培、陈独秀等的北上等原因，北京成为文学中心。可惜好景不长，新文化运动的领导者与北洋军阀因秉持思想的"新""旧"之别本就水火不容，冲突不断，以致造成了对文化革命者的压制迫害甚至屠戮，于是，上海又一次成为新文学家们的集中地。就散文讲，此期由京入海的部分作家似乎对上海都会有着天然的亲切感，代表性的如章衣萍、林语堂等，几乎迅速地蜕变成"海派"。章氏以"女人""摸屁股"等故以俗谑为尖新远离了"京派"。林语堂也以"谈女人""谑而不虐"及"幽默"等宣示着与"海派"的亲近。而此时活跃于上海的年青一代新起海派们如林微音、钱歌川、叶灵凤、马国亮、梁得所、潘序祖、章克标、徐讦、张若谷、汤增敫、苏青、张爱玲等，其散文创作则表现出超拔、尖新的风格。他们完全以市民习有的兴趣视点关注街头巷尾的情调与酒肆茶楼之意兴，追求着现世的享乐与和谐；以自我经验的方式，写实的姿态还原都会生活的现场，以肯定的方式表现为生存而奔忙的都会生活态；追求一种彻底的"轻松"与"幽默"，逼视与叙述现实，追求语言的狂欢，以"极端"的态度调试着自我与现实的冲突，等等这些，显示着一种全新的审美趣味——十字街头的审美。① 宣示了上海现代市民都会散文的鼎盛。

"孤岛"时期（1937 年 11 月 12 日—1941 年 12 月 8 日）的上海大部分沦陷日寇之手，唯留有市中心早已存在的英美公共租界与法租界，主要位于苏州河以南区域，尚是国人较为自由之所。1941 年 12 月 8 日，"珍珠港事件"爆发之后，英美法对日宣战，日军也随即进驻公共租界与法租界，孤岛结束，上海全面沦陷。中国的都会上海从来就非一个完整统一的都会空间，而抗战爆发以后，上海的政治空间与文学空间变得更为复杂。国民革命军西撤，抗战之前国民政府在上海的霸权地位已然无存，而是形成了"国民党上海市党部"，"中共江苏文委"以及日伪势力等诸多政治力量在"英美租界当局名义上的统治下"的相互牵制与约束。新文学群体的内迁，则使上海一度失去了新文学的中心地位与左翼文学在上海的话语权，并存于上海的"和平文艺"、"新民主主义文艺"、"三民主义文艺"、"左翼文学"合流后的抗战文艺等各种文化力量各自均难以取得孤岛文化的霸权，加之租界当局行政统治的"宽容"，故而，孤岛文化空间环境比之国统区反而变得相较自由。非常时期的非常"自由"却使孤岛时期的文学曾一度辉煌，"《鲁迅全集》的第一次编辑出版，《上海一日》的编纂，《秋海棠》的发行"，皆显示着孤岛时期的文学成就。孤岛时期的文学期刊也是异常繁荣，四年时间出现了约两百多种。② 现代市民都会散文在"孤岛"与沦陷的特殊环境中也在发展且异常丰富，只是在山河破碎、时局变化的沉重现实下有了文风的转变。代表作家有张爱玲、苏青、无名氏、丁谛、予且等，其作品多发表在《杂志》《万象》《天地》《大众》《春秋》等刊物上。张爱玲与苏青是本时期的新人与最具有代表性的作家。她们是名副其实的自由撰稿者。张爱玲多于自我表达，苏青主以生计为动机，既能写俗，又能入雅，表现出对上海都会市民之命运尤其是都会上海女人的

---

① 关于中国现代文学中心在北京与上海之间的游走及京海合流对于上海现代都会散文的意义在本书第一章里将有详述。

② 参见李相银《上海沦陷时期文学期刊研究》，上海三联书店 2009 年版，第 14 页。

喜怒哀乐等的关注与关怀。沉重的现实及都市上海在此一时期的畸形繁荣，让她们沉在生活的芯里发掘日常生活的诗意与美，体现了都会散文作为一种城市散文与生活散文的成熟。

另外，跨越了晚清和民国两个时期创刊发行于上海的总数在千种以上的上海小报，也集中了众多的海派文人的小报散文。小报散文一开始即属于商业文化的产物，其主题多集中于"风花雪月"、"时政批评"、"历史掌故"、"官场笑话"、"市井嬉谈"、社会新闻、知识小品、都市景观、市民生态等。代表散文家有李伯元、李芋仙、吴趼人、欧阳钜源、冷静、谢啼红、卢溢芳、汤修梅、今史氏、茉莉、刘公平等以及一些专门以小报为主笔的张丹斧、施济群、陆澹安、韦兰史、朱大可、吴微雨、陈灵犀、冯若梅、胡憨珠、蔡钧徒、冯梦云、吴农花、马儿（李焰生）、萨空了、严谔声、姚苏凤、黄转陶、龙半狂、王雪尘、倪高风、来岚声、何二云、谢豹（谢啼红）、冯叔鸾（马二先生）、朱瘦竹、汤笔花、周世勋、詹禹门、步林屋等，鸳鸯蝴蝶派作家孙玉声、李涵秋、周瘦鹃、郑逸梅、范烟桥、毕倚红、胡寄尘、严独鹤、包天笑、袁寒云、江红蕉、张恂子、徐卓呆、王钝根、姚鹓雏等，其散文创作也常在小报一显身手，"时评、剧评、掌故、随笔、趣文，各有侧重"与专长。小报散文是市民生命力的展现，凸显出世俗、趣味、商业化的特点。但小报散文整体上没有超出明清笔记小品"杂史稗乘"的一脉，多集中于"野狐禅"式的书写，终究不属于现代性的都会散文。当然，小报散文到了20世纪30年代后半期和40年代，随着时代进展与现代性的增强，不少鸳鸯蝴蝶派文人及一些新起年轻作家如"陈蝶衣、周楞伽、冯蘅、柳絮、唐大郎、龚之方、横云阁主、曾水手、慕尔、傅大可、青子"① 等的不少散文，亦开始具有现代市民的意味。

上海市民都会散文作为整个海派文学的一脉于中华人民共和国成立前后，随着上海作为社会主义城市的新崛起及《文汇报》等对小资产阶级文艺的批判始，最终亦是落花流水。

没有都会环境，当不会产生都会文学，而在乡土文化浓厚的中国，有了都会环境，也未必产生都会情感与都会文学。以上海为代表的中国城市

---

① 参见李楠《晚清、民国时期上海小报研究》，人民文学出版社 2005 年版，第 299—312 页。

的都会化进程从来都是非完全非均衡发展的。中国古代封建"都会"虽有"都会"之名，而无都会之实，是乡土文明的政治结构，没有生成市民都会散文的土壤。晚清民初时的近代都会如上海仍不算是成型的现代都会，但已有了零星的现代都会的质素，有了对中国文人刺激的现代精神与物质元素，使得他们开始获得不同于乡土经验的现代都会性想象，在如此情境下，清末民初报章文体散文与鸳鸯蝴蝶派散文开始有了现代都会"动"的意绪。这是一个转折点，传统与异域之审美经验在此发生了碰撞。散文的主要载体——报章，散文的接受对象——市民读者（当然主要是老派市民读者），散文的功能——消遣、趣味与娱乐等，开始带有现代工商与消费性的特点。需要特别指出的是，报章的发展与普及是现代都会工商化的重要标志之一。以报章为载体决定了散文的受众甚至写作者的下移，散文不再属于少数精英者的属物，散文的功能也不再集中于"载道"或寄情，而是向着通俗与趣味的一路发展。20世纪20年代创造社分化而来的叶灵凤、章克标、林微音、倪贻德等的散文小品较之报章文体与鸳蝴散文则显示出对都会新鲜美感的探索痕迹，但亦时或显露出乡村田园的经验与情感，有着城乡复合型的心理特点及"城""乡"之间漂泊的心态。"乡村"情感的"积习"似乎总或隐或显地规约其外在都会的观察与审视。不过，他们心理深层的"乡土"感知已经开始让位与都会感知，但尚未达到都会心理与情感的深层转变。散文中的都会性更多还是对都会物质形态的观照。都会在其笔下的呈现有碎片化的特点。20世纪20年代末期至40年代的后期海派文人们，大多自幼生长于都会，较早地濡染西学，传统乡土文明的根较前代作家要浅得多，是真正的都市之子。在五光十色的都会生活环境里，他们自有着都会的性格、习惯及审美倾向。其散文小品以展示现代都会人的生存与物质关系为基础母体，天然亲近着工商经济与都会文化。在表现技巧上，"对常轨大都取漫然的态度，对流行色和轰动效应却乐此不疲。刻意捕捉那些新奇的感觉、印象，竭力把现代人的呼吸，现代生活的全景和节奏，缩入短小的篇章中去"，"以往相当发达的絮语体，依然保持着它们的幅员，那种本出诸和静的抒情似乎更谐和着个人性格的基调，本土的神韵和外来的幽默相渗透，雅驯和俗谑相融合，显现出活跃的体貌。当然更多的还是来自都市生活的刺激，敏感和细腻地表现瞬间的感触，发挥哲学大义，点透现代社会的世态炎凉和各色人等的众生相，并且大都最没有架子，往往信手拈来而尽得风流"。比之以前的散文小品，它更"趋赴尖新和效应"，而非醇朗和圆熟。"它们机敏灵活，变化多端，有某种'魔术'味，它们以没有执著的个性而养成自己特殊的个性。一阵风一阵雨，一如街头的女孩子，今儿流行红裙子明儿黑头发又飘起来，只要是最新最摩登的，她们大都难以按捺住激动，日新月异为她们心向往之。"①

综上所述，都会散文虽有新旧之别程度之分，但同属于工商文化的精神造型，宣叙了置身现代工商社会中的普通市民的人生感受与普遍心态，与都会市民文化心理保持一种同构的关系与审美品格。它关注"身边琐事"，偏爱世俗人生，追求趣味新奇，市民腔、平民状。多无堂皇之心，不求惊人思想，似一丝微笑，或一声轻叹，供人避风息凉、休整解颐。它是海派文化的核心——工商文化的代言人亦是主体意识的发声。

上海新天地

都会上海的工商性规约了市民散文的发生，但其地方性所固有的乡土中国的政治性与都会工商性的分离或对举则又制约了"鲁迅风"杂文、"现代性灵小品"等其他散文形态与市民散文的分形。

---

① 许道明：《前言》，载《张爱玲集：到底是上海人》，汉语大词典出版社1995年版，第4—5页。

　　杂文文体萌生于五四文学革命与思想革命，由鲁迅所开创、推动而发展、成熟的一种文体，故此，本书所谓"鲁迅风"杂文意指鲁迅杂文与风从鲁迅的杂文。鲁迅杂文及鲁迅风似的杂文即代表与体现着上海杂文的基本形态。鲁迅于 1927 年 10 月 3 日开始踏上沪地的十里洋场，从此定居上海，直至 1936 年 10 月 19 日生命的终结。鲁迅上海时期文学创作的主要收获即在于杂文，他在 1935 年 12 月底《且介亭杂文二集·后记》里曾总结过自己杂文创作的一生："我从在《新青年》上写《随感录》起，到写这集子里的最末一篇止，共历十八年，单是杂感，约有八十万字。后九年中的所写，比前九年多两倍；而后九年中，近三年所写的字数，等于前六年。"鲁迅在上海的杂文主要收于《而已集》《三闲集》《二心集》《南腔北调集》《伪自由书》《准风月谈》《花边文学》《且介亭杂文》《且介亭杂文二集》《且介亭杂文末编》等集子中。多是围绕近现代以来上海都会空间催生的诸多文化及社会现象所进行的记录与评述。

　　鲁迅上海时期的杂文创作相较于前期明显有了改变。前期杂文创作大致可分为《新青年》时期与《语丝》时期两阶段。鲁迅杂文创作开始于 1918 年 4 月《新青年》4 卷 4 号开辟的"随感录"专栏。鲁迅在《新青年》发文（当时称杂感）总 27 篇，后收入《热风集》，是社会与文化的短评。《语丝》时期的杂文创作主要集中于 1924 年至 20 世纪 30 年代之前，发表的刊物主要有《语丝》《莽原》《京报副刊》等，以《语丝》（1924年 11 月 17 日—1930 年 3 月 10 日）为主，总 140 多篇。这期间的 1927 年 10 月至 1930 年 1 月，鲁迅虽居上海，但基本是前期思想与文风的延续，少量的杂文见于《萌芽》等杂志，1928—1929 年的文章仅结集《三闲集》一本，是写作的调适期。鲁迅前期杂文体现的多是一种反帝反封建，呼唤民主与科学，抨击官僚军阀暴虐统治，提倡思想自由与言论自由等的文学批评与文化启蒙。自 1930 年 1 月起，鲁迅开始进入了上海时期写作杂文的高潮期，与鲁迅有关的刊物主要有《涛声》半月刊（1932 年 8 月，主编曹聚仁）、《论语》半月刊（1932 年 9 月，主编林语堂）、《申报·自由谈》（1932 年 12 月革新，主编黎烈文）、《中华日报·动向》（1934 年 4 月，主编聂绀弩）、《人间世》半月刊（1934 年 4 月，主编林语堂）、《新语林》

半月刊（1934 年 7 月，主编徐懋庸）、《太白》半月刊①（1934 年 9 月 20 日，主编陈望道）、《芒种》半月刊（1935 年 3 月，主编徐懋庸、曹聚仁）、《杂文》月刊（1935 年 5 月，主编勃生，创刊于东京）。而最为集中的刊物则是《申报·自由谈》，鲁迅从 1933 年 1 月到 1934 年 11 月，在近两年的时间里，仅在黎烈文主编的《申报·自由谈》上就发表杂文计 147 篇，结集为《伪自由书》《准风月谈》《花边文学》。鲁迅后期杂文多来自于现实，具体地说是来自于上海都会中作者所闻见的现实，由文明批评转向了社会批评与时事批评。批判的锋芒明显较前犀利泼辣，"是感应的神经，是攻守的手足"②。鲁迅以"挑剔"的眼光敏锐地观察与审视着上海所接触到的一切。把先前的文明批评转变为具体的上海都会现象的批判，但这种批判所体现的意义又不仅仅局限于上海，而是与中国的全土沟通。正如鲁迅自己所说，"所写的常是一鼻，一嘴，一毛，但合起来，已几乎是或一形象的全体"③。不似"市民都会散文"，也不似后文将要论述的"现代性灵小品"，鲁迅的杂文始终跟上海的都会环境保持着一定的距离，不像市民文人那样与上海都会天然存有一种温情。鲁迅曾多次表示过上海这地方，"真也不能叫人和他亲热"④ 的情绪。上海的都会带给鲁迅的是喧嚣与浮躁以及种种的乱象，难以发生情感性的关系，也难以在这都会的土壤里下根。正因为鲁迅与上海的"距离感"与"侨寓"似的关系，所以他的批判无所顾忌，任意而谈，"对于有害于新的旧物，则竭力加以排击""要催促新的产生"⑤。鲁迅上海时期的杂文当然有着前期文明批评与政治批判的延续性，以及思想文化战线上的理论斗争性建设。但其更为用力的则是

---

① 《太白》半月刊创刊于 1934 年 9 月 20 日，亦登载大量的科学小品，宣扬科学意识，标志着一种新文体"科学小品"在 20 世纪 30 年代的出现。创刊号打头的文章就是鲁迅署名"公汗"发表的文章《不知肉味和不知水味》。

② 鲁迅：《且介亭杂文·序言》，载《鲁迅全集》第 6 卷，人民文学出版社 1981 年版，第 3 页。

③ 鲁迅：《准风月谈·后记》，载《鲁迅全集》第 5 卷，人民文学出版社 1981 年版，第 382 页。

④ 鲁迅：《鲁迅·书信：341206 致萧军、萧红》，载《鲁迅全集》第 12 卷，人民文学 1981 年版，第 585 页。

⑤ 鲁迅：《三闲集·我和〈语丝〉的始终》，载《鲁迅全集》第 4 卷，人民文学出版社 1981 年版，第 167 页。

以"他者"的眼光批判与解剖着上海的种种"乱象"，他是海派文化中的"啄木鸟"。鲁迅杂文的上海批判主要集中于两方面：

其一，殖民中的中西方糟粕与畸形都会人的新阿Q相；殖民化的都会带来了现代的工商文明，也带来了各种"沉渣"的泛起"丑恶"的滋生，漫布在随处可见的生活中。在《上海的少女》一文里，鲁迅如实地说："在上海生活，穿时髦衣服的比土气的便宜。如果一身旧衣服，公共电车的车掌会不照你的话停车，公园看守会格外认真的检查入门卷，大宅子或大客寓的门丁会不许你走正门。所以，有些人宁可居斗室，喂臭虫，一条洋服裤子却每晚必须压在枕头下，使两面裤腿上的折痕天天有棱角。"① 以貌取人的背后隐藏的是市侩。在工商经济与道德失范的规约下，上海横行的是"流氓"。鲁迅说，上海的流氓特别多，是因为"为盗要被官兵所打，捕盗也要被流氓所打，要十分安全的侠客，是觉得都不妥当的，于是有流氓"。"和尚喝酒他来打，男女通奸他来捉，私娼私贩他来凌辱，为的是维持风化；乡下人不懂租界章程他来欺侮，为的是看不起无知；剪发女人他来嘲骂，社会改革者他来憎恶，为的是宝爱秩序。但后面是传统的靠山，对手又都非浩荡的强敌，他就在其间横行过去。"② 即便是"现在的中国电影"，都正在受着"才子＋流氓"式的影响，"里面的英雄，作为'好人'的英雄，也都是油头滑脑的，和一些住惯了上海，晓得怎样'拆梢'，'揩油'，'吊膀子'的滑头少年一样。看了之后，令人觉得现在倘要做英雄，做好人，也必须是流氓"③。流氓的种类繁多，"凡是没有一定的理论，或主张的变化并无线索可寻，而随时拿了各派的理论来作武器的人，都可以称之为流氓"④。而"殖民政策是一定保护，养育流氓的。从帝国主义的眼睛看来，惟有他们是最要紧的奴才，有用的鹰犬，能尽殖民地人民非尽不可的任务；一面靠着帝国主义的暴力，一面利用本国的传统之力，以除去

① 鲁迅：《南腔北调集·上海的少女》，载《鲁迅全集》第4卷，人民文学出版社1981年版，第563页。
② 鲁迅：《三闲集·流氓的变迁》，载《鲁迅全集》第4卷，人民文学出版社1981年版，第156页。
③ 鲁迅：《二心集·上海文艺之一瞥》，载《鲁迅全集》第4卷，人民文学出版社2005年版，第300页。
④ 同上书，第298页。

'害群之马'，不安本分的'莠民'。所以，这流氓，是殖民地上的洋大人的宠儿，——不，宠犬，其地位虽在主人之下，但总在别的被统治者之上的"①。在《二丑艺术》（《申报·自由谈》1933 年 6 月 18 日）一文里，鲁迅讽刺上海的丑陋文人，"依靠的是权门，凌蔑的是百姓，有谁被压迫了，他就来冷笑几声，畅快一下，有谁被陷害了，他又去吓唬一下，吆喝几声"。"他明知道自己靠的是冰山，一定不能长久，他将来还要到别家帮闲，所以当受着豢养，分着余炎的时候，也得装着和这贵公子并非一伙。"② 这类文人的"根子在卖钱"，"前周作稿，次周登报，上月剪贴，下月出书"；"倘那时封建得势，广告就说作者是封建文豪，革命行时，便是革命文豪"。鲁迅在《"题未定"草（二）》中描摹了一面讲洋话，服事洋东家，一面又是国粹家，倚徙华洋之间，往来于主奴之界的"西崽"。《上海的儿童》则思考了上海及整个中国孩子的教育。在上海以至于整个中国，中流的家庭教育孩子只有两种方法，"其一，是任其跋扈，一点也不管，骂人固可，打人亦无不可，在门内或门前是暴主，是霸王，但到外面，便如失了网的蜘蛛一般，立刻毫无能力。其二，是终日以冷遇或呵斥，甚而至于打扑，使他畏葸退缩，仿佛一个奴才，一个傀儡，然而父母却美其名曰'听话'，自以为是教育的成功，待到放他到外面来，则如暂出樊笼的小禽，他绝不会飞鸣，也不会跳跃"③。如此方法教育出来的"儿童"，"倘不是带着横暴冥顽的气味，甚而至于流氓模样的，过度的恶作剧的'顽童'，就是钩头耸背，低眉顺眼，一副死板板的脸相的所谓'好孩子'"④。而上海的女性儿童，似乎更可堪忧，她们在成年都会时髦女人的感染下，也像成年女性一样在店铺里接受店员的"调笑"，"她们大抵早熟了"，"精神已是成人，肢体却还是孩子"。⑤ 科技文明在上海甚至整个中国

---

① 鲁迅：《二心集·"民族主义"文学的任务和命运》，载《鲁迅全集》第 4 卷，人民文学出版社 1981 年版，第 311 页。

② 鲁迅：《准风月谈·二丑艺术》，载《鲁迅全集》第 5 卷，人民文学出版社 1981 年版，第 197 页。

③ 鲁迅：《南腔北调集·上海的儿童》，载《鲁迅全集》第 4 卷，人民文学出版社 2005 年版，第 580 页。

④ 同上书，第 581 页。

⑤ 同上书，第 438 页。

的利用也在朝着歧途的方向走。在《电的利弊》一文，鲁迅举例说："外国人用火药制造子弹御敌，中国却用它做爆竹敬神，外国用罗盘针航海，中国却用它看风水，外国用鸦片医病，中国却拿来当饭吃。"① 他特别说到上海的电刑，"一上，即遍身痛楚欲裂，遂昏去，少倾又醒，则又受刑。闻曾有连受七八次者，即幸而免死，亦从此牙齿皆摇动，神经亦变钝，不能复原"②。

　　其二，殖民文化下新的不平：上海是个存有等级的社会，但非缘于传统中国血缘或拟血缘关系导致下的君君、臣臣、父父、子子等的不平，而是因租界文化造成新的等级。在上海特别是上海的租界，"外国人是处在中央，那外面，围着一群翻译，包探，巡捕，西崽……之类，是懂得外国话，熟悉租界章程的。这一圈之外，才是许多老百姓"③。那高高在上的"洋大人"与"上等华人"在上海具有着无理由的蛮横。鲁迅在《推》一文里指出："我们在上海路上走，时常会遇见两种横冲直撞，对于对面或前面的行人，决不稍让的人物。"一种是"洋大人"，"不用两手，却只将直直的长脚，如入无人之境似的踏过来，倘不让开，他就会踏在你的肚子或肩膀上"。一种就是"上等华人"，"弯上他两条臂膊，手掌向外，像蝎子的两钳一样，一路推过去，不管被推的人是跌在泥塘或火坑里"。"上车，进门，买票，寄信，他推；出门，下车，避祸，逃难，他又推。推得女人孩子踉踉跄跄，跌倒了，他就从活人上踏过，跌死了，他就从死尸上踏过，走出外面，用舌头舐舐自己的厚嘴唇，什么也不觉得。"④ 除了"推"而外，上海还有"印度巡捕""安南巡捕""白俄巡捕"等"踢"的专家。下等穷人，"即使在码头上乘乘凉"，也会无端被"踢"，"送掉性命的'落浦'"⑤ 处于这"等级"低端的上海的中国人永远受到最不公正的对待，而且随处可见。鲁迅举例说，"假如你常在租界的路上走，有时总

---

　　① 鲁迅：《伪自由书·电的利弊》，载《鲁迅全集》第5卷，人民文学出版社2005年版，第18页。

　　② 同上书，第17页。

　　③ 鲁迅：《三闲集·现今的新文学的概观》，载《鲁迅全集》第4卷，人民文学出版社1981年版，第133页。

　　④ 鲁迅：《准风月谈·推》，载《鲁迅全集》第5卷，人民文学出版社2005年版，第205页。

　　⑤ 鲁迅：《准风月谈·踢》，载《鲁迅全集》第5卷，人民文学出版社2005年版，第260—261页。

会遇见几个穿制服的同胞和一位异胞（也往往没有这一位），用手枪指住你，搜查全身和所拿的物件。倘是白种，是不会指住的；黄种呢，如果被指的说是日本人，就放下手枪，请他走过去；独有文明最古的皇帝子孙，可就‘则不得免焉’了。这在香港，叫作‘搜身’，倒也还不算很失了体统，然而上海则竟谓之‘抄靶子’。”“时候是 20 世纪，地方是上海，虽然骨子里永是‘素重人道’，但表面上当然会有些不同的。”①

鲁迅的杂文体现的是一种“力”，他反对一切的压迫与奴役，在一定意义上，体现着海派文化“阳刚”的一面。

**20 世纪 30 年代的鲁迅照片**

20 世纪 30 年代前期与鲁迅同时发表杂文的作家主要有茅盾、林语堂、郁达夫、巴金、张天翼、陈望道、穆时英、施蛰存、臧克家、丰子恺、阿英、郑伯奇、曹聚仁、赵景深、贾植芳以及青年作者唐弢、胡风、聂绀弩、徐懋庸、周木斋、孔另境、芦焚、柯灵、荒煤等，以茅盾为代表。茅盾 20 世纪 30 年代的杂文讽刺了当时统治者及右翼文人，但更似畸形都会面面观。如《狂欢的解剖》描绘了战争爆发前夕百乐门舞厅里失去了神经主宰的跳舞欢笑，旅馆里开了房间寻欢的疯狂作乐。《证券交易所》摄取了金融投机的疯狂场面，投机者满面流汗地抛出买进，在“百万富翁”和“穷光蛋”之间翻筋斗。《大减价》用对比的手法描写了大百货公司里拥挤

---

① 鲁迅：《准风月谈·“抄靶子”》，载《鲁迅全集》第 5 卷，人民文学出版社 2005 年版，第 215 页。

不堪的兴盛景气和小商品濒临破产的凄凉衰败。而《血战后的一周年》《关于救国》《"抵抗"与"反攻"》《"九一八"周年》《旧帐簿》《神怪野兽影片》《玉腿酥胸以外》等系列杂文在揭露与批判统治者及右翼文人等的无能、消极及醉歌醉舞外，也同样批判了上海小市民在神怪、野兽、蛮荒、玉腿、酥胸、朱唇、轮盘赌、烈酒、鸦片中寻求刺激，逃避现实的颓唐、彷徨与悲观。其他代表性的作家作品有：洪深的《大饭店》体现了上海现代经济的发达，也显示了都会的豪奢、不平、市侩与卑俗。在"大饭店"里，有的是舒适与某一种行动的自由。"那日常的许多人过着的辛勤，劳苦，尖锐地奋斗着的世界，似乎到大饭店的门口就停止了，里面好像是另外一个世界。""凡是有钱的旅客所会发生的需要，这里就有一个专以满足这种需要为职业的人等待着，听候使唤。"只要有钱，在"大饭店"里可以做最少的工作而过着最充分的生活。而且，大饭店里"'拍马'已经从科学上出发"。当然，在大饭店里，"你不但得多花钱，你还得真'在行'，不论点菜，或是寻女人"①。曹聚仁《回力球场》分析了上海的赌场——回力球场的陷阱性，人一旦走进，其意识情绪即完全变样，而成为命定论者。多疑，易于冲动，被利害关系所控制，变得无情野蛮。"他觉得自己的推测比谁都高明，准定会赢钱，可惜错过了机会；他如同吃醉了酒，一切节制的力量都消失掉了。"可怜的小市民，"事实上不过给那巨人玩猴子似的当作把戏玩"。对"蚩蚩群氓'人皆以为圣'"②的小市民则充满了同情。

1937年7月7日，抗日战争爆发；8月13日，上海的闸北也燃上了抗战的炮火。抗战初期，上海的杂文曾有过短期的不振。巴人陈述杂文不振的原因时说："在抗战的初期，政治上文化上都呈现着一种欣欣向荣的新气象。有一些只见外表的现象，不见内在的本质的论客们微笑了。他们以为一切都已走向了光明的大道，黑暗时代已经送进了坟墓，于是就轻轻地用'讽刺的时代已经过去了'这样的话来判定了杂文的死刑。很有一些人受到了他们的愚弄。从此杂文也就陷进'不振'的泥潭里去。"③抗战以

---

① 洪深：《大饭店》，载上海《良友画报》1935年第111期。
② 曹聚仁：《回力球场》，载上海《良友画报》1935年第109期。
③ 巴人（王任叔）：《写在杂文重振声中》，载《杂文丛刊》1941年6月18日第4辑《湛卢》。

《鲁迅风》杂志封面

后，上海《大美报》副刊"浅草"首倡"重振杂文"，随之，上海出版了以刊载杂文为主的《鲁迅风》（1939年1月11日）以及专刊杂文的《杂文丛刊》。"孤岛"时期登载杂文的刊物有《文汇报·世纪风》《译报·爝火》《译报·大家谈》《导报·晨钟》等。另外，《万象》《天地》《风雨谈》等也登载杂文。此一时期，民族感情，救国大义成了杂文的主题。其杂文的战斗性更多地来自抗战的现实。代表作家有王任叔（笔名巴人）、唐弢、周木斋、柯灵、周黎庵、孔另境、阿英、金性尧（笔名文载道）、周楞伽、武桂芳、陈汝惠等"鲁迅风"大将以及更为年轻一些的钱今昔、吴弘远、穆子沁（原名李澍恩）、吴绍彦等。他们做着学习鲁迅与超越鲁迅的努力。他们继承于鲁迅的是信仰、"革命"与实践。是一种不满足于现状的战斗性，站在大众的立场上，做永远的批判者。甚至应当"超过了他，进到高的远的地方去。"① 代表性的集子有：文载道、周木斋、屈轶（王任叔）、柯灵、风子（唐弢）、周黎庵 6 人合集《边鼓集》（1938 年 11月）、7 人（又加孔另境）合集《横眉集》（1939 年 7 月）以及王任叔的《生活·思索与学习》（1940 年 8 月）、《窄门集》（1941 年 5 月）、《边风录》（1943 年 2 月），周木斋的《消长集》（1940 年 10 月），柯灵的《市楼独唱》（1940 年 11 月），唐弢的《投影集》（1940 年 4 月）、《短长书》（1940 年 12 月）、《劳薪集》（1941 年 3 月），周黎庵的《吴钩集》（1940年 2 月）、《华发集》（1940 年 5 月）、《蓼门集》（1941 年 5 月），列车（陆象贤）的《浪淘沙》（1940 年 10 月）、《两极集》（1941 年 10 月），王统照的《繁辞集》（1939 年 7 月）等。"孤岛"时期最重要的文学成就即是杂文。"孤岛"时期的杂文除了揭露侵略者的法西斯暴徒嘴脸，外强中干而又愚蠢的本质；鞭挞汪精卫为代表的屈膝投降的汉奸行为及中华民族的愚昧、懒散、麻木、昏睡等主要的内容而外，也有对都会特别是在抗战的非常环境下所表现出来的都会"异象"所作的批判。如：柯灵的《罪恶之花》一文对上海沦陷的种种丑恶现象进行了强烈的抨击，他指出"上海沦陷使百业凋零，却使许多投机取巧的把戏在这罪恶的沃土上开花，黄昏时你试向沪西兜上一圈，你会不禁瞠目结舌。几乎随处可见的是那灯饰粲然的招牌，'俱乐部''乐园''某记公司''娱乐社'等动人的名目；还有专门臭虫般吸取下层妇女和苦力血汗的花会'总筒''分筒'"。王任叔《生命的思索》对比了热衷"发财"的市民与陆放翁的爱国热忱及捐躯于国的民众，映照其灵魂的渺小与低下。"自己活得得意的另一面，便是别人死的伤心。""我们只希望全上海市民，懂得这个道理，节约生活上的奢侈，也就救了这个国家。"唐弢的《从江湖到洋场》《新脸谱》《文苑闲话》等则鞭挞了十里洋场的乌烟瘴气，嘲讽了文坛的各种丑类，批驳了文坛的种种谬论等。

殖民都会所带来的工商经济与道德失范，使得上海似乎成为中西"罪恶"的渊薮。而"鲁迅风"杂文所着力批判的正是殖民文化影响下的海派

---

① 王任叔：《超越鲁迅——为鲁迅逝世二周年纪念作》，载《申报·自由谈》1938 年 10 月19 日。

文明的负面。他们依托于上海相对自由的市民公共空间和读者杀出了一条生存的血路。"是感应的神经，是攻守的手足。"不是小摆设，是"风沙中的大建筑，坚固、伟大"①。他们站在海派文化的高处或外围，以精英的意识审视与批判着都会及民族的痼疾（当然也有对民族脊梁的礼赞），或犀利泼辣、或含蓄劲道、或渊博辨微，推动着自由抗争。不过，"鲁迅风"杂文毕竟跟都市隔了一层，不是融入与欣赏的，它是都市的"他者"，以"挑剔"或超越的眼光对都市"品头赏足"。它更多的倾向于革命，是左翼倾向的社会性言说，言志但更多地又是在载道，是个人与社会的结合。"其所受的影响，多来自我国先秦诸子、唐宋八大家之文，以及俄国等现实主义作家之散文。"② 它不一味地追求精神，而是追求批判与战斗。自然严谨，朴素优美。"战斗"的杂文是政治性的诗史写作，亦从反面记录着上海都会的历史。

"现代性灵小品"是对举于政商文学等③功利文学的一个相对性的概念。明确提出现代性灵文学思想的应肇端于周作人。周作人早在1928年所写的《〈杂拌儿〉跋》与1932年出版的《中国新文学的源流》中掀起了性灵文学大旗，并明确地将五四新文学的源流看作是明末公安、竟陵派的性灵文学。作为历史中的"性灵文学"，周作人当然能够认识到其必然存在的浮华、空疏、不彻底等不够现代的一面，但他所看重的是性灵文学所隐藏着的对待传统"载道"文学的反抗态度。周作人的性灵文学思想直接影响了林语堂，而林语堂则带着周作人的影响在上海发扬光大。20世纪30年代上海时期的林语堂则接过周作人性灵文学的大旗，极力提倡幽默闲适性灵小品。同于周作人，林语堂极为推崇明公安派，偏爱袁中郎。反对社会的虚伪与不近人情。认为写作就是发抒一己之心灵。林语堂强调，性灵文学的根本就在于"真"与近情。因此，他批判文学的西崽气与方巾气，批判任何形式远人的功利文学观。认为艺术即为消遣，是一种游戏，"只

---

① 鲁迅：《南腔北调集·小品文的危机》，载《鲁迅全集》第4卷，人民文学出版社1981年版，第577页。

② 余树森：《现代散文理论鸟瞰》，载《现代作家谈散文》，百花文艺出版社1986年版，第18页。

③ 现代性灵小品与政商文学的关系，在本书的《附录一》里，还将有详细论述。

有在游戏精神能够维持时，艺术方不至于成为商业化"。艺术的灵魂是自由，而政治式的艺术则会毁灭了它。① 他极为推崇幽默，而有了性灵，自有幽默。林语堂丰富与发展了周作人的性灵文学思想，在上海影响很大。围绕着林语堂与"论语派"，聚拢了众多闲适幽默性灵小品的作家。代表性的有郁达夫、冯沅君、赵景深、许钦文、谢冰莹、老向、毕树棠、李宗吾、柳存仁、周黎庵、谭正璧、谢兴尧、文载道、陶亢德、周越然等。这些上海滩的自由主义文人，在 20 世纪 30 年代革命文学的影响下虽存有一定程度的"左"倾，但整体上皆能够发诸性情，以一种觉醒的思想为中心，打破桎梏，于宇宙之大，苍蝇之微的生活世界中发掘属于灵的东西。远世俗文化与观念，含天地之灵气，自有着宁静，超脱的境界。1936 年 8 月，林语堂远走美国；1937 年 7 月，抗战爆发。20 世纪 40 年代延续林语堂与论语派性灵小品风格的主要是 1942 年 3 月下旬创办的《古今》文学半月刊的文人们。《古今》的作家主要有：北京的周作人、商鸿逵、毕树棠、尤炳圻、俞平伯、谢兴尧、谢刚主、傅芸子、傅惜华、徐一士、瞿兑之等，南方的陶亢德、周黎庵、柳雨生、纪果庵、文载道、梁鸿志、徐凌霄、冒鹤亭、赵叔雍、陈乃乾、吴湖帆、郑秉珊、周越然以及汪精卫、周佛海等。其散文小品冲淡隽永。《古今》之后的《风雨谈》《天地》《文史》等则一定程度上延续着《古今》的风气。《古今》《天地》《风雨谈》等刊物上的现代性灵小品作者多为亲汪学者或文人，如周作人、瞿兑之、谢刚主、谢兴尧、徐凌霄、徐一士、沈启无、纪果庵、周越然、龙沐勋、文载道、柳雨生、予且、苏青、陶亢德、周黎庵等，有的本身即为汪伪政府官员，如汪精卫、陈公博、周佛海、梁鸿志、朱朴、赵叔雍、江亢虎等。整体上看，其散文小品多带有文人的雅致、性情、学识、放逸及古典趣味，文风很少关乎政治，即便是汪伪政府的官员写作，也多为忆旧清谈，强调自我与遣愁寄痛。

　　文学诉诸于心灵，但凡反映了个性与自我心灵的文学艺术都有着性灵的思想，现代文学普遍如此。"鲁迅风"杂文亦可称为性灵杂文，市民都会散

---

① 林语堂：《生活的艺术》，载《林语堂名著全集》第十七卷，东北师范大学出版社 1994 年版，第 339 页。

文未尝不可称为性灵都会小品。将性灵小品别立一宗是在于其与政商文学的对举性，乃相对性的称谓。在乡土中国土壤上产生的现代都会依然有着很强的政治性，现代性灵小品对政治文学的远离，使其赋有了自由、活泛及闲适幽默的审美个性，并与人生相亲近，这正对接了海派文化中的"世俗"与"日常"。而性灵小品对商业文学的抵制，则又再现了海派文化传统中的"阴柔"与"雅"。现代性灵小品整体上有着贵族化的倾向，多写自身与内省。"贵族化"的"日常"性究竟不同于市民都会散文的"日常"，也规约了其与现实的距离，而这种距离或许正反映出性灵文人对现实的逃避。

二

工商化的进程规约了近现代上海散文的分形，但这种分形只是相对的。"混合"型的都会文化使得存适于都会的多元分立的散文形态体现出并育相生的复杂关系，以致使得上海散文如"多棱镜似地折射出沪地移民的社会习性和文化性格"[①]。

海派文化的基本特征是工商性与地方性。工商性是第一特性，也是海派称为海派的决定因素。海派文化的工商性规约了上海人的趋新尚新与西方都市化的洋气。海派文化的地方性主要体现于吴越文化，典型的是两浙文化的神秘性。基本有两种："第一种如名士清谈，庄谐杂出，或清丽，或幽玄，或奔放，不必定含妙理而自觉可喜。第二种如老吏断狱，下笔辛辣，其特点不在词华，在其着眼点的洞彻与措辞的犀利。"[②] 工商性规约着市民都会散文，而两浙文学的两种潮流则对应着现代性灵小品与"战斗"的杂文。显然，在海派文化的胚胎里就孕有了上海散文各类型产生的可能与存适的土壤。"工商性"缘自西方，乡土中国的"地方性"带有很强的政治性。近现代的上海，政商对立及乡土文化的影响一直并存。特殊的文化语境既决定了上海散文的多元与分形，也决定了各散文品类之间的交汇、交流与交融。

其一，工商语境的"宽容"与多元散文的"相生"；都会工商性的发

---

① 樊卫国：《晚清沪地移民社会与海派文化的发轫》，载《上海社会科学院学术季刊》1992年第4期。

② 周作人：《地方与文艺》，载《周作人散文全集》（第3卷），广西师范大学出版社2009年版，第102页。

生与发展规约了市民都会散文的产生，也天然提供了性灵小品存适于此的可能性。工商文化追求的是启新蜕旧，交流融通，是传统乡土中国中的异流，本身即包含着民主与个性解放的因子。现代性灵小品所推崇的晚明性灵文学思潮的发祥地是苏州，明公安派的主将袁宏道的任职地就在苏州的吴县。而苏州则是明代中后期工商业最为发达的地区之一。晚明小品正是在士商结合的过程中产生的。名士自有的文化意识与生活风尚也只有在相较宽松的工商性环境中方能更好地存适，因为它的狂放不羁、自由洒脱的个性形态与乡土中国的政治性原是对立的。或许正因如此，中国现代性灵散文肇端于北京的周作人，但却兴盛于上海的工商语境。

市民都会散文分为新旧两个阶段。旧派市民都会散文主要包括鸳鸯蝴蝶派散文与小报散文；旧派市民都会散文整体上体现着中国传统文化的惰性，但已经属于商业文化的产物，其显在的游戏的、消遣的、金钱主义的文学观念，正体现着市民的生命力。新派市民都会散文即现代市民都会散文是现代都会的产物与20世纪20—40年代中国现代都会的生命意象。现代市民都会散文的取材极为广泛，是与现代市民生活的无缝接轨，它所提供予读者的不仅是文学趣味，更是一种生活实感。现代性灵小品也写生活的日常性，但较之现代市民都会散文终究显得渊雅，距离生活与大众的距离比之市民都会散文毕竟远了一层。现代市民都会散文的写作门槛很低，有专门的散文小品作家，更多的则是一些文学修养丰富的非文学作家。是一种作为大众化平民化的散文写作。在现代市民都会散文身上所体现的是个人性、社会性与自然性的融合为一，且均大得张扬。是现代都会真正的产儿与自主的发声，更多来自都会生活的刺激。但周作人与林语堂等的性灵小品却影响了上海现代都会散文现代品格的生成。现代性灵小品客观上提供了现代市民都会散文产生的平台，提升与雅化了市民都会散文的市井气，延续与发展了五四以来京派作家对人的存在与价值的发现，使其更能以花样翻新及相较高雅的品格赢得文化市场的接纳。其影响的直接结果产生或完善了中国现代文学史上的生活散文、文化散文，自然也是一种城市散文。①

---

① 参见陈啸《京海合流与海派散文的生成》，载《江汉论坛》2013年第7期（2013年第22期《新华文摘》论点摘编，2013年第11期中国人民大学复印资料中心《中国现当代文学研究》全文转载）。

　　"鲁迅风"杂文于显在的层面上对举于现代性灵小品以及市民都会散文等。鲁迅从不讳言直斥上海的烦扰势利与险恶，他更喜欢北京的沉静。鲁迅看中上海的也许只是租界环境的安全、包容与发挥战斗的自由。他在1933年8月应林语堂之邀所写的《论语一年》里就明确批评林语堂提倡的幽默与闲适实在是"将屠户的凶残，使大家化为一笑，收场大吉"。在风沙扑面，炸弹满河的情势下，"将粗犷的人心，磨得渐渐平滑"①。而在《从讽刺到幽默》一文里则又强调："社会讽刺家究竟是危险的，尤其是在有些'文学家'明明暗暗的成了'王之爪牙'的时代。人们谁高兴做'文字狱'中的主角呢，但倘不死绝，肚子里总还有半口闷气，要借笑的幌子，哈哈的吐他出来。""但其中单单是为笑笑而笑笑的自然不少。"在鲁迅看来，性灵小品的"幽默"易于成为一种毫无意义的"为笑笑而笑笑"的"滑稽"无聊小品。并且指出"麻醉性的作品，是将与麻醉者和被麻醉者同归于尽的"。鲁迅在《花边文学·"京派"与"海派"》一文里，则从地域文化的角度批判没"海"者文人的近商性，指出其不过是"商的帮忙而已"②。"鲁迅风"的重要作者唐弢在《游戏的文章》里亦嘲讽林语堂倡导"性灵"是"从古墓里腐烂的尸骨上，刮下一些碎屑，当作药末，来医时行症"。应该特别指出的是，林语堂提倡"幽默"的初衷是说真话，力避滑稽与刺激，追求一种有所寄托的纯正的幽默。但实际上，理论的倡导与创作的实际并非一致，在后起年青一代上海文人那里的确常常出现幽默的变味，流于游戏与滑稽，甚至如章克标等以极度"轻浮的态度"表达自己"极端"的个性。这种"极端"性灵表现的"幽默"在一定的尖端上又有着消解"个性"的趋势，即现代文明下的"热情"的衰退。这不是传统意义上的消解，而是文明发展到一定层次上所呈现出的格式化的惰性。诚如陈淑华所说："文明愈进，人便一天一天愈近于'机器人'，在一定的时候办公，归纳入几条一定的定律的封套以内，万不许有热情存在。

---

　　① 鲁迅：《南腔北调集·小品文的危机》，载《鲁迅全集》第4卷，人民文学出版社1981年版，第575页。

　　② 鲁迅：《花边文学·"京派"与"海派"》，载《鲁迅全集》第5卷，人民文学出版社1981年版，第432页。

于是性灵再也抬不起头来了。"① 当然，这也正是性灵小品与现代都会散文的区别点之一。② 然而，鲁迅又是肯定性灵文学与宽容对待海派文人的商业气的。工商文明本身就规约着个性的张扬与性灵的解脱。鲁迅的杂文无疑也是一种性灵杂文（但是一种社会性的性灵言说）。鲁迅始终认为，"好的作品，向来多是不受别人命令，不顾利害，自然而然地从心中流露的东西；如果先挂起一个题目，作起文章来，那又何异于八股，在文学中并无价值，更说不到能否感动人了"③。即便是"遵命的文学"，也必须是"我自己所愿意遵奉的命令"④。鲁迅所反对的是"虽说抒写性灵，其实后来落了窠臼，不过是'赋得性灵'，照例写出那么一套来"⑤。影响于鲁迅与"鲁迅风"作者的多是社会严峻的现实而不是上海的工商环境。鲁迅与"鲁迅风"作者虽然有着因工商文化的影响而开始了的市民文人身份及思想的转变，但他们所保持着的居高临下精英知识分子立场，使得他们的创作整体依然质属于左翼文学之一。"鲁迅风"杂文的存在对上海的幽默性灵小品与现代都会散文却也有着纠偏的意义。它在时刻提醒着性灵小品与都会散文不要往着"油滑"方面的发展并得以保持风格的新变。

其二，"政""商"环境的对举与多元散文的分立；乡土中国土壤上产生的现代都会毕竟不同于西方，晚清、民国时期上海形成的现代都会工商文明，处在中国广远的农业文明包围之中。同时，上海是一个华界、租界、华洋过渡界杂存之地。复杂的近现代上海的都会环境究其根底则是一种政治文化与商业文化对举的环境。乡土文化是一种政治性的文化，政治文化强调一种统一、严肃以及激烈、批判、战斗等，追求宏旨大意，带有一定的"贵族气"。殖民化带来的工商文化追求的是个性、自由与宽容，并因之带有着轻趣、世俗与洒脱。总的来说，性灵小品与"鲁迅风"杂文

---

① 陈淑华：《幽默辩》，载邵洵美编《论幽默》，上海时代书局1949年版，第65页。

② 关于林语堂散文理论对海派散文的影响，在本书的第一章将有详述。

③ 鲁迅：《而已集·革命时代的文学》，载《鲁迅全集》第3卷，人民文学出版社1981年版，第418页。

④ 鲁迅：《南腔北调集·〈自选集〉自序》，载《鲁迅全集》第4卷，人民文学出版社1981年版，第456页。

⑤ 鲁迅：《且介亭杂文二集·杂谈小品文》，载《鲁迅全集》第6卷，人民文学出版社1981年版，第417页。

较之市民都会散文，有着较多的乡土文明的精神面影与中华传统文明的独立品质。而市民都会散文更多地直抵都会工商文化的内核与新的精神的"原乡"，在都会与乡土经验的遇合中，更是西风压倒了东风。但近现代的中国都会上海是源于西方的殖民化而被动兴起，有着原初的创伤经验。市民都会散文又更多地表现出对西方物质现代性的崇仰与机械性的审美。在不统一的海派文化环境下各自文化的偏重，出现了近现代上海散文审美区域的分裂与抒情主体视角的分散，进而保持了上海多元散文的相对独立。

三

生存于上海文化场域中的都会文人在"工商性"与"地方性"的共同作用下，时或有着文化心理的"双栖"或"多栖"的复杂形态，也由此决定了其散文创作界限的模糊，各类散文之间的游移或越界创作时有存在，显示出分裂而模糊的文化时间意识与城乡镜像的暧昧与混杂。比如，林语堂的小品文字尤其是20世纪30年代前期的小品是时涉政治与时事的，似杂文的笔法，而一些篇目如《梳、篦、剃、剥及其他》《悼张宗昌》《奉旨不哭不笑》《上海之歌》等本身就是杂文。他的《梳、篦、剃、剥及其他》即以四川童谣"匪是梳子梳，兵是篦子篦，军阀就如剃刀剃，官府抽筋又剥皮"讽刺了"匪不如兵，兵不如将，而将又不如官"的政治现实。林语堂发表于《论语》第1期的《悼张宗昌》则充满了讽刺批判的锋芒。文本句句反语，惋惜张氏的被刺，赞颂他的"刚勇""直爽""良心"及忠孝，但这恰恰是在极尽讽刺挖苦之能事。在《奉旨不哭不笑》一文中所指出的"九·一八"严禁游行与"双十"停止国庆的两大政策实在是让国人哭不得也笑不得的政策。讽刺了国民党当局党治与训政的专制性。而他的《上海之歌》名为歌颂，但分明是对上海都会文明的揶揄与批判。请看他的叙说：神秘而伟大的上海，是铜臭的大城，"搂的肉与舞的肉的大城"，"吃的肉与睡的肉的大城"，"行尸走肉的大城"……"你这中国最安全的乐土"，"我歌颂你的浮华、愚陋、凡俗与平庸"。① 性灵小品在当时越来越严肃的上海的存适环境是艰难的。与官方当局与左翼文学都是对立的。一如当年《语丝》文体里的"任意"，性灵小品的滑稽里有的是"正

---

① 林语堂：《上海之歌》，载上海《论语》1933 年第 19 期。

经"与"严肃"。现代性灵小品的"幽默"里本身具有巨大的价值承载功能。它的"幽默"往往以曲折的方式解构着"神圣"与"专制"并阐释着真理的内涵，以一种"严正的滑稽"①的方式调侃与挖苦着政治、人生与社会的现实，谑而不虐的"幽默"常常包裹的是政论。在对待官方与正统的态度上，性灵小品与"鲁迅风"杂文确又属于同一战壕。

市民文人同样有着对都会文化与都会现象透视与批判色彩的市民化杂文。旧派市民文人的鸳蝴散文一开始就有着浓重的杂文气息，其揭露抨击黑暗现实，痛斥二十一条，讽刺封建军阀政客及世风等横眉怒目式的笔墨在诙谐的主调中时现丰姿。杂文笔法在现代市民都会散文里依然故我。如许纯的《上海礼赞》一文里强调，都会生活是现代人所憧憬的，这里有摩天的大楼，柏油的宽路，疾驶的汽车，妖艳的佳人，霓虹的闪烁，爵士的欢声，络绎的车马等的风华与多彩，但也对应存在着乡村诗意的消失，私欲的膨胀，居住的拥挤，无尽的劳碌……"都会是现代人的参加，在那里有美与丑，善与恶，乐与悲——一切都是个对照"②。周乐山的《上海之春》开篇即说："住在上海的人，是永远见不着春天的。"原因在于：多钱的资产阶级所注意的是"新闻纸上占着半张篇幅的有声电影广告；申园，逸园的跑狗日期；先施，永安，新新三大百货公司的大减价广告……"资产阶级的太太们是很少出门的，特别是在严寒的春天，"高楼大厦的深闺之中，是整天整晚的开着电灯"。而住在龌龊弄堂里的穷人则永远困扰挣扎于生存，更是无暇顾及对春天的"欣赏"。上海是物质文明的中心，"红木铺造的马路"上的"热闹"是属于有钱与有闲阶级的。那里有供闲人阅读的小报，"有出卖老版阴阳历本的；有供给姨太太，小姐们的哈巴狗或小弟弟玩的气球；有专替人刷皮鞋的俄罗斯人；有从大减价的商店里发出来留声机的歌声，如丽娃里答之类……"但只见"钞票"与"银角子"的飞舞，"哪见着一点春的消息？""十字路口，更可以看见巡捕的威严，巡捕的威严的对象当然是黄包车夫"，威严之下更觉春寒的尖厉。……"我彷徨着，在死气沉沉的上海……"③杨剑花的《上海之夜》说上海的白天浸在煤烟灰尘

① 周作人：《滑稽似不多》，载《语丝》1925年第8期。
② 许纯：《上海礼赞》，载上海《时代画报》1933年11月16日第5卷第2期。
③ 周乐山：《上海之春》，载上海《良友画报》1931年第56期。

之中，而夜的上海却是"歌舞声平"，"在夜里的上海人，个个是漂亮，是阔绰，是享乐。除掉盯着行人，一味恭维的小瘪三是例外"。在夜的上海，"寻欢作乐的去处，是多得不可胜数"，"只要有钱，只要肯花，什么都有，真是'万物皆备于我！'"① 邵洵美在《感伤的旅行》中强调自己与上海的血肉关系，但也深感对上海的厌倦。上海有他的家与新居，是一部自己的历史。然而，"在上海路上走，我会有一万个念头，每一个念头是一个埋怨"。因为"常住上海，头脑会变成很简单"，"从窗口看出去，一片片红瓦盖藏着许多复杂的故事。用不到你管；你要，自己家里也有。曾经想要探听每一个人家里的秘密，合起来一定是部不朽的作品；但是他们的情节的类同，会叫我奇怪上帝的创造，也不过是自己在重复地模仿着自己"。② 复制化的现代上海啊！郭建英的《求于上海的市街》，以图文并茂的形式思考了"被欧美习俗深染了的上海街头上，欲觅求一个纯粹的中国女子固有的美，确是一件不易的事"。因为，"最美丽的花草往往是长于污秽的泥堆里的"，中国无产阶级中的美女只有在那远离都会的乡间大概可以找到。然而，物质文明极度发达的上海都会，要找一个富有现代感觉的，"脸上闪耀着睿智，健美的性格与柔和的情感"③ 的内容的女子却也同样不易。叶灵凤的《煤烟》主要思考与批判了近现代物质文明给上海带来的污染。现在的江南，尤其是上海，如林的烟囱冒出来的煤烟，混沌腐臭了的上海的河流，已经摇撼了"江南明媚静谧空气中的诗意"。另外，市民文人王仲鄂的《病中杂记》，徐光燊署名"坦克"的《夜归》，徐翎的《生之寂寞》，鲍莘锄的《漫谈卖淫》等，则是对都市平民及知识者生活的忧郁，生存的艰难，生涯的寂寥等都会负面现象的关注与透析，虽无批判的锋芒，但亦显示出左倾文学的色彩。其实，近现代中国土壤里产生的市民文化，是外在于乡土中国占据主流的国家政治文化的一种自足自律的非正式的边缘文化，对封建性的政治文化具有一种天然的对抗性与否定性，故而，市民文化规约下的都会散文先天有着杂文的批判性。

不过，同样是杂文性的批判，但三者的基本态度与笔法却又判然有

---

① 杨剑花：《上海之夜》，载上海民智书局《珊瑚》1933 年第 17 期。
② 邵洵美：《感伤的旅行》，载上海《万象》1934 年 5 月第 1 册。
③ 郭建英：《求于上海的市街》，载《妇人画报》1934 年第 17 期。

别。"鲁迅风"杂文是近于直面严肃的批判（当然也有曲笔），而性灵小品是小言詹詹寓含宏旨，并不是所谓的"姑妄言之"①。"鲁迅风"杂文与现代性灵小品似乎是以不同的方式延续与发展着五四时期的社会批评与文明批判及西方的自由民主。只是现代性灵小品少了一味严肃的态度，也不再以文化英雄的形象出现，而具"拟"市民性的意味。但性灵小品文人又不似泯然于市民中的普通人，并不是俯就市民大众的写作，而是以隐身的方式拟市民大众的口吻看取社会的真实。没有"鲁迅风"对政治及官样文章对立的尖锐与激烈，幽默的外壳似乎成为现代性灵小品批判现实的方略，以幽默诙谐玩世的方式讽刺其虚伪与矫饰。在对既有传统与权威反抗性这一点上，现代性灵小品与"鲁迅风"杂文似"软""硬"两面的互相补充。市民文人杂文虽有杂文文体固有的"泼辣"与尖锐，但较之"鲁迅风"杂文，往往是温婉含蓄的旁敲侧击，也不似性灵文人杂文隐秘的"崇高"，更多的还是以平等的腔调平视的视角追求着市民化的诙谐。

上海的工商文化似笼罩一切的空气，规约了市民散文，也影响与呼应着战斗性的杂文与性灵小品。鲁迅的"花边文学"与"准风月谈"即是以闲适幽默甚或商业化的外衣包裹着内在的"风云"。鲁迅 20 世纪 30 年代经常发表作品的《申报·自由谈》也一直强调趣味与消遣性的办刊思路与编辑方针。《自由谈》的版面就设有"游戏文章""海外奇谈""岂有此理""博君一粲"等充满趣味性的栏目。而"鲁迅风"人，比如文载道，本为鲁迅风人，20 世纪 30 年代即在《申报·自由谈》发文，"孤岛"时期，资助、编辑《鲁迅风》杂志。沦陷时期，由激烈转为清谈，由鲁迅风转为周作人风。他发表在《万象》上的如《关于杀人》（《万象》1943 年 3 月第 9 期）、《山形依旧枕寒流》（《万象》1943 年 5 月第 2 年第 11 期），以及柯灵在《万象》第二年发表的《神·鬼·人》中的《关于女吊》《关于拳教师》，周楞伽署名"危月燕"的《从大众语说到大众文学》等都有着市民化的色彩，淡化着匕首投枪似的讽刺锋芒。写作性灵小品的周黎庵、谭正璧、金性尧、周楞伽等，也偶有市民意味较浓的散文创作，似以城市异质者的眼光在接近着都会的秘密，而且颇为真切。当然，由于乡土

---

① 《宇宙风》上就有"姑妄言之"栏目。

文化的滞重与积习，所谓市民都会散文的代表作家在以都会文化塑造下的审美眼光与心灵主体全面考量都会人事物像时，也时以眼角的余光与心灵之一翼，流连着乡土。在共同的工商语境中，上海文人似乎都失去与消解着传统文化的精英意识，或抒写遭遇都会时的情感与忧郁，或抒写自我被都会机械文明抛入疾驶轨道中的兴奋或不合，或抒写都会环境里的无根与漂泊，或抒写都会文明病的愤懑，等等，与当时的革命主潮或传统文明，仿佛都有了隔膜，全体再现了精神孤岛与时代夹缝中的精神状态。

概而言之，近现代上海所存有的散文形态中，虽然"鲁迅风"杂文与以"论语派"为代表的现代性灵小品影响深远，也一直为人称道，但最有资格代表海派散文的只能是市民都会散文。它产生于海派文化的内部，体现了以现代工商文化为主的，包括一切外来的、变化中的、逐渐在上海发生影响的海派文化的全体。其所宣叙的是置身现代工商社会中的普通市民的人生感受与普遍心态。是海派文化因内而符外的主体性表现。海派文化是随着上海工商业的发展而逐渐形成。"这个城市不靠皇帝，也不靠官吏，而只靠它的商业力量逐渐发展起来。"① 时至 19 世纪末，上海已经过渡到市民社会阶段。海派文化即在中心交融的背景里产生的。其主流核心精神是商业文化、消费文化、市民文化，"是商业社会的精神产品"②。虽然混合有江南传统吴越诸文化的成分，但都会工商文化毕竟是核心与主体，这也正是海派文学立论的发脚点和归宿。市民都会散文正体现了工商都会的主体意识，与工商文化互为表里。它"弥补了"杂文"无我的不足"，亦"纠正了"性灵散文"唯我的狭隘"③，拓宽与延展了闲适派散文的疆域，接续与发展了五四时期开始的生活化散文的传统。自属于新鲜与未来。市民都会散文也正是本论著研究的重点。而且，客观地说，长期以来，作为海派文学重要一部的市民都会散文（后文将以"海派散文"指代"市民都会散文"），学界尚未给予足够的重视，笔者所能涉猎的研究成果仅是一些零星的散篇论文，没有出现系统的研究专著。而对于"鲁迅风"杂文的研

---

① ［美］霍塞：《出卖的上海滩》，商务印书馆 1962 年版，第 4 页。

② 吴福辉：《都市旋流中的海派小说》，复旦大学出版社 2009 年版，第 2 页。

③ 方爱武：《生命的瞩望：走近真实——海派小品散文比较谈》，载《上海大学学报》（社会科学版）2001 年第 3 期。

究早已是蔚为大观。现代性灵小品的主体"论语派"也有了吕若涵女士的专著《"论语派"论》。以吴福辉、许道明、李今等为代表的关于海派文学（主要指现代海派小说）的研究，则是硕果累累且日臻成熟。

　　海派小说与海派散文①是中国现代都会文学的重要组成部分。海派散文比之于海派小说，既有相类似的一面，又有自己独特性的一面。海派散文的创作个性、发展流变、作家幅员等都有着不尽同于海派小说的个性色彩。而且，一直以来，中国现代文学的基调是乡村，现代文学之一脉的散文的主体也是流淌着那绵延不绝乡情风韵亦一直是暗涌明潮、根深叶茂的乡土散文，都会散文显然要逊色与飘零，亦难成气候，但自有其特色。比之京派散文，它是文学商品化环境下的典型创作，与文化市场息息相关。其创作态度、文化内质、主题取向、美学格调等方面都有着截然不同于乡土散文的特殊性。正因如此，本书拟就以市民都会散文为核心的海派散文，从其与都会小说互文互补的角度，做一系统并力求深入的探讨。这是中国现代都市文学研究一个必要合理的补充，也是对现代散文分类研究的一种深入。

上海福州路

---

　　①　"海派散文"与"海派小说"都算不上是严谨的文学流派，它们都没有统一的理论宣言与组织等。其大致的统一性则主要集中体现于现代工商文化、外来文化及地方文化等共同规约下的现代性与先锋性等。质言之，它们是现代都市文学，将其称为"派"，是一种约定俗成的称谓，其代表性作家也是"拢"在一起的。但"海派散文"与"海派小说"为代表的现代都市文学是中国现代特殊的文学现象。

# 第一章　京海合流与海派散文的生成

苏青散文集《饮食男女》封面，书名由周作人
（十堂）题签（该图选自陈子善编：《夜上海》，
经济日报出版社 2003 年版）

一　文学中心变迁与作家群游走

在近现代的中国历史上，北京与上海作为文学中心的地位，几经周折，真是一方唱罢我登场。京海文学之间也并非泾渭分明，水火不容的，

而是你中有我，我中有你。就散文来讲，20 世纪 20 年代末，文学中心在北京与上海的游走一定程度上成为海派散文生成的催生剂。

近代以来，由于工商业的繁荣，上海曾一度成为中国文学的中心，引领了中国文学的发展。近代文学期刊及以文学为主的期刊之中，上海出版的占据了多数。新文学运动的初期领导者即大多产生于上海，如蔡元培曾办刊、办教育于上海；胡适在上海的中国公学主编过《竞业旬报》；陈独秀于 1903 年在上海创办过《国民日日报》；鲁迅的首篇小说《怀旧》发表于上海的《小说月报》；周作人最早的作品《孤儿记》（根据外国作品改写）1906 年出版于上海；刘半农的出道与成名同样是在上海；尤其是《青年杂志》即五四新文学运动的重要刊物《新青年》的前身也是于 1915 年 9 月 15 日在上海创刊的……1916 年，袁世凯去世，黎元洪继任总统，北洋军阀在北京的政治控制相较缓和。因此之风，新北大渐趋崛起。蔡元培被邀任北京大学校长且着力对之进行改造；陈独秀在蔡元培的劝说下也来到北京并任北京大学文科学长，随之，《新青年》杂志也于 1917 年带到了北京。由此，文学中心由上海移到了北京，体现了文学向政治中心的靠拢。然而，好景不长。作为守旧派的北洋军阀与新文化领导者之间，本就水火不容，冲突不断且愈演愈烈，压制迫害着以北京大学为中心的新文化运动。陈独秀于 1919 年 3 月就已被迫辞去文科学长的职务，1919 年 6 月，陈独秀又因散发传单被捕，释放后即南下，于 1920 年将《新青年》重又带回上海。胡适、傅斯年、罗家伦等新文学干将们都同样受到北洋政府的控制并因此表达过不满，此种状况甚至发展至 1926 年奉系军阀进京后的屠杀。比如著名报人林白水与邵飘萍即是以"赤化"罪名而先后饮弹，《世界日报》的老板成舍我也同期被捕。北京段祺瑞政府准备通缉的教授就有 50 位，再加之政府拖欠国立大学的薪资等原因，新文学的干将们多再次南下。鲁迅早在 1926 年 8 月即已离开北京，辗转厦门、广州等地，1927 年 9 月定居于上海。1927 年 10 月，《语丝》周刊在北京被禁，同年 12 月改在上海出版。同期在京的《现代评论》和《新月》社的胡适、徐志摩、丁西林、叶公超、闻一多、饶子离等也先后到了上海，上海再次成为文学中心，实现了与经济中心的又一次重合。

就散文来讲，此一时期，由于文学中心变迁及时代的进一步发展，

真正意味的海派散文开始成型并很快出现其鼎盛局面。在创作构成上，海派散文的代表作家主要由两部分组成，一是由京入海转型的作家，二是上海本地新起的作家。前一部分作家是随着"语丝"的分化及沪版《语丝》的出现而伴生的。"语丝"分化的直接原因是奉系张作霖政府因"有伤风化"之名查封北新书局，《语丝》受池鱼之灾。1927 年 12 月，《语丝》移至上海出版，1930 年宣告终结。走马灯似的军阀执政及对文化人的迫害，使得鲁迅、林语堂、章衣萍等语丝同人避祸南下，"语丝"社友人风流云散。

北方的一些作家来到上海以后，似乎对海派文学有着天然的亲切感，很快一改初衷，俨然海派。京派背景的散文作家在由京入海的过程中完全或基本蜕变成海派散文作家的以"居士"章衣萍和林语堂为代表。章衣萍似乎早就有着"海派"的倾向。在北京时期的《语丝》上，章衣萍以"衣萍"笔名撰文 28 篇之多，"数量居周氏兄弟后排第五位"[1]。此一时期即1924 年 11 月至 1927 年 7 月，章氏为文一概本着《语丝》刊物的固有宗旨，"提倡自由思想，独立判断，和美的生活"，"想冲破一点中国的生活和思想界的昏浊停滞的空气"。其文风主旨关注人生与社会，措辞激烈，率真泼辣，以《樱花集》为代表。但也恰在此时，章衣萍已露出些许的海派气息，如其在《情书一束三版序》中直言："居古庙而想女人，虽理所不容，亦情所难禁。'女人，女人，女人'想着，想着，写着，写着，这样所以有《情书一束》的印行。"[2] 或正因如此，章衣萍走在"京海合流"前头。早在 1927 年，章氏未及《语丝》终刊，便同妻子吴曙天联袂南下。在暨南大学当教授的同时，即把《情书一束》的传统发扬到极致，随之又有《枕上随笔》《倚枕日记》的面世。章氏最终远离了"京派"，俨然成为一个地道的海派。

林语堂本为京派中人，但上海亦是其文学之源，他的大学生活就是在这里度过的。同是 1927 年奔赴上海，但他的声名和影响却远甚于章衣萍。林语堂的"海"化稍复杂于章衣萍，其庙堂意识和"京派"背景的根要深

---

① 方习文:《章衣萍:一个被忽略和误解的安徽现代作家》，载《江淮文史》2007 年第 5 期。
② 章衣萍:《情书一束三版序》，载《语丝》1927 年第 113 期。

于章衣萍。但因身居上海而受到各种现实及时局的影响与冲击，其"海化"的散文小品也时或出现。如发表于 1933 年的《谈女人》如此说道："钻入牛角尖之政治，不如谈社会与人生。学汉朝太学生的清议，不如学魏晋人的清谈，只不要有人来将亡国责任挂在清谈者身上。由是决心从此脱离清议派，走入清谈派"，并奋然曰"我们要谈女人了！""谈女人"似乎宣示了林语堂小品写作与"海派"的合流。林氏散文论及范围广大精微，"政治病""西装"，甚至"牙刷"等，"信手拈来"，几乎无所不谈，追求自我心头的轻松与"牛角尖"世界，远离经世文章。然而，质言之，林语堂散文的"海化"体现着的至多是一种向上海市民社会的倾斜；它解放了读者的趣味，是一种"轻文学"的新文体。而实际上，林氏之救国救民之心一直潜藏于中，距离"海派"为文的"潇洒"尚远，其作为一个启蒙者的角色始终难以脱却。这从他的很多言行中，不难体会得到。如 1932 年在《论语》发刊词中如此说："无心隐居，迫成隐士"，在北伐革命及接踵而来的国民党的"清党"和"钳口"政策下，既不愿以头颅作左右政治的祭品，又不愿避世主义，生存机巧便成为在严酷的政治现实中实现个人价值取向的基本保证，有所坚持与有所逃避，即是谋略着走一条非普罗非法西的路线："一定要说什么主义，咱只会说是想做人罢。"① 1933 年初林语堂在中央研究院任上曾参加过中国民权保障同盟。1936 年林语堂移居美国途经日本时写下的《临别赠言》说："在国家最危急之际，不许人讲政治，使人民与政府共同自由讨论国事，自然益增加吾心中之害怕，认为这是取亡之兆。""救国责任应使政府与人民共负之，要人民共负救国之责，便须与人民共谋救亡之策。""除去直接叛变政府之论调外，言论应该开放些，自由些，民权应该尊重些。这也是我不谈政治而终于谈政治之一句赠言"②。显然，在严酷的现实面前，其"海"化是一种被迫与生存机巧，林语堂算不上地道的海派散文中坚作家。

二 "论语派"的意义

林语堂固然算不上海派散文的代表性作家，但以他为精神盟主的"论

---

① 林语堂：《我的话·有不为斋丛书序》，载《论语》1934 年第 48 期。

② 林语堂：《临别赠言》，载《宇宙风》1936 年第 25 期。

语派"却直接促进了真正海派散文的形成与发展。主要表现如下：

（一）刊物的市场导向与新起海派的集结

以林语堂为核心，"论语派"创办的期刊很多，主要有：1932 年 9 月 16 日，林语堂、陶亢德主编的《论语》；1934 年 4 月 5 日林语堂、陶亢德、徐订合编的《人间世》；1935 年 9 月 16 日林语堂、林憾庐等主编的《宇宙风》等。"论语派"期刊已经不同于《语丝》时期的同人杂志性质。在上海特殊的工商化背景下，出版商与文人将文字作为商品出卖的焦虑较前凸显。正因如此，"论语派"刊物及其影响下的刊物对上海以商业性营利为动机的文化工业持认可的态度。将刊物定为"半月刊"，林语堂也有着商业性的考虑。他在《说小品文半月刊》一文中，就特别比较了季刊、月刊、半月刊、周刊等的区别，他说："今人所办月刊，又犯繁重艰涩之弊，亦是染上戴大眼镜穿厚棉鞋阔步高谈毛病。""总不及半月刊之犀利自然，轻爽如意"，"稍近游击队，朝暮行止，出入轻捷许多"。"周刊太重眼前，季刊太重万世。周刊文字，多半过旬不堪入目，季刊文字经年可诵。月刊则亦庄亦闲，然总不如半月刊之犀利自然，轻爽如意"，"半月刊文约四万，正好得一夕顽闲闲阅两小时。阅后卷被而卧，明日起来，仍旧办公抄账，做校长出通告，自觉精神百倍，犹如赴酒楼小酌者，昨晚新笋炒扁豆滋味犹在齿颊间"。① 半月刊所隐含的灵活、轻巧、亲切等正显示着与都市大众文化的谐和及节奏的共鸣。同样源于商业文化的机制，论语派的诸多刊物相对开放，编辑是只认文章不看人，迎合着一般市民大众的欣赏口味，追求着大众流行。论语派的所谓"派"已然不是一个严密的社团组织，林氏刊物上的作者成员非常复杂：北京作家有周作人、俞平伯、刘半农、孙伏园、章川岛、李青崖、郁达夫、沈启无、姚雪垠、刘大杰、江寄萍、丰子恺等，左翼作家鲁迅、陈子展、徐懋庸、风子（唐弢）等，另外像宋庆龄、蔡元培、胡适、郭沫若等也赫然在列，可谓八方汇聚。值得注意的是，在林氏刊物上，年青一代海派文人纷纷加盟。主要有邵洵美、周劭、章克标、徐订、陶亢德及黄嘉音、黄嘉德兄弟等；20 世纪 40 年代成名的苏青最早也于 1935 年以冯和仪之名为《论语》和《宇宙风》写作。

① 转引自吕若涵《"论语派"论》，上海三联书店 2002 年版，第 193 页。

另外，更大范围的新起作家还有林微音、钱歌川、叶灵凤、马国亮、梁得所、潘序祖、张若谷、周黎庵、汤增敭、陶亢德、周楞伽、毕树棠、钱仁康、燕曼人、林无双、林如斯、林疑今、林惠文、徐中玉、余新恩等，其作品经常出现在林氏主办的及林氏影响下的《西风》《逸经》《谈风》《宇宙风乙刊》①《人世间》②《文饭小品》《天地人》等刊物上。如此，海派散文乘论语派之风而起。新起海派文人表现出更为超拔、尖新的散文风格，由此而形成真正的海派散文并很快出现了海派散文的鼎盛期。林氏刊物实际为海派散文的兴起与兴盛提供了平台。显然，论语派刊物因市场导向及市场机制规约下而显示出来的宽容，注定其不是一个严谨的散文派别。各组成成员的各自风格相较明显。一些北方成员如老舍及一些内地成员如老向与何容等本身就没有沾染多少的上海气。然而，上海的卖艺为生与北平"吃皇粮"的贵族式学者的生存方式毕竟有着很大区别。③ 南下文人的大部则显示出对上海现代物质文明所怀有的那份颇为暧昧不明的情绪，以及与现代都市尚未完全融入但已切身感觉到的胶着。其散文小品所表现出的游戏、趣味、幽默及闲适等已经显露出与20世纪20年代散文"问世"路径的别异。在上海特殊的时空语境下，"语丝"时代的文化政治立场等已悄然发生了变化，"语丝"时代所看重的对于一切卑劣之反抗、排击及挑战的意愿似乎已经减退消沉，而以"谑而不虐"④ 及"幽默"代之。这似乎也正意味着他们的"海"化，然而毕竟又未能使其变成地道的海派文人。传统文人的"问世"思维始终或隐或显地规约着他们。不过，由于论语派与林语堂的"宽容"，客观上却使一批"小海派"即新起海派将之作为平台实现了带有"派"味的集结。

（二）北京作家的同情与"暗示"

林氏刊物实现了事实上的京海合流。京派作家在上海刊物的集体亮相及其作品的流行与流布，无论直接或间接，很难不对上海的作家产生暗示

---

① 陶亢德、周黎庵等主编：《宇宙风乙刊》创刊于1939年3月1日。

② 陶亢德、徐訏主编：《人世间》创刊于1935年8月5日。

③ 参见杨东平《城市季风：北京和上海的文化精神》第三章，转引自吕若涵《论语派论》，上海三联书店2002年版，第186页。

④ 林语堂：《答李青崖论幽默译名》，载《论语》1932年9月创刊号。

与影响。在所有京派的影响中，林语堂对待散文小品的态度及其散文理论与周作人为代表的散文创作尤为突出。

基本表现如下：

第一，对晚明及西方小品的强调与推崇随即引来了施蛰存等新起海派的跟风；当时上海的语丝派作家（即论语派），由于不愿接受其他知识群体对自己的训诫、规劝或教化又不甘于被判落伍，于是开始反思五四后盛行的传统与现代二分法、支配人们意识的现代性以及机械的文学进化论。"其所采取的话语策略是强调封建性与现代性的对立而非传统与现代的对立。"① 一方面，一如既往地抨击现实文化和社会中的种种封建复古，认定那是思想的逆流；另一方面，在传统文化中择取处于边缘和非主流的一脉，赋之以反正统反主流的鲜明的现代色彩。因此，晚明小品文为代表的抒情言志传统受到了周作人、林语堂等的极力推崇与继承。林语堂在《论语》上全力提倡明朝万历年间，以湖北"公安三袁"袁中道、袁宗道、袁宏道为代表的那种充满性灵闲适的生活和文章，劝人要相信老庄，万事中庸，无拘无束，自生自灭。而且，凡与晚明小品风格近似的如晚明小品之前驱徐渭、李贽、屠隆及张大复、汤显祖、陈眉公，以至竟陵派，直至明末清初的王思任和张岱，再到清代的袁枚、金圣叹、张潮等，体式上自一般的山水、园林、读书小品到清言、尺牍和笑话，悉然具备。读新起海派散文作品，确能感觉到晚明小品对他们的影响实在巨大。林氏刊物上的大量西方小品译介也影响了新起海派作家的推崇与模仿。如《人间世》曾专辟"西洋杂志文"一栏，对于闲适性随笔的译介可说是全方位的。欣赏那种"似议论而非议论，似演讲而非演讲，总在讲理中夹入幻想"的弗吉尼亚·伍尔夫式的散文，并认定其"是现代小品文文体之最成功者"②。林语堂及其论语派所看中与钟情于"西洋杂志文"的，在于它的"近情"与通俗。唯专门知识以通俗之体表现之，方能与人生相衔接，抵达近情的目的。对"西洋杂志文"的译介与推崇，是林语堂对中国现代散文文体写作的一种前探，但客观上对新起海派散文作家却产生了深远的影响。以施蛰

---

① 吕若涵：《"论语派"论》，上海三联书店 2002 年版，第 50 页。
② 见彭望荃《吾评弗勒虚》一文之"编者按"，载《人间世》1934 年第 2 期。

存为例，他发表于《宇宙风》第 10 期上的《绕室旅行记》"既有西洋哲思散文（essay）色彩，又有《浮生六记》的味道"① 而更多的新起海派的很多散文作品中，我们同样不难发现其中依稀隐有的乔叟、绥夫特、爱迪生等人西方化的亲切幽默，亦不乏玄言奥妙简洁传神的中国风。

第二，"无所为"的平民文体；林语堂等对五四以来散文偏重文学社会功用价值的状况多有不满，对当时流行于全国上下种种空间中的公式口号式写作与陈腐道德性的文章更是弃之如敝屣，并由是提出"无所为"的小品文，消解了《语丝》式的思想论战锋芒，重视"言志""自我"与人生真相的抒写。并且，坚持小品文是一种人人可为的文体，排斥小品写作的"严肃化""专门化"。在林语堂等写作思想的影响下，新进海派作家在其散文文体中往往都表现出反体系的文体的意味。他们承认与重视生活的本相，甚至不讳言、不掩饰自我的平庸；所言极"小"极"轻"，重感觉的丰富性，以个人的感觉偏好安慰现代人的心灵；以日常生活琐屑与都市俗世气息来通达人情；追求凡人哲学，其语言方略往往表现为雅训中的闲适笔调，透露出谐谑中的奚落、反讽、戏拟、反语等诸种颇具"亵渎"意趣的态度。这种散文在价值取向上倾于自我，重视身边琐事，关注个人物质生活与精神生活的需求，追求实利与平庸，世俗化与市井化凸显，等等如此，重构了作家的审美感。不向往崇高而倾心于休闲，不要求深刻而致力于清浅，不倾向繁复而刻意单纯，如此等等，散文小品几近成为作家逃避城市，表现城市，寻找自我精神家园的手段。

第三，远离于政治；林语堂曾说：走入牛角尖的政治不谈也罢。并且表明"不主张公道，只谈老实的私见"，论语人多少担心祸从口出，"骂急了人，骂出祸来"②，但"但倘不死绝，肚子里总还有半口闷气，要借着笑的幌子，哈哈的吐出来"③。新起海派作家似乎走得更远。时代的焦虑与政治的低顿压，工业社会下生存压抑与紧张，日常生活的了无余裕，于是有了他们困难阴影下的末世狂欢。

---

① 吕若涵：《"论语派"论》，上海三联书店 2002 年版，第 181 页。
② 见林语堂《编辑后记——论语的格调》，载《论语》1932 年第 6 期。
③ 鲁迅：《伪自由书·从讽刺到幽默》，载《鲁迅全集》第 5 卷，人民文学出版社 1981 年版，第 43 页。

　　林语堂体现着矛盾与过渡的痕迹,但其散文小品理论及其内在神韵对海派散文的影响却是不容低估。其实,理论的提出往往都是超前的,林语堂散文小品理论的"海"味色彩明显要浓于其自身的散文创作。它迎合着上海工商化的语境,更直接影响着新起海派散文作家们。1932 年 9 月,林语堂创办的《论语》半月刊,1934 年和 1935 年创办的《人间世》与《宇宙风》两刊,似乎成了林语堂述说与张扬其散文理论的集中场域。甚至可以说,没有它,海派散文难以形成亦难以成派。关于林语堂的性灵散文理论前文已经分散地约略谈到,也基本为学界所熟悉,大可归结如下:(1)以谐谑释真理;林语堂主张散文宜参透真理,悟中西文化,评宇宙文章。其对"真理"的阐扬不再是传统式的正襟危坐,而代之于谐谑式的松愉。早在 20 世纪 20 年代,林语堂首先将英文的 humour 译成汉文"幽默"加以提倡,并归结出幽默的特征是"谑而不虐"①。他不再是直接逼近现实,而是站在人生的外围,以超然的姿态,戏剧看客式地观照现实中的滑稽可笑之处。他对"真理"的阐发是一种心无挂碍、自然平和、平地惊雷似的述说。追尚"对面只有知心友,两旁俱无碍目人。胸中自有青山在,何必随人看桃花?"因为,"在这城中,裸体的真理,羞赧已无容身之地"。(《杂说》1934 年)主张语而不论,自然天成,似蚁蛀木偶尔成文。在《生活的艺术》中林语堂引用古人语:"圣者语而不论,智者论而不辩。不能语者作论,不能论者作辩。语是论之精华,辩是论之糟粕。"中国古代典籍中,《老子》和《论语》为"语"的典范。那一条条的语录,字字珠玑,如夜明宝珠,单独一个,足以炫耀万世;又如半夜流星,忽隐忽显,不知来源,不测去向。林语堂认为后人失了"语"的天赋,才好论辩,将文章写得越来越长。语和论的区别,在于前者直陈观点,直下判断,不依靠演绎、归纳,不依靠逻辑。辩为论之一种。不过一般的论只关心自身的逻辑圆满,辩则还要发现和攻击对方的逻辑缺陷。林语堂重语而不重论,对辩则极端轻蔑,深信道家辩之无益的告诫。语而不论是一种俯身生活之中的大巧若拙,是借重大量鲜活的材料来浮现自己的见解。其背后隐藏的是对理论与逻辑的远离,重视现实人生的观察。是一种置身形下,接近实际,

────────────

　　① 林语堂:《答青崖论幽默译名》,载《论语》1932 年 9 月创刊号。

出言平达。也是与读者的亲近，不再是居高临下式的说教或启蒙。在《无所不谈》的自序中林语堂明确说出了自己的写作原则：即有意见，以深入浅出文调写来，意主浅显，不重理论，不涉玄虚。在《谈钱穆先生之哲学》的结尾处，林语堂称自己"不揣浅陋，写了一点私见"，"拉杂书来，只作为谈，不作为论"。然"谈"中自有"语"，但"语"远离了逻辑、理论性的"论"。是直抒胸怀，直陈见解，一说为快。（2）性灵解脱有妙文；性灵即个性。大抵自抒胸臆，发挥己见，有真喜，有真恶，有奇嗜，有奇忌，悉数出之，即使瑕瑜互见，亦所不顾，即为世俗所笑，亦所不顾，即使触犯先哲，亦所不顾。"惟断断不肯出卖灵魂，顺口接屁，依傍他人，抄袭补凑，有话便说，无话便停。"① 性灵之文，也即是自己见到之景，自己心头之情，自己领会之事，信笔直书，便是文学。而言性灵必先打倒格套，讲潇洒，求本色。在《说潇洒》（1935 年 2 月 5 日）中，林语堂强调：讲潇洒，就是讲骨气，讲性灵。以意役法，不以法役意。要表现出逸气和真性灵，不可昏昏冥冥战战兢兢板起面孔终世。性灵是一种独特的思感脾气好恶喜怒所集合而成的个性。"一人在写作中，能露出一副真面目，言人所不敢言，言人所不能言，又有他自己个别与众不同的所谓作风，自然能超越平庸而达到艺术的成功。"性灵亦是本色。林语堂憎恶文人包办文学，他说，文人对于书本以外，全是外行，况且书本范围以内，书读通的人也实寥若晨星。故文人做文，往往是抄书。只许文人为文，则"文风尤趋于萎弱、模仿、浮泛、填塞。欲救此弊，非把文学范围放宽，而提倡本色美不可。"② 他推崇袁中郎、李卓吾、徐文长、金圣叹，说他们皆提倡本色之美。其意若曰："若非出口成章便不是好诗，若非不加点窜，便不是好文。"金圣叹谓诗者心头之一声而已；心头一声有文学价值（如"悠然见南山""举头望明月""衣沾不足惜"之类），念出便是天下第一妙文。而做作之美，最高不过工品，妙品，而本色之美，佳者便是神品，化品，与天地争衡，绝无斧凿痕迹。本色隐现平淡，平淡为文学最高佳

---

① 林语堂：《论性灵》，载《林语堂散文（插图珍藏本）》，人民文学出版社 2005 年版，第138 页。

② 林语堂：《谈本色之美》，载《林语堂散文（插图珍藏本）》，人民文学出版社 2005 年版，第 107 页。

境。平淡而又奇思妙想，即孔子所谓的"辞达而已矣"，也就是把心头话用最适当最达意的方法达出。"要紧看你有话可讲否？有话可讲，何必饰他？无话可讲，何必说他？有话可讲，何必修他？无话可讲，何不丢他？说而不释，丢而不修，是为天籁。"另外，学为文者，须使题生于文，不可使文生于题。见了题目，再想如何下笔者，谓之文生于题，万世不通。有佳意要说，顺其自然如落花流水写去，再加题目，谓之题生于文。"有意无意间得之之语多，其文必轻逸。……尺牍之妙者，皆全篇不要紧话。尺牍之可爱者，莫若瞎扯瞎谈。"①（3）笔调的闲逸；小品文是中国人精神的产品，闲暇生活的乐趣是其永恒的主题。小品文的题材包括品茗的艺术，图章的刻制及其工艺和石质的欣赏，盆花的栽培，还有如何照料兰花，泛舟湖上，攀登名山，拜谒古代美人的坟墓，月下赋诗，以及在高山上欣赏暴风雨——"其风格总是那么悠闲、亲切而文雅，其诚挚谦逊犹如与密友在炉边交谈，其形散神聚犹如隐士的衣着，其笔锋犀利而笔调柔和，犹如陈年老酒。"文章通篇都洋溢着这样一个人的精神："他对宇宙万物和自己都十分满意；他财产不多，情感却不少；他有自己的情趣，富有生活的经验和世俗的智慧，却又非常幼稚；他有满腔激情，而表面上又对外部世界无动于衷；他有一种愤世嫉俗般的满足，一种明智的无为；他热爱简朴而舒适的物质生活。……"② 闲逸即为小品，小品即为闲逸。闲逸的小品文当注重谈话，应如聊天，以谈话腔入文，谈话即似西文的娓语笔调，"以此笔调可以写传记，述轶事，撰社论，作自传……"③ 谈话的好处：与君一夕谈，胜读十年书；"李笠翁曾经说过，智者多数不知如何说话，说话者多数不是智者"。无论在格调方面或内容方面，谈话都和小品文一样。"谈话和小品文最雷同之点是在其格调之闲适。"④ 有闲的社会，才会产生谈话的艺术，谈话的艺术产生，才有好的小品文。所以，闲谈体

---

① 林语堂：《烟屑》，载《林语堂散文：插图珍藏本》，人民文学出版社 2005 年版，第 119 页。
② 林语堂：《人生的乐趣》，载《林语堂散文：插图珍藏本》，人民文学出版社 2005 年版，第 125 页。
③ 林语堂：《与又文先生论〈逸经〉》，载《林语堂散文：插图珍藏本》，人民文学出版社 2005 年版，第 141 页。
④ 林语堂：《论谈话》，载《林语堂散文：插图珍藏本》，人民文学出版社 2005 年版，第 4—5 页。

就整个是一条曲径通幽的小路。亲切有"我"、漫不经心、语而不论和厚实平易。

这种生活化的私房娓语、故交话旧式的闲适性灵散文笔调以及林本人小品所透露出的那种无拘无碍、潇洒从容、广达自娱文章况味，在上海似乎很得海派文人的青睐，他们沿袭了林语堂的小品格调却走得更远。其实，消费文化语境所规约下的文学文化生态已然排斥着传统的庄严与说教，抵牾于精英式的居高临下，倾向于个人本色意味的清逸、轻松与趣味。而且，作为编辑家与散文理论家的林语堂在论语派刊物上的凸显，易于昭示出一种报刊文体的写作范型，新起海派散文作家在写作时，难免不认真考虑报刊的文体需要，客观上必然会对其产生无形的影响，会潜在规约着新起海派散文的文体选择。同样是一种闲适与趣味，20世纪30年代周作人的散文在同期的北方就没有如此的幸运。沈从文等在欣赏和继承周作人等人那种冷眼看人生的"秋水"一般的智慧与淡泊超然的胸襟及悠然时，也在批评它的"白相"文学态度。不客气说，周作人办的《骆驼草》就是白相文学。只要是在文学创作中不认真、抱儿戏的态度的都是白相文学。而他们则是沉醉于艺术的"希腊小庙"，推崇"纯正的文学趣味"，强调文学的独立性，注重形式和技巧，信仰想象和感觉，提倡性灵和感悟，追求纯美的艺术境界、精致灵慧的语言和圆润静穆的意境，力图托起一片纯文学的芳草地。由此大可说明，林语堂的散文理论迎合了海派散文潜在的创作规则，或者说，它正适应与促进了海派散文的产生与发展。

周作人诚然是京派散文的开启者，同样对海派也影响深远。京派散文之于周作人的影响，更多地表现出一种潜力的释放与主观的创造，而海派散文作家群之于周作人的影响多显现出时空语境的刺激。周作人对于海派散文作家群的意义，不仅仅停留在文化观的层面上，更是一种情调与审美。所不同的是，海派散文作家群把周作人的文风从文人的书斋拉到了都会的十字街头，他们是沐浴于都市风雨中的流浪者。①

---

① 海派散文的审美形态有着周作人的影响，但又离不开上海的工商消费语境。关于消费文化对海派散文的影响，后文将有详述。两者之间有相通的地方，但又绝非等同，故分开论述。

　　海派散文代表作家很多都与周作人有着直接的师承关系。例如：徐讦很早就很喜欢周作人的文章；文载道一直与周作人往来密切，其《文抄》就是经周作人介绍于 1944 年 11 月由北平新民印书馆出版，周作人并为之作序，其散文文风直接受到周作人的影响；施蛰存对周作人散文一直心仪崇仰，他编印的《晚明二十家小品》，就是"真正老京派"① 周作人题的签。更为重要的是，周作人的散文在海派文学期刊中频频露面，数量颇多，而且往往排在头条，自 20 世纪 30 年代的《人间世》至 40 年代的《风雨谈》大多如此。上海文学期刊还常常刊登一些专门介绍周作人散文的文章，竭力加以推扬。比如：章伯雨发表在《宇宙风》第三十八期上的《谈知堂先生的读书杂记》即对周作人的读书杂记作了专门介绍。明是介绍周作人读书杂记的心得与甘苦，但对周氏做派与其风格的推崇之意亦深潜其中；再比如：林语堂曾将周作人的《五秩自寿诗》及其画像放在《人间世》的创刊号上作为招牌。《人间世》围绕周作人的文化趣味，出现"附和不完"的读书札记、文坛逸事、文史资料等学术性或趣味性的散文文体，创造出读者熟悉的浓郁的传统书卷气。② 如此，周作人散文便成为海派散文作家摹写的范本。再加之上海这一特殊的时空语境的制约，使得海派散文的风格既有着周作人散文的影子，又有着自己独特的个性。

　　周作人散文的影响是浑然一体的，很难截然分开，为了叙述的方便，姑且归为如下几方面：

　　其一，"本色"为文；周作人为文极慕自然本色，从容镇静，安详沉着，他继承了中国散文的"和淡"传统，其小品有东晋六朝遗风。周作人喜欢诸葛孔明与陶渊明，喜欢那种宽博的思想与恬淡的生活态度。同样，他也极为心仪西方的随笔，在他看来，文章好、意思好、能代表作者作风的不论长短就是可取的好作品。周作人文体的"本色"魅力主要源于两个方面：第一、语言的简单味；周作人认为，写文章最根本的诀窍就是"简单"，③ 是去掉生硬的纸上的谈话，家常话，寻常话而已。但淡而有味。周

---

① 鲁迅：《"京派"和"海派"》，载《且介亭杂文二集》，人民文学出版社 1973 年版，第 70 页。

② 吕若涵：《"论语派"论》，上海三联书店 2002 年版，第 210 页。

③ 周作人：《风雨谈》，止庵校订，北京十月文艺出版社 2012 年版，第 29 页。

作人很看重语言的"拙"与"朴",喜欢简练与隐约其词,追求语言的"简明",是一种"风干的文体"。当然,周作人的"简单",是一种大匠运斤,不留痕迹与大巧若拙的"简单"。第二,平淡化处理紧密相关于人生的种种问题;其为文的情感、议论、行文叙述等,皆平淡自然家常,没有狂热与虚华。受其影响,海派散文完全是一种从生活中来到生活中去的原真本色。文风平淡,收放自然,是"跑野马"式的散文。比如:金性尧,沦陷时期以"文载道"闻名于文坛。其文风始师法于鲁迅,代表作如《战士与奴才》、《扫除逸民风》等,风格尖锐泼辣,被称为"鲁迅风"作家。"孤岛"沦陷后,即师法周作人。如发表于《风雨谈》第三期的《水声禽语》中如是说:"老实的说,我也是赞成文以载道的,换言之,世上绝无不载道的文,只是吾'道'与点也的志原是一物,却并非是那种一道同风的只有自己的话可以作什么'重心',并且一古脑儿抹杀别人存在的正统派(无论古今中外)胸中的'道'。我所谓'道',只是平淡的人生,而人生确是多方面的,'踏上先烈的血迹,向革命的途中奋进',果然是道德一面,可是,雨夜的鹃啼,芦塘的雁声,以及潺潺地终古不停流着的溪水,何莫非道之另一面?"并认定"水声禽语未尝输于齐家治国的大题目也"。叶灵凤一直很喜欢周作人的小品,其散文创作本色而随意,追尚散文小品的隽永与轻逸,远离火气与艰涩。钱歌川的散文小品,多为偷闲絮语之作。他不喜欢争论,而是与想象中的读者对话,且和颜悦色地唠唠叨叨地说着,他追求着自然,自然,再自然。施蛰存执着于"寄至味于淡泊",其文如风行水上,"无意乎相求,不期而相遇,而文生焉"。其《雨的滋味》《画师洪野》《驮马》《栗和柿》向为读者所宝爱,个中原委唯"自然"二字。苏青更是一种形而下的"真实"与"本色",从不讳言自己的俗人本质,其散文似乎也始终远离着"神圣高尚的感觉"。如果说,周作人散文中的本色,尚留有刻意为之痕迹的话,海派散文则已然是本色市民生活的化身。

其二,笑脸为文;周作人是闲适散文的开启者,是现代散文幽默风一派的宗师。他喜欢"滑稽",喜欢那种"庄谐杂出"的"名士清谈"①。周作人强调,写文章类似于日常生活中的装点与游戏,甚至是一种"玩耍"②。他

---

① 周作人:《地方与文艺》,载《周作人散文选集》,百花文艺出版社1987年版,第60页。
② 周作人:《陀螺序》,载《语丝》1925年第32期。

努力给读者一种严肃书写之外的文学选择——"轻松"与"随意","从而打破无论什么文学以严肃的面孔、堂皇的内容乃至高尚的出发点统一文坛的企图"①。实际上,周作人的"轻松"是一种故作的"轻松"。"轻松"的背后隐含的是严正,潜藏着与政治话语的敌意。周作人立足于国民性剖析与改造的作品一直占有多数。他无法脱离其隐逸背后潜在的政治性。显然,新起海派散文的轻松与幽默比周作人走得更远,渐趋一种完全的"轻松"与"幽默"。他们不追求空言与浮言的传道立场,不追求外在的价值联想,而是逼近与叙述现实,追求语言的狂欢。是一种放松的写实主义的"幽默"。比如章克标用嘻嘻哈哈的态度调试着自我与现实的冲突,彰显出一种放恣的插科打诨式的小品风格。海派文人基本远离了周作人及大部分论语派作家于"幽默"中所显现的那份雍容与"高雅",而是从低就俗,没有了深奥和神圣的感觉。

其三,生存之轻;对本色与自我个性及日常生活等的关注,决定了散文小品所言话题远离了神圣性与崇高性,偏重生存感觉之轻。在此层面上,上自周作人,下及论语派及新起海派散文,一脉相承。周作人散文所表现出的"小"大致具有如下特征:知识丰富、情感节制、重视学理思考、意在文化批评;基本是随笔;重视凡庸人的真表现;言自己之小志,载自己之小道。林语堂等论语派,承周作人衣钵且大加发扬。他们更加重视小品文对世俗生活的偏爱与日常叙事的热衷。正是在周作人的暗示及影响下,林语堂等在20世纪30年代的上海文坛发动和形成了晚明小品的热潮。但林语堂等论语派的散文依然有着潜隐的政治化的姿态,他们更多的是以文学的自主与独立作为与政治保持一定距离的方式,并且他们所注重的往往也多是对"现代"与传统进行重新厘定及思考的相较宏大的内涵。质言之,他们市民化的痕迹尚不明显,与海派散文的超拔与"拉杂"当不在一个层面上。相较于周作人与论语派,海派散文更"小"更"轻"更"形而下",甚至有时不免带有媚俗及自娱的倾向。他们更有生活的现场感,更有着与市民社会的胶着、认同与市井气。海派散文的风景线是真正

---

① 赵海彦:《〈语丝〉、〈骆驼草〉、〈论语〉:现代纯文学轻松化写作观念之流变》,载《文学评论》2005年第6期。

属于市民的，它比周作人等的散文显得更轻松，更洒脱，更快乐，更市民化，更没有火气和艰涩，更觉轻逸与隽永。但海派散文的"轻"与"小"，似乎也同时显示出市民社会中个体生存状态的迷惘与无奈，如张爱玲、苏青等，在其散文的"闲"与"碎"中多有某种温柔的悲情。如果说周作人等的"生存之轻"尚保有"深厚"与"神圣"的话，海派散文的"生存之轻"则已完全转入了新锐、怪诞、惊诧、激扬、趋时、神奇之中，甚至亦有颓废。

同样是影响，周作人之于同期京海派散文的表现判然有别。周作人的性灵文学在以废名、何其芳、李广田、沈从文、萧乾、林徽因等那里依然有着整体上的"温和""简洁""隐逸性"和"古典趣味"等特征，只是他们在散文的艺术性上比周作人走得要远。他们更加强调散文文体的个性与独立，力求为抒情散文找到一个新方向，同时表现出较之周作人更多的个性关怀形态。京派散文之于周作人的影响，更多地表现出一种潜力的释放与主观的创造，而海派之于周作人的影响多显现出时空语境的刺激。周作人与后起京派散文作家，同在北京，接受了与接受着传统的士大夫传统，时空语境基本一致，虽然文化与政治环境发生了变化，但整体上仍未失去那份生活的余裕与雍容。而生活在上海的海派作家，面对的却是畸形现代工业社会下生存的压抑与紧张以及时代的焦虑与政治的低压，日常生活的余裕了然全无，生存的高压逼迫着他们无可逃遁。京派散文在面对政治的低压等紧张的环境下尚可逃避到艺术的世界里，呈隐逸的姿态，而海派散文似乎只有呐喊与抗衡或者呈困顿阴影下的末世狂欢态。海派散文所继承于周作人等的是个人"言志"的文学传统与笔调。但周作人等似乎一直站得很高，尚不属于大众的一员。周作人的散文也始终有着"冷"与"怀疑"，他是彻底的怀疑主义者。而海派散文则是属于市民社会的，因为工业社会的刺激而发声，这声音是从下就俗的，有着市民社会的温热与吵闹以及工业社会刺激之下话语狂欢的轻松与放恣。

有了这些影响，使得海派散文不仅仅是适世者对于世俗生活的狂热及其个人立场的极度执着，同时多了几分出世之雅与幽娴。

三　同源异流与"十字街头"的审美

京派与海派本就同源异流，杨晦先生就曾经说过：五四运动是海派势力延伸到北京去,并进而突破了京派的士大夫传统的结果。然而后来这个海派势力的一部分又重新南下,另一部分仍留于北京接受了士大夫传统。①南下的京派文人本就有着海派文化的天然因子,而新起海派似乎天然有着与北京作家及论语派的亲切感,加之上海文化的开放性,似乎都在规约着其合流与产生影响的可能。京海合流虽也带来了北方作家的"海"化,使其开始有了市民文学的印记,但终究没有使京派作家变成地道的海派作家,论语派小品与超拔的海派散文并非在同一风景线上。但京派散文作家周作人、林语堂等在上海的精神加盟,却分化与改组了上海的散文作家队伍,导致与促进了海派散文的生成,甚至可以说,没有京海合流就没有现代海派散文的产生。以林语堂为首的论语派及论语派刊物,并没有形成"论语派"本身的整齐划一局面,"论语派"的出现似乎仅仅标志着"语丝"时代在上海的终结。但论语派刊物,却在客观上造成新起海派相较整齐的"派"性集结,成为论语派刊物中一条特殊的风景线。周作人、林语堂等北京作家的同情与"暗示"规约和提升了新起海派散文品格及现代性,加之上海工商化的特殊背景,使得海派散文迥异于同期的京派散文以及与之关联的论语派散文。京海合流,使得海派的浮浪气、市井气与名士气因着上了绅士气与书卷气多了几分典雅与庄重。同时更为重要的是,海派散文继承与发展了北京作家的对人的存在与价值的发现。"五四"时期,散文小品常以身边琐事为表现对象,留心体察世俗人生,追求生活风趣,领略与观照人生情味及人生意义,曾为一时之尚。到 20 世纪 20 年代末期,社会矛盾加剧,作家思想随之转向,改变了散文小品的题材倾向,"身边琐事"似乎变得无足轻重。然而,海派散文小品却继续发展了"身边琐事"传统。当然,海派散文的身边琐事,毕竟有别于语丝散文的个人性,语丝散文整体仍有一定的寄情性,到论语派散文时期,是想说而不便说或不敢说,但毕竟潜藏着一定的理想,当不属于纯粹的个人笔调。而海派散文则完全由社会退向个人,是一个小写的"人"。它更加浓化了对于世俗人生况味的吟咏,加重了散文小品的消遣性,更加体现出处于商品经济漩涡中的市民心态。它的十字街头的审美趣味,痛快、新奇、趣味至上,失

---

① 杨晦:《京派与海派》,载《杨晦文学论集》,北京大学出版社 1985 年版,第 224 页。

去了严肃，获得了通俗。当然，海派散文更多的还是来自于都市生活的刺激，其对世俗人生及趣味性与消遣性等的表现是自然的而非做作的，是敏感而细腻地表现瞬间的感触，现实的刺激。海派散文同样表现与发挥哲学大义，透析世态炎凉，描摹人间世相，但它们往往有着较切实的现实生活场景，为文姿态平和，不摆架子，市民腔，平民状。新起的海派散文作家是现代都市的产儿与真正都市文化的代言人，由于京海合流，规范与提升他们的散文品格，使得其市民性与日常性更能以花样翻新及相较高雅的品格赢得文化市场的接纳。

# 第二章 大众媒介与海派散文批评观及文体塑型

老上海的户外广告

## 一 大众媒介与文学文体

　　沪地自 1843 年 11 月 17 日（清道光二十三年）开辟租界，现代工商业进程随之加快，逐渐发展成为一个华洋杂处、车马喧阗、士女如云、灯红酒绿、竞艳逞豪的国际商业消费大都市，拥有全国经济的领先地位。20 世纪 20 年代末，上海的工商业超前繁荣，特别是 20 世纪 30—40 年代，上海成为发达的工商金融业和消费性文化构成的现代都会空间。伴随着经济的繁荣，直接面对广大读者的文化传播载体也同步发达，比如 20 世纪 20 年代以来的杂志，"数量上不仅达到了空前的记录，而且，在质的方面也大有改进"，"杂志"的"杂"是名副其实的，医药卫生、儿童、商业、农业、无线电、军事、政治、宗教等专门性刊物出现，而一般刊物更是"普遍地抓着读者层"在杂志年中唱主角。① 海派散文的大部即散见于上海的各种报刊出版物以及各色小报上。在当时的中国，上海的现代都会环境无疑具有独特性，不同于古典文化浓厚的北京等，它更是属于现代的，真正具有了现代都会的精魂。现代都会的核心质素即现代消费性。晚清民国初期，上海的消费文化基本还是旧的消费方式。旧的消费是没落与沉沦的，隔离于实际的人生。随着现代工商业的发展，新的现代消费文化环境逐渐成长并趋已成熟。自四马路始，至大马路终，尤其是 20 世纪 30 年代中期的南京路，集中体现着上海现代消费文化环境的生长。而商业广告的发达，大众传媒的崛起，大型百货商场的出现，新兴娱乐的风行等则标志着现代消费文化的真正形成。较之旧的消费文化，新的现代意味的消费方式饱有着热情与跃动的生命气息。

现代消费文化作为一种具有强大吞噬性特征的意识形态不仅支配着社会的物质生产，同时也支配着社会的精神生产，它要在不断的扩张中来显现其合理性及合法性。消费文化视钱物交易过程皆是消费过程，而任何个体的任何消费行为，绝非自娱自乐的孤立行为，它是一个必须与所有消费者相互牵连的过程。② "消费"变得不在"单纯"，已经不仅仅简单地表现为实际生存的需要，而是因现代都市文化的刺激由是有了多样的内涵，成为一种消费主义的"欲望"符号。实际上，消费主义文化属于现代甚至后现代的范畴。"消费"是现代及后现代社会的重要动力。消费文化内含有颠覆与反叛，力求时尚与奇异，必然隐藏着度规与越矩。

上海流行的消费文化在悄然改变着人们的生活方式、思维方式、人生观、价值观以及审美态度等方方面面，其时的上海，无论作者、读者以及普通大众，都在不自觉地用一种现代城市的眼光诗意地打量着消费性的上海。这些当然影响着作为文学载体的现代传播媒介，并进而规约了上海文

---

① 参见雷鸣蛰、李正名《一般性质的杂志之检讨》，载《现代》1935 年第 6 卷第 4 期。

② ［法］让·波德里亚：《消费社会》，刘成富、全志钢译，南京大学出版社 2000 年版，第 13 页。

学的文体形态。比如：上海刊物出版的资金来源往往自力更生，依赖于市场。而解决资金的基本办法即尽可能地扩大销量，如此，刊物出版物的编辑势必在内容选择、增加订户、按时出版诸方面用力，以利于对固定市场中读者群的争夺，有了读者，方能生存。而"迁就"于读者，则必然影响刊物、出版物自我的价值取向及理念。所有的一切努力似乎都在围绕着"行销"进行种种的规划。为了解决资金，有时主编甚至会找赞助商与拉广告，有的刊物已然是纯然的"广告刊物"，消费本位压倒了一切，买方市场逼退了自主的生产。另外，都会的读者群也很复杂。城市人口巨大，且因分工不同而形成多种层次，而且，不同经济、社会背景的聚居群体于城市的不同区域而形成了多种文化区等，都会潜在影响着刊物出版物的定位与努力的方向。开埠以来上海的书报出版也一向有着面向大都市市民阶层的传统与大众化的取向。这已经有别于"五四"时期及同期的北京等刊物的"同人"性质，而有着明显的商业性。

当价值观念、传播媒介、传播市场、阅读群体、创作出版等因消费文化而发生深刻的改变时，文体也就随之发生深刻的变化。因为所有的这一切，都意味着人的需求的变化，文学样式的生成与演变的历史也正是源于人的食欲、色欲、性欲等各种需求。比如：诗歌产生于人们用文字及音调表达情感的需求；散文产生于以文字表达对世界的理性认知及自身情感；戏剧产生于"人从孩提时代起就有的摹仿本能"①；小说最早亦产生于娱乐、消遣的需要；等等。人类需求的不断增长与变化当促进着文体形式质与量的变化，如小说正是为了满足时间越来越充裕的人们而逐渐出现了说话、讲故事、小说等不同的形式；诗由四言至五言、七言，由古诗、新体以至近体，又由诗而词，由词而曲等，皆源于人的感情抒发、音乐美、娱乐等不同需求的不断增长与变化。一般而论，特定的时代与语境影响与制约着作家与批评家思维方式、精神结构、文化精神等的改变，而作家与批评家等的思维方式、精神结构、文化精神的变更又势必影响着其组构话语秩序的方式，即文本形式。显然，文体有着丰厚的历史内涵，意味着时代

---

① 亚里士多德：《诗学》第四章，载伍蠡甫主编《西方文论选》上卷，上海译文出版社1979年版，第53页。

的感受及其感受时代的方式。或者说，文体正象征了人类把握世界的方式。质言之，文体问题包括两个方面，即写什么与怎么写，作家选择其以为好的材料以自己的方式表达出来，其结果即所谓文体。文体与个性一样，永远是独创的。当然，"文章应时而生，体各有当"。文体的变化实际上也就是文本在选择材料与组织材料方面的变化。上海工商社会的消费性改变了作家群体和作家生活方式，改变了读者群体和阅读方式、改变了传播渠道和传播载体，改变了艾布拉姆斯所谓的"四要素"，即世界、作者、作品、读者之间的传统关系，当这些构成文体选择与文体发展的因素都发生着不期而然的变化时，文体本身也就必然不由自主地发生变化。具之于海派散文，也正是在影响无所不及的大众媒介中生成了自己的"形"。以叶灵凤、章克标、倪贻德、章衣萍、林微音、钱歌川、马国亮、梁得所、潘序祖、徐訏、张若谷、汤增敭、苏青、张爱玲、无名氏、丁谛等为代表的，集中于 20 世纪 20—40 年代的以都会生活与都会情感为中心表现的海派散文作家群，正是以自己独有的话语方式完成了对都市消费文化背景下世俗百态的探索，实现了以文求生的现实目的，得到了在非常时期非常地点的读者的欢迎和认可。在一定程度上，表现出了鲜明的甚于海派小说的在消费文化影响下而导致的文体选择的被动性与创造性。

## 二　大众媒介生产了海派散文作家主体

马克思说："生产不仅为主体生产对象，而且也为对象生产主体。"[①]海派散文作家群正是在大众与媒介的合谋下而被动产生的，它显示的是大众媒介的俯瞰苍生与君临天下。消费文化制约下的大众媒介造成了对原作者的忽视与其权威性的消解，近于巴特所谓的"作者之死"，主体之亡。随着市场经济在上海的流布与发展，市民社会的观念也相伴而生。以中等阶级为代表的新型市民阶层逐渐成为经济活动的主体。他们开始拥有独特的受保护的私人生活空间，并在生活方式上注重人生的世俗享乐和消费欲望。这一情形必然会反映到其时上海的文化建设中，它使得上海的文学刊

---

① 马克思：《〈政治经济学批判〉导言》，载《马克思恩格斯选集》（第 2 卷），人民出版社1972 年版，第 95 页。

物及文学创作当应考虑到市民的趣味与价值趋向。这与城市大资产阶级文化与左翼工人文化有着较大区别。这个群体的文化价值观念,较为充分体现了上海文化的内在特质,尤其是市民阶层世俗生活中的消费享乐欲望与实用功利的价值原则,成为上海消费文化产生的必要条件。以职员群体为代表的市民大众的文学消费趣味和风尚作为市场需求形式的存在使得作家对之必须予以考虑和重视。消费文化对海派文人的人生观、价值观、职业观及审美观等的改变,则是一种由内到外的深切改变。早在 20 世纪 20—30 年代,都会文人就提出了"散文是商品"的主张。章衣萍《枕上随笔》的"序"中曾直言不讳地宣称:"所谓文人的著作,在高雅人士看来,诚为不朽之大业,而在愚拙之我看来,在资本主义之下,一切的著作,无非皆是商品而已。"苏青也说:"我很羡慕一般能够为民族、国家、革命、文化或艺术而写作的人,近年来我常常是为着生活而写作的。""不是为了自己写文章有趣,而是为了生活,在替人家写有趣的文章。"[1] 林微音在其《散文七辑》的"序"中曾戏言,"只要有钱,无论乌龟贼强盗的杂志,要他写文章,他都会写"。张爱玲、叶灵凤等也同样重视散文对于自我生活的意义,非常在乎散文创作换回的"酬报"。因此,作家势必时时考虑读者的需要,以及站在读者的需要立场上来从事写作。如章克标写的小品集《文坛登龙术》,在谈到书名来历时,他如此解释道:"文坛登龙术!多响亮,又是多美好的一个名词,音节好而且看起来也好,在你心神上引起的联想又是好。你不是会想到文坛要招一个乘龙快婿吗?你不是会想到一登龙门身价百倍吗?你不是会想到龙潜于渊龙跃于天吗?不能有再好的名词了。"[2] 章氏散文虽有正话反说式的微讽(后文将有详论),但同样考虑到了不少年轻读者渴望成为文人而且是有名的文人,在迎合着读者的心理联想。对文学功能的如此自觉与张扬正显示着海派散文作家群的被动产生。作家为生存而鬻文,但必须建立在扩大销量与增加稿酬的基础上,作家为了多得稿酬,[3] 也必然臣服于读者"大众"的趣味,故此,反向规约了作

---

① 苏青:《自己的文章》,载《苏青文集》(下册),上海书店出版社 1994 年版,第 432 页。
② 章克标:《解题》,载《文坛登龙术》,黑龙江教育出版社 1988 年版,第 2 页。
③ 《申报》1884 年 6 月刊登的标题为《招请各处名手画新闻》的启示在上海首开稿酬制度,启示明确提出"如果惟妙惟肖,足以列入画报者,每幅酬笔资洋两元"。

家群体的创作品格。归之如下：

其一，常人地位说常人的话；现代消费文化的核心是货币经济，货币在交换中的特有规律是其等价性，包括精神文化作品的所有商品在等量货币面前都是平等。于是，在消费文化及市场经济制度下的生存现实引起了都会散文作家自身社会角色体认和文学观念的根本变化。不同于传统、工商世界中的文人，不是依从于过去的统治阶级，他们的"衣食父母"是一般的读者大众——花钱买杂志消费的人。相较于过去的"帝王家"——统治阶级，读者大众是真真可爱的"雇主"，"不那么反复无常"，"不搭架子"，"真心待人，为你的一点好处记得你到五年十年之久"。① 而"讨好"这"雇主"的方式也很简单，将自己归入他们的群里去，"自然知道他们所要的是什么。要什么，就给他们什么，此外再多给他们一点别的"②。都会文人也不再认为文学家与文学的崇高性。施蛰存在《"文"而不"学"》一文中强调，文学家与普通人所看到的人生原本一样，也非有着较之普通人更敏锐的情思，但因它有美的"技巧"将观察到的人生形之于纸面。"使他的读者对于自己所知道的人生有更进一步的了解"，文学也不是一种"学"，既不等同于学院式的深邃研究，也非一种政治宣传的工具。1943 年10 月，苏青创办《天地》杂志，她在《天地》发刊词中认为："文人实不宜自成为一阶级，而各阶级中却都要文人存在，这样才会有真正的大众文学、写实文学以及各种各样对社会人生有清楚认识的作品出来。"并说："编者原是不学无术的人，初不知高深哲理为何物，亦不知圣贤性情为何故也，……举凡生活之甘苦，名利之得失，爱情之变迁，事业之成败等等，均无可不谈，且谈之不厌。我的太太比你的生得漂亮，固不妨挥一下得意之笔；即他的官儿忽然掉了，或囤货竟被查封，也不妨借此地位来诉说苦闷。我以为在天地之间做一个人，人事或有不同，人情总该是差不多的：大总统喜欢好看的女人，挑粪夫也喜欢好看的女人，因此在讨论好看的女人这点上头，他们两个应该谈的津津有味。……我希望在我们的'天地'之中，能够把达官显宦，贵妇名媛，文人学士，下而至于引车卖浆者

---

① 张爱玲：《张爱玲文集》第 4 卷，安徽文艺出版社 1992 年版，第 90 页。
② 苏青：《论写作》，载《杂志》月刊 1944 年第 13 卷第 1 期。

流都打成一片，消除身份地位观念，以人对人的资格来畅谈社会人生，则必可多得几篇好文章也。"所以，她呼吁执笔者不论是农工商学官也好，是农工商学官的太太也好，只求大家以常人地位说常人的话，为别人写好看的文章。关于文学创作及其功用，穆时英和叶灵凤在《文艺画报》的《编者随笔》中说他们的杂志文章"不够教育大众，也不敢指导青年，（或者应该说麻醉），更不想歪曲现实，只是每期供给一点并不怎么沉重的文字和图画，使对于文艺有兴趣的读者能醒一醒被严重问题所疲倦了的眼睛，或者破颜一笑，只是如此而已"①。在这种文学观的规约下，都会文人做出了避免高深难懂的正教，从轻就俗，偏爱一般，力主安稳，亲近大众等的题材选择。比如：苏青的散文负载一般较轻，不写"雷霆万钧"，仅写衣食住行。活泼大胆，生活化浓且相当亲切。张爱玲的散文写作追求内容的生活体验化与"无足轻重"性。她反对"极端"，力主"安稳"。其"安稳"就是"俗人"的"实际的人生"。她喜欢物质胜于亲情，她写居所，写金钱，写衣服……她走向世俗，以一种执着的现世精神来肯定人生，显示出市民社会的温凉情热。

另外，像钱歌川、章克标等都会文人的散文也往往追求着既不成品，亦非入流，闲人闲话，以"俗"为美，显示着吃饭穿衣等人生底色的琐屑，正如钱歌川自己所说的那样："满纸都是些詹詹小言，真不足以当大雅一粲"②，然正是如此的"詹詹小言"，却显示着常人的本色。

其二，大胆直言，多发"奇"论；这是市民社会的率直与泼辣，刺激着市民大众的眼球。都会文人语言与思想的新奇及破格使其成为吸引读者大众的重要卖点。比如："大胆女作家"苏青的散文常常有着别的女性所不敢吐露的惊人语言！如其散文《谈女人》中说："许多男子都瞧不起女人，以为女人的智慧较差，因此只会玩玩而已；殊不知正当他自以为在玩她的时候，事实上却早已给她玩弄去了。"至于"性交""精子""卵"之类生理学科字眼在苏青散文更是毫无禁忌，俯拾皆是。苏青的特立独行正好和上海人的赶时髦、好标新立异的消费心理一拍即合。这些奇思妙想

---

① 见《文艺画报》1934 年 10 月 10 日创刊号。
② 味橄：《〈詹詹集〉自序》，载柯灵主编《中国现代文学序跋丛书·散文卷》，海南人民出版社 1988 年版，第 943 页。

"出奇言论"使得苏青成为当时上海滩最敢说敢写的女性作家。张爱玲的"大胆"在于对"历史""传统"等既有神圣性的解构，体现出个人性的妙悟与奇趣。她把"历史"还原成"公众的回忆"，将"传统"看成为日常，视"英雄"为"凡俗"甚至是"自私"，恣意戏谑嘲弄着古代的先贤，一切的"神圣""正义""崇高""美德"都仿佛变得无谓、平凡与日常。以张爱玲对"母爱"与"生育"的理解为例，在《造人》一文里，张爱玲说："自然"是神秘伟大不可思议的，但"自然"的作风是惊人的浪费——一条鱼产下几百万鱼子，被其他的水族吞噬之下，单剩下不多的几个侥幸孵成小鱼。为什么我们也要这样地浪费我们的骨血呢？文明人是相当值钱的动物，喂养，教养，处处需要巨大的耗费。我们的精力有限，在世的时间也有限，可做，该做的事又有那么多——凭什么我们要大量制造一批迟早要被淘汰的废物呢？常谓的伟大而神圣的"生育"与"母爱"不仅平常，甚至简直等同于"浪费"。另外，在《忘不了的画》中，张爱玲说：普通女人对于娼妓的观感则比较复杂，除了恨与看不起，还又有羡慕，尤其是上等妇女，有其太多的闲空与太少的男子，因之往往幻想妓女的生活为浪漫的。那样的女人大约要被卖到三等窑子里去才知道其中的甘苦。这些言论，充满了"悖逆"与"嘲讽"，体现了对日常生活的看法。

予且（原名潘序祖）在《天地君亲师》一文中，否定了传统的"五大"。他说：我们应该模仿"天"，易经说："天行健，君子以自强不息。"我们应该模仿"地"。生育万物，厚载万物。我们应该模仿"君"。俗语说；"关起门来做皇帝。"至于"亲"，我们自然也要模仿。"师"是我们被压迫着而模仿的。不单要模仿，还要怕。"天"是连圣人都怕的。孔子说："获罪于天，无所祷也。"为什么要模仿？不是因为他们美丽、伟大、庄严、华贵。模仿之前，我们心中便是爱慕，因为我们心中有的是虚荣。"虚荣和怕，是社会上两大制裁。"这五大不过代表着虚荣和惧怕的心理，供奉了这"虚荣"和"惧怕"的牌位，而怕人家说破，便是一个大病根。

徐讦在谈中西文化之类的散文中也常常反弹琵琶，抒一己之论。如他的《论中西的风景观》一文中认为，中国是出世的，西洋是入世的；中国人对于风景易想到无常，是逃避现实；西洋人对于风景联想到淫乐，是享受现实。所以，中国风景画中的人物总是老僧、布衣、"风尘三侠"、"仙女隐士"，人物在画中显得很小，似离世很远。西洋风景画中的人物多是青年情侣，人物在画中的比例所占很大，风景不过是人物的点缀。中国的风景山水间多寺院小庵，令人有别世之感，"而西洋则多咖啡店饭馆与旅馆，还是诱人多作淫乐罢了"。在《谈服装》一文中，徐讦说，服装的演变，不外是扬美而掩丑，中间混杂一点道德的习惯。服装到如今，特别在都市中，青年已离开了美，老年人已离开舒适的立场，只表示金钱之多寡与倡随之快慢。服装已不用来保护性的尊严，"一个人的性爱的自由之被侵犯，在现在决不能以一层衣服为障碍，经济力是使你不愿意也要自动的来脱衣服的"。说得一针见血，直逼骨髓。在《论睡眠》中，徐讦认为：文化是属于夜的！"文化的起源根本就是夜，宗教，哲学的起源是对夜的奇异，电灯与霓虹光的发明是对夜的对抗，自来水是从山里接竹管之法而来，接管法根本就是为夜里不容易挑水之故；政治谁能知道不是起源于为夜的防御而起的组织？""一切的发明同思想的运用，夜是唯一的时间"，"睡在床上而未睡的辰光，是最有诗意，同时是最聪慧最坚强的时刻。"他强调，一个不爱惜不了解夜的人根本不爱惜生命，不了解生命的意义。甚至国家与城市的繁荣，也可以以夜的光明之强弱与久暂来测量。而现代文明即是夜的文明，故而现代人必须是晚睡的人。

综上所论，带有对传统文化的审视及对都市文化的反思意味。

章克标、钱歌川等人的"奇"论，带有更多直率泼辣、"不三不四""离经叛道"的色彩，表现得更"野"一些。如：章克标的小品选材就常常讲些超越世俗人情的东西。他的《风凉话》即有如许况味，《文坛登龙术》更是一本奇书，崇尚新奇，爱好怪诞，崇扬丑陋、腐朽，贬低光明、荣华，它们是正面文章反面写，散发着某种颓废的气息。他大呼"金钱万岁"，赞美"钱"的好处。钱可以满足名，满足欲，满足权利等的一切，钱仿佛就是一切的上帝与"菩萨"。章氏虽然也有着对"拜金主义"的些许不满，但似乎更有着对金钱万能的认可与所归依。他奇妙地理解着做官与文学的关系，说文学是一种风流韵事，喝酒嫖妓勾引良家妇女等是文人生活上的必要品，而做官也是如此，即必须要喝酒嫖妓讨妾，方才算得官道无亏。他对"疾病"表示着敬意与欢迎，比如说"肺病"与"梅毒"，

"肺病是名誉的文学病，雪莱不是患肺病死的吗？济慈不是患肺病死的吗？""梅毒"的"梅"字多么雅，文学史上的天才如波特莱尔、魏仑、莫泊桑、王尔德，大抵都是患有"梅毒"的。① 钱歌川把"骂人"当成一种艺术，骂人可以成名，骂人可得舒畅。认为人生不过就是骂骂别人，给别人骂骂而已。钱氏也大谈自己的金钱观。认为"钱"的价值就在于"用"字上。而用钱的快乐仅在于用去的那回事上，而不在于购得的东西。人生如过客，"钱"才是我们的主人。而"若要充分享受用钱的快乐，非有相当的冒险精神不可"②。钱歌川的这种金钱观与今天的"有钱不花纸一张"的消费观念何其相似乃尔，但却早了近一个世纪。

当然，"奇"论之"奇"也包括出人所料，发人之未发。这在海派散文中的表现也是非常普遍的。在此，仅以丰子恺的《颜面》为例。人皆有一"颜面"，同是两眼，两眉，一口，但因人不同，形式与色彩的变化而有万千表情，从此可以更深切地了解各人的心理。于是，作者将这"数寸宽容"的"颜面"作为一浮雕板，逐一刻画"颜面"的五官对表情所起的不同的作用："耳朵"在表情上全无作用。因位在脸的边上，"似浮雕板的两个环子"，不入浮雕范围之内。"鼻可说是颜面中的北辰"，固居中央。"眉"在上方，形态简单，然与眼有表里关系，"处于眼的伴奏者的地位"。演奏"颜面表情"的主要旋律的，是"眼"与"口"。"眼"是富于表情的。然而"口"也不差，肖像画是否逼真，"口"的关系居多；"眼"是"色的"，"口"是"形的"。"眼"不能移动位置，但有青眼白眼等种种眼色；"口"虽没有色，但形状与位置的变动在五官中最为剧烈。丰子恺在习焉不察的"颜面"上，发人之未发，读之令人解颐，且又在愉悦中有所彻悟。

奢谈女性，似乎永远成为消费社会的卖点。大谈女人，一方面体现着对生活的贴近与亲切，另一方面则吸引着大众的眼球，女人成为消费的符号。上海的都市性与消费性，其实就是一种女人性。女人是都市的精灵，

---

① 章克标：《生病》，载《章克标集：风凉话和登龙术》，汉语大词典出版社 1995 年版，第 79—81 页。

② 钱歌川：《用钱的快乐》，载《钱歌川集：偷闲絮语》，汉语大词典出版社 1995 年版，第 116 页。

女人爱消费，女人左右着上海消费文化的精神品质。女人是生活化的，生活性意味着女人。谈女人的话题，似乎就是都市的话题，消费的话题！都会文人无论男女，嗜谈女性，特别是男性作家，更执于一个"奇"字。其笔下的女性时或脱离了神圣与崇高，变成了欲望的对象。这些男性作家似乎也正是借助这一对女性破格于传统的抒写来刺激也吸引着读者的神经与眼球。比如：由京入海的章衣萍仿佛永远禁不住"暴露"的诱惑，也始终唱着属于其自我的爱之恋歌。对于"女人"的事似乎天生有着特别的脾气与热心。如其所言："我这永远为了女人而抛弃家人的荡子！"[1] 张若谷大胆地抒写对女性的"饥渴"。把人间的恋爱直白为性欲与生殖的结合。章克标则为女性之中的"妓女"唱着赞歌："其实的确娼妓的态度是优雅，娼妓的说话是清脆，娼妓的行为是伶俐，娼妓的举动是娇爱，娼妓的穿着是丽华，娼妓的招待是周到，娼妓的应酬是圆活，娼妓的交际是美妙，娼妓的一切都是好中的顶好。"[2] 马国亮恣意地解读着现代都会中女性为了取悦于男性的"装饰"。他说，现代社会是个资本主义社会，而经济的操纵权多在于男性。资本主义的现代社会的权力支配了一切，资本主义者的淫逸享乐的欲求更强烈地尖端化，于是来了爵士音乐，来了更大的狂热，更大的刺激。在无异是资本主义者的男性的暗示，甚至说是命令。于是女子的头发更要蓬松，口红和蔻丹要更红，长而窄的旗袍使奶部和臀部更为高耸……一切的一切，全在于满足那剧烈的刺激的需要者，也同样地为了那"需要者"，要不停地"学习"，"锻炼"。"美即财富的秘诀；女子一步一步趋向于外表的虚浮。"[3] 在《女人与葱》一文里，马国亮甚至由佛教名山之一的普陀境内没有葱而想到"女人"与"葱"的关系。葱的气味是香的、辣的、臭的。女人是香的，同时也是辣的。"女人和葱的气味这般相似，那么，普陀佛地既不准养女人，无怪乎不准种葱了。"其所论"女人"与"葱"的关系，多少有点牵强，但好玩有趣，读之让人忍俊不禁。钱歌

---

① 章衣萍：《倚枕日记》，上海北新书局1931年版，第59页。

② 章克标：《娼妓赞歌》，载《章克标文集》（上），上海社会科学院出版社2003年版，第339页。

③ 马国亮：《时代女性生活之解剖——美学上之检讨》，载《马国亮集：生活之味精》，汉语大词典出版社1993年版，第96—97页。

川干脆将机械文明的时代认定为女人的时代。这个时代没有宗教，没有古来的各种信仰。机械的时代让男子变得虚弱，失去了男子气，变得不再自负，没有了过去的神秘性，也失去了支配一切的那种势力。机械产生了更多的物品，而女人用得最多。男人赚来的钱，也由女人将之用掉。女人比男人更加实际，大众的物品是为女人而创作的。"在整个的现代，工业的时代，机械的时代，都是女人所造成的。"① 张爱玲的很多散文作品是专谈女人的，代表性的如《谈女人》谈女人的物质性、女人的嫉妒、女人的爱美、女人的谎言、女人的单纯、女人的心直口快、女人在恋爱婚姻中的地位，等等。他说："女人物质方面的构造实在太合理化了，精神方面未免稍差。"女人理解的爱就是被爱。女人喜欢退避，"可是男子之所以进攻，往往全是她自己招惹出来的。"女人不喜欢善良的男子，总拿自己是神速的感化院，能够将丈夫变成圣人。与男人比，女人又有统一性，虽天下风习职业环境各不相同，但女人多半户内持家，"传统的生活典型既然只有一种，个人的习性虽不同也有限。""女人的活动范围有限，所以完美的女人比完美的男人更完美。"不过，"一个坏女人往往比一个坏男人坏得更彻底"。在任何阶段中，女人还是女人。男子偏于某一方面的发展，而女人是最普遍的、基本的，代表着土地，生老病死，饮食繁殖。……拉拉杂杂，可谓是说尽了女性的各个方面。解剖的是都市中的女性本质，也是都会的本质。当然，都会文人也偶或从文化艺术审美的角度看待女性，如文载道的《女性之歌》即充满着对女性的崇仰与赞美，甚至认为"无女性即无文化、即无艺术，无女性，美学史上便显得苍白"。但整体言之，都会散文作家笔下的女性是欲望，是生活，是饮食男女的一部分。她们是饥饿时的蛋糕，空闲无味时的口香糖，也似一朵花。而且，也应该看到，海派散文的奢谈女性不同于传统，也异于同期的都市小说。它减少了传统男权文化俯视女性的高高在上，张扬了一种现代性"欲望"与个性的解放，也似乎少了些同期都市小说对女性的平视与审美。

直言坦率，多用怪论，带有对传统文化的审视及都市文化的反思意味。

---

① 钱歌川：《女人的时代》，载《钱歌川集：偷闲絮语》，汉语大词典出版社1995年版，第84页。

大众媒介与作家也有对社会各领域及读者施为效果的一面，这其中当然也是以吸引读者为要。具之如下：预先设置一个相较集中的主题或凸显某种或几种相较集中统一的都会特性，使得都会散文作家得以于此集结或聚拢，进而产生巨大的影响力。而都会散文作家群的集结也正呈现出海派散文的"派"性特征。刊物主题的相对集中有利于同一趣味散文作家群的生成，它带有广告的性质，在制造着消费的魅力，吸引着作家的集聚与创作的靠拢。它像深水中涡流，既召唤着读者，也凝聚着作家的加盟。以较为代表性的《天地》月刊为例。《天地》月刊创办于 1943 年 10 月 10 日，至 1945 年 6 月 1 日终刊，总 21 期。主编冯和仪（苏青）。16 开本，每期 30 余页。由苏青自办的天地出版社发行。作为海派散文主将之一的苏青正是凭借《天地》月刊的创办及《结婚十年》的发表而声名大噪。《天地》月刊辟有谈天说地、读书笔记、小说、人物等栏目，最初几期曾有小说刊载，之后即以散文为主，是一种散文刊物，在沦陷后的上海颇受读者喜爱。《天地》月刊的产生有着非常的背景。1939 年 9 月，汪伪上海党部正式设立，与此前存在的英、美、法、日等的势力共存一体，至沦陷时期（1941 年 12 月 8 日—1945 年 8 月 15 日），上海则全面陷入日汪统辖之下。生存环境显然较前恶化，文学期刊也因此远离与淡化政治内容而趋于消闲与趣味。更为重要的是，其时的上海，经济得到了畸形的繁荣。生产力发达，工厂猛增，时至 1940 年，上海的民族资本工厂就已经高达 5000 多家。① "工业的复苏带动了商业与消费的繁荣，战前凋敝的旅馆、舞厅、饭店、游乐场等无不人满为患。"② 孤岛经济的畸形繁荣为消闲性商业化期刊的发展准备了存适的土壤，在一定程度上也成为其时上海广大市民精神的避难所，使其于艰苦的生存困境下暂得喘息之一隅。本来，商业文化环境中的文学期刊在消费文化的规约下也理应倾向于消闲价值的取向，因为，它要发展，要获得继续出版的机会。为了生存，除了寻找赞助或拉拢广告外，就是要千方百计促进刊物的销量。苏青创办的《天地》月刊，虽然得到过时任伪上海市市长陈公博拨 5 万元的慷慨资助，但它似乎更迎合着当

① 刘惠吾主编：《上海近代史》，华东师范大学出版社 1987 年版，第 383 页。
② 李相银：《上海沦陷时期文学期刊研究》，上海三联书店 2009 年版，第 25 页。

时的商业环境，满足着因新文学作家大批内迁或南下而进一步凸显出来的都会市民的欣赏口味，故而相当繁荣，盛极一时。

《天地》月刊的突出特性首先在于它的"女人性"。在有意与无意之间，关于"女人"的话题成为《天地》月刊的"标签"，也因此汇聚了众多写"女人"的散文作者。《天地》即为女人之"天地"。此一个性与"她就是'女人'，'女人'就是她"①的苏青紧密相关。苏青在《天地》发刊词中说："我还要申述一个愿望，便是提倡女子写作，盖写文章以情感为主，而女子最重感情，此其宜于写作理由一；写文章无时间地点之限制，不妨碍女子的家庭工作，此理由二；写文章最忌虚伪，而女子因社会地位不高，不必多所顾忌；写来自较率真，此理由三；文章乃是笔谈，而女子顶爱道东家长，西家短的，正可在此大谈特谈，此理由四；还有最后也就是最大的一个理由，便是女子的负担较轻，著书非为稻粱谋，因此可以有感便写，无话拉倒，固不必如职业文人般，有勉强为之痛苦也。"苏青创办《天地》月刊的初衷似乎正是为了给女子提供一片写作的"天地"。《天地》月刊第 11 期至第 14 期所用张爱玲设计的封面，是一个仰躺于地上的侧面女性头像。在整个封面的构图上，女子的身体居于封底，似"地"，封面的上方有云，女子在仰观天上云卷云舒。这似乎也正象征了《天地》乃女子之"天地"也。而苏青在解释《天地》杂志的《封面题记》时也同样体现出其浓厚的女性杂志走向。《天地》月刊的封面画着一个菩萨，"这个菩萨叫婆罗门（Brahma），是婆罗门教与印度教的三个大神之一，人称'创造者'。根据印度古传统所称：最初的婆罗门创造了原始的人，在水里投了一粒种子，那种子就变成了一个金蛋。创造者的婆罗门便是打这个金蛋产生出来的。巧得很，他出世后，立刻把金蛋的两个半壳，创造了'天'和'地'。本来他生着四头四手且有胡须。一手执王杖，表示至高权威；一手执卷纸，代表印度的'吠陀经'；一手执圣水，意即纯洁神圣；一手执念珠告诉你我佛慈悲，可是这些在我的笔下都有了改动，首先他的胡须给剃光了，因为我不喜欢那副老气横秋的样子。其次，他手里的东西我替他都换过。王杖变成了笔杆，经书变成了稿纸，圣水变

①　张爱玲：《我看苏青》，载《天地》1945 年第 19 期。

成了墨水，至于念珠的那只手，我却干脆让他空着了。是叫它代表其余的三只手去领稿费么？我是希望他除了做一个文艺创造者外，还希望也能做一个社会创造者。简单地说，我愿他能切切实实地用自家的手创造一翻新事业，不仅为一个人，同时也是为人类。"①仔细咂摸大可觉出，这种解读有着明显的个人性，简直似苏青的夫子自道。苏青作为自觉的独立女性也正以《天地》月刊作为自己重要的事业与驰骋的天地。《天地》月刊也恰恰为苏青本人与众多女性作家及倾向于"女性"写作的一些男性作家提供了自由而独立的写作空间。张爱玲被苏青约稿，即是因为"叨在同性"②。于是，在《天地》月刊上，出现了张爱玲、苏青、施济美、周杨淑惠、梁文若、苏红、炎樱等新起女性作者的名字。《天地》月刊真正撑起了属于女子写作的"天地"，尤其是张爱玲与苏青，她们正是海派文学在20世纪40年代最典型的代表作家，20世纪40年代的海派散文也恰是以张爱玲与苏青为标的的。其实，她们二人在《天地》月刊的发文也主要是以散文为主。张爱玲在《天地》发表散文计14篇，而小说仅是1943年《天地》第2期的《封锁》一篇。苏青发表的则全是散文，计有18篇。《天地》月刊出现了女人写，写女人的现象，苏青与张爱玲的两篇同名散文就是《谈女人》。另外，像苏青的《谈婚姻及其他》，炎樱的《女装，女色》，正人的《从女人谈起》《疏女经》，思德的《写字间里的女性》，以及竹堂的《女人的禁忌》，散淡的人的《出妻表》等都体现了《天地》月刊对女性的集中抒写。那些不是直接以"女性"为核心的话题，也往往都是女性感兴趣的，关涉或体现着女性的价值观念。如：苏青的《谈宁波人的吃》《谈男人》，张爱玲的《公寓生活记趣》《道路以目》《童言无忌》《烬余录》，有心人的《衣食住》，东方蟛蜞的《穿衣论》，苏红的《烧肉记》，苏会祥的《留德时吃的回忆》，禾任的《买大饼油条有感》，苏复医师的《医者谈食》，何若的《暂住与久住》，赵而昌的《大上海的小掌故》，何之的《聪明与愚拙》，予且的《我之恋爱观》，柳雨生的《节育之难》，纪果庵的《夫妇之道》，王橘的《野蛮结婚》，卞之野的《单身汉的话》，正鹄的

① 见《天地》1943年10月创刊号，上海天地出版社。
② 张爱玲：《我看苏青》，载《天地》1945年第19期。

《男女有别》，赵田孙的《男人论》，胡兰成的《瓜子壳》，小鲁的《吃》，许季木的《买东西》《钱的哲学》等，所谈内容不外乎"衣食男女住"等世俗琐屑反崇高的话题。而《天地》月刊本身就办有"衣食住特辑"与"生育问题特辑"。这和家庭主妇的苏青及真实、爽直、大胆的苏青是多么吻合。或者说，《天地》月刊的这一风格就是编辑苏青人格的外显。如前文所述，"女性"与"女性"相关的问题某种程度上正是市民社会的象征。它所反映的问题具有很浓的物质性、消费性与执着现在的生存本性。而且，从历史上看，作为都市的上海，似乎始终有着缺少血性的女性化的一面，其文化之基里的江南文化充满着柔媚，再以西方消费文化的冲击交融，如此，美丽和享乐并存并生，恰似上海女性化的象征。从这个意义上说，《天地》月刊又似乎正是都市上海的象征。《天地》月刊作为一个"女性"色彩很浓的刊物，不仅仅意味着女性自身性别意识的反省，更体现出一种市民社会当中最结实地踏在现实根桩上的真实。另外，"女性"作为与都市可以互成转喻的符码，既意味着与"欲望"的相连，也关涉到形下的生活，对"女性"的态度便是对城市的态度。《天地》月刊正似通过女性特征彰显出真实的都市人生，昭示着市民的物质理想、情感模式与人格类型，当可视为市民社会的缩影。

最为重要的是，围绕"女人性"这一核心话题，《天地》月刊聚拢了张爱玲、苏青、谭正璧、施济美、周杨淑惠、梁文若、刘曼湖、苏红、炎樱、谭惟翰等一些名不见经传及一些职业女性如女医生苏曾祥、女法官周文玑等众多女性写作者，也吸引了不少关心"女性"话题的男性作家予且、柳雨生、纪果庵、卞之野、正鹄等的加盟。《天地》月刊对于海派散文的意义，正在于它产生了一批女性散文作家群体及关心"女性"问题的散文作品。

## 三 大众媒介的前瞻与海派散文的尖新

追新与善变是现代都会人克服被弃焦虑的一种方式，一种无意识的策略表达。工商资本的外壳就是一种躁动与追求。现代人似乎已经从传统的神圣与虔诚感滑落到世俗与滑稽，它不是回望的，而是一种前瞻，意味着对既有传统信仰的怀疑与解构，在传统信仰的解构过程中亦包含现代信仰的继续与重新建构。传统稳定、单一的图腾崇拜开始漂移于新的亦是多样化的旨趣。故此，作为文学载体的现代大众媒介，显然不仅仅适应着大众的口味，它更应是一种引领。具之于海派散文，以《现代》与《西风》较有代表性。《现代》月刊于 1932 年 5 月 1 日创刊，1935 年 5 月 1 日停刊，由上海现代书局出版发行。整套《现代》总 6 卷 34 期，第 1、2 卷总 12 期，由施蛰存主编。第 3 卷第 1 期起至第 6 卷第 1 期止，总 19 期，由施蛰存与杜衡合作主编。自 6 卷 2 期起，刊物改为综合性的文化杂志，汪馥泉任主编，仅出至第 4 期，《现代》杂志即告停刊。从时间的跨度与编辑的数量等方面上看，施蛰存无疑在整个《现代》月刊的运行过程中起着举足轻重的作用。《现代》月刊的办刊思想既不偏左，也不偏右，"完全是起于商业观点"[①] 的一个杂志。《现代》月刊的商业性潜在决定了创作者的多样化，唯有如此，方能使刊物以适合不同读者的口味。作为主编的施蛰存在《创刊宣言》中，也专门强调了刊物的非同人性，强调刊物的包容与多元。施蛰存所着力的正是刊物的地盘的扩大与更多读者的接受与喜爱。他强调刊物无意于形成一种文学思潮、主义或流派，更无意于居高临下对待读者，放弃了以往师傅与学生的"启蒙"与"救亡"式的关系，把编者降为读者的朋友。在《现代》月刊第 1 期的《编辑座谈》中，施蛰存就批评了新文学期刊的一个弊病，即把编者与读者的关系"从伴侣升到师傅……于是他们的读者便只是他们的学生了"[②]。施蛰存的努力与方向其实都在自觉与不自觉地迎合着上海的商业化环境，其显在的中间路线与自由主义也正是规约于上海工商化的背景，否则，何以维持门市的热闹与刊物的销售？这也恰恰是现代书局的两位老板洪雪帆和张静庐看中施蛰存的地方。由是，《现代》有着更多的亲切感，也带来了左翼文人、自由主义文人、京派文人等各流派阵营各文体作家的八方汇聚：小说作者有茅盾、巴金、老舍、丁玲、郁达夫、叶圣陶、沉樱、靳以、穆时英、张天翼、刘呐鸥、柯灵、沈从文、魏金枝、叶灵凤、许钦文、彭家煌、杜衡、鲁彦、丘东平等；诗歌作者有郭沫若、臧克家、戴望舒、李金发、何其芳、钟敬文、艾青、徐

---

① 施蛰存：《〈现代〉杂忆·一》，载《北山散文集》，华东师范大学出版社 2001 年版，第 247 页。

② 施蛰存：《编辑座谈》，载《现代》1932 年第 1 期。

迟等；戏剧作者有洪深、欧阳予倩、李健吾、袁牧之等；文论作者有鲁迅、冯雪峰、瞿秋白、周扬、夏衍、苏汶、韩侍桁、赵家璧、赵景深等。《现代》上的散文作者则有：茅盾、郭沫若、楼适夷、蹇先艾、许钦文、傅东华、巴金、季羡林、废名、梁遇春、丰子恺、李健吾、施蛰存、徐蔚南、林庚、芦焚、王莹、李金发、赵景深、穆木天、朱湘、倪贻德、马国亮、章克标等人。其中，都市抒写意味相较浓厚的海派散文作者主要有丰子恺、施蛰存、徐蔚南、倪贻德、马国亮、章克标等。《现代》月刊的地盘主要是小说与译文，散文的空间并不大，至于海派散文，似乎就更小，但《现代》月刊于海派散文的意义却具有着标志性与纪程碑式的意义。首先，《现代》是现代的《现代》，有着世界性的眼光与前探性的品质，它营造了一个现代性的语境，影响着包括散文在内的所有文体。施蛰存专门设立"文学通讯"专栏，请熊式一、戴望舒、冯至、罗皑岚、耿济之、谷非（胡风）等留居英、法、德、美、苏、日等国的文艺界人士撰写各国的文坛通信，及时了解当下世界的文学信息。对外国文学作品及外国作家的介绍也极为推崇，内容涉及英、法、美、俄、西班牙、东欧等国 20 世纪以来的诸多作家作品及文学流派，几乎占据一半的篇幅。《现代》月刊所开设的外国文学专号尤能显示出该刊物的现代意识。在选择美国作为《现代》的第一个文学专号时，施蛰存尤为推重地强调：美国的现代文学由于没有多少历史的负累，最容易一脚踏进"现代"的阶段。"这例子，对于我们的这个割断了一切过去的传统，而在独立创造中的新文学，应该是怎样有力的鼓舞啊！"①《现代》月刊的封面采用的也是现代派的图案画，杂志上的插图与图片也多来自法国、德国、英国等。在《现代》月刊上，施氏极为推重穆时英、刘呐鸥等新感觉派小说，刊发戴望舒、李金发、徐迟等人的现代派的诗。施蛰存本人也在《现代》杂志上写有意识流小说《四喜子底生意》《鸥》以及九首现代组诗《意象抒情诗》等。《现代》所营造与体现的正是一种整体现代性的唯美、唯新的文学文化氛围，张扬着一种现代的精神现代的意识。虽然《现代》月刊体现着各派作家的"八方汇聚"，但施蛰存集中也最为用力的则是对都会文学及都会文学精神氛围的推重与

---

①　施蛰存：《现代美国文学专号·导言》，载《现代》1934 年第 5 卷第 6 期。

营造。质言之,重视当下日常生活的临场效应以及艺术的创新与开放态度,是现代的形式抒写"现代人在现代生活中所感受到的现代的情绪"①。在《现代》月刊上,除了对西方的诗歌与小说等的介绍而外,施氏同样重视介绍、翻译闲适幽默的英国小品散文,如吉辛(Georgoe Gissing)的《我的旧笔杆》,詹洛梦的《贫困》、莫亨(即毛姆)(W. Somerset Mangham)的《负重的兽》,刘长司(E. V. Lucas)的《英国时人小品三篇》等。也曾刊登过匈牙利作家莫纳的对话体散文《铁路上的奇遇》以及对阿左林随笔的关注等。施蛰存本人在《现代》月刊上发表的散文境界敞豁,宽博方正,谈天说地,古今中外,联想郁勃,因情生趣,潇洒和润,中西合璧。

如《画师洪野》写一个痴迷执着艺术而默默无闻的小人物。有一种"寄至味于淡泊",无意乎相求,而文生焉的境界。自然淡泊,亲切家常,似与读者娓娓而谈。包括施蛰存在内,连同前文提到过的丰子恺、施蛰存、徐蔚南、倪贻德、马国亮、章克标等的散文小品,在《现代》月刊上,则凸显着他们服膺于上海这块土地上所获得的灵感而催生了的一类新异的上海散文范式——都市散文的范式,也即本书所谓的海派散文的范式。他们表现着个人,诉说着社会,始终相信着自己的感觉,明朗地表现着自我的欢乐、忧伤、愤激、矛盾、爱好等多样的情绪,但都显示着散文小品与人生紧密的联系以及 20 世纪 30 年代上海滩的种种。其散文的品格和茅盾的《故乡杂记》,楼适夷的《战地的一日》,塞先艾的《城下》等显然有别。与巴金的简洁精美,废名的孤寂苦涩,许钦文的婉转传神,梁遇春的清新隽永,李健吾的文采绚烂,郭沫若的热情奔放,等等,也不在一个层面上。比之周作人、沈启无、林语堂等人以及《现代》之后出现的"论语派"性灵幽默小品散文也判然有别。前文说过,海派散文的产生与"论语派"散文关系密切,受周作人与林语堂等人的影响很大,但海派散文生成的环境毕竟不同,已经不似周、林式的"闲适"与"幽默"。对此,施蛰存于 20 世纪 80 年代所写的《谈"散文"》中专门评判过林语堂"闲适"笔调的"闲适"外衣掩饰下的针对性。说它

---

① 施蛰存:《又关于本刊的诗》,载《现代》1933 年第 4 卷第 1 期。

并不是真的闲适，其矛头是对着鲁迅式的杂文。施蛰存看重的理应是现代味十足的海派散文。质言之，施蛰存、马国亮、章克标等人的散文在《现代》上虽尚形不成阵势，但似乎昭示着一种散文新品类即"海派散文"在上海文坛的出现。是现代的都市之子在现代都市生活中所感受到的现代的情绪，以散文的形式所做的呈现。在当时的上海，也似乎标志着一个散文新时代的到来。诚然，施蛰存、马国亮、章克标、钱歌川等人的散文在后来的上海确流布一时。

《西风》月刊创刊于 1936 年 9 月 1 日，主编黄嘉德、黄嘉音兄弟，林语堂为顾问编辑。至 1949 年 5 月终刊，历时十三年，总 118 期。《西风》是一份以译介英、美、法、德等国的"西洋杂志文"①，介绍欧美人生社会的综合性杂志。《西风》选文作文的标准重在"轻"与"软"，贴近社会与生活，重视读者与作者的合一，显都市消费文学期刊的特性，也很得"孤岛"时期上海读者的欢迎。《西风》对于西洋杂志文的推动，主要通过翻译、创作及征文三种方式展开。《西风》的翻译范围是全面而"杂"的，其栏目计有冷眼旁观、雨丝风片、妇女家庭、传记人物、空军备战、社会暴露、国际智慧、科学·自然、健康·卫生、心理·教育、交际·处世、思想·文化、医学·生理、欧风美雨、动物猎奇、游记探险、风土人情、西洋幽默、西书精华等近 30 个，几乎凡有尽有。在《西风》翻译栏里，还有意推出一些与社会人生密切相关的特辑如"心理·教育特辑""社会问题特辑""生活修养特辑""海外印象特辑""我所见的中国人纪念特辑""男女之间特辑""动荡中的欧洲特辑""健康卫生特辑""读书与写作特辑""欧战风云特辑""西风特写特辑""时代人物特辑"等。特辑的作者多为本国内名家，尤其是身在上海的一些著名外侨，如为《西风》第 61 期五周年纪念号《我所见的中国人纪念特辑》写稿的福开森、罗培德、罗道纳、巴尔、安翰能、海深德、奥泼尔等。他们的撰稿，"洋化"了上海的人文环境，也深入影响了海上的读者。值得注意的是，虽然编者在选取译文的理念上隐约有着启蒙与救亡者的意味，比

---

① "西洋杂志文"这一概念是林语堂相对中国杂志而言首次提出的。林语堂在 1934 年创刊的《人间世》上，曾极力鼓吹西洋杂志文并开辟"西洋杂志文"专栏。

如对"做人的道理"① 的重视；在注重趣味的原则上，"特别注重世界大势
的探讨以及国际局面的解剖"② 等，在于"使大家一方面能够理解西洋人
的生活，社会和思想。另一方面也能够看清国际的现势"③。但客观的影响
总是常常逸出编者的意图。《西风》带给时人更多的是"轻松"与"活
泼"。其实，即便《西风》月刊的时事文章也较一般时政要文要轻松得多。
这密切关系于人生社会诸问题的"轻松"与"活泼"，其所隐含着的世俗
化、现代化影响与革新着上海人的内在精神，亦势必规约着海派散文
的文体选择。《西风》月刊对西洋杂志文的大量译介，为中国文坛特别
是当时的上海文坛相较狭义的散文小品开辟了一个新途径。"西洋杂志
文"在当时的上海甚至成为一时之尚。

《西风》在注重翻译的同时，也设有"专篇"创作栏。《西风》的散
文创作中占有重要地位的是身在欧美的留学、工作人士及一批海外归来的
学子诸如徐訏、沈有乾、余新恩、林无双、林如斯、林疑今等所发表的介
绍海外风情、留学欧美回忆录、海外通讯等现代主义色彩的作品。代表性
的如：徐訏在《西风》月刊发表的小品散文主要有《论中西的线条美》
《论中西的风景观》《军事利器——德国的情调之一》《我在美国时的房
东——美国的情调》《威尼斯之月》等约二十篇描写海外风情的作品，充
满着现代主义的色彩。沈有乾则在《西风》月刊上连载了他的长篇回忆录
《西游记》，是留美生活的记录，自 1938 年 8 月《西风》第 24 期始，至
1941 年 2 月《西风》第 54 期终，总发表了 11 篇。文笔细腻，格调清新，
浓郁深情与海外风情合二为一，间以另一思想境遇里的思考。余新恩在
《西风》及《西风》副刊上则发表了近 30 篇"留欧印象"的系列文章，
分别介绍了他所游历过的伦敦、日内瓦、捷克首都、德国柏林以及伦敦的
扶轮社、瑞士的工业博览会等欧洲的风情与风貌。林氏弟子的林无双的
《游英记》《冬季游雪记》，林如斯的《赛珍珠传》《弗洛兰斯游记——游
欧通讯》，林疑今的《加拿大游记》《美京印象——华盛顿通讯》等，也是
卓然可观可堪刮目的海外通讯。虽然，在《西风》的前期也约请了诸如老

① 编者：《今后的西风》，载《西风》1937 年第 7 期。
② 参见《编者的话》，载《西风》1937 年第 13 期。
③ 编者：《西风副刊发刊词》，载《西风副刊》1938 年第 1 期。

舍、林语堂、周作人、谢冰莹、毕树棠等很多名家的稿件，并且往往置于刊物的重要位置上，但名家稿件的意义似乎主要在装点"门面"，《西风》月刊较为重视的还是年轻一代作家作品，因为，年轻一代作家作品更有着异域的风采，也更合于《西风》的风格。这是国人自己进行西洋杂志文的实验，当可视为海派散文的一支异旅，代表着海派散文的新气象。

《西风》的征文直接培养与造就了一批年轻的海派散文作者。《西风》非常重视征文，征文的面很宽，也很执着。《西风》的征文意在提倡实践西洋杂志文，希望读者人人能写。在 1938 年 3 月《西风》第 19 期的《西风征文启示》里如是说："西风出版到现在，已经一年半了，在过去十八期中，我们前后刊载西洋杂志文约三百篇。现在我们为实践提倡西洋杂志文体起见，特别定了几个题目，希望读者不吝踊跃赐稿。一、疯人的故事（注重心理病态及原因的描写）；二、私生子自述（暴露社会的无情与残酷）；三、我的家庭问题（大小的冲突、幸福及痛苦）；四、我所见之低能儿（遗传、环境、现状、处置）……以上各题，可以自定一种方式，根据事实随意发挥。每篇字数不得超过三千。此次征文，定六月底截止收稿。"此后，《西风》月刊进行了持续不断的征文，且每次征文似乎都在强调着"我们为提倡西洋杂志文体起见，决定把征文继续下去"①。正是因为《西风》的征文，海派散文更年轻一辈的代表作家如季镇淮、张爱玲、冯和仪（苏青）等得以展露。比如最为轰动的"三周年纪念征文"，首批十三篇文章编为"三周年纪念得奖文集"，即以张爱玲的文章《天才梦》命名，出版后大受欢迎，一月之内就已再版，张爱玲也因之大得其名。《西风》的征文改变了中国杂志创作群体的构成，也改变了海派散文创作群体的构成，为中国文坛特别是当时的上海文坛相较狭义的散文小品开辟了一个新途径。

《西风》所推行的西洋杂志文，客观上迎合了上海日渐形成的市民化社会，降低了散文写作的门槛，促进散文造成一种新的言说方式，即自然亲切，贴近人生。《西风》的创办，客观上改变了中国杂志（主要是上海

---

① 参见《西风继续征文》，载《西风》1944 年第 66 期。

杂志）及海派散文创作群的构成。不仅成功地在读者中间掀起创作西洋杂志文的热情，催进着海派散文的文体革新，并造就了一批新的海派散文代表作家。

另外，大众媒介的前瞻潜在规约着海派文人迎合着消费文化的逻辑，着意追求一个"奇"字，以新鲜与异样吸引读者。消费文化下的自由与追"奇"的心理在另一个层面促使着海派散文文体的探险，规约了海派散文文体的创生性。海派散文文体的实验性不似京派散文追求于全体的"精致"，多在于"散珠"或"偏锋"的美。以典型的散文的小说化为例；海派文人的很多既是小说写作的高手，也是散文创作的名家。小说的笔法常常运用于散文的创作。小说视角的活用即是较为典型的。署名瞻庐所写的《岂有此理之广告》①中的视角主体是一个虚拟的受述者"饭桶"，作者以"饭桶"的口吻为"饭桶"进行辩诬与声明："世俗骂人之吃饭不做事者，辄曰饭桶饭桶。实则绝大谬误，可谓拟不于伦。倘不登报声明，殊与吾辈饭桶，名誉有关。""第一误点，谓饭桶为但会吃饭。夫但会吃饭者，人固有之。而饭桶则不然。饭桶盛饭，系一种纯粹义务性质，不存丝毫权利之见。盛得满满而来，吃得空空而去。盛饭者桶也，吃饭者人也，其中所有完全装入人腹，而饭桶何尝侵吞粒米半粟？此但会吃饭之说，可以不攻自破也。第二误点，谓饭桶为不会做事。夫不会做事者，人固有之，而饭桶则不然。世人吃饭之时，有吾辈为之输运饮食，每逢盛饭添饭不必亲至厨下，节省脚步，便利熟甚。而况商店之中，盛行包饭，一日三餐，均由包饭作送来。倘无饭桶为之效劳，将无热饭可吃。然则吾辈饭桶实为日用之必需品。每饭不忘常置左右，劳苦功高，一时无两。此不会做事之说，可以不攻自破也。……"散文的描写视角与叙述视角往往是以第一人称"我"进行观察叙述。表现的是"我"的情理。在本文中进行叙述"饭桶"则不是作者本身，而是虚拟的叙述者，但又着有作者的影子，似作者的分形。它在轻松有趣地向读者表达一个无关宏旨的诙谐性个人化认识。署名浪人的《拟梁山伯寄祝英台的白话信》②中虚拟的"梁山伯"与回信

---

① 瞻庐：《岂有此理之广告》，载《红杂志》1922 年第 15 期。

② 浪人：《拟梁山伯寄祝英台的白话信》，载《红玫瑰》1925 年第 2 卷第 6 期。

中虚拟的"祝英台"的受述者观察角度当然都是作者的分形，以嬉谑滑稽的话语方式趣味地揣摩梁祝爱情及其示爱的语言，带有当下的色彩。作者显然取的是娱乐消闲的态度。如信件的台头称呼是"我的亲爱的 Y. T."，署名则是"S. B."信中谈到了两人的男女同学问题，社交公开问题，性教育问题，而且称呼也有了"Mr. 祝"，"Miss 祝"，"女博士"，"女硕士"了，等等这些，思想前卫，新鲜有趣，具有创造性。程瞻庐的《新旧学究的谈话》① 中的谈话双方"新学究"与"旧学究"也是虚拟的叙述视角，你来我往，针锋相对，表达新旧思想的辩驳。另外，像林微音、张爱玲、汤增敭等散文中新奇的感觉意象，意识的流动及自由别样的象征、联想、通感等，都有着散文文体创生的意义。

现代的都会人与现代的散文载体决定着海派散文不再追求浮言与空言的传道与价值言说，而是逼视与叙述现实，追求语言及思想的新奇与破格。忠于内心，从低就俗，远离雍容，拒斥神圣与深奥，言自我之小"道"，是一种浪漫主义的自我心灵的言说。以清淡朴讷文字，原始的单纯，表现着自我个性的素朴的美。当然，随着上海都市化进程的加快，海派散文所追求的"个性"在一定的尖端上又出现消解"个性"的趋势，即现代文明下的"热情"的衰退。这不是传统意义上的消解，而是文明发展到一定层次上所呈现出的格式化的惰性。


四　文学的媒介化与海派散文的非文学化

大众与媒介的合谋规约着文学越来越操纵于消费的逻辑。文学的媒介化势必带来文学的非文学化。大众媒介常常将文学简约为形象、展览与故事。因为，文学需得暗合消费资本的逻辑，需经得媒介的选择、加工与过滤方能消费化。加之，大众在消费文学的语境中变得麻木与浅薄，常常平面化地看待一切文学艺术。如此，文学不再循着自我的逻辑，而是服从消费与资本的逻辑。在消费与资本逻辑的操控下，传统文学所包含的道德感、价值感与美感在淡化甚至消解。在大众媒介为中介的消费主义语境下，伦理道德的逻辑服从于消费主义的逻辑，为了满足享乐与消费的需

---

① 程瞻庐：《新旧学究的谈话》，载《红玫瑰》1926 年第 2 卷第 28 期。

求，道德消费化并从而越界。在资本经济所规约的客观化、量化、平均化价值趋向的冲击下，一切变得似乎没有差别，道德也就失去了传统的高贵感，康德式的道德感趋于终结，道德训诫的可行性被抽离。文学中的"真"的一面在大众媒介的主宰下也变得不可信，谎言可能成为真实，文学成为流言。在消费主义语境中，大众读者的认知逻辑操控于消费逻辑。人们的真实观受扰于广告性的消费社会。当大量广告性的消费社会的信息集聚成视角景观或影像时，就可能掩盖了真实。因为它在制定着自己的规则，"像一个伪神圣的上帝"①。文学的美感在资本决定一切的情势下也似乎成为服膺者，变得不再神圣。因为所有的一切皆可以以金钱为中介进行交换。过于强调文学的有用势必导致美感对资本与权力的臣服。审美的逻辑屈从于资本与消费的逻辑，于是，美失去了自我的自律性与独立性，并从而混淆了审美与消费、艺术与非艺术、高雅与通俗、精英与通俗的界限，美感变得弥散甚至丢失，文学变成了娱乐。海派散文正是在消费文化的逻辑下消解着与消解了传统文学道德感、价值感与美感的庄严。徐讦在《谈艺术与娱乐》里明确地说："文学也不过是一种娱乐"，并且强调"把艺术说成是纯粹的娱乐并没有把艺术看低"。潘序祖在他的小品《说和做》也记载着海派散文的供词："人生出来只有哭、笑、睡觉，更无所谓庄严。"诚如其言，海派散文是用笑脸写出来的有趣味的散文小品。趣味便是其散文的灵魂。例如：读者比较熟悉的苏青对衣食住行的玩味与咀嚼，平平实实，充沛着现代生活的活力。虽有职业文人的潦倒于其内，但却清爽，闲适，有余味。

由京入海的章衣萍，早自"语丝"时期即有浓重的"海派"气息。他自言弄文学犹如抽雪茄，不是真的喜欢，仅是弄弄罢了。散文对于章衣萍，似一种"空虚"的躲避，金钱的获得，"以舒眼前生活的困顿而已"②。其散文小品非常重视趣味性和文章的"好玩"，抛却崇高，以博读者一笑。如他的《枕上随笔》所记载的多是发生于文化名人身上的逸闻趣事，让人开心解怀。兹举数例：

---

① ［法］居伊·德波：《景观社会》，王昭凤译，南京大学出版社2006年版，第3页。
② 衣萍：《跋〈情书一束〉》，载《语丝》1926年第60期。

其一，说壁虎有毒，俗称五毒之一。但鲁迅先生曾对其说："壁虎确无毒，有毒是人们冤枉它的。"于是将这话告诉孙伏园。孙伏园说：鲁迅非但替壁虎"辩护"，而且还养过壁虎。据说，将壁虎放在一个小盒里，天天去喂。鲁迅养壁虎对一般读者来说可谓是闻所未闻，读之难免惊奇一笑。

其二，鲁迅以"严肃"与"批判"名之于世，痛打"吧儿狗"是人所共知的。但"斗猪"实属于罕闻。章衣萍如是记载：有一次，鲁迅说："在厦门，那里有一种树，叫做相思树，是到处生着的。有一天，我看见一只猪，在啖相思树的叶子。我觉得：相思树的叶子是不该给猪啖的，于是便和猪决斗。恰好这时候，一个同事的教员来了。他笑着问：'哈哈，你怎么同猪决斗起来了？'我答：'老兄，这话不便告诉你。'"

其三，他说，一个大学教授，因旁人说他与女学生恋爱，于是气极，索性到医院将生殖器割去，因此，竟成跛足。

其四，胡适《哲学史大纲》上卷出版，曾寄一册与章太炎先生。封面上面写着"太炎先生教之"等字，因用的是新式句读符号，所以"太炎"两字的边旁打了一根黑线——人名符号。章太炎看后，大生其气，说"胡适之是什么东西！敢在我的名字旁边打黑线。"后来，看到下面写着"胡适敬赠"，"胡适"两字的边旁也打了一根黑线。于是说"罢了！这也算是抵消了！"

其五，孙伏园身材矮小，甚像日本人。一天，在北京戏园内看戏，一个不相识的人同他攀谈，他不理睬。于是，旁边的一个茶房说："他是日本人，——日本人是很难说话的哪！"

其六，章铁民请吴建邦去吃饭，说是自己动手炖牛肉请他。等到吴建邦去的时候，他自己正在大喝剩余的牛肉汤，而且，抬起油汤满唇的脸，对吴建邦说："你为什么不早来，牛肉刚才吃完了！"

章氏的《窗下随笔》《风中随笔》所述也多是一些"不太正经"的题材，篇幅不长，亦举数例：

其一，曙天姊姊甡笙之五岁女孩，名小桂，一天，一个人坐在小椅上叹气，旁人问她为什么叹气？她说："我什么都好看，只有鼻子太小了。唉！"①

---

① 　章衣萍：《窗下随笔》，载《章衣萍集：随笔三种及其他》，汉语大词典出版社 1993 年版，第 31 页。

其二,姊妹两人同到日本去留学,同爱上了一个男人,如此三角恋爱,实难解决。痛苦得很。后来,姊姊同那男人说:"我同你去跳海情死吧。让妹妹再去爱个旁人,让妹妹去享受幸福吧。"男人说:"好的。""于是两人同到海边去跳海。姊姊先跳下去,死了。那个男人仍旧活生生地回来,而且同妹妹结了婚。"①

其三,在精神上说,纯洁的恋爱,可使人返老还童。说自己近来颇爱填小词,曾填《浪淘沙》一首,前数句云:"暮雨滴成愁。愁上心头。一生烦恼为风流。总是相思添病也,病也堪羞。"友人顾寿白医生云:"我想送你一个图章,上面雕着四个字:一生风流。"②

其四,妻:"你再爱那个女人,我用手枪把你打死。"

夫:"打死也好。省得叫我去爱我不爱的女人。"③

以上所载所怀,显然已偏离了"语丝"的文化批评与文明批评等,似一种展览,没有了崇高性,也不专注于美感,不是高高在上的"训诫"与诗意的言说,而在追求为文的新奇性与趣味性。

文载道虽然写的是文史随笔,带有史料考据的意味,但同样写得趣味盎然,让人大快朵颐,其所关注不是历史的"意义",而是历史当中形而下的"趣味"。如《曹操难管家务事》说曹操挟天子以令诸侯,集大权于一身,何等意气风发!转身面对家务事,却是束手无策。他性喜渔色,后宫多、儿女多,骨肉相残的悲剧比任何第一家庭都要惨烈。《曹操的临终告白》的"告白"即曹操的遗嘱,可谓是古今帝王将相当中最人性、最坦率的,包括对自己行事风格的省思、丧事的细节安排、后宫婢女何去何从、子弟如何谋生等,尽在其中。剖白了曹操性格里仁厚、体贴、细腻的一面。《魏延无反骨》讲魏延曾建议诸葛亮取道险峻的子午谷,奇袭曹魏,可见他勇略过人。但他骄傲粗鲁、人缘太差,因此在关键时刻被诬谋反,惨遭灭亡之祸。魏延固然偏激,但他的忠诚绝无问题,有问题的是他的脾

---

① 章衣萍:《窗下随笔》,载《章衣萍集:随笔三种及其他》,汉语大词典出版社1993年版,第40页。
② 章衣萍:《风中随笔》,载《章衣萍集:随笔三种及其他》,汉语大词典出版社1993年版,第55页。
③ 同上书,第63页。

气。这似给历史的魏延平凡，还原一个真实的魏延。《刘备孙策托孤语》谈的是"刘孙""托孤语"的"虚伪性"。任何一个创业的雄主，都不会将基业拱手让人，刘备、孙策临终时拖孤的表态，"君可取而代之"的慷慨，听来特别哀切、坦率，他们的真正用意，是欲使人效忠至死，绝无二心。文载道的文史随笔固然有着史力的厚重，但却是一种笑谈，没有丝毫的板滞。轻松、近情，近今人的情，为了这一近情，甚至在解构着历史，是传统道德感、崇高感的消费化。

海派散文的风景线是属于市民的，"风趣"是其共同的核心，但如果过于注重文学的"闲"与"趣"，有时也会消解其中的"真"与"美"。章克标的趣味诙谐与游戏笔墨别具一格，他也时做文明批评与社会批评，但却与庄严优雅绝对无缘。他颇有微词的戏说着上海的文坛的"怪现状"，"装模作样"地讲一些"丑恶的花朵，花一般的罪恶"，故意望文生义地曲解着"安禄山是河北省的一座大山；天牛是牛的一种"；"三叉神经是佛教中的一部经典"；"孙子兵法是哭的意思，因为小孩子是以哭为唯一的武器，孙子是儿子的儿子，总是孩子，而兵是武器的意思，孙子的武器的使用法当然就是哭"[①] ……这是一种智慧，也是一种风格。以微笑的外表隐含一种微讽。面对现实的刺激，他不激烈，以会心的幽默的方式掩饰着自己的紧张与忧伤，是一种不完全的轻松，有着价值冲突的印记。但其缺乏严肃的态度，嘻嘻哈哈的方式，以及惯用的杂感笔调，使其"幽默之中更多了些油滑和痞气"[②]。施蛰存也非常强调散文的轻松随便，在他看来，"散文不是学究式的高议宏论"，"而是'摆龙门阵'式的闲谈漫话"。为此，施蛰存区分了"文体的概念"和"文学形式的概念"两种类型的散文。所谓"文学形式的概念"是指和小说、诗歌、戏剧分庭抗礼的现代文学中的散文。施蛰存认为，英国文学的 familiar essay 应与"散文""随笔"的概念统一起来："我们现在称'随笔散文'，一般人都以为是散文和随笔两种文学形式的组合名词，我以为应当把'随笔'作为'散文'的壮词，最好索性改为'随笔散文'，就可以作为 familiar essay 的新译语了。"[③] 当

---

① 章克标:《章克标文集》（上），上海社会科学院出版社 2003 年版，第 433 页。

② 王兆胜:《林语堂与章克标》，载《江汉论坛》2003 年第 9 期。

③ 施蛰存:《说散文》，载《施蛰存七十年文选》，上海文艺出版社 1984 年版，第 499—500 页。

然，施蛰存的闲适随笔，多写的闲而不闲，好玩有趣，且充满着哲理，《无相庵急就章》就是其典型的例子。比如：《无相庵急就章·蝉与蚁》引拉·封丹"蝉"与"蚁"的寓言：蝉终日歌咏，耽于逸乐，蚂蚁习劳，卒岁无虞，人应如蚁。但自己认为，彼此都是一生，蝉则但求温饱而后歌唱，使它一生除了吃喝之外，还有一点别的意义。而蚂蚁，孜孜功利，为来为去只为了维持它的生命。而它的生命并未延长，一副守财奴相。但"急就"与"随便"当中，又有着东拉西扯的意味，施氏并不追求散文文体的"精致"与"圆融"。其实，海派散文的大部都可谓随笔性的小品。不似同期的京派散文，沉醉于审美的乌托邦，而是耽于散文行文的活泼，情趣的盎然，似一种生活流。

流行色与短平快也是海派散文在消费文化规约下自然具有的品性。消费文化以获得商业利润为旨归，消费市场需要满足多层次阅读群体的需要。从利润角度看，任何一个个体都是潜在的消费者。只要这些人的愿望和诉求被消费市场关注，就必然有迎合他们口味与兴趣的文体出现。而且写作内容改变之后，表达方式亦不由自主地发生变化。在消费市场与商业利益的影响与平衡下，"著书立说"之权也不再专属于文人士大夫层，而是扩大到书商、布衣、妇孺甚至引车卖浆者流。如前文所论苏青的《天地》月刊，虽然《天地》月刊不乏才子名家如周作人、张爱玲、苏青、周越然、周木斋、谢刚主、徐一士、瞿兑之、龙沐勋、柳雨生、文载道、纪亢德、纪果庵、予且、东方蝃蝀、陶晶孙等，以及文学修养很深的达官显贵如周佛海、周幼海、陈公博、胡兰成、朱朴、赵叔雍、樊仲云等，但实际上，《天地》的初衷却是希望更多的"农工商学官也好，是农工商学官的太太也好"式的"俗人""凡人""普通人"能够运笔发声。也许正因为如此，施济美、周杨淑惠、梁文若、刘曼湖、苏红、炎樱、谭惟翰等一些名不见经传及一些职业女性如女医生苏曾祥、女法官周文玑等甚至最为普通的卖稿人小鲁、达戈、"下江人"、"散淡的人"、"吃书人"等的新面影为读者所熟悉。也许正因如此，海派散文文体的意识整体上不强，不重视技巧，多为随笔，追求短平快及流行色，变化多端，花样翻新，显示着散文结构上的"本味"色彩，谈天说地，读书笔记，文人随笔，风俗考，人物志等，五花八门，似乎也从不注重技巧，"不大注意到理论"① 是"杂散文"表现形态。即便是张爱玲、苏青等海派散文名家的作品，也常常是不注重结构与头尾，也不在乎主题和中心意旨，说来即来，说走即走。但力排陈词滥调，竭力创新求异。

当然，不刻意注重"技巧"，追求散文的"本味"，其高端的表现则是一种大匠运斤，不留痕迹的无技巧的"技巧"，就像苏青在《谈宁波人的吃》里所理解的宁波小菜："鱼是鱼，肉是肉，不像广东人、苏州人般，随便炒只什么小菜都要配上七八种帮头，糖啦醋啦料理又放得多，结果吃起来鱼不像鱼，肉不像肉。又不论肉片、牛肉片、鸡片统统要拌菱粉，吃起来滑腻腻的，哪里还分辨得出什么味道？""有内容有情感的作品原是不必专靠辞藻，因为新鲜的蔬菜鱼虾原不必多放什么料理的呀！"但粗糙的表现也常常屡见不鲜。例如：张若谷散文的多数篇什相当肤浅芜杂，甚至写得相当滥；林微音写得多而杂，思想力贫乏，短少着从容，甚至亦有错误的成分；马国亮的《昨夜之歌》则缺乏着情感的力度，甚至有着病态的软弱；另外，像梁得所、潘序祖等，都或多或少地显示着短平快下的粗浅陋等不足。短平快与流行色是消费文化制约下都会散文文体的被动选择，而粗浅陋似乎又是短平快文体必然附有的缺憾与不足。

另外，消费文化的繁荣必然促进着传播方式与传播载体的改变与进步，20 世纪 30 年代，上海印刷业增长了 6 倍，大型造纸厂翻番。密集印刷造纸工业大大降低了报纸的生产成本，从而为价格便宜的报纸、杂志以及出版业的繁荣创作了坚实的物质基础。而报业的兴起、报载体文章等的兴起对传统阅读经验、文体写作构成巨大冲击。似乎也在暗示着文章的平易畅达，切实有用，即被更多的人接受，而文章的过于实用与平易，同样也会削弱海派散文的文学性。

综之，消费文化与大众媒介所形成的"言论空间"或"公共领域"造成了对原作者的忽视及其权威性的消解，生成了海派散文作家群及都会散文观。大众与媒介的合谋规约着文学越来越操纵于消费的逻辑，传统文学所包含的道德感、价值感与美感在淡化甚至消解，海派散文有着非文学化的倾向，是杂散文的表现形态。但作为大众媒介，又不仅仅适应与符合着

---

① 张爱玲：《自己的文章》，载《张爱玲散文全编》，浙江文艺出版社 1992 年版，第 112 页。

大众的口味，它更应是一种引领，工商资本的外壳是一种躁动与追求，包含着对既有传统的怀疑，如此又规约了海派散文的尖新。加之，刊载海派散文的很多大众媒体，如我们所讨论过的《现代》《天地》等，它们的编者常常集编者、作者、批评者等身份合于一身。这一点与同期的京派散文具有一定的类同性。编者与写作者的合一，利于使编者的理念、思想、行为等带入期刊之中，以致影响刊物的走向与风格，而有着编者的个性色彩。或者说，编辑者主体与文学创作者主体的相较统一，使得整个报刊文体和文学文体趋于同质性，易于形成相对规整的艺术观念，如此，这些刊物虽具有很强的市场性开放性，但同时也隐约存在一个无形的相较统一的媒体语境，规约着审美意识的特性，以致使得报刊成为一种物质载体和文化形态相统一的"巨型文本"，这种"巨型文本"所提供的文本形式是特定的文本形式，成为限制具体作家文体的背景材料。上海报刊的这一特性同样影响着海派散文文体的生成、发展及作家群的形成。

在消费文化与大众媒介的制约下，海派散文形成了通俗与尖新并存且有着工商语境下相较集中统一的审美个性的表现形态。

老上海的户外广告

# 第三章　海派散文的空间化与表征批判功能

上海老照片

一　都市的空间感与海派散文的空间化

马克思说："一切存在的基本形式是空间和时间。"① 但不同的生产条件与环境却会改变着人们对时间与空间的感觉。时至 20 世纪 30 年代前后，上海的工商业得到畸形发展，已经具备了相对完整的工业、贸易、金融和

---

① 见《马克思恩格斯选集》第三卷，人民出版社 1972 年版，第 91 页。

服务体系。现代工商业的高速发展使得人们的时空观念悄然发生了变化。从哲学的层面来讲，时间是一维的，具有不可逆性，意指所有物质连续发展与变化的历程。而空间是三维的，即长、宽、高三个量，意指物质运动的伸张性与广延性。但生产技术、消费与经济的实践以及人们生活节奏等在现代都市上海的不断加快、加速的运转，在一定程度上，缩短了人们对时间的感受，空间的阻力也因劳动分工及货币流通的穿行而崩溃，时空实现了感性的颠覆与调整。正是因为现代都市的速率使得传统线性的、一维的时间趋于瓦解并整体崩溃为一种无向度、零散化的时间碎片。这种无向度、零散化的时间碎片给予人们的感觉是一种永恒的当下感，即"现在"的空间感。它包容着一切过去与未来的时间标志。时间的"现在"的空间感由是代替与销蚀了时间的线性的历史感，实现了时间的空间化。一切过去与未来的时间集聚于"现在"，时间被空间化了。时间的空间化即意味着时间感的消失或时间的定格。

因都市的速率而带来的时间的"空间化"仍只是一种表象，其背后隐藏着诸多新的价值指向。近现代以来，尤其集中于 20 世纪 30—40 年代，随着工商文明的加强，以宗法制为本位的传统中国乡土文明的根基及其乡土文明规约下的血缘或拟血缘化的生存法则在上海的大地上动摇以至离散，开始表现出中国乡土文明这一大的背景中的别异的生存样态，有着完全不同于其他地方甚至其他城市的地点感与地点身份，并同时有着特定空间景观的符号学意义及象征意义。浮华与糜烂同在的现代殖民化都市消解了传统乡村文明的宁静与诗意，给予人们的是浮躁与喧嚣，欲望与金钱等迥异于传统乡村文明的都市生活体验与感觉。速率、偶然、瞬间、表面及个人的自主性等成为现代都市人生活的常态与表征。如此，有序的时间变为碎片，空间的重要性越发变得重要。时空的压缩使得都市人极为重视瞬间的感觉，排斥崇高神性，重视非理性主义，于是，直觉、欲望、本能、情绪及潜意识等非理性因素规约着实践与认识中的都市人，并对举于传统的理性与崇高，甚至无限抬高与夸大非理性在认识与实践中的决定地位，将传统理性对人的作用无限驱离。显然，上海现代工商业的发展改变了与改变着都市人的生活体验，改变着现代都市人对时间与空间的感觉。施蛰存在《现代》第 4 卷第 1 期上发表文章，对现代都市生活的内涵予以界定时说过一段很有名的话，曾被很多学者多次引用过。他说："所谓现代生活，这里面包括着各式各样的独特的形态：汇集着大船的港湾，轰响着噪音的工厂，深入地下的矿坑，奏着 Jazz 乐的舞场，摩天楼的百货店，飞机的空中战，广大的竞马场……甚至连自然景物也和前代的不同了。"并特别强调：这种生活所给予生活于都市的现代人的情感，绝然不会等同于传统生活特别是传统乡土中国生活中所得到的情感。正如施蛰存所说，当时的上海，现代生活极其复杂多变，世界处于零散化、多中心、多纬度的共时性状态，生活万象似乎皆呈示出瞬间并现、并置及永恒的平面感。它以视觉表象为基础，给人的感觉是强烈的现时感、直观感，充满着即时的可验性。上海，作为都市的一种空间形态，它与生活于其中的都市人主体已不仅仅是一种简单的存适关系，而是有着"交流"与"沟通"，都市成为一种实际的话语模式，直接影响与造就着都市人心理格式的形成。时间的空间化与空间化的时代预示着一个与传统式的时间观念及其与时间相关的主题时代的远离。都市人不再拘泥于崇高与历史的迷恋，也不再纠缠与困惑于危机、循环、发展、死亡、过去等的关注，如福柯在《不同空间的正文与上下文》里所说的那样，都市人所处的都市空间具有"并置性"与"同时性"，都市人所经历与感受到的世界已非传统意义上经由时间的演化而生成的物质性存在，而更像团与团之间、点与点之间相互联结缠绕的网络。① 作为现代都市的一般特性，福柯所言用来指称 20 世纪 30 年代前后的上海同样适用。都市上海的空间感意味着其时的上海不再仅仅是一个物理的空间，更是一种心理状态与主要属性极为多样化的独特生活方式的象征。它是一种社会产品，是当时上海的社会形态及其生产模式产生出来的属于上海本身的空间。它包孕着诸多的社会关系交融与相互渗透的演变，是被特定时期政治、经济所生产出来的具有意识形态与政治意义的象征物。在这一特定的都市空间中，都市人的社会实践、主体行为与都市空间之间也因此存在着互动与再生产的可能，都市空间也由是成为一种社会生活经验的事实，浓聚了现代都市社会一切重要的事件、问题及种种经验现

---

① 转引自包亚明《都市研究的理论与意义》，载包亚明主编《都市与文化》第一辑：《后现代性与地理学的政治》，上海教育出版社 2001 年版，第 18—28 页。

象的表征及其知识体系。不断延展的都市空间对都市中的一切产生着重要的影响，使得都市文人迅速地领悟与把握到物质对于文学的意义。这里所谓的"物质"是以经济为基础，对应于意识形态的、马克思唯物主义的抽象的"物质"。流动性的都市空间已经完全不同于传统血缘或拟血缘关系维系的乡村，现代都市市民的人际交往不再属于也不专注于深入与持久。都市是陌生人的社会，加之流动的速率，金钱的媒介，一切变得瞬间、表面、匿名、局部，淡化了温情，充满了势利，扰攘密集的人群却是彼此不相识的。在如此情况下，物质以及对于外部生活态度的意义势必凸显。总之，都市上海的"空间感"影响着包括海派散文在内的整个海派文学创作。然而，小说文体的核心要素是注重人物、故事情节、环境，而散文文体则相对注重语言（散文表在语言的优美）、情思（散文注重情感与思考因素）、真我个性（散文意在讲述自己的人格与心情）、文化（散文与文化是一体两面的表里关系），空间感对于海派小说的影响应在叙述时间的模糊性、事件的结构性及人物精神空间的构造性上体现，而作为不同于小说的散文文体，其空间的解释当别有意味。

二　海派散文的空间形式

　　海派散文作为一种语言本身，当然是在时间上展开的，因为代表理性概念的词语只能一个接一个依次展开且结合在一起，以直接的序列呈现，并非空间的跳跃性或伸张性等。① 然而，海派散文借助语言所敞开的世界则是一个空间化的世界。海派散文的抒写，不再是传统式的线性的、顺延性的抒写，而常常是孤立的镜头东拼西凑的大杂烩，其语言的组织方式由时间思维转向了空间思维，时间成为流动的第四维空间。时间空间化，是时间化的空间。海派散文文本中的都市抒写，也不仅仅意味着物理与地域的上海，而是一个欲望之都，喧嚣之都，现代之都。或者说，人的意识、情感与活动蕴含于物质化的都市空间之中。空间事象的聚合、转换与更替的背后隐藏的是各种各样的精神世界。显在的物理化的都市空间是源于诸种社会关系的重组以及多种社会实践性过程而建立生产起来的，包含着更

---

① 参见阿恩海姆《视觉思维》，光明日报出版社 1986 年版，第 361 页。

多的隐喻性。所以，它既是一个物质空间，也是一个精神空间。现实物理空间、地域空间和想象的空间、表征的空间是重叠在一起的。海派散文所言的日常性与人的欲望及情感，有着碎片化、感觉化、平面化的复杂性，同时又有着内外空间体验的立体性与雕塑性。海派散文作家大多不是天生的都市人，他们来自不同的地域，但基本上是乡村。上海也不是先天的都市，有一个发展的过程。这背后隐藏都是文化，故而也由此涉及心理体验过渡空间即文化过渡空间的问题。海派散文的空间表现形式，概括起来有如下几种：

（一）感性日常空间

日常性的空间，是都市生活的现实，读海派散文，仿若感觉到一个琐屑但却真切的生活世界，不是历史的，而是一种生活与现象的呈现。一个个琐碎的生活细节正组成了一个完整的日常空间。海派散文往往以实录的笔墨记叙都会普通市民以及自我的生活情态与衣食住行的生活图景，通过对都会世俗生活的描写抒发着对于当下的感慨，体现着市民清醒的现实主义。从都市民间的立场，在肯定人对物质生活追求合理的前提下，对知识者以及民众的生活状况给予透视，为我们留下了近现代上海人的生活面影。海派散文的日常空间感主要体现于两方面：

其一，以市民的感受与俗世的视角写日常生活，体现着永恒的当下感与现实感；海派散文似生活的铺展，宽且杂，是日常的空间化。比如予且，他常常从实际生活中寻觅小视角，在平凡小事上下功夫。其作品展示的是生活。《饭后杂谈》写的是饭后的"脸"。因为自己的忙，一直没有看过自己饭后的"脸"。其实，社会上的许多好东西，因为一认真，便毫无趣味。一注意，就消灭，正如饭后的"脸"，要加以描摹想象，还须无意的得着，一看见，想象的诗意就整个消灭了。《吃饭的艺术》谈吃饭的艺术。作者先言牛食草的"反刍"即有艺术的意味，猫的食鼠，亦意味深长。而人是万物之灵，更讲究吃的艺术。作者由是讲到了"舌""手"，特别是"箸"的艺术的运用，并强调说，中国的吃饭就是一个艺术展览会。行文活泼富有生趣。《淡巴菰》中的"淡巴菰"是 tobacco 的华译，即指的是"烟"。作者强调，此译法颇为聪明。"菰"是好吃的，"巴菰"更好，"巴"是形容"菰"的品质，或许即是"巴蜀"之"菰"。"淡"是形容物品的新鲜或制造保持方法之精良，还暗含一个"新"字。"烟"一经作者如此解释，吸烟的意味似乎也变得美轮美奂了。《何以解忧》解读着"女人"与"酒"的关系。以"女人"比之于"酒"，"酒"比"女人"更美妙。"女人"可以解忧，但难得，"酒"亦可以解忧，却得之甚易。将霄壤之别的"女人"与"酒"联系起来，充满了谐趣，乃俗世生活的趣味性联想。《福禄寿财喜》讲述的是中国人常谓的"五福"。文本主要对"福禄寿"的画进行了解释。"福禄寿"有三星代表，而实际上的"五星"是没有的。于是，作者解释说：三星图上的那个小孩子手中拿着的"一朵花"，那就是"喜"；禄星手上捧了一个元宝，即是"财"。禄星本是官星，做官就能发财，所以他就拿了元宝。中国的婚姻以生子为目的，所以就画上一个小孩子。"禄"乃"财"的影子，"福"即"喜"的影子。作者的如此解释反映了民众的思想，也是最普通民众简单的生活愿望与理想，更是日常的生活理念。来自俗众，也观照于俗众。《头和脚》说的是人们对"头"与"脚"之美丽的注意。作者举例说，旧式婚姻礼仪里，新郎鞋帽是用一个美丽端盘盛着巡游街市的。过年时用三牲祭年神，三牲中第一重要物品是一个"猪头"带个"猪脚"一个"尾"。国家改朝换代，往往也重视"头"和"脚"。满清入关时剃发蓄鞭，民国又兴剪鞭子，到底还是从"头"和"脚"，男子的头发剪去，女子的脚放大，等等诸般，莫非如此。最后，作者引申出：大都市中满布了美人的头和美人脚的广告，尤其是电影广告，除了将明星的"头"画出来之外，还要加上一排排的"腿"和"脚"来吸引观众。这"头"与"脚"的联想与生发无疑来源于当下都市的现实。《哭与笑》一文里，予且强调，在"哭""气""笑""笑""气""哭"的周转之间，不知增加了多少爱情，添了多少趣味。文本引用史载：以量言，哭比笑多。男的是淳于髡，仰天大笑，冠缨尽绝。申包胥大哭秦庭七昼夜。女的，幽王烽火戏诸侯，引得褒姒一笑。杞梁之妻，善哭其夫，而变国俗。哭笑之变幻诚放之则弥六合，近之则退藏于密，亦奇观也。看似引经据典，然而，所论却是生活的小道理，不远人，且具恒久性，同样充满着俗趣，缘来自生活。另外，像《酒色财气》中，作者体悟着人类生活的"饮食，男女"，人类的"兴趣"与"快乐"以及人类中的"竞争"与"叹息"。《医卜星相》中介绍的"医卜星相"以及对"医卜星相"的个人理解。《天地君亲师》由人们对此传统"五大"的模仿，引申出人们的"虚荣"与"怕"的心理。等等这些，皆在于呈现一个感性亲切的生活世界，使人如临其境，感同身受。

苏青的散文颇为"唠叨"与"拉杂"，以写实的姿态抒写自我的经历与生活经验，似生活现场的还原。其实，仆仆奔命于生存之计的都市市民的生存状态正是苏青的写照，也是其认同的生活立场与写作的基本态度。相夫教子，夫妻吵架，婆媳小姑之行事，吃与睡，谈交友，谈男人，谈生儿育女等日常生活性的驳杂甚至拉杂似乎并没有多少新意，但生活的现实感很强。在所有苏青的"唠叨"与"拉杂"中，最有兴味也颇可玩味的是那些专门谈论女性生存状态的文字，也是苏青最为熟悉且用情最多的。如《第十一等人》中，当说到女人的地位低于传统自"王"至"台"十等，而成为"第十一等人"时，苏青是愤激的，然而她清明而实际的生活态度，让她在讨论男女平等时却说出了下面的意见："我敢说一个女子需要选举权，罢免权的程度，绝不会比她需要月经期内的休息权更切；一个女人喜欢美术音乐的程度，也决不会比她喜欢孩子的笑容声音更深。"当然，"我并不说女子一世便只好做生理的奴隶，我是希望她们能够先满足自己合理的迫切的生理需要以后，再来享受其他所谓与男人平等的权利吧！"在《我国的女子教育》中，苏青将其郁勃的女性意识表达得相当大胆泼辣："我对于一个女作家写的什么：'男女平等呀！一齐上战场呀！'就没有好感，要是她们肯老实谈谈月经期内行军的苦处，听来倒是入情入理的。"其谈"性"的文字，不是诱惑，也没有挑逗，直然是浓得化不开的苦涩。"女子不能向男人直接求爱，这是女子的最大吃亏处：从此女人须费更多的心计去引诱男人，这种心计若用在别的攒谋上，便可升官；用在别的算盘上，便可发财；用在别的侦探上，便可做特务工作；用在别的设计上，便可成美术家……可惜是这些心计都浪费了，因为聪明的男人逃避，而愚笨的男人不懂。有些聪明的女子真是聪明得令人可畏，她们知道男人多是懦怯的下流的，没有更多欲望的，于是她们不愿多花心血去取得他们庸俗的身心，她们寂寞了。懂得寂寞的女人，便是懂得艺术；但是艺术不能填塞她们的空虚，到了后来，她们要想复原还俗也不可能。我知道上流女人是痛苦的，因为男子只对她们尊敬，尊敬有什么用？要是卖淫而能够自由取舍对象的话，这在上流女人的心目中，也许倒认为是一种最能胜任而且愉快的职业。"① 苏青是一个"最结实的真实"的女人，其散文展示的就是一个女性的"天地"，也实在是一个鲜活的日常生活的世界。

徐訏谈照相，谈中西风景，谈中西人情，谈吸烟，谈金钱，谈服装，谈睡眠等的散文，生活的实感同样很强，是一种空间化的生活形态，也同样给人以生活的空间感。在《论睡眠》一文里，作者指出：农业社会的"人民"多早睡早起，工业社会的"人民"多晚睡晚起；乡村的"人民"多早睡早起，都市的"人民"多晚睡晚起。都市是不允许早睡的，于是，要么是牺牲了工作来保身体健康，要么牺牲身体健康去保住工作，以及许多公务的懈怠，与许多人民的憔悴，似乎也就是不自然的了！但现代的文明是夜的文明，而现代人必须是晚睡的人。这里重点讲论的是都市人的生活状态，本身即意味着"速度"感与"空间"化。在《谈服装》一文里，徐訏认为，"服装"是野蛮时代用来保护"性"的尊严，而现代社会，经济力可以使人不愿意也要自动地脱去衣服。历史上的衣服不外乎扬美而掩丑，但也时或杂有一点道德的习惯。"而如今都市中的服装，只表现金钱之多寡与倡随之快慢了。"《谈金钱》讲述的是金钱的效用在当下的强大，健康、博学、名誉以及被人崇视等，似乎无论什么人只要一有钱就可以办到所有的一切。"全人类都在金钱之下喘息了。"等等诸多切身的小事，都是他的亲历与点点滴滴生活的感触，也正似他所生活的那个都市空间。

其他较为典型的例子如：郑逸梅以细腻而微讽的笔法写着马路上一味抛掷"香蕉皮"与"玻璃瓶"，认为这是没有"公德心"的表现，对踏着了香蕉皮而倾跌了的"老头"以及赤足的"车夫"误踏了玻璃碎屑而血流如注的"车夫"都是充满恻隐之心的，其中所蕴含着的批判并不怎么地用力，似普通市民的眼光随意摄取着街头生活的一鳞一爪。② 秋翁《蛋的上涨》以"蛋"为例讲物价的上涨。弄口专卖咸鸭蛋的老板，边在吃"蛋"，同时又在加码。每天吃，每天加，吃掉的"蛋"适由加码以相抵，故此，"资产方面，毫无贬值，本人的口腹之欲，赖此解决"。作者在"蛋"上悟出

---

① 苏青：《谈女人》，载《苏青集：饮食男女之类》，汉语大词典出版社 1993 年版，第 19 页。
② 郑逸梅：《路上的香蕉皮和碎玻璃瓶》，载赵福生编《都市魔方》，东方出版社 1997 年版，第 189—190 页。

了物价上涨的原因即"吃完卖完。"然而，作者又说，"当局假如真心要抑平物价，使它不涨，那只消暂时封闭卖东西人的口腹"①。这里显然有着市民生活的辛酸与无奈，但也颇感亲切实在。周炼霞的《螺川小品之一——露宿》写的是夜晚露宿苦等米店卖米的苦痛与苍凉。市民为了每天半夜与天亮时"卖米啦!"的一声吆喝而慌乱的身影，以及挨挨挤挤不同颜色的"被头卷"无疑揭露了普通市民生活的动荡，但生活的现实感与逼真感却也历历在目。平襟亚的散文《网中杂札》以实录的笔法记叙了日伪封锁线内市民的生活景况，是一幕幕困窘难堪生活的小影像小镜头。兹举其中产妇难产的一则遭遇为例：冯二娘，乃某巨商之外妇，赁"我"家阁楼一室而居，自封锁后，藁砧足迹不复至，虽电波时通，二娘终於邑不快。二娘于岁关时已身怀六甲，一日黄昏，竟尔分娩，以难产故，辗转哀号，凄绝床笫。其女佣曰白妹，急电主人请示，主人年老无子息，渴望于雏儿，及闻难产，惶急甚，电波中作抖颤之声曰："奈何——奈何——稳婆也无，怎么得了？汝辈须特别将护，多酬汝金。"白妹唯唯不能置答，释其电话筒曰："生产非我本人，多金我又何能为力？"及至钟鸣一下，产妇呼号转急，额汗盈盈如雨下，呼吸骤然急促，主人者电波频至，白妹期期艾艾以状告，主人惧，电波中闻顿足声，第曰："怎么办——怎么办——？命产妇用力进——进——进——"白妹笑释其筒，闻者皆绝倒，空气由紧张而转弛，产妇闻声，亦为破涕，其气既平，胞胎亦顺流如激湍之骤下，一室因而大乐。生动传神，趣味盎然，令人哑然。平襟亚以网蛛生化名发表的《自然界的战士——蟋蟀》有当时抗战的隐喻色彩，但更多的还是市民特别是底层市民日常娱乐的趣味性。文本描写的是蟋蟀相斗，但赋予了蟋蟀以"战士"的称谓与品格。试看文中记叙："两军"开战前，观战者屏息以待。"我军"不改常态，大勇若怯，退缩数步，诱敌深入。于是"敌军"利用触须，上下左右，卷舒不停，待及"我军"时，竟突前猛啮，来势甚骤，勇不可当。而"我军"亦力啮敌人之牙，绝不放松。四牙相交，历久不释。"两军"举体频频高下力碰。直至足腿先后尽脱，终不释口。双方振翼同鸣，胜负未判。这一场恶战，历时凡炊许，结果竟同归于尽。而所

---

① 秋翁：《蛋的上涨》，载赵福生编《都市魔方》，东方出版社1997年版，第242—243页。

博之注，亦不分输赢。"像这样的两王相遇，以身殉主，不图于虫类中见到，真是异数。"袁沛霖的《夫妻为什么要吵架》谈的是"结婚"与"离婚"的问题。他说，提出结婚的往往是男人，但促成结婚与离婚的却多数是女人。女人喜欢"冒险"，男人则喜欢维持现状。比如：女人的服装花样翻新，男人却经久如故；男人往往经历挣扎之后才会放弃未婚生活，而结婚之后便希望永远保持新婚的甜蜜。"离婚"的主要原因多是由于自尊心。"当双方为保持自尊心不肯互相让步的时候，事情便越弄越僵了。"①"结婚"与"离婚"似乎不是什么了不得的事，却又是日常生活必然存有也很难回避的事，正似日常生活的常态。一条宠物狗，都带出了市民生活的日常面影。包天笑的《吐吐小传》中的"吐吐"就是这样一条有着不同寻常的宠物狗。文本交代，抗战前的 1937 年秋，自己尚有一辆破旧的人力包车，而到了写文章的 1941 年 12 月，曾经的衣食无忧却明显感觉到了生活的前后落差与煎迫。作者记述：一天，在散戏的剧院门口，捡回来了这非要上"我"包车的小狗。小狗带回家后，发现"她"最喜欢吃剩余的牛奶与面包，喜欢见穿西装的人。于是得出结论："她"以前定是生活于西装家里的。有着富裕且洋式生活经历的"她"来到"我"家之后开始暴露出种种"狗的恶德"，最不能容忍的是随地遗屎。后来小狗送给了一个喜欢小狗的话剧演员唐槐秋的女儿唐若英小姐，从此又有了新生活，并被新主人美其名曰"吐吐"。而且，"吐吐"还曾经做过"演员"（在话剧中"扮演"过宠物狗），还生了小狗，做了"母亲"，可谓是出了风头，"继承它的也有了"。可是又很不幸，后来"吐吐"又因车祸结束了自己的一生。作者以市民化的视角描述了"吐吐"经历，凸显着趣味与普通市民的价值观，是上海市民世俗生活的真实记录。

海派散文专注于生活，淡化着历史感，风趣活泼，平易亲切，有着市民的亲历性、实录性，似永恒当下的铺展。

其二，海派文人的"杂散文"形态传播的是一种信息，文学的界限模糊，意味着永恒的转变；海派散文的形式有"杂感、随笔、漫谈，乃至絮语式的散文，兼收并蓄，在内容上希望做到亲切有致，有如'雨窗促膝，

---

① 袁沛霖：《夫妻为什么要吵架》，载《万象》1941 年第 1 卷第 4 期。

谈笑风生'的那种境地，片言只语，零思乱想，都不妨写出来，以博一粲"①。而海派散文的内容则几乎无所不包，百味人生、上海博闻、日常趣闻、名人文化、情趣追踪、孤旅天涯、艺文春秋等无所不有。谈当下生活、海派娱乐、女人种类、婚姻指南、新奇见闻、名人婚恋、生财之道、城市怀旧等以市民趣味与上海的特殊环境为中心给市民大众传播的是种种的信息，消解着散文文体的文学性，有着新闻的品性。是记录，亦似传播，迎合着商业性与大众化的口味。

不管生活压力如何，挑战多大，海派文人似乎都能从日常生活中寻找到柴米油盐的乐趣。日常性的空间是物质化的空间，日常性的空间抒写，体现着对生存的执着。

（二）都市公共空间

都市公共空间是一个大的共同的生活场所，具有整体的象征性，似一种对都市整体的鸟瞰。上海作为一个畸形现代都市，是中国式市民文化重要的生态环境。上海的都市类型与流贯其中的市民精神具有着相通性、互动性。都市影响着上海市民文化的形成，市民文化表征着上海式的现代都市性。自20世纪20年代中期之后，上海的工商业得以迅速发展，完成了由单纯的贸易城市到现代都市的过渡。人口爆炸，经济发展，同期带来市民社会以及市民文化的繁荣。

张若谷虽身在上海，却着力发现并想象上海所具有的异域情调。在张若谷眼里，上海无疑就是"万国建筑博览馆"。他在其散文小品集《异国情调》的序言中如是说道："我们凡是住在位居世界第六大都会的上海，就可以自由享受到一切异国情调的生活。我不敢把龙华塔来比巴黎铁塔，也不敢说苏州河是中国的威尼斯水道，但是，马赛港埠式的黄浦滩，纽约第五街式的南京路，日本银座式的虹口区，美国唐人街式的北四川路，还有那夏天黄昏时候的霞飞路，处处含有南欧的风味，静安寺路与愚园路旁的住宅，形形式式的建筑，好像瑞士的别墅野宫，宗教氛围浓郁的徐家汇镇，使人幻想到西班牙的村落，吴淞口的海水如果变了颜色，那不就活像爱琴（爱琴）海吗？"这是上海都市空间的真实摹写，也充满了异域都市

---

① 柯灵：《万象闲话》，载《万象》1943年第7期。

想象的色彩，似乎正象征了乡土中国土壤上现代都市文化的移植性，不无包孕着对现代都市及西方都市的几多惊讶几多崇仰。梁得所的《上海的鸟瞰》赋予了"黄浦滩""重要的马路""街道"等公共性空间极强烈的情感上的意义，显现了中国式都市的特性及其对都市生命力的肯定。如上海的"黄浦滩"是离人临别依依的地方，意味着别离。同时，它又是一个"欢遇"的地方。"黄浦滩"足以代表上海，既体现出现代都会的物质性，也显示出传统性的情调深长。"南京路"，上海最大的一条路，飞楼凌霄，车马如龙，街平如砥，美女无数……代表着都市的繁华。"所可惜者，中国商埠之开辟，由不平等条约产生，加之经济落后，对外营业的权利，进出对比起来，总是吃亏。"通商愈发达，即意味着经济上损失愈大，"南京路"又意味着"吃亏"。民生前途实可堪忧。"北四川路"一带，影戏院不下十间，跳舞场十余所，"食物馆"大小不计其数。丰富而不单调。是"生之欣悦"之街。"本来醇酒妇人，狂歌达旦的生活，是个人主义的享乐，未免过于自私，但总好过到四马路青莲阁等处去泄欲，并不是道德高下问题，实因狂歌醉舞的人有'生命力'，一旦施于正当用途，就大有作为的。"

　　林微音的《上海百景》则是集中抒写了上海的舞厅、茶楼、回历球场、当铺、电车、书场、日本店等都市公共空间元素，体现了都市的世相，将上海的虚空、浅薄、无聊一面触目惊心地铺展在读者面前。这些都市的"元素"像一个个切口，为我们展现了当年上海纸醉金迷、笙歌处处、繁华隆盛的世风及畸形发展的历史图景。在"大饭店"里，有的是舒适与某一行动的随心。"大饭店"对于很多人日常辛苦劳作世界仿若是别一世界。凡有钱的旅客只要到了这个地方，一切的劳苦便可终止，并可满足种种的需要，这里就有一个专以满足这种需要为职业的人等待着，听候使唤。只要有钱，在"大饭店"里可以做最少的工作而过着最充分的生活。而且，在"大饭店"里，"'拍马'已经能从科学上出发。"① "大饭店"在一定意义上又象征了偶然、短暂、陌生、临时等现代都市人与人之间的关系与拜金主义。张爱玲《道路以目》中的"大马路"，描写的则是

---

① 洪深：《大饭店》，载《良友画报》1935 年第 111 期。

日常生活的小零碎：黄昏之时点着脚灯的人力车，坐自行车的"手里挽着网袋，袋里有柿子"的小老太太，理发店橱窗里懒懒的小狸猫，炒白果的孩子……日常平庸的琐屑，让人觉得亲近。"大马路"上到处是"人"，充满着浓厚的"人的成分"，即便也有挣扎、焦愁、慌乱、冒险，却耐人回味。"咖啡馆"是都市摩登的一种象征，像上海的"俄商复兴馆"与"小沙厉文"等是张若谷等海派文人常常提到的地方，也是其足迹常常踏进的地方。"他们一边慢吞吞的呷着浓厚香淳亚拉伯人发明的刺激物质；一边倾泻出各人心坎里积累着的甜蜜"。① 郁达夫笔下的"茶楼"象征了传统中国到现代都市的转变，也是真实浓郁人间世界的缩影。它是属于中国的，也是现代上海的。"茶，当然是中国的产品"，"早采为茶，晚采为茗"。"茶楼"的选址多集中于水陆要道及人口密集的地方，"茶楼"的顾客多有"帮里人"。"茶楼"往往是帮里人化解是非的场所，即所谓的吃讲茶。"茶楼"还是"拐带的商量"的地方，女人跟人出逃，往往伴随着"茶楼"。而对一般来说，"茶楼"更宜于消磨时间。② 而且，伴随"茶楼"的兴盛而兴起的各种小吃的摊贩，弄古玩，或养鸟，说书，茶馆的夜市以及算命、测字、看相等的副业。上海的"弄堂"是最有意味的公共空间，它充满着现实与殖民地的神秘，也象征了近现代中国都市发生发展的过程。"弄堂"的生活虽有孤独与无聊，但却有着浓浓的人间情味与市井气。"馄饨担子，骗小孩子的卖玩具的小车，卖油炸豆腐的卖酒酿的，一切的叫卖，一切的喧声"，构成弄堂的交响乐。在不和谐的弄堂交响乐中，还有后门外多样的滑稽小戏，"东家的主妇，西家的女仆，在那里制造着弄堂的新闻，鼓吹弄堂的舆论"。"马桶之神所统治着的那些弄堂"③。"弄堂"在市井生活的意义上似乎成为近现代上海的别名。

另外，像丰子恺的火车"车厢"，张爱玲的"电车"，茅盾的"证券交易所"等也都是常见的都市文化特有的公共空间。诸等都市空间意象既是现实的，又是虚拟的，是现实社会的空间"模型"，共同象征了现代上海

---

① 张若谷：《俄商复兴馆》，载《张若谷集：异国情调》，汉语大词典出版社1996年版，第38页。

② 郁达夫：《上海的茶楼》，载上海《良友画报》1935年第112期。

③ 穆木天：《弄堂》，载上海《良友画报》1935年第110期。

都市生活的历史。

总之，海派散文中的公共空间，意味着一个转型中的现代都市。既显现着海派文人对都市繁华的崇仰，也有着过渡期的复杂情愫。

（三）私密空间

上海作为开放式的现代都市，公共交往空间无限扩大。公共空间的扩大一方面挤压了个人私密空间，另一方面也使私密空间的留存得以可能，并因此获得相对独立的价值与意义。工商语境影响下的海派文人开始远离传统性的崇高、神圣及启蒙者的角色定位，忠实于是自我的感觉与个体的经验，以俯身生活的形而下姿态逼近现代普通市民的真实情态。对私密空间的抒写最具有代表性的是张爱玲笔下的"公寓"与苏青笔下的"房间"。张爱玲《公寓生活记趣》里描述的"公寓"在纷扰与嘈杂的都市日常生活里有着特殊的优点：它能让人充分体会到"居家过日子"的得意盎然，可以自由地听市声，可以感觉到浓浓的生活味。尤其是，"公寓"是最合理想避世的地方。虽然公寓生活是敞开的，因为总能遇见爱管闲事的人类，但"公寓"又有着传统乡村生活所没有的秘密性，似闹中取静，可以自由独立的生活。在公寓里，有的是日常生活的简单与愉快，是私人独立快乐的自由王国。苏青也写有《自己的房间》，然而，"她"并没有自己的房间，而是寄住在亲戚家里的，却在想象自己有一个属于自己"房间"后的自由与欢愉："走进自己的房间，关上房门，我就把旗袍脱去，换上套睡衣睡裤。……我再甩掉高跟鞋，剥下丝袜，让赤脚曳着双红纹皮拖鞋，平平滑滑，怪舒服的。身体方面舒服之后，放下窗帘，静悄悄地。房间里光线显得暗了些，但是我的心底却光明，自由自在，无拘无束……""房间"正可以成为自我享受与驰骋想象的空间与乐园。在自己的"房间"里，可以自由工作，娱乐与休息，全世界仿佛都不注意"我"的存在，"我"可以幻想着一切。其实，对"公寓""房间"等私密性空间的欣然与渴求正是一种现代性特征的呈现，"公寓""房间"实际成为现代意义的载体。因为，"中国人在哪里也躲不了旁观者"。中国人的人生中是少有着私人性空间的，"无事不可与人言，无事不可示于人。说不得的事就是为非作歹"。即便在张爱玲所描写的公寓生活里，同样也不是绝对的私密。公寓里的日常生活，随着日复一日，年复一年时间的推移，其"秘密"终究也是掩盖不住的。"夏天家家户户都大敞着门，搬一把藤椅坐在风口里。这边的人在打电话，对面一家的仆欧一面熨衣裳，一面将电话上的对白译成了德文说给他的小主人听。楼底下有个俄国人在那里，响亮地教日文。二楼的那位太太和贝多芬有着不共戴天的仇恨，一锤十八敲，咬牙切齿打了他一上午；钢琴上倚着一辆脚踏车。不知道哪一家在煨牛肉汤，又有哪一家泡了焦三仙。"① 显然，绝对的私密在公寓生活里也做不到。这里有作者对私密性的推崇与追求，也有对隐私权的担忧。在张爱玲看来，中国人"缺少私生活"，就是个性里的粗俗在作祟。对"公寓""房间"等私密性空间的追尚意味着对"旁观者"的躲避以及对时空中遥远事物的组合。它是一种保留了自我经验的实景的生活，客观上也阻断与分割着自我主体对行人及街道等外部的记忆与感觉。但在一个逼仄的都会空间与带有浓厚乡土文明的混合型文化里，"躲避"与自我经验的保留却常常是尴尬的。

（四）色彩空间

色彩空间在海派散文中有着独立的意义。色彩属于感性的范畴，但却有着空间的性能，让人感觉世界的真实，并承载着情感的分量。不同的色彩组合即会引起快乐、忧伤、平静、恐怖等不同的心理感受及消沉、积极、尊严、高贵等不同的情绪。海派散文的色彩空间分现实的色彩空间与想象的色彩空间两类。复杂的色彩空间感使人的感情物态化，能够让人充分感觉到现代都会人的复杂情感世界。以张爱玲的作品为例："我喜欢那时候，那仿佛是一个兴兴轰轰橙红色的时代。"② 把一个时代想象成橙红色，有了具象感，而橙红色则又表征着一种热烈兴奋的情感。《公寓生活记趣》里所描写的菜场里的"茄子"是"油润的紫色"，"豌豆"是"新绿"的，"辣椒"是"熟艳"的，"面筋"是"金黄"的，"像太阳里的肥皂泡"③。"油润""新绿""熟艳""金黄"等都属于亮丽的色彩词汇，共同构成一个丰富、多彩、热闹的蔬菜场，虽不似乡村田园的直接，但色彩的凸显近于真实与具体，表达了对都会生活的满足与热爱。"南美洲的曲

---

① 张爱玲：《公寓生活记趣》，载《天地》月刊1943年第3期。
② 张爱玲：《存稿》，载《流言》，北京十月文艺出版社2009年版，第70页。
③ 张爱玲：《公寓生活记趣》，载《流言》，北京十月文艺出版社2009年版，第26页。

子，如火如荼，是烂漫的春天的吵嚷。"① 莫可言状的音乐情感已经空间化的色彩词喻之，可感可触，形象具体。张爱玲在《我看苏青》一文里说自己将来想要一间"中国风味"的房，"墙"是雪白的"粉墙"，金漆桌椅的"椅垫"是大红的，桌子上还放着"豆绿糯米"色的茶碗，而且堆着的糕团上还要点上"胭脂点"②"雪白""金漆""大红""豆绿""胭脂点"等色彩都属于强烈的颜色，形成鲜明的参差对照。有着浓郁的中国风及生活气息。张爱玲《道路以目》里说，"烘山芋的炉子的式样与那黯淡的土红色极像烘山芋。小饭铺常常在门口煮南瓜，味道虽不见得好，那热腾腾的瓜气与'照眼明'的红色却给予人一种'暖老温贫'的感觉"③。用"黯淡的土红色"来比之"烘山芋"，将"照眼明的红色"比之小饭铺的南瓜汤。在冷天的黄昏，"土红色"与"红色"就有了温暖的感觉。是一种描述，也是日常生活的感觉。同样是"红色"，在《我看苏青》一文里却表达了另外的意义："我一个人在黄昏的阳台上，骤然看到远处的一个高楼边缘上附着一块胭脂红，还当是玻璃窗上落日的反光，再一看，却是元宵的月亮，红红的升起来。我想着：这是乱世。"红红的月亮给人的感觉应该是温暖、亲切与诗意，但乱世的"红红"的月亮带给张爱玲的是郁郁苍苍的身世之感。其他较为典型的作家作品还有施蛰存的《雨的滋味》（1930 年）运用中国画水墨淡彩的笔法，勾勒出幅幅妙景，使作品富于视觉的亲历性。试看：烟雾般的雨丝笼罩下，杨柳"曼舞低鬟"，花儿"滴粉溶脂"，远处山水失去了边际，斜插入画的"黄莺"与"红襟燕子"便是点睛之笔，呼之欲出；长满了绿苔、散着落花的幽幽庭院里，春雨抑或秋雨静静落着，半掩的门中，"可以窥见室中陈列着的屏、帏、炉、镜之类"，一位美人"在静悄悄地无端愁闷"，以颐望落花，倚屏弄裙带……真是尺幅纳千娇，画尽意留，余音袅袅，韵味无穷。这"色彩"的着染，无疑漫溢出传统中国古典美的诗意，却也不无隐现出现代都市人对"乡土"情怀的流连与神往。林微音《黑眼睛》中的黑的夜，黑的舞厅里的黑眼睛的姑娘（吉卜息风的姑娘的眼睛也是黑的），"在黑眼睛，那里没有阶级，

---

① 张爱玲：《谈音乐》，载《流言》，北京十月文艺出版社 2009 年版，第 166 页。
② 张爱玲：《我看苏青》，载《流言》，北京十月文艺出版社 2009 年版，第 238 页。
③ 张爱玲：《道路以目》，载《流言》，北京十月文艺出版社 2009 年版，第 30 页。

没有绅士气，没有国籍，没有种异"。有的是热、魅力及壁上厅中黑眼睛的逼视与挑逗。"这热，这魅力，这逼视，这挑逗，融合成一片，我便被裹在这一片的中间。"汤增敎的《生命的红酒》用"生命的红酒"比喻"眼泪"。当"我的灵魂狂惑，我的血液沸腾，那永恒不能医治的受尽金箭频击的心灵，被飘荡的思想韵律不息地忐忑激动，顿时汹涌起琥珀的热泪，不能用理智把它抵制和咽噎，滔滔不绝地滚了下来"，当作生命的红酒。"琥珀的红酒，给予我伟大的灵活的生动。醇美的红酒，给予我热烈的光耀的希望。""眼泪"与"生命的红酒"于是蕴蕴有了迷离、沉醉、梦幻的色彩。梁得所的《红与绿》用色彩来比人的生命。"我们手中虽或没有画笔，但每个人都是自己的画家，把已往现在和未来的，绘写自己生命之图画。"如只用平淡的墨水，绘得虽很精细，但终究单调。生命应如"想画红色而偏偏画出几笔背乎心愿的绿色。"但"绿色能够反托起红色，使它特别鲜艳。""一个人若未病过，就不知健康之可贵；未捱过饥寒，就不觉得饱暖是幸福。"生命是复杂的，对比也理应鲜明。

色彩能够自然地唤起人们复杂的反应与联想，色彩具有着象征性，能够赋予诸多的概念。在日常经验的诱导下，色彩能让我们联想到很多文化的意义。色彩的运用往往能够将心理效果抽象化、普遍化以至象征化。色彩空间的丰富意味着海派文人生活经验的丰富、情感的复杂、世界的多彩。

三　海派散文空间化的表征功能

"空间"显然不仅仅意味着纯粹的客观现实，同时还意味着特定文化的建构及特定意义的指涉。它超越着自身本然的方位参照性，向着价值反映的体系飞升。既意味着一种场所，也代表着一种文化情境。海派散文的"空间化"正表征着迥异于传统的且有着特殊意味的文化时代意义。

（一）主体的迷失

以空间化的形式呈示着历史的真实，显现着共时态过程中的社会生活的异质性，同时，这种呈现又往往是以个人化的破碎的时间形式呈现的。质言之，这种呈现是以众多个人生命形态的瞬间来标志历史，而杂多的个人生命形态的当下呈现，具有着现实的隐喻性，即主体的失落。单独的个体已失去了传统性的神圣与启蒙的色彩。思想变得知觉化，往往是第一知觉与平面化。以生活的现实，零碎的表现来"呈现"一种思想。抛却纵深进化与提升，注重横向与延展的空间性主题及其当下时态的即时呈现。这似乎意味着一切尽在不言的现时"生活"中。主体隐去，生活与现实凸显并进行着现实的隐喻及表意。人消失与淹没于"生活"的汪洋大海，似乎也就意味着人生意义的虚无与精神的危机。它以一种空间化地呈现在无言地质询着人生意义的有无。虽还未至于绝望，但也透露出些许的茫然。作为写作者，也是人群中的一员，至多比一般市民多知道一点"别的"，即除了读者所要与想要的，还能增添一点陌生感与新奇感。作者作为创作的主体似乎也失落了，陷入了生活之中，显示着生活本身的叙述。胡塞尔的现象学有一句响亮的口号："面对事物本身。"① "面对事物本身"意味着承认包括"本质所予在内的一切所予状态"②，也就是一种非预设的自在状态，是一种生活形式及其向生活本身的回归，显示出对传统形而上学的质疑。逼近日常生活本身的文学叙述，呈现出的是感性与本质生活的全体。它是丰富的，而不是片面的，有诗性的日常生活的发现，也有日常生活不尽美的批判。文学的日常化叙述或者说日常性品格即意味着日常生活的世界在文学叙述中的第一性，凸显了日常生活本身的品格及意义，不是文学反映了生活，而是文学呈现了生活或是诗性证明了生活。正如维特根斯坦所说的那样："命令、询问、叙述、聊天同走路、吃、喝、行为、玩耍一样，是我们自然历史的一部分。"③ 一切都在自然历史中，一切似乎又尽在不言中。

（二）"此刻的世界"

海派散文空间性的展示，揭示的是一个"此刻的世界"，强调的是处于同一平面的现实世界的存在。它没有历史感，既不追怀往昔，也不瞻望未来，而是执着于当下。它集中于一片而不是一点，似乎也很难集中于一点，呈现出一种世界的平面性，也是思想的平面性。散文作为一种文体，比之于小说，似乎更凸显于生活化的"张扬"与"松散"，因为散文更为

---

① 泰奥多·德布尔：《胡塞尔思想发展史》，生活·读书·新知三联书店 1995 年版，第 238 页。

② 同上。

③ 维特根斯坦：《哲学研究》，商务印书馆 1996 年版，第 19 页。

关注当下的呈现与想象。海派散文生活的"涣散"抒写较之海派小说更是给人以空间化的感觉，甚至带有寓言与象征的意味。其所表征的是人与上海这一具体的特定时期的中国式都市的互涵相生从而形成了的一个即时性的情感意义空间。一切的空间环境，空间景物都显示着当下性与共时性的审美习惯及精神情感结构。"此刻的世界"重视日常生活的普遍化，重视人的社会的客观化或者"物化"，重视日常生活的实在性与实在感，重视对生命价值的维护，这就势必有着反体制化与反本质化的一面。整体上说，"此刻的世界"象征了与形而上的紧张。"此刻的世界"具有着整体的隐喻性，它意味着存在的本原与浮世的悲欢。

（三）经验的融合

空间化是对时间性的消解，也意味着人与人之间相互影响的增强，是经验的融合。在都市生活的时代里，一切仿佛都是混合的，施蛰存曾称为"cocktail（鸡尾酒）的时代"。在此一"伟大"时代里，"裸体代替着拖泥带水的裙裾。南美洲的下流地方来的黑人的 jazz 和 tango 征服着 waltz 和 polka。""地下铁道，立体派的图画，打字机，布尔什维克主义，足球，拳术，留声机，五彩照片，电影，庞大的广告牌，夜总会，古加音，丝袜，安全剃刀，空头支票，费罗伊特主义，快而没有痛苦的离婚，英文报纸，第一流音乐都可以在家里听到的无线电"①……各种玩味各种阶级的人似乎都可以调和在一起，仿佛所有的一切都种"混合"。诚然，现代都市生活的本身就是凌乱、并置与无序。并置而混乱的都市空间势必会给都市生活者带来某种经验的游移与融合甚至震撼的感觉。在现代都市世界里，人的体验结构发生着根本的变化。生存以及生存标尺所发生的变化带来了人的实在生存的整体性不复存在。都市人的本质被人的自然生命与社会生活共同界定，人对自身有时变得困惑不解。自然状态的生命与社会生活的无序并置带来体验的革命。都市人处在一个混沌的感性状态中，欲念冲动，困惑焦虑，苦难犹疑等情感融于一体，并进而形成都市人的意识或潜意识，直至因此成为现代都市人的一种生存状态或呈现与展示现代都市人存在的纬度。各种各样的实践与体验在一定程度上实现着瞬间的快照式的聚

---

① 施蛰存：《巴黎艺文逸话》，载《现代》1932 年 5 月 1 日创刊号。

合与融合，留下一个仓促混乱血肉丰满的身影。都市人本身即成为具有着批判性品格的混合与满载着历史及当下的复杂体。而作为都市的写作者，比之通常的都市人，似乎又多了层矛盾。他（她）是都市生活的观察者、书写者及体验者等多重身份的化身，他（她）与现代都市的关系不仅仅停留于存适于此或被动的感触，而是主动的融入与观察，思考并讲述着都市，也批判着都市等诸多的形态，在展现都市的历史、风景、文化与生活之中也彰显着自我。有着都市生活与热爱者的意味，也有着立言启蒙文化精英者的身份，两种思想两种考量两种体验时而分裂，时而融合。他们参与着、享受着同时也批判着。

（四）信息的"内爆"

"发展得快，就是忘记得快。"① 即意味着空间障碍的崩溃与历史感的丧失。都会给人一种速率与永恒的当下感。而都会中文学的界限已然模糊，趋于一种消费的狂欢。散文作为一种不同于小说的文体，它似乎更凸显出信息的功能。海派散文反映的面很宽，且常常出现边界的模糊，政治、经济、文化与文学等的界限不再似传统式的边界明晰，它们在通过呈现或转化为信息的方式上取得了共识，即类似于加拿大当代学者马歇尔·麦克卢汉（Herbert Marshall Mcluhan，1911—1980）所谓的"内爆"。"转变"与"当下"似乎成为一种永恒的生存状态，仿佛一切都在渐渐失去保留它本身的过去的能力。海派散文的很多作品似乎专注于当下甚至新闻素材的选取作为中心表现的内容，求新求快，是瞬间人世的记录。把那新近的历史经验瞬间贬进历史之中，越快越好。海派散文某种程度担当着资讯的功能，成为"是我们历史遗忘症的中介和机制"②。其想象中的读者不仅是"象牙塔里的，而在十字街头"，"从青年学子"、家庭主妇、舞场里舞女、小商店的伙计到"贩夫走卒"③。部分海派散文作品甚至有着对现实的零度表征及自然主义描摹的意味，一定程度上充当了人们向消费社会之形态过度的推进器。

---

① ［法］让-弗朗索瓦·利奥塔：《非人》，罗国祥译，商务印书馆 2000 年版，第 2 页。

② ［美］詹明信：《晚期资本主义的文化逻辑——詹明信批评理论文选》，张旭东编，生活·读书·新知三联书店、牛津大学出版社 1997 年版，第 419 页。

③ 陈蝶衣：《通俗文学运动》，载《万象》第 2 年第 4 期。

海派散文的空间化是一种呈现，也是一种表征。它意味着一个新的时代与一种新的美学倾向在乡土中国大地上的出现。这是一个感知觉的世界，也是一个视觉的世界，内中弥漫着市声的音乐。

上海老照片

# 第四章　海派散文的"都市性"与"都市心史"

老上海的风情百味

## 一　实生活的审美与"人"的回归

　　海派散文作家阵容庞大，如若一一列出，可谓洋洋大观，代表性的有
郑逸梅、范烟桥、周瘦鹃、张慧剑、金性尧、谭惟翰、穆时英、刘呐鸥、
张资平、周全平、徐霞村、陈醉云、倪贻德、邵洵美、周劭（字黎庵）、
章克标、徐讦、陶亢德、黄嘉音、黄嘉德、苏青、林微音、钱歌川、叶灵
凤、马国亮、梁得所、潘序祖、张若谷、汤增敭、陶亢德、毕树棠、钱仁
康、燕曼人、林无双、林如斯、林疑今、林惠文、余新恩等。周黎庵、金

性尧等，本为"鲁迅风"杂文作家，但因上海之风侯的浸染，转向了"海味"创作；穆时英、刘呐鸥、张资平、周全平等，原是创造社的作家，小说是其本行，但散文亦为可观；而更大范围的新起海派散文作家如：章克标、徐訏、林微音、钱歌川、叶灵凤、马国亮、梁得所、潘序祖、张若谷、汤增敭、陶亢德、毕树棠、钱仁康、燕曼人、林无双、林如斯、林疑今、林惠文、余新恩等多是在"论语"派影响下产生的散文小品作家群，他们往往最能代表海派散文的基本面貌。这其中，丰子恺、章克标、予且、钱歌川、梁得所、张爱玲、张若谷等①具有着海派散文范式的意义。

　　海派散文的突出特点是对多样日常生活主要是都市日常与现实的逼近以至融合，很多生活元素直接进入作品，而非表现或再现，是一种对现实生活的审美。海派散文的日常生活样式体现了乡土中国向现代都市的过渡性及其现代中国式都市的特有都市性。海派散文作家庞大的阵容与成分的复杂决定了海派散文日常生活样式与人格模式及都市情感的差异与多元。但在现代都市工商语境的共同规约下，差异与多元之中又有着共通性。整体观之，它疏远主体性，排斥传统理性与本质，模糊现实与审美的界限，追求形而下，是市民话语的奇丽景观。传统超越性的官方或精英意识开始倾向于大众性的感性娱乐，理性规约让位于鲜活的生活。给予读者的则是一种开放的现实与感性的自明。诚然，日常生活一直存在，但作为一种观念与审美，却是现代的产物。由古及今，曾有过"德性生活"与"低贱生活"、"神圣生活"与"世俗生活"、"日常生活"与"非日常生活"等的区分。② 它包容广阔，难以定义，几乎所有鸡零狗碎的东西都可以归入其中。尽管如此，但还是有其最基本的特性。西方的费瑟斯通曾尽力为其概括出了五个特征："重复与习以为常、再生产与生计维持、非反思的当下性、共在的快乐体验，以及差异性。"③ 近现代以来，特别是 20 世纪 30—

---

　　① 为了海派散文叙述的完整性，一些为学界较为熟悉的作家如张爱玲、丰子恺等仍是不可回避的，笔者试图深说新说。

　　② 金浪：《日常生活的美学困惑——兼谈美学的生活论转向中的几个问题》，载《文艺争鸣》2011 年第 1 期。

　　③ ［英］迈克·费瑟斯通：《消解文化》，杨渝东译，北京大学出版社 2009 年版，第 77 页。

40 年代上海工商业的高度发展决定了上海已然进入消费性的现代市民社会，改变着海派文人的价值观、人生观、职业观、审美观等，是一种由内到外的深切改变，规约着他们从轻就俗，走向市民，走向大众，走向日常，也就进而决定了海派散文对都会空间中的偶然、短暂、转瞬即逝的日常生活的审美关照。一般来说，文学是一个特定的社会时代认为是文学的任何作品，它的是与否均裁决于当时的文化。文学本身是一个历史与文化的建构。以诗意的眼光审视凡俗琐碎的日常生活，意味着一种审美形态的革命，反映了文学与文学本质的改变，也意味着社会与文化的变化。它已经不同于对自然、宇宙、山林、田园等的传统乡土中国式的审美，也不同于五四一代精英知识分子对日常俗世生活的居高临下，自属于别一世界。需要特别指出的是，海派散文的日常抒写不仅仅规约于都市文化背景，还有着诸多现实的因素。如 20 世纪 40 年代的上海同中国的其他很多地方一样，处于国民政府与日伪政府腐败混乱的统治之下。通货膨胀，物价飞涨，民不聊生。由紧张的时局带来麻木的精神，更进一步使得包括散文在内的都市文学整体倾向于都市人个体的生存及烟火俗世。

海派散文作家群是在 20 世纪 30 年代"形形色色，新的旧的，右的左的，中的西的，都在各显神通"①的文化气氛中崭露头角的。海派散文的日常言说，没有左翼杂文的战斗性，与林语堂、周作人式的娴雅、清谈、自我等也保持着相当的距离。它是一种平等的融入，把生命的意义寄托于生活。其对"日常生活"的抒写不是"载道"，而是发现生活本身的美、幸福与乐趣，是传统文学中居于主流之外"细民"或市井生活的发展与扩张。海派小说中当然也有日常性抒写，典型的比如予且与张爱玲，较之海派小说，海派散文更为直接地呈现出海派文人的真性情。它让我们真切地感觉到作家本人对日常生活世界的回归与肯定，是生活中的人，更是现实中的人。对日常生活的亲近，其实质即是向现实中"人"的回归。传统文化是无我的，重群体不重个体。而人是生活于具体生活中的个体，现实中的人很难做到纯粹，肯定日常生活的合理性，也就是在肯定人的合理性与

---

① 钱歌川：《苦瓜散人自述》，中国华侨出版社 1994 年版，第 74 页。

个性。生活的现实虽然琐碎无奇，但是铁硬的事实与根基，且形而下中自有"道"。海派散文清晰地再现了海派文人现代性的"人格"，似思想文化的新气象。海派散文所展示的日常生活样式在一定意义上体现了对现代中国都市性与都市文化的创造，也同时凝缩与映现了行进中的现代中国都市人心灵的历史。

（一）丰子恺：红尘间人生高唱的悲欢

丰子恺作为海派散文的代表，具有特殊性，凸显"城乡"过渡的痕迹。他对都市生活现象虽有批判与臧否，但更有着同情与理解。他迷恋于乡土生活的诗意，但没有京派文人沈从文式的"乡下人"的身份感及对乡村道德理性的皈依与执着。从文化心理上看，比之张爱玲等，丰子恺尚算不上一个地道的"城里人"，但也绝非一个"乡下人"。对丰子恺海派散文身份的认定，就在于其对都市文化或者说对海派文化的宽容。

丰子恺的《阿咪》

丰子恺（1898—1975），浙江桐乡石门镇人。最初以"漫画"名。自1924年《我们的七月》发表其第一幅漫画《人散后，一钩新月天如水》始，丰子恺接连出版了《子恺漫画》《子恺画集》《学生漫画》《儿童漫画》等数十部画集。然而，早在1922年，丰子恺已有随笔文字面世，而之后的《文学周报》《小说月报》等刊物则正式昭告其散文小品生命的诞生。共和国成立前，结集出版的主要有《缘缘堂随笔》（开明书店1931年版）、《中学生小品》（中学生书局1932年版）、《随笔二十篇》（天马书店1934年版）、《车厢社会》（上海良友图书印刷公司1935年版）、《缘缘堂再笔》（开明书店1937年版）、《子恺近作散文集》（普益图书馆1941年版）、《教师日记》（崇德书店1944年版）、《率真集》（万叶书店1946年版）等。

丰子恺拥有着崇高的艺术理想，有着广大的自由、天真、远功利、归平等的艺术之心，其人其文其画无不漫溢着浓浓的艺术气质。就其艺术性与真率性而言，丰子恺颇似"京派"，"他在庞杂诈伪的海派文人之中，有鹤立鸡群之感"①。但他不避世,没有京派文人式的清高、苛刻及其对市井风情的无情讽刺与批判,其散文的大部分都在叙述着其对生活的浓厚情趣与日常人事的亲近。诚然,在"乡村"与"都市"的两相比较上,丰子恺似乎更为偏爱人间情味的乡间生活,颇为微词地述说过都市的钢筋、水泥、玻璃与电线等组成的人工化都市环境以及都市当中人与人隔膜的"寂寞"等,但他也更多地看到工商时代更多的人离开破产的乡村到大都会里讨生活所导致的现实与乡村诗意的消失,虽觉不尽合理但又意识到却是一种铁硬的事实,他以宽容的态度理解着这诸般的变化,甚至以玩味的态度审视着都市的现实,并试图挖掘其中的合理性。

(1) 日常生活宗教化与宗教日常生活化

丰子恺的散文题材似乎非常广泛,世俗生活、旅途见闻、市井百态、友人消息、个人情怀、家庭细故、社会变革、艺术探索、山川风物、人世沧桑、国家兴亡、世界大事、旧事往昔、读书心得等皆有涉及,但丰氏最为用力也最能体现其特色的则是其对读书、绘画、作诗、饮酒、品茗、谈天、养花、教书、访友、逗小孩等生活琐屑、日常习久的偏嗜。所有这些,都是"琐屑微末的事物"②。诚如丰氏自己所说: "自己是个孩子" "因为是孩子,所以爱写'没有甚么实用的、不深奥的、琐屑的、轻微的事'"。③ 他以超脱的心灵观照俗世的生活,"纳须弥于芥子",总能于吉光片语、凤毛麟角的琐屑俗相中发现一种微妙隽永的"绝对精神"与不可思议的风韵。

丰子恺对"日常琐屑"的"观照"是一种佛家的参悟。丰氏自小生长于禅佛环境,且深受弘一法师的影响,并于 1927 年 11 月从弘一法师皈依佛门,法名婴行。他讲述佛理,但却在哲学的层面上将佛理世俗化,从日常琐屑人生百相中自然的生发,是一种生活化、感知化的佛理阐释。以积极入世的精神体现一种出世的情怀。要之而言,集中于两方面:

其一,在有情世相的抒写上体现出仁心及其对生命的追问;有情物象

---

① 谷崎润一郎:《读〈缘缘堂随笔〉》,夏丏尊译,载《中学生战时月刊》1943 年第 67 期。
② 同上。
③ 丰子恺:《读〈读缘缘堂随笔〉》,载《丰子恺经典作品选》,当代世界出版社 2002 年版,第 234 页。

主要集中于物质层面上的世态，诸如生活生产、岁时节日、禁忌信仰、游戏娱乐、衣食住行等凡人屑事，这是人生的根本。

万有世相蕴藏着大爱，他同情弱小、无依的普通劳苦大众，有着"普渡众生"的慈悲情怀。《三娘娘》描写"三娘娘为求工作的速成，扭的棉线特别长，要两手向上攀得无法再高，锤子向下挂得比她的小脚尖还低；方才收卷。线长了，收卷的时候两臂非极度向左右张开不可。"简笔勾勒凸出其劳作的辛苦。《阿庆》中的阿庆是个为买柴与卖柴者牵线为业的"柴主人"，单身、忙碌、贫苦，唯一的嗜好是拉胡琴。《五爹爹》中的"五爹爹"一生失意，祸乱相随，但却能达观自得，谈笑风生，因之得享天年。另外，像《癫六伯》《云霓》《两场闹》《故乡》《肉腿》《都会之音》《记乡村小学所见》《半篇莫干山游记》《穷小孩的跷跷板》等在描写种种世间相及各色"小人物"的同时，皆反映出丰子恺对普通劳动者苦难的关注与怜惜之情。

他渴望人与人相互亲近、相互爱护、相互帮助，憧憬着"天下如一家，人们如家族"①，看不惯现代人之间的冷漠。在《玻璃建筑》一文里，他说：中国的房屋像棚，西洋的房屋像笼。无论棚与笼，躲在里面都难得生活的幸福。尤其是，近世人道日薄，房屋"防御日坚"，"棚愈加遮掩得密"，"笼愈加拦阻得紧"，住在里面，真像钻进洞里。以洞为环境，何来文化的向上，广大的智慧？随着物质文明的展进，房屋已发展到玻璃建筑的地步。"我希望住在玻璃建筑的人抬起头来看看日月星辰的光，而注意于精神的文明。"丰氏从习见的中西房屋的式样，人类的住所，而看到人与人天界的隔离，热衷"世间"与"地上"而忘却"世外"与"天上"。顿觉人世的虚妄与渺小。在《邻人》（1932年12月14日）一文里，作者从上海的五金店里陈列着各式各样的"四不灵"锁而想到，"锁"是用来防御人的，它恰似人类丑恶与羞耻的徽章。由"邻人"而联想到的则是"肯与邻翁相对欢，隔篱呼取尽余杯"的诗句。

身居滚滚红尘，耳闻目见几多人间的冷漠、隔离、丑陋。毫无诗意的诸多俗相却构成了长长短短铁硬的人生。大雅大俗之丰子恺处于其间，出

---

① 丰子恺：《东京某晚的事》，载《丰子恺散文》，浙江文艺出版社2007年版，第2页。

于其外。丰氏散文中，同样描写着那种富有乡村野趣与诗情画意的剃头方式，馄饨担，话桑麻，田家翁，农家乐，乡村茶房等乡间的情意，追求着"吾心本无处，心安即是乡"的高远境界。津津乐道地述说着故乡的臭豆腐干、冬菜与红米饭；八月十五中秋节陪父亲吃蟹；年三十晚吃的爆谷花、接灶圆子；五花八门的吃酒；民间大众的吃瓜子等，散溢着浓浓的人间情味与民俗色彩。他以广大同情之心体会其"理"，而不执着于事。他说，"我们的爱，始于家族，推及朋友，扩大而至一乡，一邑，一国，一族，以及全人类。再进一步，可以恩及禽兽草木。因为我们同是天生之物。故宗教家有'无我'之称。儒者也说：'圣人无己，靡所不己。'就是说圣人没有自己，但没有一物不是自己"①。这是一种"大爱"，不以一人或一国为重，心里装着全人类，如此，"卑怯"与"自私"自然消解。

在诸多有情物象中，丰子恺努力追寻着生命本身的真相，并通过这"真相"更为达观地俯视人世的一切。《晨梦》一文说的是晨间，将醒未醒之际，梦中常常晓得自己做梦。作者由是引申：人生如梦，恰如晨梦，在梦中晓得自己做梦。"我们一面在热心地做梦中的事，一面又知道这是虚幻的梦。我们有梦中的假我，又有本来的'真我'。""真我的正念凝集于心头的时候，梦中的妄念立刻被置之一笑。"人人皆有"真我"，更不宜忘却这一"真我"而沉酣于虚幻之梦。"我们要在梦中晓得自己做梦，而常常找寻这个'真我'的所在。""我们"常常为了人生"饱暖的愉快"，"恋爱的甘美"，"结婚的幸福"，"爵禄富贵的荣耀"等而被骗住，"致使我们无暇回想，流连忘返，得过且过，提不起穷究人生的根本的勇气，糊涂到死"。"人生如梦！"这是当头棒喝！"宇宙间人的生灭，犹如大海中的波涛的起伏。大波小波，无非海的变幻，无不归元于海，世间一切现象，皆是宇宙的大生命的显示。"②真的"本宅"在何处？是物质的"家"吗？"四大的暂时结合而形

---

① 丰子恺：《劳者自歌（十二则）》，载《丰子恺经典作品选》，当代世界出版社 2002 年版，第 176 页。

② 丰子恺：《阿难》，载《缘缘堂随笔》，岳麓书社 2010 年版，第 52 页。

成我这身体，无始以来种种因缘相凑合而使我诞生这地方。"① 显然，"本宅"乃虚有的精神之物。而物质的"家"难以成为灵魂安慰和解脱的极乐净土。认识了这些，人类之心可望通达、高远，充满着普遍的同情，亦可望"人们如家族，互相爱，互相帮，共乐其生活，那时候陌路人都变成了家人"②。

其二，在无情物象的抒写上体现出佛心及其广大的同情；无情之物象自然主要指动植物及各种自然现象，也包括"缘缘堂"等少数的无机界色相。

在丰子恺看来，自然一切群生，都是平等的，共存于同一宇宙当中。其笔下的猫、鹅、鸭、蝌蚪、蜜蜂、蚂蚁等动物物象都有着与人类一样的生命与情感。"原来一切众生，本是同根，凡属血气，皆有共感"，"我们都是受命于天而育于地的平等的生物，应该各正性命，不相侵犯"③。写于1927年的《忆儿时》所回忆的三件事：养蚕、吃蟹、钓鱼，都是"杀生取乐"，都使"我"永远后悔。为了寻得丢失的爱猫"白象"，丰子恺写了两张"寻猫"海报，且"法币十万元"作酬。④ 他为困在自己书房玻璃窗前面的小蜜蜂因自己沉浸于写稿状态未能及时为其谋出路而懊悔不已。⑤ 也曾为不慎遗失于旅馆里的四只蝌蚪的生死忧虑万分。⑥ 他以广大慈悲之心爱护群生，质疑人类对牛羊等生命的任意杀食。推而广之，一切动物以及人类的生命一样应与珍视与爱护，既要关心其生命，也要关心其生存的环境。他为被迫"迁徙"（被孩子们捉到）到洋瓷面盆里而失去自然安息的蝌蚪焦灼，为困于屋内而隔缘于窗外广大天地与灿烂春色的蜜蜂鸣不平，同样也为生活在现代都市，周围满是瓷、砖、石、铁、钢、电线及煤烟等而异化的人类发感慨。

地球是全体生物的家园，万物之间不应设藩篱。他反对那种以自我为

----

① 丰子恺：《家》，载《丰子恺文集》第5卷，浙江文艺出版社、浙江教育出版社1992年版，第521—522页。

② 丰子恺：《东京某晚的事》，载《丰子恺经典作品选》，当代世界出版社2002年版，第5页。

③ 丰子恺：《物语》，载《缘缘堂随笔》，岳麓书社2010年版，第145页。

④ 丰子恺：《白象》，载《缘缘堂随笔》，人民文学1957年版，第270页。

⑤ 丰子恺：《蜜蜂》，载《缘缘堂随笔》，人民文学1957年版，第60—62页。

⑥ 丰子恺：《蝌蚪》，载《缘缘堂随笔》，人民文学1957年版，第63—69页。

中心对其他生命与生存空间任意剥夺的现象，认为那是对"真相"的忽视，也是对生命的一种漠视与侵犯。"诸相非相"，"万法从心"，物我一体。一切自然物象都是有情的，它是人类生命的镜像，同时感化启示着人类。"人生精神的发展，思想的进步，至理的觉悟，已往的忏悔，未来的企图等等一切的动机，大都可以在花晨月夕的感兴中发生。"他引用英国诗人"瓦资瓦斯"即〔华兹华斯〕（Wordsworth）的诗句："嫩草萌动的春天的田野所告诉我们的教训，比古今圣贤所说的法语指示我们更多的道理。""就是路旁的一草一石，倘用了纯正的优美又温和的同感的心而观照，这等都是专为我们而示美，又专为我们而示爱的。"① "甚至，无名的形状，无意义的排列，在明者的眼中都有表情。"② 他以"花"与"月"为例。他说"花"与"月"与人更亲密。"月"暗示爱，"月"是宗教感情的必要的创造者，"月"能引起怀乡、忧愁等人类的情感。而"花"则能给人特别是青年以美的感情。再如："秋"的天界自然，给人的感觉是调和。没有狂喜与焦躁。"天地万物，没有一件逃得出荣枯，盛衰，生灭，有无之理。""秋"恰似人生死灭的象征。他"赞叹一切的死灭"，认为"生荣不足道"，生荣意味着贪婪、愚昧与怯懦，死灭包孕着谦逊、悟达与伟大。正如夏目漱石三十岁时说过的话："人生二十而知有生的利益；二十五而知有明之处必有暗；至于三十岁的今日，更知明多之处暗也多，欢浓之时愁也重。""仗了秋的慈光的鉴照，死的灵气钟育，才知道生的甘苦悲欢，是天地间反复过亿万次的老调。"③ 梧桐的"落叶"让人想到人生的无常。"回黄转绿世间多"，象征悲哀的莫如落叶。④ "渐"的作用更是微妙。它用"每步相差极微极缓的方法来隐蔽时间的过去与事物的变迁的痕迹，使人误认其为恒久不变"。因觉"恒久不变，故又无时不有生的意趣与价值，于是人生就被确实肯定，而圆滑进行了"。"阴阳潜移，春秋代序，以及物类的衰荣生杀，无不暗合于这法则。"然这是造物骗人的手段，"使人留连于其每日每时的生的欢喜而不觉其变迁与辛苦"。"渐"

① 丰子恺：《青年与自然》，载《禅外阅世》，陕西师范大学出版社2008年版，第111页。
② 丰子恺：《颜面》，载《缘缘堂随笔》，岳麓书社2010年版，第20页。
③ 丰子恺：《秋》，载《丰子恺经典作品选》，当代世界出版社2002年版，第27—28页。
④ 丰子恺：《梧桐树》，载《缘缘堂再笔》，中国青年出版社1995年版，第36页。

的本质是"时间"。"性质上既已渺茫不可思议，分量上在人生也似乎太多。因为一般人对于时间的悟性，似乎只够支配搭船乘车的短时间；对于百年的长期间的寿命，他们不能胜任，往往迷于局部而不能顾及全体。"① 而那些少数的能胜任百年或千古寿命的"大人格"或"大人生"者则能不为"渐"所迷。而收缩无限的时间并空间于方寸的心中。习焉不察之"渐"自有着自然的法则，人生宇宙的永恒。丰子恺有情化于一切无情之"物象"，普爱万物，似佛家纳须弥于芥子，一朵花里见天国，追求刹那的永劫。"蜗牛角上争何事？石火光中寄此身。"（白居易诗句）这或许也正是丰氏追求的境界。

丰子恺以博爱、广大、同情之心灵看取天地间一切的物类，呈大人相，大人格。它超越着自然之力，睥睨着人生宇宙之真相，伟大足以比英雄，柔软堪以比少女。然而，他又与生活靠得很近，是生活的参与者，所观所悟不离世间。非旁观与士大夫式的清高和悠闲，亦非看破红尘投入的苦修悟道与虚玄，而是始终保持对生命的敬重与热爱，任情所至，杂然质朴，率然流露，虽有说理或禅悟，但却平易、温馨，弥散着浓浓的抒情味。游人倦旅、战乱流民、饥寒妇孺以及饮酒、吃食、耕耘、养蚕、打场、拉纤等一幅幅人间风情画，多显得细微，平凡，乃日常之感兴，俗世之悲欢。虽常有"高论"但不远人，似红尘间人生高唱的悲欢，正如丰子恺在《丰子恺画集》（上海美术出版社1963年版）的《代自序》里所谓"泥龙竹马眼前情，琐屑平凡总不论，最喜小中能见大，还求弦外有余音"。丰子恺的佛思体现的是一种琐屑生活的情趣与生活方式，是一种生存，更是一种生活，一种自然适意与无拘束的日常生活境界。他在追求、实践与享受着世俗生活乐趣的同时，又能发现内在的绝对精神，不管身居何境，皆能到处为乡，馨香满袖，求麟凤于天涯。

（2）二重人格二重生活

丰子恺有一篇《二重生活》的散文，是为着说明中西文化异质的。他觉悟到两者糅合的大势，但在他从曾经有所感受的日本，更从自己身居的

---

① 丰子恺：《渐》（一九二五年），载《丰子恺经典作品选》，当代世界出版社2002年版，第1—3页。

上海滩的种种不调和相中，敏感于无尽的尴尬与滑稽。与此相关，他自叹是一个"二重人格"的人：一方面是一个已知天命的、"三男四女俱已长大的、虚伪的、冷酷的、实利的老人"；"另一方面又是一个天真的、热情的、好奇的、不通世故的孩子"。并强调说："这两种人格，常常在我心中交战。虽然有时或胜或败，或起或伏，但总归是势均力敌，不相上下，始终在我心中对峙着。"① 正似冰炭满怀抱。

诚然，"大人"的世界是一种无法回避的事实，"我"已然成人，逃脱不了现实生活中的世智尘劳。但如果仅此保留"成人"生活的一面，生活势必是灰色的，因此作者时时地幻回童年的世界，以之与实际的丑恶人生保持着某种阻隔。进一步说，他常常"设身处地"地体验孩子们的生活，或者说，他常常将自己幻化成儿童来观察儿童。丰子恺曾经作过这样的一幅画，题目叫做《设身处地做了儿童》："房间里有异常高大的桌子、椅子和床铺。一个成人正在想爬上椅子去坐，但椅子的座位比他的胸脯更高，他努力攀跻，显然不容易爬上椅子；如果他要爬到床上去睡，也显然不容易爬上，因为床同椅子一样高；如果他想拿桌上的茶杯来喝茶，也显然不可能，因为桌子面同他的头差不多高，茶杯放在桌子中央，而且比他的手大得多。"作者所要表达的思想是：大多的人认为"儿童是准备做成人的，就一心希望他们变为成人，而忽视了他们这准备期的生活。因此家具器杂都以成人的身体尺寸为标准，以成人的生活便利为目的，因此儿童在成人的家庭里日常生活很不方便。同样，在精神生活上也都以成人思想为标准，以成人观感为本位，因此儿童在成人的家庭里精神生活很苦痛"。丰子恺认为，"儿童"与"成人"毕竟分属于两个不同的世界，儿童变为成人，似青虫变为蝴蝶。在青虫身上装翅膀而教它同蝴蝶一同飞翔，无疑是畸形与不妥的。

对于丰子恺，儿童的世界又等同于艺术的世界。理解儿童的心情与生活，热爱与亲近孩子，即意味热爱与亲近着艺术。不同于海派散文其他作家，丰子恺最是个有着艺术家气质的散文家。其为人为文皆是不期然而然的，但却通体散发出浓浓的艺术味。20 世纪 40 年代初，日本人吉川幸次

① 丰子恺：《读〈缘缘堂随笔〉》，载《丰子恺经典作品选》，当代世界出版社 2002 年版，第 234 页。

郎在翻译《缘缘堂随笔》时曾评价丰子恺是"现代中国最像艺术家的艺术家";谷崎润一郎还把他的文章称为"艺术家的著作"①。1979 年,朱光潜在《缅怀丰子恺老友》中说,就人品和画品看,"子恺从顶至踵,浑身都是个艺术家"②。其画其文其人都妙在自然,如蓝天、大地、白云,画与文,缘其艺术之人格,因内而外,相互补充,相得益彰。艺术是诗的,它应远功利,归平等,尚天成。不宜身入其中,置身环内,犹似欣赏风景,"风景只宜远看","风景之美不在其中而在其外"③。

在丰子恺的艺术世界里,"儿童"无疑成为其思维的主体与艺术世界的一种象征,甚至具有宗教的意味。丰氏对儿童的赞美,同其对艺术和宗教的膜拜是相通的。他写儿童,实是努力寻得一个逃避恶浊现世的理想之境。在现实社会里,充斥身心的是成年人的名利,是社会问题、政治问题、经济问题、实业问题等。失却了原有的真率与趣味,有着种种的"不调和相,不欢喜相,不可爱相"。而儿童的世界广大无边,有着无尽的难忘的快乐。"仆仆奔走的行人,扰扰攘攘的社会,在他们看来都是无目的地在游戏,在演剧;一切建设,一切现象,在他们看来都是大自然的点缀,装饰。"他们是"'艺术'的国土的主人"④,他们不受大自然的支配,不受人类社会的束缚,真率,自然,心眼健全,满溢热情,他们的世界何等广大。成人的"沉默""含蓄""深刻"等所谓美德,与之相比,全是病伪做作。儿童比之成人,直观强,所见多为拟人印象,故容易看见物象的真相。一如佛者,丰子恺相信人类的真如本性。

在佛家看来,真如本性是躲在色相背后删繁就简与清朗纯真的性状。而人类的真如则在于"童心"。这"童心"的率真就是远离了世间成人的污浊。凡物之真相均具有"简单"的表象。"简单""素朴"者,孩子似也。"孩子比大人,概念弱而直观强,故所见更多拟人的印象,容易看见物象的真相。"而且,"儿童是兴味最为旺盛的一种人"。成人的感情常常

①　谷崎润一郎:《读〈缘缘堂随笔〉》,夏丏尊译,载《中学生战时月刊》1943 年第 67 期。
②　朱光潜:《缅怀丰子恺老友》,载《艺术世界》1980 年第 1 期。
③　丰子恺:《实行的悲哀》,载《缘缘堂再笔》,中国青年出版社 1995 年版,第 32 页。
④　丰子恺:《从孩子得到的启示》,载《缘缘堂随笔》,岳麓书社 2010 年版,第 32 页。

受着长久的抑制，渐渐失却了热烈的兴味，变成"颓废"的状态。儿童将情化于一切，视一切为"朋友"。换言之，从儿童的生命情状中大可悟出生命的本然。显然，儿童的世界亦即艺术的世界。艺术家都是在学孩子们的这种看法的。"艺术家要在自然中看出生命，要在一草一木中发见自己，故必推广其同情心，普及于一切自然，有情化一切自然。"①

在丰氏的概念里，"儿童世界"具有着双重的意义。受孩子情化一切的思维特点所启发，丰子恺发现了自然与艺术的真谛，也因此想到了世间人与人之间的关系。"君臣、父子、昆弟、夫妇之情，在十分自然合理的时候都不外乎是一种广义的友谊。所以朋友之情，实在是一切人情的基础。""并育于大地上的人，都是同类的朋友，共为大自然的儿女。"② 接近孩子与孩子的世界，可使自己"重温远昔旧梦"，瞥见人生本来面目。尝到人生本来滋味。那是最深切的一种幸福。③ 而且"觉得人世间各种伟大的事业，不是那种虚伪卑怯的大人们所能致，都是具有孩子们似的大丈夫的人所建设的"④。

丰氏带着对孩子的热爱作画为文，以一种平等与崇敬的心情写孩子。他曾引清代僧人八指头陀（黄读山）的一首赞美儿童的诗："吾爱童子身，莲花不染尘。骂之唯解笑，打亦不生嗔。对境心常定，逢人语自新。可慨年既长，物欲蔽天真。"⑤ 这也恰似其艺术世界与心灵世界的写照。成人的黄金时代虽然已经过去，但不能没有对这儿童世界与艺术世界的追求与向往，否则，人的精神就会枯死，更难见那"幸福与仁爱而和平的世界"⑥。儿童的世界与艺术的世界可以带来天真、快乐与内心的宁静。"画中的朝阳，庄严伟大，永存不灭，才是朝阳自己的真相。画中的田野，有山容水态，绿笑红鬟，才是大地自己的姿态。美术中的牛羊，能忧能喜，有意有情，才是牛羊自己的生命。诗文中的贫士、贫女，如冰如霜，如玉如花，超然于世故尘网之外，这才是人类本来的面目。"⑦ 以艺术之心酌量应用于

---

① 丰子恺:《颜面》，载《缘缘堂随笔》，岳麓书社 2010 年版，第 20 页。
② 丰子恺:《儿女》，载《丰子恺经典作品选》，当代世界出版社 2002 年版，第 24 页。
③ 丰子恺:《南颖访问记》，载《丰子恺静观尘世》，长江文艺出版社 2007 年版，第 125 页。
④ 丰子恺:《谈自己的画》，载《丰子恺经典作品选》，当代世界出版社 2002 年版，第 116 页。
⑤ 同上书，第 119 页。
⑥ 丰子恺:《美与同情》，载《静观人生》，湖南文艺出版社 1992 年版，第 98 页。
⑦ 丰子恺:《艺术的效果》，载《禅外阅世》，陕西师范大学出版社 2008 年版，第 121 页。

世事烟火，则敌对之势可去，"自私自利之欲可熄"，"平等博爱之心可长，一视同仁之德可成"①。足使人生活温暖而丰富，高贵而光明。丰子恺相信，唯有这孩子与艺术的世界，有涯的人生才会变得丰沛充盈，即便身处逆境，亦能保持一种对生活的热爱。然而，"成人"又真的能回到童年世界里吗？"这真不过像'蜘蛛网落花'，略微保留一点春的痕迹而已。"②正似蝴蝶敛住翅膀而同青虫一起爬行那样。世间成人及成人世界一切是那样的顽固。况且，孩子们的世界也不是永久的，他们终究要长大。这是何等悲哀的事啊！丰氏甚至有时也无奈地如此说道："眼见着天真烂漫的儿童渐渐变成拘谨驯服的少年少女，在我眼前实证地显示了人生黄金时代的幻灭，我也无心再来赞美那昙花似的儿童世界了。"③

无论二重生活，抑或二重人格，据此人们依稀可以感觉这个大事标榜、大言不惭的时代还有着信守率真的人在，人的趣味和温暖还没有丧失殆尽。丰子恺常常化身为二人，既在世间，也超越着世间，走着合宜的中间路。世间的路让他始终保持着一种对生活的激情与强烈的爱憎，而艺术与出世的路又让他保持一种静观与"乐道"，"天下虽干戈，吾心仍礼乐"。他在艺术的世界里"纳凉"与"避雨"，哪怕是短暂的。

（二）张爱玲：从生活的"细节"发现"美"

研究海派散文，无法回避张爱玲。对于早为学界熟悉的张爱玲来说，笔者试图以其散文为基点，从散文及其小说互文互补的角度努力作一新的阐释。

张爱玲，是海派著名的小说家，也是一个散文家。其散文成就集中体现于1944年底出版的散文集《流言》，由中国科学公司印刷、五洲书报社总经销，内收散文30余篇。不足一月，即由街灯出版社再版、三版。另有《张看》《悁然记》等，其散文总量约60篇，凡四十万言。张氏散文创作自觉走向让生活自身尽可能血肉丰满地自在涌动的道路，如此决定了其散文的混沌、鲜活、灵动的个性，以及自在性与原色原味的风格。显在的"日常"表层却蕴藏着深切的内涵。与其小说一道，共同还原了一个完整

---

① 丰子恺：《艺术的效果》，载《禅外阅世》，陕西师范大学出版社2008年版，第123页。

② 丰子恺：《给我的孩子们》，载《缘缘堂随笔》，岳麓书社2010年版，第77页。

③ 丰子恺：《谈自己的画》，载《丰子恺经典作品选》，当代世界出版社2002年版，第119页。

真实的张爱玲。

（1）从虚无幻灭到俗世喧嚣

张爱玲本出身没落豪门，祖父张佩纶与外曾祖父李鸿章分别为清代名臣与重臣，但留给后人的仅是怀旧与伤感。父亲张志沂是纨绔子弟，有着不思进取、粗暴、残忍、专横等的恶习。母亲黄逸梵为新女性，在张爱玲四岁时即远走重洋寻求自己的幸福。而且父母之间矛盾很深，且最终离异。后因与后母不合而遭父亲暴打并被关房里达半年之久。沪港沦陷又毁灭了英国深造的机会，与胡兰成的乱世情缘也同样坎坷并以悲剧终结。"郁郁苍苍"的身世与"白云苍狗"般的成长环境及阅历除了给予张爱玲以良好的家学，如 3 岁能背唐诗、8 岁读《红楼梦》、12 岁正式发表作品等文学的有益影响外，几乎都是灾难性的刻骨铭心的痛楚记忆，甚至直接导致了张爱玲始终存有与无处不在的悲音。早在 1933 年，时年仅满 13 岁的张爱玲发表于圣玛利亚女校年刊《凤藻》上的《迟暮》即描写了自己的"孤独"与苍凉。"东风"冉冉来到人间，桃红微醉、柳丝搔人、柳絮飞扬、细草芊芊、游人处处……然而，"她心里千回百转地想；接着，一滴冷的泪珠流到冷的嘴唇上，封住了想说话又说不出的颤动的口。"18 岁时则说出了"生命是一袭华美的袍，爬满了蚤子"①。"长的是磨难，短的是人生。"② 在她眼里，温情不在，人性残缺，历史渺茫，文明失范，她在否定与消解着一切的"神圣"与"飞扬"。

张爱玲在《论写作》中说过，"写作不过是发表意见"而已，并不是人们想象的郑重其事的事情。她把文人写作甚至等同于"娼妓"。"有美的身体，以身体悦人；有美的思想，以思想悦人，其实也没有多大分别。"③ 戏说李立翁《闲情偶记》中所说的作文之法是近于"媚人"的姜妇之道。强调作家对大众的俯就而不是"自视甚高"的迎合。张爱玲消解了文学一切的崇高与神圣。她也同样消解着历史与传统、英雄与正义、神圣与美德……在张氏看来，历史即笼统地代表着公众的回忆，"在日常生活中维持活跃的演出"。"两千年前的老笑话，混在日常谈吐里自由使用着。这些看不见

---

① 张爱玲：《天才梦》，载《流言》，北京十月文艺出版社 2009 年版，第 3 页。
② 张爱玲：《公寓生活记趣》，载《流言》，北京十月文艺出版社 2009 年版，第 28 页。
③ 张爱玲：《谈女人》，载《流言》，北京十月文艺出版社 2009 年版，第 69 页。

的纤维，组成了我们活生生的过去。"① 英雄也是凡俗与自私的，普通人和英雄其实并没有什么两样。历史宣扬的英雄薛平贵致力于事业十八年，"泰然地将他的夫人搁在寒窑里像冰箱里一尾鱼。"② 就"无微不至"地展现了"英雄"的自私。

　　显示"英雄"与"正义"的战争也无非是"有机会刮去一点浮皮"以窥其下可怜男女的本性。她戏谑嘲弄着孔孟似的先贤，在《气短情长及其他》中，将孔孟形象想象成阳台上挂着的一块左右飘舞的旧污布。而古今中外一切相关女性的神话也被张氏打入凡间。她所理解的"翩若惊鸿，宛若游龙"的洛神"不过是个古装美女，世俗所供的观音不过是女运动家，金发的圣母不过是个俏奶妈"③，连"娼妓"的生活也带有了浪漫的色彩，但又是真切的。"母爱"是一种传统美德，然而，"这种美德是我们的兽祖先遗传下来的，我们的家畜也同样具有的——我们似乎不能引以为傲"④。真正的爱情也是不存在的。现代婚姻更多的是一种依赖或交易，而非爱情自然的结果。在张氏为数不多的描写爱情与亲情的散文中，表现了可怕的孤独与哀冷。她不懂得爱，也不相信爱。在《爱》一文里就充溢着满满的苍凉。她拒绝与亲人往来，也很少交朋友。与唯一喜欢和尊重的姑姑张茂渊一起生活时，也保持着泾渭分明的距离。而人性如若去掉了一切的"浮文"，自私与冷酷的本性同样也是展露无遗。散文《烬余录》中所描写的大学生几乎以零度地感情看待血与火的战争；"成天就只买菜，烧菜，调情"；"战争中的医院看护"，因病人的死亡减轻了她们的负担而欢欣鼓舞。"我们的自私与空虚，我们恬不知耻的愚蠢——谁都像我们一样，然而我们每个人都是孤独的。"这就是"人"最本质的一面，是一种安稳，更是一种常态。

　　张爱玲把人生看得通透，在其眼里，没有神圣，没有崇高，没有意义。"生在这世上，没有一种感情不是千疮百孔的。"⑤ "人生真是可怕的东

---

① 张爱玲：《洋人看京戏及其他》，载《流言》，北京十月文艺出版社 2009 年版，第 7 页。
② 同上书，第 8 页。
③ 张爱玲：《谈女人》，载《流言》，北京十月文艺出版社 2009 年版，第 69 页。
④ 张爱玲：《造人》，载《流言》，北京十月文艺出版社 2009 年版，第 103 页。
⑤ 张爱玲：《倾城之恋》，百花文艺出版社 1986 年版，第 27 页。

西啊!"① 这种切身的被抛弃感与虚无感,有的必是惘惘的威胁。"因为懂得,所以慈悲",而"为要证实自己的存在,抓住一点真实的,最基本的东西"②。于是,有了张爱玲散文中熟悉的生活细节里的简单生计,并努力发现凡俗中的真与美。当下与现实对张爱玲来说,甚至有着宗教般的意义,且漫溢着寡情玩世的意味。张爱玲曾一再强调:"细节往往是和美畅快,引人入胜的,而主题永远悲观。一切对于人生的笼统观察都指向虚无。"③ 她不写革命与战争,而专注于生活,也只相信生活及"活着的感觉",沉浸在那种鲜活、生动、喧嚣而富有生机的日常性之中。她驱逐了出身的贵族性,也隐匿了启蒙者或布道者等的色彩,追求着彻头彻尾的日常化,于琐屑而真实的日常生活里寻觅生命价值的依托。质之,张爱玲因形而上感受到生命的苍凉,便于形而下享受生命的乐趣,在虚无的生命感觉中找到一点日常的平衡。

(2)于琐屑生活求"安稳"

"柴米油盐,肥皂、水与太阳"④ 等日常性的"琐屑"意味着凡庸与现世。然而,这一切有情与无情的生命里包含有一个实际的人生,充满着温热与爱悦。张爱玲沉醉于此并努力从中发现一个安静的存在。张爱玲散文中的"日常性"呈现,有显性的,也有象征的。

其一,饮食男女:人生素朴的底子。

"饮食男女"是张爱玲散文中"日常性"的显性标识,呈示着张爱玲对日常生活的物质性的喜爱。它远离了梦幻与社会公众的情感,似乎显出无情的冷漠。当香港战事来临的时候,她煞有介事地介绍宿舍里的一个女同学发起急来说的那句让人哭笑不得的话:"怎么办呢?没有适当的衣服穿!""战争中各人不同的心理反应,似乎都与衣服有关。"能够不理会的,"她们"一概不理会。"出生入死,沉浮于最富色彩的经验中,我们还是我

---

① 张爱玲:《谈画》,载《流言》,北京十月文艺出版社2009年版,第205页。
② 张爱玲:《自己的文章》,载《张爱玲集:到底是上海人》,汉语大词典出版社1995年版,第132—138页。
③ 张爱玲:《中国人的宗教》,载《流言》,北京十月文艺出版社2009年版,第130页。
④ 张爱玲:《必也正名乎》,载《张爱玲散文全编》,浙江文艺出版社1992年版,第46—47页。

们，一尘不染，维持着素日的生活典型。"① 《更衣记》里，张爱玲以时代
更迭为内在线索，言简意赅地描述了晚清以来中国时装风潮的变迁更迭，
详尽细致且风趣调侃。"在满清三百年的统治下，女人竟没有什么时装可
言！"这个时代的女子的服装由一般饰物转化成一种政治化的权力象征、
一种社会身份的标志。"第一个严重的变化发生在光绪三十二三年"，"在
那歇斯底里气氛里，'元宝领'这东西产生了"，"头重脚轻，无均衡的性
质正象征了那个时代"。② 随之，从民国初建写到当时的 20 世纪 40 年代，
将不同时段中衣服的细微变化展示得周至详尽。最后特地留给了男装。以
时间线索一贯而下，摇曳生姿地写尽了服装流变与社会、朝政、文化的休
戚相关。诚然，《更衣记》以服装的变迁透视了曾经的时代、社会、历史
及世态，但似乎也更充分显示了张爱玲对"服装"的欣赏与玩味。在《谈
吃与画饼充饥》一文里，她欣然地谈论着中外城乡各色小吃与名菜。坦言
自己对金钱的喜爱，强调自己的拜金主义。喜欢上海的"牛肉庄"，那
"白外套的伙计们个个都是红润肥胖，笑嘻嘻的，一只脚踏着板凳，立着
看小报。他们的茄子特别大，他们的洋葱特别香，他们的猪特别的该
杀"③。她"懂得怎么看《七月巧云》，听苏格兰兵吹 bagpipe，享受微风中
的藤椅，吃盐水花生，欣赏雨夜的霓虹灯，从双层公共汽车上伸出手摘树
巅的绿叶"。在她眼里，一切"充满了生命的欢悦"④。女人与女人性，是
张爱玲散文的常谓话题。在张氏看来，"在任何文化阶段中，女人还是女
人。""女人物质方面的构造实在太合理化了"，"男子偏于某一方面的发
展，而女人是最普遍的，基本的，代表四季循环，土地，生老病死，饮食
繁殖。女人把人类飞越太空的灵智拴在踏实的根桩上"⑤。女人实在是象征
了饮食男女的全部。

"饮食男女"在于张爱玲，即意味着"永恒的意味"⑥。

其二，感性的生活流。

---

① 张爱玲：《烬余录》，载《流言》，北京十月文艺出版社 2009 年版，第 48—50 页。
② 张爱玲：《更衣记》，载《流言》，北京十月文艺出版社 2009 年版，第 16—18 页。
③ 张爱玲：《童言无忌》，载《流言》，北京十月文艺出版社 2009 年版，第 99 页。
④ 张爱玲：《天才梦》，载《流言》，北京十月文艺出版社 2009 年版，第 3 页。
⑤ 张爱玲：《谈女人》，载《流言》，北京十月文艺出版社 2009 年版，第 67 页。
⑥ 张爱玲：《烬余录》，载《流言》，北京十月文艺出版社 2009 年版，第 48—59 页。

　　张氏散文似流动之思的生趣之文，有着同生活本身内在的同构性。张氏散文注重日常生活的感性在文本中的酣畅表达，放逐对文化知识的理性与思辨，让生活本身发声，似一种生活流。使日常生活中的"生趣"循着自我意识的流淌，凸现一种意识流动中的主观生活。是日常生活的象征表现，更显示着诗意的灌注。

　　比如《谈音乐》一文中所写到的让人产生快乐的"颜色"与"气味"："夏天房里下着帘子，龙须草席上堆着一叠旧睡衣，折得很齐整，翠蓝夏布衫，青绸裤，那翠蓝与青在一起有一种森森细细的美，并不一定使人发生什么联想，只是在房间的薄暗里挖空了一块，悄没声息地留出这块地方来给喜悦。"张爱玲是在借助一种日常生活的感性经验谈音乐的感觉，给人以具体的临场感，使读者在所熟悉的日常性场景与细节中真切地感受到自己所谈音乐的"快乐"。《公寓生活记趣》以生活特有的细节来表现嘈杂却充满生趣的"公寓生活"。水龙头的轰隆轰隆声、因之联想到的飞机炸弹声、梅雨时节高层公寓的风雨声、街市的喧哗声等各种纷乱的"声响"；自己买菜做饭的苦乐、公寓生活的私密性与敞开性、屋顶花园上孩子的溜冰、高楼上可爱的雨、站在窗前换衣服的自由等种种公寓生活的"特殊优点"；加之公寓里各色人等，诸多生活的"细节"一经作者自由联想的串联，呈现出一派"居家过日子"的简单与快乐。不妨引一段原文："看不到田园里的茄子，到菜场上去看看也好——那么复杂的，油润的紫色；新绿的豌豆，熟艳的辣椒，金黄的面筋，像太阳里的肥皂泡。把菠菜洗过了，倒在油锅里，每每有一两片碎叶子粘在篾篓底上，抖也抖不下来；迎着亮，翠生生的枝叶在竹片编成的方格子上招展着，使人联想到篱上的扁豆花。其实又何必'联想'呢？篾篓子的本身的美不就够了么？……"①这无疑似一脉生活的流淌，"琐屑"却真切，表露出作者对日常生活的认同和热爱。《道路以目》一文里，张爱玲关注的是大马路上的小零碎：黄昏之时点着脚灯的人力车，一个女人斜欠坐在车上，"手里挽着网袋，袋里有柿子。"炒白果的孩子，理发店橱窗里慵懒的小狸猫，这些琐屑平庸的事物，在张爱玲笔下，让人越发觉得亲近。尤其是：上街买菜，巧遇着

---

①　张爱玲：《公寓生活记趣》，载《流言》，北京十月文艺出版社 2009 年版，第 26 页。

封锁，被羁于离家几丈远的地方，咫尺天涯，可望而不可即。太阳地里，一个女佣企图冲过防线，一面挣扎一面喊叫："不早了呀！放我回去烧饭吧！"围众笑倒。……"此中有人，呼之欲出"，让人回味。虽亦挣扎，慌乱，焦愁，冒险，但因"人的成分"，终究显得浓厚。日常生活的一切，无论美丑（丑也是生活的本来面目），都能让张爱玲感到一种莫名的兴奋与快乐。也同样使得阅读者感觉到一种活鲜鲜的生活情味。

张爱玲散文的语言华美精警，让人叹为观止。论者于此也多有论述。但笔者意欲强调的是，张爱玲散文的语言常用日常生活的点滴事相取譬设喻，形象通俗，出人意表，使人随处可感其散文的"日常化"与生活的质感。比如：《更衣记》中以"樟脑"的香喻比"回忆"："回忆这东西若是有气味的话，那就是樟脑的香，甜而稳妥，像记得分明的快乐，甜而惆怅，像忘却了的忧愁。"《谈音乐》里，她说："我最喜欢的古典音乐家不是浪漫派的贝多芬或者肖邦，却是较早的巴赫。巴赫的曲子没有宫样的纤巧，没有庙堂气也没有英雄气，那里面的世界是笨重的，却又得心应手：小木屋里，墙上的挂钟滴答摇摆；从木碗里喝羊奶；女人牵着裙子请安；绿草原上的有思想着的牛羊与没有思想的白云彩；沉甸甸的喜悦大声敲动像金色的结婚的钟。"以日常生活朴实、亲切的一面来想象与还原巴赫乐曲的艺术欣赏，生活的场面感，宛在眼前。而这一切的想象、体验和经历似乎都有显示着日常生活的本质。再比如张爱玲在《天才梦》中那句为人所极为熟悉对"生命"作比的句子："生命是一袭华美的袍，爬满了虱子。""生命"的无形与抽象经如此比喻，顿觉质实可感。这样的妙喻，在张爱玲的散文中可谓比比皆是。

张爱玲的散文将最成熟最广大市民社会的日常生活以"生活流"的形式表现到了极致，平面、从容、不加掩饰，没有矫情，体现出一种凡俗者的日常情感。她往往不太注重散文的结构，头尾，也不在乎主题和中心意旨，来去自如。看去似"散"，实乃日常生活的象征化。

张氏散文对生活的还原与细节的强调是因为她看到与感觉到了"整体"与"主题"的"悲剧"，以对世俗生活的偏爱甚至宗教般的情感来掩饰自己内在的虚无与无助。"大难"临头，还有比这人生最基本也最急迫最实在的欲求更重要吗？她逐一品味着当下日常生活的一切，在物质的细节上，她得到了大欢愉，找到了生命的依托与做人的信心。

(3) 亦"入"亦"出"冷观人生

张氏散文对生活的沉浸与泥醉暗示了一种人生态度的肯定。不做超人，追求人生"安稳"的一面，尽管这"安稳"的一面常常并不完满且周期性的被破坏，"但它存在于一切时代"，"是人的神性，也可以说是妇人性"①。没有这"安稳"，人生的"飞扬"只能是浮沫。这人生素朴的"安稳"有着充分的物质性，物质性的一面势必排斥与放逐着人性。张爱玲无疑是"俗"的，她把一切忧喜悲乐的情感似乎都建立在这一踏实"安稳"的根桩上。然而，张爱玲对"日常生活"的执着是意识到了"虚空的虚空"之后，她是清醒的绝望者。张爱玲始终有着一种温柔的悲情及一个现代知识女性对自我存在状态的迷惘。她对现实生活的"泥醉"又不是简单的形而下沉浸，她在转向与沉入生活之际又是清醒的。这种"清醒"让她与现实生活势必拉开了一定的距离，能够超越与冷眼旁观滚滚红尘，在生活的琐屑之中，常常有着最后的升华。加上张爱玲天生具有的超越于常人的敏锐与深邃，往往能够跨越日常平常题材的局限，达到一种高远辽阔的境界。简言之，既入于生活之中，又出于生活之外。清醒与绝望，执着与超越，双重人格常常纠缠于一身。虚无与绝望之"我"使其游离于现实人生之外，体现着西方现代意味的那种根本性的荒诞、焦虑、虚无与人生意义的荒原感。然而，当"积极"之"我"沉浸于"生活"时，她又得到了暂时的解脱与极度的欢愉。明知是戏里人生但却沉醉其中。如此，荒诞与真实，出世与入世，沉湎与超越，世俗与高雅……等复合情感组成了张爱玲复杂的人生及对人生的认识。张爱玲在《自己的文章》中说："我不喜欢壮烈。我是喜欢悲壮，更喜欢苍凉。壮烈只有力，没有美，似乎缺少人性。悲剧则如大红大绿的配色，是一种强烈的对照。但它的刺激性还是大于启发性。苍凉之所以有更深长的回味，就因为它像葱绿配桃红，是一种参差的对照。"张爱玲正是在这"苍凉"与"悲情"之中寻求更多的启示。当然，张爱玲更似一捆矛盾！同样，在《自己的文章》中，张爱玲如此说道："这时代，旧的东西在崩坏，新的在滋长中。但在时代的高潮来

---

① 张爱玲：《自己的文章》，载《流言》，北京十月文艺出版社 2009 年版，第 185 页。

到之前，斩钉截铁的事物不过是例外。人们只是感觉日常的一切都有点儿不对，不对到恐怖的程度。人是生活于一个时代里的，可是这时代却在影子似地沉没下去，人觉得自己是被抛弃了。为要证实自己的存在，抓住一点真实的，最基本的东西，不能不求助于古老的记忆，人类在一切时代之中生活过的记忆，这比瞭望将来要更明晰、亲切。于是他对于周围的现实发生了一种奇异的感觉，疑心这是个荒唐的，古代的世界，阴暗而明亮的。回忆与现实之间时时发现尴尬的不和谐，因而产生了郑重而轻微的骚动，认真而未有名目的斗争。"张爱玲生活在一个新旧时代新旧文化交替夹杂的时代。其时的上海，华洋杂处，传统农业文化与近代商业文化交融混杂，并且形成多种层次。人们（当然包括张爱玲）难以挣脱时代的梦魇。现代对传统已经造成了冲击与影响，造成了人心理的不安。但文化的惯性又难以顿然脱落到现代。她容忍与接受着这人性的失衡，不安与惶恐，以乡土中国的文化身份宽容地冷视西方文化的浸入，稍嫌不快的爱着喜欢着，一如她对上海人的喜欢。她说："上海人是传统的中国人加上近代高压生活的磨炼。新旧文化种种畸形产物的交流，结果也许不甚健康的，但是这里有一种奇异的智慧。"① 散文作为文化的一种直接反映，而人是文化的动物，张爱玲的散文也正似那"传统的中国人加上近代高压生活的磨炼"的"上海人"一样，包含有"奇异的智慧"。"张爱玲一方面有乔叟式享受人生乐趣的襟怀，可是在观察人生处境这方面，她的态度又是老练的、带有悲剧感的——这两种性质的混合，使得这位写《传奇》的年轻作家，成为中国文坛上独一无二的人物。"② 不问春光与迟暮，只为欢舞享乐来，这就是张爱玲。

　　同样是对日常生活的偏爱，张爱玲有着自己独有的个性。比之同期的苏青，多了几分悲观与虚无，但也多了几多诗意与超然。苏青对生活似乎是黏滞的，沉湎其中，没有距离感，是一种伟大、单纯而彻底的爱。张爱玲是矛盾的个体。她贴近与享受着生活，却又能够与现实生活拉开距离，做一个冷眼旁观者，清高冷峻，超然宽容的人。张爱玲对于生活若即若

---

① 张爱玲：《到底是上海人》，载《流言》，北京十月文艺出版社 2009 年版，第 5 页。
② 夏志清：《论张爱玲》，载萧南编《贵族才女张爱玲》，四川文艺出版社 1995 年版，第 259 页。

离，入于其中，出于其外。在这一点上，张爱玲更近于丰子恺，都有着人格与艺术的双重性。然而，丰子恺散文的趣味更浓，多了些宗教意味的精神超越，他是阳光的，有着对万有的爱。张爱玲更靠近小市民，不求精神的崇高，但试图包严自我，让外人难窥其心。冷与超然，也就缺乏了丰子恺的温热与率真。似一种悲哀与虚无里的对人生的打趣。但张爱玲与丰子恺的日常性写作，皆能够透视生活的真谛，抵达生存的深层，居高临下，有着秋水般的智慧。直接从自己的存在本身出发，而且再留有一定的距离时，势必会多了层"清晰"与"诗意"。

另外，张爱玲的散文与其小说在日常生活的叙事上是互相补充，相辅相成的。互文观照其散文与小说，似乎更能进一步透析其散文所彰显的意义。一般而论，散文与小说分属于不同的文体，散文重在真实与主体心灵的感悟，而小说多于虚构，以人物、故事情节、环境演绎一种圆满或悲哀的结局。一般而言，同一作家在创作散文与小说时往往体现出两副笔墨，即一个真实的"我"与一个虚构的故事，两者并非通约。然张爱玲的散文与小说却有着互文性，是互相补充相互暗示相互说明的。张氏散文与小说皆属于日常叙事，其散文是以一个女性作家的视角体悟生活，而小说则是叙述中的女性在日常的生活情态，基本一致的主题是物质的"繁华"与精神的"苍凉"。但散文中欲言又止或不便明说抑或刻意隐瞒的心意在小说中却成为其言说的盛场，她在借小说人物之口表达自己无法或不便言说的意义，因为小说是虚构的，在理论的层面上不能与作者画等号，张爱玲以另外的方式掩饰与表现着自己。比如：张爱玲看男人，男人是女性的另一半，是牵连与规约女性命运的重要因素，无疑也是"饮食男女"即日常生活之重要一部。在散文《谈女人》中，张爱玲多次谈到对男人的看法，她把男人永远想象成超人，因为"我们的文明是男子的文明"，男人在精神方面的构造比女人更为合理。即便是在感情方面，一个男子动了情的时候，他的爱也比女人来得伟大。在如此思想主导下，张爱玲宽容的理解着这世界上不完美的男子。理解着他们的多欲、喜新厌旧、对爱情的敷衍等，正所谓"因为懂得，所以慈悲"。张爱玲对胡兰成欲死欲仙的爱与不计回报且谦卑的爱，与其此种思想或许不无关系。不懂爱情的张爱玲真真爱了一场。而在小说中，张爱玲却始终消解着普通的爱情，也从不相信普通人的爱情。在小说《红玫瑰与白玫瑰》中，写了一个矛盾的佟振保。出身贫寒的佟振保靠着自己的努力取得事业的成功，然而他是不满足的，他试图同时拥有"热烈的情妇"与"圣洁的妻"。他与朋友之妻王娇蕊陷入疯狂的爱，但还是抛弃了她，娶了毫无生活情趣的妻子孟烟骊，因为他觉得"有夫之妇""不用对她负责任"，这样的事如果处理不当会毁了前程。但无爱的婚姻，又让他一次又一次试图砸碎他所拥有的家，名誉，子女。文本中有如此议论："也许每个男人都有这样两个女人，至少两个。娶了红玫瑰，久而久之，红的变成了墙上的一抹蚊子血，白的还是'窗前明月光'；娶了白玫瑰，白的便是衣服上粘的一粒饭黏子，红的却是心口上的一颗朱砂痣。"如此，男性成为女性悲剧命运的直接制造者，无论努力与否，总难得到男性相对于完整的回应，是宿命式的悲剧。经历过家庭衰落的张爱玲毫不掩饰对金钱的态度，坚持自己是个拜金主义者。而在小说中，张爱玲似乎也在消解着金钱的意义。《金锁记》中的曹七巧为了金钱，性格扭曲，忍辱负重，失去了宝贵的亲情与爱情。当然，在无可抗拒的时代阴霾与宿命式的悲剧命运，金钱也只能成为曹七巧们的救命稻草，这又是无可奈何的事。伤害与打击爱情的，除了金钱与男性的"恶劣"外，还有残酷的现实和不可把握的命运。在散文《爱》中，张爱玲认为真爱存有但却难得，不是机巧与布局，靠的是缘分："于千万人之中遇到你所要遇到的人，于千万年之中，时间的无涯的荒野中，没有早一步，也没有晚一步，刚巧赶上了，那也没有别的话好说，唯有轻轻的问一声：'噢，你也在这里吗？'"这是一种懂得，所以会有慈悲，即便失去，也不怨恨。而在小说《半生缘》中，似乎更强化了现实之力对爱情的冲击。曼贞和世钧真心相爱，但曼贞被祝洪才霸占，世钧却无能为力。这就是不可支配的外界的力量，在对的时间遇见对的人，我们也做不了自己的主。"与子相悦，执子之手"是一种美好的愿望，更是一首悲哀的诗。小说里的张爱玲似乎更为"虚无"，但也更近真实，而散文中的张爱玲似乎更为"琐屑"与"唠叨"，讲穿衣，谈音乐，论男女……这是一种掩饰也是一种无奈。孤僻的张爱玲躲藏在散文生活的"细节"里生怕人轻易看穿。

张爱玲散文的日常性言说模糊了时间与地点，意味着永久，是新时代的象征。其散文中所透露着的人性的复杂与奇异似乎正隐喻着那个复杂的时代及其未来走向。另外，张爱玲散文的审美与日常生活的联姻，因为过于执著，至而融为一体，美无论类型抑或理念，似乎也在走向"美"的反面即"泛美"或者"反美"的一面。

**20 世纪 30 年代上海的生活标志**

（三）章克标：哈哈镜里的现实影像

章克标（1900—2007），字恺熙，笔名岂凡、许竹园、章建之等，浙江海宁人。20 世纪 20 年代曾与鲁迅有过笔战与误会，① 曾写有长篇小说《银蛇》，短篇小说集《恋爱四象》，但章克标更是一个地道的小品作家。其主要散文小品著作有《风凉话》（开明书店 1929 年版）和《文坛登龙术》（开明书店 1933 年版）等。也因此颇得闻名。

---

① 章克标与邵洵美一起编《金屋》月刊时，曾用弗洛伊德精神分析法写过批评《呐喊》的长文，说伟大的作家都有一点神经病。之后，自费出版《文坛登龙术》一书，鲁迅则以苇索的笔名在《申报·自由谈》上发表了《登龙术拾遗》一文，迁怒于章的友人邵洵美。恰好章克标看到日本的《改造》杂志上刊载了鲁迅的一组杂文，即译了一篇《谈监狱》登载于《人言》周刊，并在译文前写有交代文章来历的附白。然而编者郭明（即邵洵美）却在文章后面加了个附注，说"鲁迅先生的文章，最近是在查禁之列，此文译自日文，当可逃避军事裁判……"鲁迅误以为注文也出自章克标之手，异常愤怒，称章克标为邵家帮闲、富儿家鹰犬之辈，并致信郑振铎为此申诉。章克标于 1935 年即已离开上海，直至鲁迅逝世几十年后，才知晓鲁迅对自己的误会。

（1）从哈哈镜里看人生

章克标从一开始写作就没有什么"宏图大志"，他抛却了"启蒙"的负累，以一个"庸常"之人为生活计而进行创作。其散文小品所关注的题材也多为吃饭、穿衣、烟酒、喝茶、开车等司空见惯的日常琐屑以及嫖与赌、拜金与乞丐、娼妓与教育、革命与恋爱、读书与做官等社会上的诸种恶行与伪善等常见现象。所涉领域多为普通市民最为关心也最感兴趣的话题。以一个市民中的普通一员、平视的眼光看取俗世的一切。以轻松漫聊的方式肆意臧否身边随遇的一切现实。在近于"油滑"与插科打诨式的腔调里消遣与消解着现实人生的一切。由于受到西方 19 世纪末期流行的以王尔德、魏尔伦、波特莱尔等为代表的唯美颓废派的影响，也主张改革风俗，改变旧习，对传统敢于说"不"，故其散文亦有着些许的揭示与反省，讽刺与反抗，但这讽刺是温和的，绝非匕首投枪。以戏谑的方式，嘻嘻哈哈地表达着别样的严肃与真诚，似哈哈镜里的人生，虽有夸张与变形，但依然反映出真实。他不主张批判，而致力于揭露。他在谈到《风凉话》的创作时曾如此说过："内容多半是对于社会现象的批评、介绍、检讨、研究，有时也发点牢骚，唱点高调，或讽刺俏皮一下，谈点似是而非的大道理，说些幽默滑稽的小名堂。"① 章克标对上海市民社会的拜金主义、金钱万能、人事繁复、势利浮华、虚荣做作、以貌取人等现象都多有涉猎，但其散文写的最多的是对当代文人丑行所进行的冷嘲热讽。以最负盛名亦让章氏暴得大名的《文坛登龙术》为例。该书所描绘的"文坛投机指南"集中体现了 20 世纪 30 年代文坛的"怪现状"。书中没有具体的事例，更没有指名道姓，不过是当时文坛的一种夸张，一种似是而非的象征。有讽刺，但很浮面而不深刻，作者也无意于苛求深刻。"原不过略作戏弄罢了"，是小题大做。所借以号召的仅不过书的标题罢了，"如果认为照书中所说的法术，依样画葫芦就可以一登龙门，身价十倍，那就会受骗上当"②。《文坛登龙术》结构完整宏阔，章目清楚，有"解题""绪言""正文""结文""后记"等，似研究论文专著的架构。书中分别以文人登龙多

---

① 章克标：《世纪挥手》，深圳海天出版社 1999 年版，第 133 页。
② 同上书，第 136 页。

应具备的资格、气质以及如何生活、社交、著作、出版、宣传、守成、应变等方面,以辛辣之笔锋及当年大量的真人真事揶揄了文人放荡的生活及卑劣的成名之术。篇幅多短小尖锐,颇具启发性。比如:文人需具备一定的资格;宜带一点疯狂,要想成为天才,首先须装得像个天才。"你只要老人脸皮做出那疯疯癫癫的行为来,就可以博取天才的尊号了。"① 文学者是国家的选民,容貌也须体面。男的应该是美男,女的应该是美女。倘使不十分美,就得想法补救,而补救全在一个"妆"字,在女流文人,更为重要。当然,容貌美是正路,但也有反其道而行之,故意弄的十分丑,是谓奇丑的美。容貌要美,源于观瞻上的关系以及实际的需要。"文人出名之后,最容易得到异性的钦仰,若不容貌俊美,岂不使人扫兴。"另外,体格与容貌有连带的关系,身体不美,容貌虽美无益。在女子宜有弱不禁风的病态美,在男人要有"翩翩浊世公子"的气度。当然,因于欧风东渐,健康为美之说渐盛,"这样雄赳赳气昂昂狠霸霸的男女青年,也十分有资格成为文人了"。"文人的所以有病态,因为有文要贫病而后工的话,工愁善病,是使文章出色的第一条件。"至于身体需好,也有理由,"近代文学以体验为重要,文人顶好是什么事都做过了,有了很好的体格,便什么事都可以做了"② 要做文人,非有恋爱的经验不可。"因为恋爱是才子佳人所做的事情,你恋爱了,你便是才子佳人。才子佳人无疑是顶有资格成文人的人。"况且,"恋爱事件本身就是一篇绝好的文学作品"。"恋爱的人不必一定要结成夫妇,结婚的目的在于生育,恋爱的目的在于欣求完美。"③ 文人除特具大天才的幸运文人外,大都要靠修养和奋斗来建立其大业。"不怕难为情,不怕羞耻,有老面皮为第一要着"④。文人的气质要风流放诞;风流即多情,对于异性,见一个爱一个。要不停的恋爱,"恋爱

---

① 章克标:《天禀和天才》,载许道明、冯金牛编《章克标集:风凉话与登龙术》,汉语大词典出版社1995年版,第39页。
② 章克标:《容貌和体格》,载许道明、冯金牛编《章克标集:风凉话与登龙术》,汉语大词典出版社1995年版,第43页。
③ 章克标:《恋爱的经验》,载许道明、冯金牛编《章克标集:风凉话与登龙术》,汉语大词典出版社1995年版,第44—46页。
④ 章克标:《修养与奋斗》,载许道明、冯金牛编《章克标集:风凉话与登龙术》,汉语大词典出版社1995年版,第47页。

和菜肴一样，愈新鲜愈好，陈旧了是要走味要发酸生霉的"①。文人要全身表现出文人作派，满口喊出文人的文话。"文人在社会的群愚之中，也同轮船在重雾之中一般，须要时刻警醒人们，使他们知道有伟大的文人在他们的近边，那么像拉回声一般的大声疾呼是必要的。"文人宜有文人的架子。说话要得体，"一举一动更加要合于文人社会的惯习，有的时候要守常套，也有时要特别炫奇"②，目的在于吸引别人的注目。"懒惰是文人第一美德。"常人眼中所看到的懒惰，其实不是懒惰，文人的一举一动，说一句话，吟一首诗，皆需要灵感，"文人的那种恹恹待毙的懒态，其实是在等待那烟士披里钝的降临，那是一种必要"。欺诈也是文人的本色。文人的言行不一致，因为他是天才，"天才往往有分裂的人格"，"愈善于欺诈，欺诈到别人不觉他是欺诈了，他是顶伟大的文人"。③ "文人一定须要怨天，也须尤人"，"文人是人类的精华，应该有特别完美的待遇丰饶的享受和特殊的天惠"。他们总是正的，善的。万一在其心中感到了不快与不满，或者行事遇到了障碍与缺陷；那过失一定在别人身上，或者是天的责任，他们可以随时派定过失者而加以训斥的。"君子不怨天，不尤人，文人决不能是死样活气的行尸走肉般的君子。"④ 文人是感情的奴隶，没有感情便没有文学。"倘使世人没了感情，一定太阳也不发光，海水也不生波，世间全没了色彩了。"⑤ 文人自始至终，从头到脚，须要高雅。高雅和卑俗，是两极的对立。文人不能取执中的态度，但非卑俗。高雅，可名之为"飘飘然莫名其妙"。"这种莫名其妙是安适的享受，像大将军吸饱了鸦片在如夫人房中打盹的一种安适，又像黑猫躲在天鹅绒坐垫上做梦的一般舒

① 章克标：《风流放诞》，载许道明、冯金牛编《章克标集：风凉话与登龙术》，汉语大词典出版社 1995 年版，第 50 页。

② 章克标：《吹法螺搭架子》，载许道明、冯金牛编《章克标集：风凉话与登龙术》，汉语大词典出版社 1995 年版，第 55—56 页。

③ 章克标：《懒惰和欺诈》，载许道明、冯金牛编《章克标集：风凉话与登龙术》，汉语大词典出版社 1995 年版，第 57—59 页。

④ 章克标：《怨天尤人》，载许道明、冯金牛编《章克标集：风凉话与登龙术》，汉语大词典出版社 1995 年版，第 60 页。

⑤ 章克标：《重情轻知》，载许道明、冯金牛编《章克标集：风凉话与登龙术》，汉语大词典出版社 1995 年版，第 64 页。

服，是绝对的浑淘淘的醍醐灌顶。"① 文人要讲究衣食住行；穿衣最好是穿西服，"因为现代中国文学差不多是继承了西方文学的思潮而产生"。当然穿西服也有会穿与不会穿之别。"学穿西服最好到西服原产地英、美或欧洲大陆溜一转，或则去日本一下也可以，学会了穿法，回国做文人是很容易的。"成名之后，即须渐渐脱除西服，"因为你已是现代中国人，中国人自得穿中国服"。中服也要华美，但不能墨守成规。"也有人以穿短装借用破落户的名而成功了，也有人穿中山装挂起党徽而成功了，这些出奇制胜的战法，非是大天才不能想到"。吃则愈多吃愈好，文人的吃侧重玩味。"不但分量多，而且要种类多，若是饱尝了普天之下的异味，你便是十足的文人的资格。""喝是非喝不行的，烟也是非抽不行的。""倘使不能尝遍甜，酸，苦，辣，涩，辛，腻滑，腥臭，臊骚等等的人，虽得成为文人，也不能伟大。"文人最好不要有住的地方。旅行对文人的功用也同样重要，新的环境，每每给人以新鲜的刺激。行就是走路，"只要头望着天，摇摇摆摆起来，便可以表示你是个大文豪了"②。衣食住行，是生活之要素，但烟与酒更是其精髓。烟的好处说不完。它可以长其文思，使人精神焕发。"许多做文章的人，都很喜欢抽烟，一支烟变成一句文章，所以有些人的好文章，每每令人读了如入五里雾中。""酒是神仙乐"，酒解放一切不必要的拘谨与无谓的束缚，打开坦白的心胸，赤裸裸地显出那热诚。"文人的创作往往被认为是倾吐胸中郁勃，这正同吃醉了酒发牢骚一样，这样说，喝酒本身，就是很文学的行为了。""所以喝酒即做文。喝酒的另一作用，也是文学的另一作用，叫做陶醉。"③ "欠债是文人生财的唯一大道。"和文人易于发生关系的是书店，向书店借钱，较名正言顺。文人的欠债，好处更多，因为债务的督促，可以促进写作，文人也就因此成功。文人不必以欠债为耻，"债是几世纪前别人曾欠了他，而现在他不过来收回罢了；文学作品，才是他真正欠着世人的债，这个债他是预备要镂心刻骨来偿还

---

① 章克标：《飘飘然莫名其妙》，载许道明、冯金牛编《章克标集：风凉话与登龙术》，汉语大词典出版社 1995 年版，第 66 页。

② 章克标：《衣食住行》，载许道明、冯金牛编《章克标集：风凉话与登龙术》，汉语大词典出版社 1995 年版，第 70—73 页。

③ 章克标：《烟酒》，载许道明、冯金牛编《章克标集：风凉话与登龙术》，汉语大词典出版社 1995 年版，第 75—76 页。

的"。理会了这原理，向人开口借钱，可以不必脸红，"如其借主有分毫留难之地，便可以愤怒怨恨切齿挥拳了。""因为你已想做，这是你十分有道理应该取得的钱，他不过是你手下一个暂时司理钱财的人，竟如此专横，来制限你的用钱，实是很不合理且罪大恶极。"文人的怨怒，可以得普天下人间的同情，而其文人的声明也因此宣扬。"至于你口中说着的真正欠着世人的债，你那镂心刻骨的作品，这反正不会有什么人来催逼你，一定要你偿还，而一面你自己既然口口声声说着，别人也决不想你会抵赖，所以这是无人来理会你的，你可以很大胆地一直说下去，反复说着那样的话。"① 对于疾病，文人应表示着欢迎与敬意。以最可怕的肺病为例，"肺病是名誉的文学病，雪莱不是患肺病死的吗？济慈不是患肺病死的吗？"再如梅毒，文人也是欢迎的。"第一，这是一种文明病，文人而想兼文明人的非患不可。再则那梅字多么雅，梅花又是新近决定采为中国的国花了，中国人实在都有患一次梅毒的义务。""所以即使你实在没有病，也不妨时时装得有病，宣称生病。"② 放浪和蛰伏是住的最上形态。"每一个文人，最好有一次放浪，时间要长，差不多使朋友相信你不再会活在世上了，这样完全隔绝了几时间之后，你再挟了你积累的作品回来，你便可以立刻成名，君临文坛，称雄一时了。"与朋友隔绝从而蛰伏起来，亦有相同的效果。"在放浪中可以丰富人的生活内容，而在蛰伏中则有充分的时间来工作。"③ 文人须知社会的病态，懂得黑暗的探检。对于社会的理解，"唯有富于理解力而又聪敏绝顶的文人，方是顶适当的人物。""这是踏入敌阵的间谍一般的工作，也是改装降敌的侦探一般样子"。表面似乎像是文人的堕落，实际则须堕落了下去，方能了解社会的里面。而"重要的是在形式和实质上确是堕落下去，但还能把握住这个堕落了的状态是怎样的

---

① 章克标：《欠债》，载许道明、冯金牛编《章克标集：风凉话与登龙术》，汉语大词典出版社 1995 年版，第 77—78 页。

② 章克标：《生病》，载许道明、冯金牛编《章克标集：风凉话与登龙术》，汉语大词典出版社 1995 年版，第 79—81 页。

③ 章克标：《放浪和蛰伏》，载许道明、冯金牛编《章克标集：风凉话与登龙术》，汉语大词典出版社 1995 年版，第 83 页。

一点，这是非文人不能办到了"①。文人的闲暇是谈天，无羁束，无忌讳，赤裸裸地乱笑乱讲。说话说的漂亮，更显文人光彩；但亦有天生不爱谈天的人，也有些人在某一时间中，忽然不喜欢说话了，守着沉默，"同泥塑的佛像一样庄严"。那不说话即是一种很好的消遣与休息，这叫做冥想。"文人的冥想是一种默然静坐，像打瞌睡时的做梦，有一点飘渺但并不深，有一点糊涂但并不厚。"默然静坐冥想的文人更容易受人尊敬。"正像庙宇中的佛像，始终只静坐着，而受万人的膜拜，就因为他有不能说话的长处。"② 在社交方面；要拜访名人，但不是和他交朋友，而要做出投奔其门下的样子，"他是风，你须同草一样顺从，他是声音，你须同回声一样忠实"③，直到他喜欢了你，愿收你于门下，也取得了成功。集会、结社、组织团体也是必要的，并应拉名人做招牌。党同伐异，虽非文人所独有，而以文人为最盛。"自尊自爱就是党同伐异的根源。"④ 文人之间要经常联络感情，要广交天下之人。"登高一呼，四方景从，那气派也不是轻财好客的豪侠可以独占的。"⑤ 异性朋友也是必需的，需要不止一个异性朋友，不是作为的恋爱对象，而是社交的需要。"比方你是个女作家，多结交男人，他们都肯为你出力；假如你是个男人，只要想想文学和女人的关系，就可知道其重要了。文学是感情的，女人大体也是感情的，女人就是文学。"⑥ 在著作出版方面；要讲究书斋的运用。"书斋要样样安适，最好将书斋当作会客用，书斋可以促进友谊。"⑦ 在学殖方面，"万有学问的皮毛，至少

① 章克标：《社会诊查》，载许道明、冯金牛编《章克标集：风凉话与登龙术》，汉语大词典出版社 1995 年版，第 86 页。

② 章克标：《谈天和瞑想》，载许道明、冯金牛编《章克标集：风凉话与登龙术》，汉语大词典出版社 1995 年版，第 88—90 页。

③ 章克标：《拜访名人》，载许道明、冯金牛编《章克标集：风凉话与登龙术》，汉语大词典出版社 1995 年版，第 92 页。

④ 章克标：《党同伐异》，载许道明、冯金牛编《章克标集：风凉话与登龙术》，汉语大词典出版社 1995 年版，第 98 页。

⑤ 章克标：《结纳》，载许道明、冯金牛编《章克标集：风凉话与登龙术》，汉语大词典出版社 1995 年版，第 103 页。

⑥ 章克标：《异性朋友》，载许道明、冯金牛编《章克标集：风凉话与登龙术》，汉语大词典出版社 1995 年版，第 108 页。

⑦ 章克标：《书斋》，载许道明、冯金牛编《章克标集：风凉话与登龙术》，汉语大词典出版社 1995 年版，第 111 页。

都应懂得一点"。一物不知,儒者之耻,更不能展布。① 要善于挂出主义与主张的招牌。"挂出了主义的招牌,便有号召的魅力。主张没有主义那么明显,但力量很大。主张是你力量的宣言,大言煌煌,是主张的本性。"② 除了著作,还要善于出版,比如怎样出书,名字和装帧就很重要,"一本书的成功与否,其实和内容的良否关系很不大,反而是你这书名的是否动人,书的装束(如书面等)是否合时,书的定价是否适当等"③。书的封面也很重要,书面虽和书的内容关系不大,但却和销路直接相连。如谚语所说:"佛要金装人要衣装";"书面的装束不能超出装束之外";华美朴素都有限度;要得体,得书本内容的体;除了书面,还有衬页,就是书的大小和版口,也要讲究形式的美。④ 文人还要善于炒作,也就是宣传,"宣传得法,即使没有著作,照样可以成名"。"人生一世,草生一秋,若不为名又为利,何必劳碌这一生?为名就非得要宣传不可,便是为利,也非得有宣传不可,因为名至实归,有了名大抵可以图利。"⑤ 另外,文人的守成及应变也很重要;比如:要保持文人,须持重,"不能就为山九仞功亏一篑"⑥。需懂得,凡事不进则退,退了便是落伍。要奖掖后进,扶植自己的势力,"要人赞美的,先得赞美别人"⑦。至于应变方面,君子应当同豹一样会变。"应变也者,即是应时势之必要而行适当之变化,这个变是变得有道理,有目的,有计划的,因之也一定有报酬,有奖赏,有成功。"⑧ 林林总总,

---

① 章克标:《学殖》,载许道明、冯金牛编《章克标集:风凉话与登龙术》,汉语大词典出版社 1995 年版,第 114 页。

② 章克标:《主义与主张》,载许道明、冯金牛编《章克标集:风凉话与登龙术》,汉语大词典出版社 1995 年版,第 119—121 页。

③ 章克标:《书册》,许道明、冯金牛编《章克标集:风凉话与登龙术》,汉语大词典出版社 1995 年版,第 127 页。

④ 章克标:《书面》,载许道明、冯金牛编《章克标集:风凉话与登龙术》,汉语大词典出版社 1995 年版,第 128—129 页。

⑤ 章克标:《宣传》,载许道明、冯金牛编《章克标集:风凉话与登龙术》,汉语大词典出版社 1995 年版,第 135—144 页。

⑥ 章克标:《守成》,载许道明、冯金牛编《章克标集:风凉话与登龙术》,汉语大词典出版社 1995 年版,第 146—148 页。

⑦ 章克标:《奖掖后进》,载许道明、冯金牛编《章克标集:风凉话与登龙术》,汉语大词典出版社 1995 年版,第 150 页。

⑧ 章克标:《应变》,载许道明、冯金牛编《章克标集:风凉话与登龙术》,汉语大词典出版社 1995 年版,第 166 页。

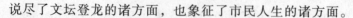

说尽了文坛登龙的诸方面，也象征了市民人生的诸方面。

（2）正面文章反面写

章克标的散文小品题材多"不三不四"，时有颓废的气息。为文缺少一种庄严，素来被人以"轻浮"名之。章克标自己也说过："我们这些人，都有点'半神经病'，沉溺于唯美派——当时最风行的文学艺术流派之一，讲点奇异怪诞的、自相矛盾的、超越世俗人情的、叫社会上惊诧的风格，是西欧波特莱尔、魏尔仑、王尔德乃至梅特林克这些人所鼓动激扬的东西。""我们出于好奇和趋时，装模作样地讲一些化腐朽为神奇，丑恶的花朵，花一般的罪恶，死的美好和幸福等，拉拢两极，融合矛盾的语言。"①前文所述《文坛登龙术》的诸多篇什显然有着如许况味。在章氏的更多篇什里，丑陋、病态、恶毒、腐朽、阴暗以及种种的新奇、怪诞得到崇扬，而光明、荣华、富丽、堂皇等却遭以贬抑。然而实际上，章氏在对丑陋、病态、恶毒、腐朽、阴暗等的崇扬恰是一种攻击，对光明、荣华等的贬抑则是一种肯定，他是正面文章反面写。正如他的一本散文集子就叫《风凉话》，是打消别人积极性的嘲讽话。常常于反语及冷嘲中，表达出一种不失为新锐的气息。如在《赌》中章氏提出自己的赌博观："目今社会上，很有许多无聊的人，要禁止赌博。他们继承了古昔传统思想的遗毒，不明赌博的真性，不知赌博是人类社会进步所必要，在那里空起喊声"，"啊！人生便是赌博。全世界便是一个大赌场"②。在《拜金主义》中，章克标强调：现在文明进步了，钱几乎可以满足一切，也支配着社会的一切。"全世界都受钱神的支配，每个人都受钱的管束。"并说自己对金钱的社会，并没有什么不满。"在世界上想做一个得意的人，应该留心，如何可以做金钱的臣仆，得君王的欢心，获得自己的荣光。""想荣达的人们，大家一齐匍伏在金钱的足下，高呼口号：金钱万岁！"《着》所意味的是当世衣着的考究，"须要娼妓式的妖丽，闺秀式的大方，绅士式的华贵，军人式的武勇，和洋式的新奇，才能讲到'着'字。"流行中心的上海，触目皆是。而且"日趋繁复，式样变化，久而愈多，令人不胜记述，人事之繁复，亦

---

① 章克标：《回忆邵洵美》，载《文教资料简报》1982 年总第 125 期。
② 章克标：《章克标文集》（上），上海社会科学院出版社 2003 年版，第 350 页。

可由此窥见。""他是守旧的，定然穿古式之衣，他是俭朴的，必穿素朴，他出风头，必穿时髦衣着，人事愈繁复，所表现人心的衣着自然相应而变动。"衣着不仅是一种快乐，甚至是一种实利，可以使人身价增高。因当世之人，往往用衣服判断一个人的身份及别的一切。"你穿了中山装，佩了党章，便是一个忠实的同志。你穿了西洋装，至少是半个留学生。所以上海的马路上除了拉车子的，叫化的，卖小报的，当巡捕的以外，都是思想家，社会改造家，大学教授，银行行长，公司老板，家里有几千万财产的财主，名满江湖的才子，美貌的美人，丑貌的美人，莫名其妙的美人，女流作家，闺秀诗人等等，一切国家社会占有顶高地位的人才。啊！可敬的人才集中的马路啊！同样上海也就成了中国一切的中心，伟大的上海啊！"

章克标由于受到中国传统诙谐游戏文章及日本坪内逍遥博士《一唱三叹当世书生气质》之影响，加上其所处时代的沉浊，其散文小品缺少着"庄严"，却充满着放恣似的插科打诨。他对当时文人丑行及社会现象、生活现象等的冷嘲热讽中，时或充斥着幽默与微笑。虽有攻击与批判，但不够冷，寓讽刺与批判于嬉笑，或许正是他的软弱。在《香烟》一文里，他说：吸烟的味，"并不在吸的一点，而是在烟，你横在长椅上，仔细看冉冉上升从你口鼻中喷出的烟，它的伸曲展变，煞是好看，你若懂得些波动的原理，你可以看出空气流动的秘密，你可以做气体流动的论文，你再可以推想到天空云的变化，再应用到气象学上，这实在不能说是小之事啊，不能说没有趣味啊！"[①] 在《革命与恋爱》一文里，章氏别出心裁地将"恋爱"与"革命"引为一谈："恋爱确是一件拼性命的事情"，它可能引人上自杀之路，同"革命"一样存有危险。革命要革别人的命，但自己常有先被割头的危险，所以，恋爱与革命是平行的。"恋爱"本身也是一种革命，"打破男女之大防"，"恋爱的主张，便是对于这种古板的旧礼教的革命"。在上海的跳舞场的发达之中，国民军已经打到了北京，"国民革命成功"了。也可以说是"革命"与"恋爱"的一致。在《恋爱与读者》一文里，章氏对"恋爱"与"读书"的关系

---

① 章克标：《香烟》，载《章克标文集》（上），上海社会科学院出版社2003年版，第343页。

同样有着微妙的理解，且流荡着微讽。他说："恋爱"一词产生之前，凡庸之人只知道所谓"吊膀子""轧姘头"等，而产生之后，无数男女皆拜倒在这漂亮的神明的宝座之下，"献上他们的诗集，信简，爱的结晶的眼泪和鼻涕"。而且因了"恋爱"的熏染，于是会鼓起无名的勇气，破坏了这旧道德、旧思想的束缚。"于是乎男子若能见一个女人要一个女人，丢一个女人找一个女人的，便被崇奉做恋爱场上的勇将；女人若能嫁一个丈夫丢一个丈夫，见一个男子要一个男子的，也被尊为恋爱国中的女王。"行为的表面虽则与古类的所谓"淫奔""私通""野合"等相像，但骨子里已大不同，从前的那些行为被人所唾骂，现在的行为则受人赞叹，被人欣羡。若不是绝顶聪敏的读书人，绝不能想出这样一个好名词来，故而，应是读书人发明了恋爱。并举例说，各地学校的学生，大都是恋爱党的忠实信徒。"他们对恋爱其欲逐逐，像饿狗看着肉骨头。"同样让人想起读书与恋爱的关系。况且读书和恋爱的关系自古已然。"会唱出《白头吟》的卓文君，才会看上司马相如，做成恋爱的开祖。会写'月移花影动，疑是玉人来'的崔莺莺，才能和张君相好，流传下顶浪漫的艳话。"本来读书的目的，就是要知道"恋爱"，所谓"书中自有颜如玉"。不过，"古人不如今人聪敏，又且男女不平等，所以要读了许多年书，才能参透其中的奥妙，再去求恋爱。今人却一目了然于目的之所在，到了读书的地方，直接就去恋爱了。而且现在男女平等以后，女人也求男人，所以这恋爱的战争格外热闹了"。如此，"恋爱当然是读书人的特权了，所以种田的农人不能有恋爱，拉车的苦力不能有恋爱，工场里劳力不能有恋爱，他们只有性欲，只有肉，而恋爱是要灵肉一致的"。在《做官与文学》一文里，章氏谈古论今，述说着"做官"与"文学"的关系，幽默中暗涵臧否。他说：在中国的传统制度里，读书人也有做官的资格，文人是读书人之一种，故做官与文学因缘深切。"文学是一种风流韵事，喝酒嫖妓勾引良家妇女是文人生活上的必要品"，更何况"吟风弄月，高歌长啸"。做官亦如此，"必须要喝酒嫖妓讨姬妾等，方算得官道无亏"。"文以载道"与做官人的"维持道统"，作用同一。"对于世俗社会有支配的势力，文学和做官一样的，要纠正世俗的过失，民众的迷妄，做官和文学是一样的，有高尚的目标受大众的颂敬，做官和文学是一样的。"而像陶渊明、袁子才等文人，为什么又不愿意做官了呢？"因为官小，有田有酒有女弟子，自然不愿意了。"也有许多文人诋毁过做官的，如《儒林外史》《官场现形记》等，又是为什么呢？大概因为："做官人不大知道文人和他有同样价值，须享同样利益，喝酒玩女人不该独占的，须和文人均分"。也许正因如此，文人与做官的之间时常骂声不断，"本来在同行中，文人尚且时时争闹的，何况不过是对于性质相同的做官人呢"。"最近做官要革命，文学也要革命，也表示出他们的同一精神。"在《女人》中，章氏一反常道，故意曲解着女人的地位，而真实的用意则是类指与同情"奴隶"地位的人。他说："女人无论什么时候总不是弱者。""即使到了最后一步的她的掩面啜泣，她那凄咽和她那泪眼，也还是攻击而不是防御。"并举例说："那古今中外强中的强者如桀纣、项羽、恺撒、尼禄等，不都被妲己，虞姬，姑娄巴，坡皮亚等女性玩弄支使吗？女人不是更强吗？"原因是：女人一般是奴隶，女人在社会上的地位，大约不是实用品，便是赏玩品。"实用品的女人，要身体健康，能劳耐苦，性质温淑，要有打她骂她也不起反抗的奴隶根性等，赏玩品的女人须有美的媚态，伶俐的口齿，周到的应酬，好看的装饰等。"为此，"实用品的女子宜进工厂做工，赏玩品的女子宜到妓院做娼"。实用品是物质上的奴隶，赏玩品是精神的奴隶。女人有方法可以脱离奴隶的境地吗？没有，因为女人是强者。"你看……上海的印捕，他们比英国人力大体强，但是他们是英人的奴隶。"人力车夫，修路面的小工，工厂中的工人，推小车的苦力，一切的筋肉的劳动者，比之一般人都是强者，而他们往往是顶下层的奴隶。不唯体力上的强者，即便智力上的强者也做奴隶，"技术者做工场股东的奴隶，教师做学生的奴隶，科学家，发明家做一般人类的奴隶，顶聪明能干的人做顶大的奴隶"。

由以上引文不难看出，章氏的幽默是随处可见的，且幽默中有智慧，是会心的幽默，然而这种幽默用得多了泛了，也显露出些许的油滑与痞气。诚然，章克标的散文小品整体上尚谈不上深厚，其散文的题材也多轻小，且时或散发着某种颓废的气息。"不过，猜透了他的小品常有的反讽结构，会明白他终究不'轻浮'，人家做道场，他是一炷香，同为功德。"①

（3）带着忧伤与紧张的"笑"

章克标本人非常注重文学对人生的反映，信奉和谐快乐的人生观，他曾如此表示："文学无非是剔出人生和玩味人生，那么去经验那人生的真髓，又安多少?"②并说自己从读中小学始，就有"弥勒佛"和"弥陀菩萨"的绰号，"因为大家见我总是笑容满面，有点像寺庙大门口的那个"③这无疑潜在影响了其散文小品放恣式的插科打诨与幽默的文体风格。更为重要的是，章克标当时所生活的上海，已经发生了巨大的变化，不再是传统中国的乡村语境，而是充满着速度与力及目迷五色的光彩。都市上海的那种多彩的社会生活无疑会影响着作者的价值观念与生活方式，制约着章氏等海派文人对从上海这块土地上所获得的灵感之服膺，使其显示出尖新别异的"海派"风采。如此，章可标远离了幽雅与深沉，代之以幽默与谐谑。

当然，章可标的"幽默"心态并不是完全轻松的，似乎始终有着价值观冲突的印记。对于人情世态，章克标有着太多的感慨，其幽默之"笑"又凝集着忧伤与紧张，大可咀摸出章克标的那种并不轻松的心态和脉律。在《茶馆》中，作者批判了社会上众人相互之间的关系，已非道德的权威，而是每时每刻受着社会的制约和掣肘，"比笼中鸟儿还缺少自由"，但人们已不十分觉得。"只有无感觉无意识活动的时刻，才真是我们"，而无感觉无意识的时刻到底又有多少呢？在《老酒》中，章克标强调了酒的刺激性，有使人昏迷的美德，它让人产生好感，特别是"在你不如意事的时节，吃酒特别好，它可以帮你遗忘一切，它可以助你造起空中楼阁，使你得意忘形。"并说："现在天下是如此这乱，所以吃酒的人极多。"其对现实的态度似乎也是不言自明的。《风凉话》的"自序"谈了不少关于夏天的话，描叙了闷热的难耐。那里有多少来自季候的反映，是很值得怀疑的。"热，这是一种现象，据说是由于火气之故……在我们人身中，也有这些东西要郁积起来的"，这又似乎透露了章克标内在真实的消息。实际上，章克标散文小品其基本性质更多的还是来自现实的刺激，不徒作者的

---

① 许道明：《前言》，载章克标《风凉话与登龙术》，汉语大词典出版社 1995 年版，第 8 页。
② 章克标：《章克标文集》（上），上海社会科学院出版社 2003 年版，第 429 页。
③ 同上书，第 414—415 页。

冥思奇想。亦非直面现实的投枪与匕首，"它们用嘻嘻哈哈调适着作者和现实、作者和自我的冲突，因而它们大抵是夏日中的一阵凉风，是情绪的清泻剂"①。

在"哈哈"的背后，章克标当然看到了人性的贪欲与懈怠、金钱的崇拜与奢靡、民众的盲从与虚浮、文人的陋习与陈规以及政治的落伍与混乱、社会的浮躁与功利、教育的危机与停滞、文明的畸形与扭曲、革新的盲目与势利等国民性的丑陋与现状的混乱。这无疑也给章克标的心理带来隐忧与不安。他凝视与怀疑这个金钱万能的社会。发出了"我们什么事情，都有未来，对于未来，都没有把握"的感慨。②

章克标的散文有着感性的明确与深刻，虽不"毒辣"，也少风雅，但同样醒人，有着思想的前卫性与先锋性。他的"感性"与"浮泛"似乎也正是海派散文的文化标识。章克标的散文小品是工商社会的产物，有着世俗物质的规约与名利的牵引。主体的色彩较为隐淡，不是主动出击与批判，少有辛辣与激奋，而是一种被迫的"觉得"、感触以至伤感。它是属于市民的，有着切身的同情与亲密，是一种俗世现象的罗列与展示。但作为一个知识分子，又自有着自我特殊的敏感，在熟视无睹的现实中，发觉了与发觉着那些不尽美的现象与存在。在冷静的叙述与微讽中自然地抵达人心，虽笑言微言但自有深意与前进的愿望。

章氏的这种一味牢骚太盛借题发挥的腔调以及不自觉地借现代文化的视角分析人性在都市中的发展与表现等，很得上海散文作家如20世纪30年代的马国亮、徐讦、予且，20世纪40年代的苏青、张爱玲等的青睐与钟情，并也留下了很多文风相似的出色篇章，使得章氏风格的散文作品经久不息，影响很大。

（四）钱歌川："闲人闲话"与"笑中含泪"

钱歌川（1903—1990），湖南湘潭人。自号苦瓜散人，笔名味橄，曾先后赴日与游学意大利、法国、英国，文学评论家，翻译家。钱歌川最初的散文集是1935年，由中华书局出版的《北平夜话》，内中包括《最初的印象》《飞霞妆》《帝王遗物》《闲中滋味》《吃过了吗》《演戏之都》《游

---

① 许道明：《前言》，载章克标《风凉话与登龙术》，汉语大词典出版社1995年版，第7页。
② 章克标：《赌》，载《章克标文集》，上海社会科学院出版社2003年版，第350页。

牧遗风》等 10 篇 "记叙北平风物的散文",再现了 20 世纪 30 年代 "燕京的自然景观和风土人情,记述了自己在友人陪同下品京味、听京戏、游览园林、登临长城、参观故宫以及凭吊陶然亭墓碑青冢的种种感受"①。这些散文,作者以味橄为笔名,最早于 1933 年,先后发表于《新中华》。钱氏的很多散文都是发表于《新中华》,后由中华书局出版单行本。钱氏在中华书局出版的散文集还有 1935 年、1936 年的《詹詹集》和《流外集》、1943 年出版的《偷闲絮语》、1944 年出版的《巴山随笔》、1948 年 6 月出版的《游丝集》等。"据陈子善先生统计,钱歌川在大陆及海外总共出版了《詹詹集》《流外集》《偷闲絮语》《北平夜话》《巴山随笔》《虫灯缠梦录》《竹头木屑集》等散文集 22 本,散文总量多于梁实秋和林语堂,仅次于周作人。"②

老上海的 "名利场"

钱氏散文小品,非刻意为之,乃偷闲之作,是真正的长闲之 "闲"。闲中又有苦辣,是 "笑中含泪"。他以 "闲话" 的方式写自己的心情,散

---

① 吴永贵:《钱歌川,文学生涯从中华书局开始》,载《光明日报》2008 年 1 月 5 日。
② 转引自彭国梁《散文大家钱歌川》,载《长沙晚报》2009 年 5 月 20 日。

发出优雅的自我主义的气息。其散文落点小，挖掘大，于细微处见功夫。构思奇妙，格调轻松。在常人不屑为之之处，发现出不同寻常的意义，同时让人感觉出一种闲散、渊博、修养及隽永，更多一分直率与亲切，给读者开启一片耐人流连忘返的景观，也因此使其跻身海派散文名家之列，散文也正标志着钱氏本人的文学成就。

钱氏散文特点，综观如下：

（1）以"闲人"作闲话

钱氏散文乃偷闲之作，无意为之，却成佳构。它突出一个"闲"，是以闲话的方式，写出自己的心情。《闲中滋味》说的是北平的"闲"。北平与上海、南京比，北平更宜于住家，尤其在过都南迁以后。这里生活便宜，交通方便，有地方可逛，"北方真是个享福的地方。"比如：游颐和园的山水，如做画中游，似在仙乡；游景山，有明思宗殉国处，令人有怀古之幽情，西山，有八大处，有双清别墅（熊希龄的私人院子），"近至其中，仿若自己成为庄子一般的哲人"。西山还有碧云寺，建筑雕刻，华丽异常；"爱好字画、古籍和古董的人，北平是不可不去的，那里可以扩大他的眼界，上至周秦，广及欧美"。北平有着游览不尽的花园名胜，百读不厌的名画古董，它需要充分的时间去游览。"愈游得久，愈看得多，愈能发见其中之美。"这种婆娑出来的美，绝非忙里偷闲之人所能领略。钱氏追求与欣赏的正是北平人那种真正的闲中滋味，而此滋味也只能在这些亲炙的古物之内，山水之间，方可得到。"住在那里的人，每当花晨月夕，或是秋高气爽的日里，随时都能出去逛。城内有中山公园，有三海，有故宫，有三殿。近郊有颐和园，有西山，稍远有北戴河，有汤山，再远就可以出居庸关，登八达岭到塞外去。"……北平的许多名胜之中，"我"最喜欢的是北海。北海是四季咸宜的。"春天是桃红柳绿，鸟语花香，可以散步，可以醉眠。夏天是荷香袭人，凉风拂面，可以划船，可以钓鱼。秋天是天高气爽，红叶如花，可以赏心，可以郊宴。冬天是冰天冻地，六出花飞，可以溜冰，可以赏雪""就是一日之中，也无时不可到那里去逛"。此等"闲"的滋味皆在沉默中去领悟。长闲之中品尝闲，怎一个"闲"字了得！此外，《帝王遗物》《闲中趣味》《吃过了吗》三篇是从不同角度谈古都北平生活的感受。写了皇城的气派、古迹园林的宏伟肃穆、皇城百姓的生活态度、皇城的饮食。有介绍有感慨，表达了自己的生活趣味，审美情怀。这之中似乎同样显示出作者所追慕的"闲人闲话"，"长闲之闲"。"长闲"之中，钱氏散文小品亦充分流露出"絮语"散文的特性。"絮语散文"的概念是 1926 年胡梦华根据英文 familiar essay 提出的概念。此种散文不是长篇阔论的逻辑或理解的文章，而如家常絮语，和颜悦色地唠唠叨叨地说着，是用清逸冷隽的笔法所写出来的零碎感想的文章。絮语散文的内容往往是个人的经历、情感、家常事故、社会琐事等，宏旨大论非其所尚，虽或偶有提及，也往往是散漫零碎地写着。钱歌川在《写信的艺术》中有言："写信是一种艺术，懂得这艺术的人，似乎只有小品文的作者。信要写得好，第一内容不可有任何目的，或是要求，也用不着客套的问候。文字不可流于陈腐，态度不可严肃——国家大事应该用鸿文伟著去论述，决不宜用信札来叙写。惟有一些毫不重要的零星琐事，以轻松的笔调叙写出来，才是信札的精华所在。这既不是公用的文件，自然应该多说私话，所记小事，如果报上可以见到的事情，何须乎你用信来再说一遍？"又说："英国人是最善于写小品文的，所以他们也很会写信。"这是在说写信，同样也是说散文。诚如其言，钱氏散文不诉诸争论，常常与想象的读者对话，充满富赡而迷人的自由联想。作者显然是故意打算让读者参与共同的阐释活动，因此采取轻描淡写和闪烁其词的方法。《冬天的情调》温婉亲切地表达了特喜爱冬天的早眠，体味那种只可意会不可言传的滋味。"试想从一个漫漫的长夜中睡了醒来，便有啁啾的小雀在屋檐前窃窃私语——你就说它是轻弹的琵琶，或是曼陀林的小曲罢！在若有若无之中送入你的耳鼓。太阳光从窗帘缝中窥进来，使你不敢把眼睛睁开来回看它，偶然眯着眼望一望，你至多只能看见窗玻璃上凝聚着一层水蒸气，隔断了窗外的世界，使你只好重新闭上眼睛，而想起夏天早晨所见的花草上的那一层薄薄的雾水。或甚至疑心自己乘着陆放翁的烟艇在雾锁的湖上荡漾。于是乎一幕幕的良辰美景便在眼前展开着，你可以嗅到出水新莲的清香，看到各种野花争妍斗艳的颜色，乃至起伏的朝云，隐现的山峰，小舟荡来惊起了戏水的群凫，一齐飞去，没入烟波深处；直到太阳驱散了晨雾，把眼前的湖光山色毕现出来的时候，你朝南的卧室中，已被阳光占满了。这时便再不能做那些白日之梦了，只好细细地来咀嚼透尝早眠的滋味，温暖的被褥好像青春一般地令人留恋，你当然不能再睡去，你也不想再睡去，怕的是无意识地度过这青春，你只愿睁开眼睛躺在床上，看看窗上的朝阳，或是劈头的字画，或望着白白的天花板，或甚至什么都不望，只把眼睛向着空间，来回想着昨日所经过的趣事，以及今天所想做的事情。你如果是文人的话，这时便要为你的文章作腹稿，怎样开头，怎样起伏，怎样结末，从头到尾都想好，只等起身动笔。事情想过了，便不妨再闭上眼睛静静地睡一忽，这时便如从幻想回到现实来了一样，再度地体验着被褥的温暖。"作者"唠唠叨叨"欣悦地述说着冬天早眠的感觉，似在自言自语地回味，亦似向朋友夸耀。当他写到冬天的原野时，笔调同样如此："你要是住在乡下的话，这时便可走出到町畦上去，看长空中飘忽的白云，田地上傲霜的野草，而透明的空气正招待着一个透明的心怀，枯叶无声地落到你的脚边，你才感到果然有一片微风掠过你的面颊。银杏经霜而变得金黄的叶子，远远望去就像一树金黄在太阳光中闪耀，谁说冬天的原野，是空虚的呢？""春天像一个穿红着绿的乡下姑娘，实有点俗不堪耐；夏天像一个臭汗涣发的粗野武夫，令人不敢向迩；秋天像一个风韵犹存的半老徐娘，虽然也有几分爱娇可喜，但仍不及冬儿姑娘的庄严肃穆，态度娴雅，她没有一点轻浮的颜色，而富有坚强的意志。她能吃苦耐劳，仿佛浑金璞玉一般，有才不露，使人莫明其宝。你试想孤舟蓑笠翁，独钓寒江雪，不是一幅最美的冬天的图画吗？再试想晚来天欲雪，能饮一杯无？不是一种最美的冬天的适境吗？"字里行间，似乎真真让人感觉到，作者的对面就坐着一个老朋友，在听其倾心诉说。冬天的围炉，"一炉火，一壶茶"，促膝而谈，"夜深不散"，这正似钱歌川散文的韵味。

需要提及的是，钱歌川散文的"偷闲"，不似周作人的"忙里偷闲，苦中作乐"，也时或包有苦辣幽默，却又不同于鲁迅的辛辣怒骂，似"笑中含泪"。他在《小品文写作技巧》里说："冷嘲热骂的文章，使人一读即知为冷嘲热骂，所以不免浅薄庸俗。唯有在字面上毫无嘲骂的痕迹，而骨子里实在是嘲骂，这才是最高明的写法。"他看得透一切世相，富有同情与正义，笑面人生，幽默内敛，苦中寻乐。如《说穷》描述人到最穷的时候，自然朋友少了，讨债的却来了，万不得已就是逃。最好是做成一个二重的逃走法，即是在你预备逃的一个月或至少半个月以前，慢慢地将行李互相移动，最后与你的朋友交换一个住所。有人来问，只答应不晓得。若是他们纠缠不休的时候，可以使他们断念，说"听说那人因为政治关系被捕入狱，现在政府正在派人在捉拿他的关系者，平日与他有往来的人"。你只要如此一说，包管以后不会有人来查问。在从容机智的叙述中，无不浸透人间的冷暖，世态的炎凉。当然这也是在生活的痛苦磨砺下，发出的理性光芒。

（2）优雅的自我主义

钱歌川十分激赏法国蒙田的率真：我所写的就是我自己。早在日本留学期间，钱歌川就研读过法国蒙田的《随笔集》，受其影响很大。钱氏在《谈小品文》一文里曾类似阐述过自己的理论："最上乘的小品文，是从纯文学的立场，作生活的记录，以闲话的方式，写自己的心情。"并说："小品文是主观的，是自我表现的"，写作小品文"要点全在于人格的表白，真情的流露"，而不是"板着面孔说话，开教训，或是像说教似的给人讲道德，说仁义"。诚如其言，钱氏散文小品往往多信手拈来，以随意的方式对待主题的严肃并做了精密自然的调适，信笔写去，没有斧痕，自然亲切，仿佛漫不经心，无意为之，然而其中却似乎始终浮动着作者自我的神情。散发着一种优雅的自我主义的气息，恬淡与伤感并存，慨然与清逸一体。仿佛在那里对着我们拈花微笑，使读者有很强的亲历感，似自己经历过的茶余饭后的闲谈。《吸烟闲话》说自己在孤旅迢迢，怀人最切的时候，和"倪可婷女士"（Lady Nicotine）结了不解之缘，从而"忘记了一切人间的苦闷，忘记了环境的孤寂"，"完全坠入美的幻境中了"。并说自己卖文为生，没有她便写不出文章来。"吸烟可以发生文思，可以去腻消愁；吸烟的艺术，不在如何吸进去，而在如何喷出来。善于吸烟的人，可以随心所欲地喷出许多形象。在那意造之中，自然包含着一个神秘的世界。"在钱氏的笔下，"烟"成为排解人间苦闷、孤寂的法宝，俨然一种艺术，饱含无限诗意。《用钱的快乐》一文里，作者大谈自己用钱的看法，"有钱而不用，等于把一个新鲜美味的水蜜桃放在箱子里让它腐烂，而不去吃一样"。钱的价值就在用，不用无异敝屣。用钱的快乐，仅存于用去的那回事上，而不在购得的东西。"人类的快乐都是暂时的，而用钱的快乐，却随时都可得到。""你既要不断的用钱，便能不断地得到快乐，不比吃好吃的饮食，吃饱了不能再吃，也不比好看的东西，看厌了不想再看。""人生如过客，钱才是我们的主人"，"它不断地招待我们，给我们以种种优遇和享受。你如果以德报怨，不仅不接受它贡献，反把它囚禁起来，在它虽不免受一点冤屈，在你也决无好处。几年以后等你劳苦死了，它依旧要被人释放出来，而加以重用的"。钱用得愈多，所得的快乐也就愈大。在《巴山随笔》《楚云苍海》《流外集》等大量集子中，均以叙写自我个体生命为主，然枯涩无耐之人生，却尽显出轻松诙谐及几分优雅。譬如写《风雨故人》中的嘉定"地马"（老鼠）猖獗异常，它们白天跑出来，立在门边，倾听你和客人谈话，或是出去逛街，看看热闹，"它们永远是你家里的食客"，"款待得好，它们也许不捣乱，等到它们弹铗而歌无鱼的时候，便要使你夜不安枕了"。然而最难对付的并不是那些胆大妄为的"地马"，而是风雨故人——小偷。巴山多夜雨，经年不见雪，明月少有风声时作，于是风雨故人来的机会就颇多，而防范更难。为躲避战祸，举家逃到国都重庆，大家都是"吃在口里，穿在身上"，岂知祸不单行，仅有的一套寒衣，在高度戒备中也被"风雨故人"窃走。这种 20 世纪 40 年代的个人遭遇，在"闲话人生"的笔下，已显然不仅仅透露出苦涩，更含一种活泼与超脱。而且这种自我人生，在钱氏笔下，似乎也超越了"对一片流云，一泓溪水，一幅断笺，一截碎瓦的冥想和感慨"，而具有了普遍的社会共通性。难忘之记忆因主观浓郁而彰显真情，因活泼跳脱而凸显优雅与诗意。

（3）詹詹小言，味如青果

钱氏为文常常能够独出机杼，发人所未发所不能发。落点小，挖掘大，于思维处见功夫。构思奇妙，格调轻松。在常人不屑为之之处，发现不同寻常的意义。"一粒沙里见世界，半瓣花上说人情"（郁达夫语）。他谦言自己的书里"满纸都是些詹詹小言，真不足以当大雅一粲"；是"以闲人作闲话""人所不屑道者，我乐道之"，说自己的作品是"夜话"，所以"既不入流，又不成品"，是些"流外之作"；甚至又说自己的短文"不三不四"，是"狂言瞽说"，乃"竹头木屑"。然而，这所谓的"詹詹小言""竹头木屑"，却总有一种余味，涩如青果，味之弥甘。他有超越常人的想象力与透察力，看取普通俗眼不能见，俗耳不能听到的东西，看取周遭事物的真相。钱歌川的 22 个散文集子的命名就极富有意味，如《詹詹集》，有"詹詹小言"之意；《流外集》《游丝集》有异域漂泊之意；《虫灯缠梦录》《秋风吹梦录》感叹逝水流年，人生如梦；《竹头木屑集》，意为"虽为竹头木屑，或可有益于人"；《狂謷集》用的是中国典故，即东晋郭璞所谓"敢肆狂謷，不隐其状"，实乃"瞎三话四"之谦。

　　钱氏散文继承了中国美学温柔敦厚和含蓄蕴藉的特点，追求所谓"象外之象"或"景中之景"，特别是其写景状物的文字，总留有耐人寻味的空白，启人思考。《巴山夜雨》写夜阑人静听雨声，以"听雨"之创意，紧扣"听"和"打"两个动词，在没有市声混杂的夜里最是听雨的好时节："你可以清晰地辨别出来，什么是芭蕉上的雨声，什么是残荷上的雨声，雨打在泥土上是怎么样，打在空阶上又是怎样。池中之清泅，瓦上之沉重。倾盆大雨如怒号，霏霏细雨如呜咽，一个英雄气短，一个儿女情长。"诗一样的描写，彰显出作家雨夜寂寞难遣的羁旅之情，从而造成一种可塑的物象效果。另外，这种外化的诗通过音乐的效果又创造出一种虚幻空间。"生活的幻象是诗歌的基本幻象"，一种生命的游离，一种不可捉摸的情绪变化，带给人以如烟似梦的艺术感受。《飞霞妆》里，作者以幽默风趣的笔调，描绘了20世纪30年代北平的"古"雅之美。"两千年的古柏，到处皆是，三百年的古店，也有几家。""一切都是古色古香的。""住在上海广州一带的人，老实说，已经失掉了几分国民性。行为上都带几分洋气，语言上也夹着几个洋字。""这种人是不能了解古都北平的，也不能算是代表的中国人。""一个代表的中国人，一定能赏鉴北平的古色古香，一定能在灰尘中喝酸梅汤"，在大街口嚼"硬面饽饽"，赞美"当炉女"，反对"女招待"。说到古物的保存时，强调要拥护古代传下来的风沙。显然，"风沙"已经不是具体的存在，而是一个象征。文本所凸显出的整体抽象性以褒代贬式地表现了对"国府"政务的"干预"。《也是人生》谈的是骂人的艺术。"骂骂大家所知道的或不全知道的人，写一两篇骂人的文章，都可以得到一点心灵的舒畅和快感。"可骂的范围很广，从古到今，从中到外。"骂人是一种成名的捷径，尤其是能出奇言惊动四座者则是骂那些一般人极端恭维，品学兼优，一生行事无瑕可击的著名人物。""不过你如果骂他不倒，你便遭受鄙视，不会再被人挂齿，更说不到成名。反之，被你骂的人，声明只有更大，地位只有更高。就因为有了这些不娴于骂人而偏要骂人的好事者，而世上几乎每天有人成名。""人生在世果为何？还不是有时骂骂别人，有时给人家骂骂。"把人生理解为"骂"与"被骂"，确乎妙而有味，耐人咀嚼。《逐猫记》说的是不解时的猫影响"我"的休息，让"我"不能安枕。于是煞有介事地说道："谁要它整夜的号春呢？它要去恋爱，或以眉目传情，牢笼它爱好的情侣，或倩红娘传信，抓住它心许的张生，我一点不会干涉它。而它不此之图，却好像那些自己找不到爱人，偏要怪父母监视太严，择配太苛，便一味在家里瞎嚷要婚姻自由，打倒包办婚姻，打倒买卖婚姻等等口号，闹得震天价响的新青年一样，只管在家里乱号，害得举家不安，这样如何不被逐呢？不是我要逐它，是它自己关不住了！"这哪里是在说猫啊?！在《女人的时代》里，钱氏借用美国新自然主义作者安得生的话断言：机械文明时代是女人的时代！"机械使人们的男性渐次失掉了。"机械是一个工具，但这工具能力太高，运转机械的人感到自己太渺小了。男子失去往日的神秘。"男子真正的住家，是在想象的世界，幻想的世界。现代的男子，因为机械，被金钱屈服，早已失去了本来的男性。"并且，物品做得多了，女人得到最多。男子赚得更多的钱，女人完全给他用了，女人是一个大的消费者，女人比男人要讲实际多了。"在整个的现代，工业的时代，机械的时代，都是女人所造成的。"

　　总之，钱歌川就是在常人不经意的细微小事上，寻思出不寻常的意义。这一点倒和予且最为接近。但稍有不同的是，钱歌川的散文书生气稍重，让人感觉出一种闲散、渊博、修养及隽永，更多一分直率与亲切，而予且的散文稍显紧张与热闹。

　　另外，刻意地追求自然本色，也是钱歌川散文较为凸显的特色。钱歌川本身是学者，但其散文并未现出丝毫的炫学矜才，而是自然，自然，再自然。他的"本色"让人感动，使人们承接着他那独到的亲切和平淡中的真情。其散文受英国随笔影响很大，早在日本期间，就对其感兴趣，但他不喜欢培根文章的哲理气息，而更倾心于查尔斯·兰姆和他的《伊利亚随笔》。兰姆的文字内含诚实平淡的真情，这是兰姆最有魅力之处，也是最得钱歌川同情之处。平淡是砥砺人心的最平常环境，兰姆的魅力不在于其辞藻，他几乎从不使用华美的言辞。钱歌川散文同样显出兰姆的"平淡"，其许多怀旧散文中的别情离绪，在看似不经意的营构下，真实感人。《三十年前的中秋》，团圆中有惜别，欢乐中有伤感。17岁不知愁，将要远走异国却不能兴致十足，尚不能把握母亲临别题诗的含义："叙别家园今夜饮，明朝门外即天涯，临岐执手叮咛语，珍重长途好护持"。乱离之世，竟成为永诀。而战后，那些来到"宝岛"的人们，每个人都有一段伤心往事："听潮声故国，人倚西楼，归期遥遥。从未想过要建立自己的生命线，谁知一住竟是几十年。"作者叙述了人生中太多的无奈。离情别绪，是文学的永恒主题，渲染、夸张，作者总是尽其能事。淡淡如流水，朴素如纯金，却具有勾魂的感情力量。情出于肺腑，而能入于肺腑。以情感人，而非技法。

钱歌川散文博雅端庄，厚重斯文，情绪激昂，热情深挚。叙述、议论、抒情常融为一体，本色平淡而略显苦涩。作者学识富赡，思想深刻，却无说教气。它常常于"琐屑"细微之事中发掘出不同寻常的意义。其思想的深刻是一种"情思"而非思辨，是从生活深处一经作者情感的抚摩自然生成的思想，水到渠成，高而不孤。他率真直率但却不缺乏幽默，他用轻松与智慧解读着人生的沉重与紧张。

**20世纪40年代的老上海**

（五）予且：都市精灵与都市生活的体验者

都市意味着一种"速率"与"喧嚣"。面对都市生活的紧张与"干扰",都市人也需寻求一种安心之"闲",并试图从中获得"生活苦的慰安,神经衰弱的兴奋剂,和幻梦的憧憬"①。但都市之"闲"又不似传统乡野的宁静与诗意之"闲",而是忙里偷"闲",以偷来之"闲"佐益感情与心智。于此方面,予且可堪代表。他稍异于前文所论钱歌川散文之"闲人闲话",乃典型的都市之"忙里偷闲"。在"忙里偷闲"里透露出现代都市人的灵魂世界。

予且(1902—1990),原名潘序祖,予且是其笔名,安徽泾县人。作为新市民小说的代表作家,予且已为人熟知,而作为一个散文小品作者,予且在 20 世纪 30 年代的上海文坛,影响同样很大。予且的散文随笔多是由光华背景的赵家璧刊载在《中国学生》杂志上以及散佚在各报刊上面。主要结集有《予且随笔》(上海良友图书公司 1931 年版)、《饭后谈话》(上海良友图书印刷公司 1933 年版)、《鸡冠集》(上海四社出版部 1934 年版)、《霜华集》(上海知行编译社 1944 年版)等。似其小说,予且的散文是属于市民的。市民的兴趣,街头巷尾的情调,茶楼酒肆的意兴等是其运思的基点,予且散文所惯常表现的正是市民百态及普通都市人与物的关系。

(1)永远的闲趣

予且本人爱好广泛,知识广博,有书生气。其散文亦是热情充沛,海阔天空,随性而谈,有神聊的色彩。但无论所谈若何,趣味似乎永远是其中心,总给人一种无法抑制的愉悦。他的小品《说和做》便记载着他的供词:"人生出来只有哭、笑、睡觉,更无所谓庄严","我们的文章也要用笑脸写出来,方才有趣味,趣味便是文章的灵魂"。予且的趣味里又满溢着一种清闲安逸,优游自在。如"饭后的脸",本来无关大雅,常人习焉不察,然而予且却谈得饶有趣味,让人轻松解颐。"饭后的脸"不宜硬求,只需"偶遇",要无意的得着。就如"社会上许多好东西,因为认真一考察,便毫无趣味了",一注意便消灭。一个意境是好的,在脑中描摹想象是最美妙的。他以"饭后的脸"为例,说:"我看见过一个刚吃饱了奶的小儿,真可爱。又看见过一个餐后闭目养神的老人,觉得人类真是美的,虽老而不衰。又看见一群商人,醉饱之后聚谈,令我觉得大地回春,生气

①　见《现代》月刊 1933 年 3 月第 2 卷第 5 期关于《灵凤小品集》的广告。

蓬勃。又看见主人请客，亦醉亦饱，宾主尽欢，笑态可掬。"① 这种"闲趣"全在于一瞬即得。看清楚了不行，不实在，且说不出。"吃饭"行为，再平常不过，一经予且的"观照"，顿然有了意味。他强调，"吃饭"不能只讲"实利"，而应重视"享用"，"享用"的本身即为"艺术"。牛的"反刍"，猫之食鼠便有艺术的意味。人为万物之灵，吃东西的艺术，不言可知。如舌的运用，中国的箸，外国的刀叉。尤其是箸，许多人的运用简直妙绝。"他在一桌宴席上，一样菜有一样菜的夹法，滑的，粘的，硬的，大的，箸夹起来，无不称心如意。"② 中国的宴席就是一个吃饭艺术展览会。中国是"茶"之国度，品茗饮茶自古有之，但茶之"幸运""厄运"之说似闻所未闻。然予且侃侃而谈，上下古今，引经据典，说尽了"茶"之种种的幸运与厄运。语言形象幽默，趣味盎然，充满着谐趣。它说：知茶者如古代之卢同饮茶即为茶的幸运，不知茶者饮茶则是茶之厄运。卢同有饮茶诗，细说了茶之生理的、心理的、文学的、伦理的、艺术的、哲学的以及"美"的价值，可谓是知茶者。茶之采摘，方法不一，最好的采茶，据言由十五六岁小姑娘入山寻茶，采之复以细纸包之，纳于衣内两乳之间。归来叶已干，或未干而略焙之，其味迥异寻常，此乃茶的幸运。"只可惜温香柔滑的小姑娘两乳被茶叶享受了去。"③ 然而，亦有茶采来之后，"以人脚揉之而晒干的，这是红茶"，此乃茶之厄运了；与茶发生关系者是水，以百年的宜兴壶放之，或为茶之幸运；另外，为了取悦于目的，将茶制成钩形、片形、砖形等，总要算是茶之厄运；还有的如老太太喝茶放西洋参，有火的人放菊花、麦东。还有的放茉莉花、玫瑰花等于茶叶中的，都是茶的仇敌，珠兰双薰重窨，更是茶之厄运。更可恶者，煮五香茶叶蛋的，茶叶到了锅中，真是粉身碎骨。真是："唐突天下娇"了。"烟"总有点苦，非人人喜欢，但把"烟"说成"淡巴菰"即 tobacco 的华译，则让人充满了美妙的想象。菰是好吃的东西，男女俱喜。就淡巴菰三字

---

① 予且：《饭后杂谈》，载许道明、冯金牛编《潘序祖集：饭后茶余》，汉语大词典出版社1995年版，第5页。

② 予且：《吃饭的艺术》，载《潘序祖集：饭后茶余》，汉语大词典出版社1995年版，第9页。

③ 予且：《茶之幸运与厄运》，载《潘序祖集：饭后茶余》，汉语大词典出版社1995年版，第31页。

论，个个皆好。淡，是形容物品的新鲜或制造保持方法之精良。菰是好的，巴菰更好。"巴是形容菰的品质，或许即是巴蜀之菰呢，其珍贵不在大山人参，交趾玉桂之下。"① "烟"一经予且这一咂摸，其哲学、艺术、伦理及美的价值等，真是不一而足。人生于世，"忧"则难免，何以解"忧"？女人，酒是也。然而，女人，酒，与主体之"我"三者之间支配方法不同，结果也就不同。喝了酒对着女人，会觉得女人格外可爱。没有女人只有酒，"酒会使你画出你心爱的女人在脑海"。酒不饮不知其味，而好女人可以永存脑内。所以，"宁可无女人，不可无酒。""以社会论，得酒容易，得女人难，因为酒便宜些。""以政治论，对于女人须用手段，酒则一饮便了。"以经济论，得酒不需要女人，便宜。得女人必要酒，不便宜。得女人还要多出许多事来。"得酒，则酒后高歌酣睡，人我无与。""而且得酒可以将你要得的东西，画出幻像来给你精神一分安慰，无怪曹操横槊而歌曰'何以解忧，惟有杜康'了。"② "福禄寿财喜"是民间所谓的"五星"或"五福"。在民间的五星图里，福禄寿三星都有明确的形象所指，即身着红袍，手持朝笏，头戴雁翅峨冠的五绺长须的老者，代表的是禄星，着绿袍，戴凤帽者代表福星，着黄袍，有高凸头顶的矮老人代表的是寿星。五星是没有的。三星图上，有的还画上一个小孩子手中拿一朵花，那就是喜；禄星手上捧了一个元宝，即是财。民众的艺术代表着民众的思想："禄星本是官星，做官就能发财，所以他就拿了元宝，我国之所以有贪官污吏，或者与这种表现出来的思想，多少有些关系。""喜神是与婚姻有关的，中国的婚姻，是以生子为目的，所以就画上一个小孩子"，"福禄寿"常是人们口头上不要的，而"财喜"则是人人喜欢。"财喜"如此受人欢迎，然而竟无画来代表他们。"福禄寿""是人们口头无，反而金碧辉煌的画着，不可解，而不可解之中又有可解之处"。所谓"禄乃财的影子，福也就是喜的影子"。③ 予且对五星图的解读，来自民间，充满着俗趣。

---

① 予且：《淡巴菰》，载《潘序祖集：饭后茶余》，汉语大词典出版社1995年版，第25页。

② 予且：《何以解忧》，载《潘序祖集：饭后茶余》，汉语大词典出版社1995年版，第16—23页。

③ 予且：《福禄寿财喜》，载《潘序祖集：饭后茶余》，汉语大词典出版社1995年版，第38—42页。

"酒色财气"乃红尘俗物，司空见惯。然而，一经予且的解读，成为管窥社会的一扇窗，充满了理趣与哲思。他说："酒色财气"之"气"，是一个流通的东西，"酒色财下面加一个流通的东西，便会勃勃而有生气"①。"气"有两解，一是竞争，二是得不着。因为"气"，世界才会进步，人生方有兴趣。然而，按照近代社会主义者之说法，"竞争"是不好的。"得不着"也是不好。社会上满藏着自杀、堕落、抢劫、病狂、贫穷、厌世一类的人，根本是在"竞争"和"得不着"，如此，"酒色财气"之"气"字，实在是一声叹息，是资本主义社会中大众一声共同的叹息。"酒色财"造成了资本主义社会中的快乐，而"气"却显出资本主义社会中的悲哀。色是传种，财是自存。自存和传种是社会存在及人类生存的根源，就是"食色"，也就是"饮食，男女"。此外，人们生活，还要有一点兴趣和快乐！就是"酒"。"哭"与"笑"是人类最为熟知也是最为常见的表情与情感。"哭"与"笑"之间有一个过渡性质的"气"。由笑不能直接到哭，由哭也不能直接到笑。否则，既不是真哭也不是真笑。"气"是一种呆的状态，气时的肌肉和精神都不活动。在气时，不宜以理智来开导，"如能慑之以情感，则泪珠潸然，若动之以情感，则一笑嫣然"。笑之前有"气"在，使我们快乐，哭之前有"气"在，让我们同情。"这哭气笑笑气哭的周转，也不知增加了多少爱情，添了多少趣味。"以量言，似乎哭比笑多。小孩子落地第一声即为哭声，当然，"哭"的内涵似乎有别，"男孩子落地第一声哭，是因'怕'而哭的。女孩子落地第一声哭，是因'恨'而哭的。""男人总是怕自己力气没有人家大，怕自己打不过人，怕自己书读得不好，怕弄不着事体做，怕得不着好伴侣，怕钱弄得不多，怕功名不遂。"女人呢？"恨自己命薄，恨面孔生得不好看，恨不生于富贵之家，恨自己丈夫不如人，恨自己孩子不如人家孩子长得肥，恨自己没有钱，恨自己没有做一个男人。"②人生是哭，人死也应该是哭。历史上，哭笑也早有书载，典型的有两男两女：男的是淳于髡，仰天大笑，冠缨尽绝。申包胥大哭秦庭七昼夜。女的，一是幽王烽火戏诸侯，引得褒姒一笑。哭的便是杞梁之

---

① 予且：《酒色财气》，载《潘序祖集：饭后茶余》，汉语大词典出版社1995年版，第43页。
② 予且：《予且随笔》（节选），载《潘序祖集：饭后茶余》，汉语大词典出版社1995年版，第151页。

妻,善哭其夫,而变国俗。"哭笑之变幻诚所谓放之则弥六合,近之则退藏于密,亦奇观也。"① 普通的人类表情与情感却蕴含着深刻的人生底蕴,俨然成为整个人生的象征和历史的法则。"快乐"应是人所共知的情感,但"剩余快乐"之说不免觉得新鲜有趣。予且解释说,所谓"剩余快乐"是说"快乐"不指当时,乃是事后,是剩余的。依如西俗所谓的财富,财富之积成,源于剩余价值。"幸福因积乐而成"正如财富一样,"我们储存起来的财富要用在生利的地方,我们的财富方可增加"②。我们要以剩余快乐的心胸去帮助别人,了解他们,同情他们,我们的幸福方可增加。社会才是有幸福的社会,社会里的人才是幸福的人。予且对"快乐"的理解可谓别具一格。

综而观之,予且的散文很注重趣味,趣味便是其散文的灵魂。而且,这种"趣味"充满着智慧,暗含着哲理,但却没有说教的色彩,于潇洒随意之中尽显理趣之美。予且是"任性"的,他排斥范畴与系统,屏除严肃与庄严,有着足够的轻松与快乐。加之自己知识丰富,纵横裨合,思接千载,在天马行空的神聊之中自然彰显出悠闲的意味来,故而此种趣味又是一种消遣性的理趣,乃无意间的醍醐灌顶。另外,值得一提的是,予且惯在平凡小事上下功夫,取材多是日常习见习闻,饭后茶余,无关宏旨之事,是实际生活中的"琐屑",然正是在寻常所见、习焉不察的平凡小事上,寻觅到了观察生活与人生深度的视角,收到了"于无声处听惊雷"的阅读效果。《饭后杂谈》《吃饭的艺术》《淡巴菰》《何以解忧》等所资之事,基本都是生活中的小事,但小事不小,在小事上用力深思,作者咀嚼出了人生世事的大道理,领略了人生的真趣味。这"道理"不远人,深而不深,因为它是来自你我熟悉的生活,所以,它也就脱却了文学艺术家哲学家神圣面纱,或者说,是一种隐性的读书人身份说着普通却也是神圣的道理。他的感觉与思想有着现实生活的支撑,而非观念的文字。他的散文去"装饰",尚平实,似艺术亦似生活,自娱亦"媚俗",意在求得市民读者的欣赏、认可与喜爱,故而他的"思智"有亲切的色彩。由此可见,予

---

① 予且:《哭与笑》,载《潘序祖集:饭后茶余》,汉语大词典出版社 1995 年版,第 127 页。
② 予且:《剩余快乐》,载《潘序祖集:饭后茶余》,汉语大词典出版社 1995 年版,第 68 页。

且是都市生活的体验者，也是都市的精灵。他有着郁勃的发现生活理趣的兴味，甘愿在市民社会中闭目养神，忙里偷闲，其生活的热情与体验具有着特有的张力。

（2）忙里偷闲的精神自慰与慰他

予且属于甚至也代表着当时上海的本位的个人主义者，"'忙里偷闲，苦中作乐'，在不完全的现世享乐一点美与和谐，在刹那间体会永久"①，似乎也道出了予且为人为文的本相。《何以解忧》中似乎也不仅仅表达了作者对"我"，女人与酒三者关系的独到理解，同时也包含着作者对"何以解忧"的追问。何以解忧呢？"女人可以解忧，女人太难得了。酒也可以解忧，得之甚易。而且得酒可以将你要得的东西，画出幻像来给你精神一分安慰，无怪曹操横槊而歌曰'何以解忧，惟有杜康'"了。看来，对"忧"的解脱，似乎悬之于于酒及得酒后所画出的幻像。这是一种精神安慰，也是一种精神的麻醉，似乎隐藏了些许无奈。《福禄寿财喜》一文里，当作者述说完五星各自所指及具体代表的人间意义时，最后却说："这个极大的安慰中，最可怕的就是死，一死什么好的东西，便整个的完了。"人们所忠心追求与向往的"福禄寿财喜"在生命的大限面前再无意义可言。这里，似乎不仅仅包含着作者对生命终极的思悟，或者人生浮世，茫茫无依的叹息。同样，《酒色财气》所言之"酒色财气"，本身就含有生命现实的无奈与不完满。"气"里所包含的"竞争"与"得不着"虽或使人充满激情，促使世界进步，但也使得社会上满藏着自杀、堕落、抢劫、病狂、贫穷……当他说到"酒"的作用时，却如此说：酒！"你永远操纵着，我们热烈的心情，增加着我们的快乐和兴趣，让我们在苦恼的环境中，仍然是兴奋的工作着，享乐着。"予且毫不讳言，我们所生活的环境往往就是一个苦恼的环境。在《哭与笑》中，甚至直言，人生于世，哭比笑多，"小孩子落地第一声便是哭不是笑，人生是哭，人死也应该是哭"。由此大可得出结论，予且的"闲趣"是忙中之闲，忙里偷闲。这"闲"是从忙中偷来的。而"忙"却偷不来。即如笑话所言："妻不如妾，妾不如婢，婢

---

① 周作人（署名开明）：《喝茶》，载《语丝》1924 年第 7 期。

不如偷，偷不如偷不着。"① 其"闲趣"重在一个"偷"字，要叫人从"偷"字生出意味来。当然，其内里也隐含着现代人的烦恼与忧愁。但他似乎同样也意识到，生命好像茶，不能一口闷，深深地一口喝下去，就容易见到杯底的渣滓。生活里不可能尽是甜蜜与完美，对待生活的态度需要节制与欣赏。即便是苦的，也要在苦里咀嚼出其中的甜味来。人生无所谓幸福与不幸福，就如咖啡，本身并非是甜的。"它不如我们理想的那么好，也不如我们理想的那么坏。"②

（六）梁得所：一团不熄生命的火

梁得所（1905—1938），广东连县人。因《良友》画报而闻名。梁得所既为《良友》画报的主编，文字、摄影皆相当擅长，是出版界的奇才，同时也是《良友》的散文小品作家。与梁得所同为《良友》散文作家的还有马国亮和赵家璧。梁得所懂美术，爱音乐，有一枝简洁的文笔。梁氏任职于《良友》的六年多当中，在画报和其他刊物上发表了许多杂感随笔，主要结集有《若草》（1927年）、《得所随笔》（1929年）、《未完集》（1931年）、《烟和酒》（1933年）和《猎影记》（1933年），均由《良友》杀青发行。

（1）自喟至意浓的心路历程

梁氏散文大致分为四种类型四个阶段，各种类型与阶段之间虽有相互统一的地方，但整体上基本反映出梁氏本人的心路历程，也象征着那一代中国知识者的心路历程。

其一，"若草"之文。

"若草"也者，一把零散杂乱的草，若者嫩也——这便是梁氏最初的小品。它们不乏富丽的感觉，但离理解尚远。梁氏写作《若草》诸篇什之际，还是一个毛头小伙，当亦沾染着那个时代青年人的时髦，他陶然于孤寂之中，恶憎着孤寂亦恋着孤寂。他的世界不大，眼光稍稍触摸现实，却又很快收回，多归于自我，却也沉浸在茫然的思绪里。然而，亦显出诗神的眷顾，乐于表现某种哲学的玄想，某种出神的宁静、幽寂、和平的气

---

① 予且：《忙与闲》，载《潘序祖集：饭后茶余》，汉语大词典出版社1995年版，第129页。

② 莫泊桑语，转引自马国亮《咖啡》，载《马国亮集：生活之味精》，汉语大词典出版社1993年版，第70页。

息，某种朦胧的类乎诗的景象。《灌水猪肉》写自己家乡常有的灌水猪肉虽禁不止，其原因则是市民乐于接受灌水猪肉比之非灌水猪肉的价廉。并因之联想到其时社会多数而占势力的部分所要求的无聊腐败的文艺。究其底，是利益驱动。并说，此类问题不胜枚举。"中国人喜欢贫，喜欢弱"，世事没有一件不是绝望的，"重要的还是要改变人们的思想，在脑浆里做工夫，大屁股是没有功效的"。《五香花生与中国》说的是"卖花赞花香"之心理，其简单的动机是自私；但自私之外，还有天赐的自信与自尊，由自信自尊的自我表现可生出"力"。并呼唤彷徨四顾不知所从的青年要欣赏自己！认识自己！不论务何职业，即便"卖五香花生米"，亦觉自己所投身而致力之业，对于中国亦负有重大的使命。《乡里之情》所言则是乡里之情的深浅，与所在地方范围的广狭成正比。本省之内，同村有情；在外省，同省有情；在外国，同国有情。……假如在火星上面有地球的人类在彼侨居而做贼，劫掳"我们"的时候，则尽可对匪首说："喂，我们同是地球上的人类……"作者企望乡里之情能普遍推及全地球的人类。《提防平民与小孩子》讲述从前所谓"万般皆下品，惟有读书高"，现在改为"天子重豪贤，文章不值钱，若无耕田佬，饿你叫皇天！"潮流一起，驾人之上的贵族成为时代落伍者，平民得以扬眉。时代不仅趋于平民化，更趋于少年化，如文艺界、政治界等的青年人都起来打倒"老头脑"。这时代大可名之为"平民与小孩子的时代"。然而，但需提防：不是平民的疾呼自己是平民，不是小孩子的声称自己是小孩子。许多人佩起"平民"的袖章，混入平民队伍，"踏在平民的肩头，攀到自己的皇宫"；许多人扯起"小孩子"的幌子，便以幼卖幼闹些不负责任的捣乱！《一线天》讲述自己因游西湖灵隐寺名胜"一线天"而想起的一点往事：几年前曾在强盗窟里被囚禁的经历。强盗大概半属迷信半由良心而给我们送来特别的好食品，因此自己仿佛忘记那是盗窟及冰冷的铁链，看见"爱"之闪烁，就似走进黑漆漆的岩洞里看见一线天。并由是引申，"谁说这世界是黑暗的无光的，谁说这世界是冷冰冰的"。《中秋夜之雨》写傍晚散步，给自己留下的几个印象：初秋的一晚——虽非清明节，但该处风俗定那天扫墓。跑到多人与多坟聚拢的郊外，看见大人牵着小孩，少妇扶着婆婆，带了香烛找着他们认识的坟墓。黄昏与黑夜接近时，扶老携幼皆又渐渐散去。一阵悲壮的军角声，远远地从城里乘风吹来，刹那间，"感觉宇宙之茫然，人生之怅惘"。另一晚——经过一条冷静之街，见一老人阶前啜泣。并因之联想：自古时洪水之后，娜亚的子孙自作聪明要筑一座高塔来避天灾，上帝罚他们言语不通，于是人与人之间多一种隔膜。而流泪是从心里说出来的世界语，谁也应该能懂。——"我"渐渐懂得一点世事，知道悲哀之人，世上不知多少！怎能逐一去问？中秋夜——适值雨天。"中秋夜原本有光明月亮，不过荫翳的云把她掩住了！"迷离、惆怅、孤独、彷徨之感弥漫文本，有一种伤感的诗意。

"若草"之文，多为篇幅短小的随笔小品。梁氏通过这些生活的小断片与小感触或人世小影像，试图说明一个小道理。虽尚谈不上深刻，但自有一分清浅真情在。绝于清雅孤高与热烈浓郁，倾于平淡亲切，偶有对中国民众的怜悯与现实的忧虑，以平民的情怀，做一个"人"之朋友以及对人的出路之寻找，但时或有青年人的伤感。

其二，实际的旅人思想的旅人。

时代生活的新内容，加之梁得所职业上的优势，当然还有他的那份良知，梁氏开始关注沸腾起来的现实。1929 年出版的《得所随笔》里即可见出梁氏散文转换的端倪，时至 1931 年出版的《未完集》，则已显得阔大而执着。《未完集》自署的题词豁然呈示了一个实际的旅人与思想的旅人之深长感慨——"换过几盏客寓的孤灯，／又进过梦想不到的病院；／欲探求西湖的冰雪，／也爱南国的温暖"。……"完"是生之悲哀，／可幸离"完"尚远；／是自慰还是自励——我题此集为"未完"。

梁氏此期的随笔，率真热情亦不乏凌厉之气。所谓率真、热情与凌厉者，是指梁氏对生活中随遇的任一细微镜像皆能产生评论的兴趣，往往有独到之处，发人之未发，见人之所未见。而且，常常于最后终能随意发出一些警句，且无造作之痕。《得所随笔》中近半篇幅的"日本观感"即基本是如此文字。如《岛屿性与大陆性》一文，由日本屋内的装饰写起，复由屋内装饰见出日本岛国的特性——"美中带小气"。这岛屿性之"小气"比之中国大陆性之"涵养"，则缺乏一种浩然之气。"中国人很够涵养，别人杀到面前，自己还要说镇静"，岛民的冲动性，中国不会有，然而，"为救济中国今日的颓懦而论，宁取岛屿性"，因为，"虽则冲动近于轻浮，但胜过麻木不仁；短命不要紧，只要作为，就胜做一百岁的蛙米虫。"联系当时国势，此论无疑为警世之声。《须磨海滨》一文所谈"须磨海滨"在日本神户港的东岸，是有名的自杀的地方！自杀风气在日本最盛！梁氏由是引申：人之性情往往矛盾，像中国不冷不热之社会，原本生趣很薄，然怕死之程度较任何国家为甚；而日本比较富有生之欣悦国土，人民却视死如归。中国人在社会生活上偏于放弃，而个人"自卫"上较为认真；日本人在团体生活上带有征服环境之气魄，然对于个人问题，却常常乏有战斗力，往往一死了之。有自杀倾向之青年，也绝非愚笨之人，往往思想太求彻底。梁氏由之呼吁："人本来渺乎其小，消极说来，生死无足轻重；可是从他方说，你伸臂向前打拳，环球的空气因而波动。世界没有一个多余的人。"每一个体都是人类之一分子，都自有当有的责任。《由贤妻良母谈到摩登伽》一文中，梁氏认为，日本的妇女一向是贤妻良母主义者，妙出乎自然，无须以施压，这是一种特殊的古风。日本女权薄弱，只为取悦于男性，故其态度不觉多有娇媚。然男女的非平权或正是日本之福。从国体方面讲，妇女服从男性，国之"丈夫气概"自然强盛。从家庭方面讲，夫妇绝少争吵，夫妻恩爱，家庭幸福……然而，出现于日本的部分欧化的时髦女子即"摩登伽"（Modern girl），一般被认为是舞女阶级，很遭日本人仇视。梁氏也因此感慨："日本所有特殊的美，无形中寄托于固有的女性中。日本的都市，工业等等，可以现代化；女性的古风却有保全的必要，因为倘若日本的妇女都变为摩登伽，日本就不成日本了。"

梁氏对中国的"观感"也时有新意，更发人深省。如《天下第一泉》中所言"天下第一泉"在中国很多，镇江金三寺有一个"天下第一泉"，庐山三峡涧有一个"天下第一泉"，济南城内又有一个"天下第一泉"……究不知到底哪一个才是"天下第一"。"这名词足以宣布我们中国人的一种妄自称大自欺欺人的脾气。""世上唯有忠实永不失败"。"滥用的荣衔"，用多了即失其价值。《仁丹如意油之类》一文里的"仁丹如意油"意为一种"万应"的灵药。在中国，"聪明人"都走着"四通八达"的大路，唯求稳健。医生挂的招牌，常常写着"男女内外全科"，卖药也要卖"万应"的仁丹如意油之类。"中国患着非常重病！"《奢侈税》谈的是广州流行一时的"奢侈税"即非必需物品特别多抽点税。奢侈税一行，影戏院因此停业。梁氏由是引申：中国颇讲平等，然"平等的手段不从举高着想，而尽命要把高的或稍微高的东西打下来，到一切低平才放心似的"。如此，恐怕将来政府不但不设音乐院，反而凡听音乐的都要纳奢侈税，而"文学书记"和一切艺术都在奢侈品之列。甚至，连向来认为必需的"油盐柴米酱醋茶"也会因为柴米太干太白近于奢侈，龙井狮子峰的嫩芽要在枝头老了才摘，太嫩亦未免奢侈。臧否之情自明。《上海的鸟瞰》撷取大上海的几个侧面，散点透视，似蜻蜓点水，写出了上海的印象，表达了自己对"上海"复杂的感觉。比如：黄浦滩，是离人临别依依的地方，有着别离的诗意，"多少年老的慈母，送儿子到外洋去，今生不知有无再见期；多少青春情侣，此番断肠之后，不知千里之外，伊人是否境变情迁；多少朋友，握手告别，虽不至于鸣咽，总觉一阵怅惘涌上心头，不由的轻叹聚散如浮萍！"然而，黄浦滩又是一个欢遇的地方。"黄浦滩的景象，足以代表上海，使我们知道她是一个现代物质文明的都会，同时是情调深长的地方"；南京路；"飞楼凌霄，车马如龙，街平如砥，美女无数……"然繁华背后浮现着民生前途的隐忧。上海虽为都市，但因不平等条约产生，加之经济落后，对外营业的权利，进出的对比，总是吃亏。"长此以往，倘若工业不极力发展，整个的国家就一天比一天贫穷，一年比一年困乏！"法租界；位于上海西南一带，是大部分外侨和华人富户居留地，住宅区与工业区分离，这一带，行人少，但上工与放工之间，千百汽车连串而来，足显文明程度之高。乌龟池畔；在法租界之东南，是上海城的故址。此区大概以城隍庙为中心。"在五国势力共管的上海中，南市是纯粹中国所有地。颇能保存本色古风。"城隍庙里有一度九曲桥，桥下一个泥池，里面养着年代久远的千百乌龟，城隍庙左近没有新气象，即知大部居民守旧，"但凡守旧而进步迟慢的人，就像乌龟！"北四川路；"生之欣悦"之街。"影戏院不下十间，跳舞场十余所，食物馆——尤其是广东食物馆——大小不计其数。"充满着丰富而不单调的开心与快乐。"狂歌醉舞"之"生之欣悦"也并不是道德高下的问题，实因"狂歌醉舞"之人充满着"生命力"，"一旦施于正当用途，就大有作为的"。五处景象，概括了上海的大部，是上海的速写。有肯定，亦有隐忧！上海的亦中亦洋，亦旧亦新尽呈眼前。"观感"之余，多有思辨与冥想。《万事结尾难》一文里，梁氏一反俗语所谓"万事起头难"，倡言"万事结尾难"。他从"万事"之中举出竞赛、恋爱、发财、革命，修养五例做以参证。竞赛；比如说三级跳远，不在于最初的"十英尺八英尺"，而在乎最后的几英寸，即胜负决定于坚持跳出最后的一点点。恋爱，现代青年的恋爱正所谓"芒果花"，满树花朵而结果了了。结婚一周年的"棉婚"纪念随处有，至于继续下去，"无论山高山低，顺水逆水，一样地互相爱护，以至廿五年的银婚，五十年的金婚，或七十年的钻婚，就少之又少了"。而且，结婚未足以代表爱情，"严格完满标准"更少有人达到。发财，姑以"百万富翁"做标准。"许多人不能到百万，因为他到了十万的田地便知足，自己休养享乐，或陆续捐款做慈善。"如想继续成为巨富，则其决心比之白手兴家时的勇气大十倍。革命，"不愁散于艰苦创办之时，只怕倒于安乐发达之后"。修养，"是万事的缩影，结尾之难更属于显而易见。"梁氏当然不是简单地于此论证万事结尾难，其所呼吁与倡导的是：由恶转善比较易，由善而到至善极难，因为"善为至善之大敌"！推之，无论做什么事，不做则已，既做就不但要做好，更应做到最好。在此途中，由好到最好的一段，是人生成败的焦点，非以全力应付不可。可谓独抒机杼，发人深省！《忙》中的"忙"让人有民族悲哀之感。在"勤有功戏无益"的中国，"忙"本值得称颂。"中国自古以来崇尚忙碌，欧西人却力求安闲。"比如：脚踏车已算很便利了，而欧西人还嫌它费脚力，于是发明汽车。然而，中国古人却叫我们"安步当车"，"仿佛非此不足以表现高尚人格。""欧西人因为力求安闲，结果做事多。""无事忙便是落伍民族的病症！"《去》一文谈的是见面的寒暄语。江浙人惯问"忙不忙"，而广东人惯为"往哪里去？""去，去，去！"广东民族是"去"的民族。"去"字笔画虽简单，可是实行者的心理却很复杂。对现在环境表示不满，于是有"去"的动机；相信自己未到的地方有值得寻求的对象，于是有"去"的意志；肯放弃在家千日好出外半朝难，于是有"去"的勇气。"去"的精神，是人类进化的原动力。所谓"去"的精神，就好似：对现在环境表示不满，望着前头有所希冀，毅然冒难冒险而追求。

　　如是其观其闻其想，显示了梁得所的怀抱。有寂寞、伤感、疲劳、悲哀，更有着"向上"的积极。而且，视野开阔，现实感强，所言小，开掘深，意味独特，富含哲理，催人警醒。

其三，不含毒质的"烟"与"酒"。

1933 年出版的《烟和酒》，文风有了改变，同样也是时代的掠影，但有了"闲逸"的味道，似一种休憩之作。梁氏自己也曾如此感言："期望我所写的随笔，堪作一种不含毒质的烟酒，虽然可有可无，亦不失其味。此外不敢有什么奢望，因为我自己知道，这些文字，浅薄不足以做粮食，平凡而非药石之言。"[1] 比如《圣经与失眠》谈论与思考的是"失眠"与"圣经"的内在联系。失眠的病因源于情感过盛。是喜怒哀乐爱恶欲等任一情感在人心里膨胀所致，故心药当可医之，《圣经》即是。梁氏举例说：一个人欣喜过度难以入眠之际，最好想出一件最糟糕之事，做一盆冷水，泼自己头上，即自然平静入眠。《圣经》里类似的记载，一富人整夜思量，如何筑造库房藏其珍宝，扩大仓廪储其麦粮，想之越发高兴难以入眠，上帝却对他说："愚蠢的人啊！今夜上帝把你的灵魂收回去，你的财产归谁所有？""怒"字和"恶"字，性质相近，对象同是仇敌。对付仇敌的方法很多，宽容大量是其一；《圣经》亦谓："逼迫你的，你为他祝福，这就仿佛把火炭聚在他头上了。"悲哀，自然是失眠之大因。最普遍的悲哀是"穷"，《圣经》里则说："你看天空的雀鸟无仓无廪，上天不给它饿死；你看野外的百合花，不纺不织，而我告诉你，所罗门皇荣华的时候亦不及它们的美丽。"爱，似充盈天地间，无从捉摸，不易理解。正如《圣经》所谓"你见芦荻摆动，却不知风从何来往何去。"保持恋爱的唯一方法，就是忘记恋爱。欲望，无止境，但宜有段落。深谋远虑是大纲。"倘要在一晚想完一世的事情，就是不通。""我们的命运有好有歹，可是最公平的，每人都有一个做人的机会。农夫努力耕耘未必有丰收，可是谁能不事耕耘而有收获。"希伯来文《圣经》也告诉我们："明日这之虑，虑于明日；今日之劳，今日足矣！"作者轻松地解说着人生的"小道理"，没有丝毫的板滞。想象之波粼粼，思想之流飘逸。在《忘记》一文里，梁氏认为，"忘是乐趣之源；忘是成功之诀"。古人游山玩水，忘形于山水之间，充分地

---

① 梁得所：《烟与酒》，载程德培、郜元宝、杨扬编《1926—1945 良友随笔》，上海社会科学院出版社 2004 年版，第 12 页。

领会到山水的意趣。"当我们整天记得自己有头，或记得自己有手的时候，必定因为头痛或手痛。虽然我们每人都有头和手，可是在意识中何尝觉得？"就如初学吸烟的人，对于烟盒、烟管，必很讲究；吸时的姿势，鼻孔喷烟，打烟圈，都加以注意。而真正"瘾重"的时候，偶然从衣袋里掏出一支烟卷，甚或拾得半截残烟，燃着一股气抽进丹田，喷出来是由口或由鼻，自己一概不知，这样忘形的吸烟，其味也极浓。同理，若想成为伟人，"就是忘记要做伟人，便是做伟人的秘诀。至于名誉，更是有为者意外的收获。只有蠢人才立志做名人"。真正的领袖，是常与群众一起的。倘若常常记住自己是领袖，自尊于特殊地位，这样的领袖只能统辖势利的附从者。文末，梁氏以总结性的语气说："我因为作文时未能忘记是作文，所以做不出好文章；我因为活着而未能忘记自己是活着，所以常常感觉活着的疲劳；在我们的生命未遗忘之前，我们的生命何等浅薄，空虚！"

此期的散文，梁氏似乎更专注于感性的浇注，以一个平凡的自己思索着人间的正义、善恶、功罪、是非等。在他看来，世上没有无所为而为的善人，也没有无缘无故的恶人。在人间的裁判之下，善和恶，功与罪，是和非，相差极微，依如福祸，"其间不能容发"。当在监狱门前走过的时候，"我们敢说里面都是坏人，我们才是好人吗？你敢这样说吗？我却不敢"，"我并没有指摘善恶的奢望，因为正义的立场离我双足尚远；我也没有造福人群的豪念，因为自己对于幸福感着饥渴"。人人是平凡的，但人人都应有一个向上的想念，"不能做麻木的自己"。"我是不义的，但愿为追求正义而思索；我是不幸的，为企图幸福而生存。我对人说安慰兴奋的话，因为我需要安慰和兴奋；从我心中喊出的光明的口号，无非为反抗自己的盲目发的呼声。"① 梁氏同时认为，对世界的"奢谈"、评论与思索的前提是先认识自我。自己先照照镜子，先能自爱与征服自我。如其所言："让我们认识自己。""在世界上，有一个人最爱你，而常常和你作对；最忠于你，却能根本陷害你；常常和你在一起，而你最不容易认识。这个人是谁？就是你'自己'。"很多人过于自负自己的本领，固然会失败；而许

---

① 梁得所：《灰色的围墙》，载许道明、冯金牛编《梁得所集：猎影与沉思》，汉语大词典出版社1996年版，第107页。

多人原本有能力，但自己以为没有，故而畏怯，结果也会失败；"骄傲的人是不自量，畏怯的人也是不自量"。其根源都是因为彼此不相了解。这是莫大的悲剧。① 放开眼光，一切皆是美妙的！

显然，"烟""酒"之文，亦来源于现实，有着素朴生活的影子，但少了些议论的色彩，多了些飘逸与谐趣。源于生活，似乎更高于生活，充满着想象，思想之流的河床更深且广，在闲适的笔墨里流淌着一个个朴素的日常生活的道理。

其四，"猎影"与沉思。

《猎影记》（1933 年）对于梁得所短暂的生命来说，是一座丰碑。它是梁得所率领良友摄影团于 20 世纪 30 年代初，历时 7 个半月、走遍全国16 省深入采风访问的收获，是一部人物速写、访问与观察。民众的同仇敌忾锻铸了作者的情感，他在祖国广袤的大地上获取了以往从未发现的诗情。华北、西北、华东、中原、湘粤、广西，凡其足迹所到之处，都留下了自己真挚的心音。一如拍照，美丑源于"诚实"。它拂去了往日的忧郁，即便还存有某种天真的想头，但是无法掩盖梁氏对祖国的赤诚情怀。所有这一切，都是时代对于一个海派作家的恩惠，也显示着梁得所对于时代生活的积极反应。

《猎影记》较前散文多了份冷静与深刻，似乎也更质朴。其中关于胡适、蒋梦麟、吴佩孚、班禅、张学良、冯玉祥等政界、学界人物的一组专访，写得颇为冷隽精彩，耐人回味。像《活佛班禅》、《塞外的音乐》、《谈胡子》、《守山海关的何柱国》、《胡适博士》、《不在家的蒋梦麟》、《张学良之印象》、《与冯玉祥谈苹果》等，都写得别有意味。譬如：《老将军吴佩孚》对吴佩孚的描写：中国武人当中，吴佩孚是不会被忘记的，虽然当年他是一被民众唾弃的失败者。失败之后而还能够获得国人相当敬仰，皆因他保持一种书生的固执气概，如不倚外人庇护，宁入深山不出洋；发妻之外无妾伺等。再如吴氏留影题字，题的是一首诗："国家元气要培栽，满目疮痍实可哀；换得天心人意转，慈悲度世有如来。一将功成万骨枯，

① 梁得所：《赠镜》，载许道明、冯金牛编《梁得所集：猎影与沉思》，汉语大词典出版社1996 年版，第 111—112 页。

残民以逞不胜诛！秦皇汉室早无道，旋转乾坤是丈夫。政局原来是舞台，这般过去那般来！来来去去无休息，日蹙生机不暇哀！”“吟诗念佛是疲劳后的一种休息而已，自信自尊造成固执的思想，吴佩孚至今还是吴佩孚。”“富于诗书穷于命，老在须眉壮在心！”梁氏还原了吴佩孚真实的另一面。再比如：记访问“九·一八”后深受国人诟病的“不抵抗将军”张学良所写的《张学良将军》。碍于当时的一种“成见”，当局的主要人物，“对外问题是谈无可谈的；至于国内时局，张氏又为纠纷中人，讳莫如深的话更将无从说起”，因此，访问中只和张学良谈摄影和画报问题，并且对这位“中国海陆空军副司令”的公子哥风度略以微讽。但在访问即将结束时，张学良忽然指着门口等候接见的一班人说，“这是几位义勇军的代表，今天在沈阳刚炸了日本军营”。他的话还未断，语调却转了低沉：“可惜你们得不着他们的照片了，近来死了好些不出名的英雄。”听了这话是应该有所感的，“我”不觉回答一句：“世界上最伟大的，是做了伟大的事情而没有人知道。”自“九·一八”后举国共责的张学良，“而另一方面又暗中接济和指挥义勇军的传闻与迹象。此两者之间不能没有谜题存在。”“失地至今是失地，亡羊补牢未为完。”“在我们热望多过冷观的人民面前，但愿张氏终有解答谜题之一日。”由此观之，梁氏的洞察力是敏锐的，同样给我们留下了珍贵的历史记录，也充分显示出了作者作为一名新闻记者所具有的爱国良知与职业素质。

（2）“喜欢地图与画布的娃娃”

从《若草》到《猎影记》，凸显了梁得所本人20世纪20—30年代的心路历程，同时，在这一过程中，作者的愁绪已淡，而意气方浓。不过，前后一贯的作风还是有所保持的。梁氏的摄影专长使其散文小品凭着个人的情感动力，铺展着社会的画卷与个人的感受。他善于运用“焦点透视”去表现某一场景或某一人物的丰富层次，也善于运用“散点透视”去转换场景，把视线投向更广阔的空间。《若草》以精练见长，《猎影记》以逼真取胜，冷隽沉静的语言规约着锋芒与情绪，组成了作品淡雅、含蓄的意境，笔法简约却气韵生动。海派文人多擅长夸张，但“夸张”却与梁氏无缘，他宝爱生活的“客观”与“真实”，一如每一个新闻记者所持的理想那样，这便使其散文小品看似平淡却耐人寻味。梁得所心仪法国一位旅行家的游记，在法国革命后读者由他而知晓了革命的原因。可以告慰梁氏的是，他的《猎影记》对于今天的读者来说，几乎也是一幅幅泛黄的历史写真。

波德莱尔有一句诗，可以用来概括梁得所其人其文："对于喜欢地图和画片的娃娃，天和地等于他那巨大的爱好。"梁氏散文随笔，无论写于何时，总能叫人感受到他浑身上下洋溢着的巨大热情，这热情来自一种与生俱来的、对世间万事万物恒久的激情与热爱——世界上有这样一种人，他们似乎从来学不会抱怨，世界在他们眼中永远是一个缤纷多彩的万花筒，他们要做的，只是伸开臂抱去迎接扑面而至的生活。梁得所一向对 19 世纪在世界范围内享有盛誉的美国诗人亨利·沃兹沃斯·朗费罗（Henry W. Long - fellow）的作品非常喜爱。朗费罗的诗以宣扬人类的爱和勉人在生活中积极向上见称，韵律轻松，节奏欢快，"宛如鸟儿在歌唱，自然典雅，清脆悦耳"，"充溢着对生活真谛的乐观精神和信心"①。梁得所的创作思想深受他的影响，加上自身坚厚的心情与充满着对生活的激情，以致梁氏散文似一团永久燃烧着的生命之火，任何风雨不能扑灭。

梁得所的散文多为短篇，几百上千字不等，长篇居少数。由自喟到意浓，由个体到社会，风格平实，视野开阔，或许与其职业有关，带有些许新闻的意味。值得注意的是，梁氏随笔小品是"外向"的，始终关注的是社会，即便是"自喟"的个体抒怀也往往有着外在社会想象的投影。他不避世，不"独语"，以充沛的激情与对生活的热情展示着自我的性情及其现实的光怪陆离。他写上海都会生活的复杂声浪，撼动的空气，黄埔滩的别离与欢愉，南京路的繁华，北四川路的夜生活，等等，虽杂有东方精神主义者的心里冲击与个人主义的享乐意味，但究竟彰显着郁勃的生命力。他的散文也有惆怅、疲劳、悲哀等的色彩，但这"惆怅""疲劳""悲哀"似乎正是为了凸显其"光明"或"激情"的意绪。正如他所说的："我们手中虽或有画笔，但每个人都是自己的画家，把已往现在和未来的，绘写自己生命之图画。""有人只用平淡的墨水，绘的虽很精细，但看下去并不

① 柳士军：《理性之火不灭　思辨之花常开——论朗费罗诗歌美学艺术》，载《河北理工大学学报》（社会科学版）2009 年第 4 期。

耐人寻味。有人所用的彩色却不单调，在一笔快乐的旁边，附着一笔痛苦，这样反托起来，那快乐就特别鲜明了。""一个人若未病过的，就不知健康之可贵；未捱过饥寒，就不觉得饱暖是幸福。"像画红色而偏偏画出几笔背乎心愿的绿色。然而"绿色能够反托起红色，使它特别鲜艳"①。"光明"也正因为有了这"惆怅""疲劳""悲哀"等的陪衬方显得更为欢快与热烈。

梁氏随笔小品的大部，言简意丰，迂徐从容，淳朴爽妙，深入浅出，含蓄蕴藉，充满着理趣。可惜梁氏英年早逝，这是令人惋惜的。

（七）张若谷：从声色旋涡的人世矛盾追寻人类的心声

张若谷（1905—1967），上海南汇人，土生土长的上海人，一个改良气息甚浓的旧家庭子弟。1925 年上海天主教震旦大学毕业。广泛涉猎过南欧文学，迷恋音乐。心折《真善美》系统改良派文人，与曾孟朴、曾虚白父子过从甚善。一生致力于翻译与文学评论，创作以随笔小品最富。代表性的集子有《文学生活》（上海金屋书店 1928 年版）、《异国情调》（上海世界书局 1929 年版）和《战争·饮食·男女》（上海良友图书印刷公司1933 年版）等。张若谷的散文文体大体包括读书断想、上海"一·二八"战事报告及一般的抒情小品等。读书断想的多数偏什相当芜杂但亦颇有个性。关于上海战事报告性质的散文，是历史事实的记录，显示了张若谷作为一个中国文学家本能的民族良心及对人类掠夺的憎恶。抒情小品则是张若谷寂寞的象征，其显在的标识是困倦与衰弱，多有颓废的气息，彰显了上海某一部分知识者的典型气质。作为身居都市空间，土生土长的上海人，真正属于张若谷的仍是他的市民味，其散文小品所体现的文学世界虽谈不上多有气魄，但一定程度上却具有着中国现代都市散文范式的意味。

（1）都会渔猎与感觉盛宴

被朋友戏称为"母亲的孩子"的张若谷至 23 岁之年纪，尚没离开过上海，甚至苏州虎丘与杭州西湖还仅在其想象之中。比之于"五四"后涌现于上海的富有天才的作家中，张若谷与曾朴似为同类。他们没有正规的

---

① 梁得所：《红与绿》，载《梁得所集：猎影与沉思》，汉语大词典出版社 1996 年版，第42—43 页。

留洋经历，没有接受到正统的西式高等教育，作为一个现代文人，或确有其保守之处。但也许正因如此，上海的霞飞路等即成为其驰骋想象的天地，且凭着一个东方都市人本能的对尖新之趋赴，以及对摩登与夸张的想象，在其相较狭小的空间中，构建了一个精神上的全盘西化的感觉世界。上海的"万国建筑博物馆"，"十里洋场"，龙华塔，苏州河等上海的诸多物象在张若谷或为寂寞或为标榜亦不乏清明之民族意识的想象性的喋喋不休的念叨中彰显着异域的声色："我们凡是住在位居世界第六大都会的上海，就可以自由享受到一切异国情调的生活。我不敢把龙华塔来比巴黎铁塔，也不敢说苏州河是中国的威尼斯水道。但是，马赛港埠式的黄浦滩，纽约第五街式的南京路，日本银座式的虹口区，美国唐人街式的北四川路，还有那夏天黄昏时候的霞飞路，处处含有南欧的风味，静安寺路与愚园路旁的住宅，形形色色的建筑，好像是瑞士的别墅野宫，宗教气氛浓郁的徐家汇镇，使人幻想到西班牙的村落，吴淞口的海水如果变了颜色，那不说活像衣袖（爱琴）海吗？"[①]另外，上海的咖啡馆、隔离房间（包厢）、酒店、冰淇淋、饮冰室、电影与文学等，也是作者经常提及与描述的都会物象，如此等等，构成一个视觉化的交响曲。作为英、法、美等国最早殖民地的上海，当然自有着异国情调，但张若谷的异国风情似乎更多了些个体想象的意味。在《游欧猎奇印象》（民国二十五年，中华书局）一书里，张若谷则展示了欧洲诸国的文物制度，风俗人情，尤其是海外华侨及西方民族的生活状态，一个纯然的异国情调，但又带有中国风，是一个中国人眼中的异国。作者于 1933 年 5 月 12 日曾出国游欧，历时二十二天海途，经香港、新加坡、锡兰、印度、埃及；横渡南洋、印度洋、红海、地中海、直达意大利。在罗马淹留一月，朝觐教皇，凭吊人兽圆场，考察法西斯文物及新意大利民俗。六月避暑地中海滨，游摩那哥小王国，观尼斯嘉年华会。七月取道马塞，经里昂，抵法京巴黎。后又折往比利时，在鲁汶大学研究社会学及神哲学。1934 年初冬，渡北海至英京伦敦，自苏格兰南旋，经爱尔兰，渡大西洋，沿葡萄牙，西班牙，北非洲各海

---

① 转引自许道明撰写的《张若谷集：异国情调》"前言"，载《张若谷集：异国情调》，汉语大词典出版社 1996 年版，第 7 页。

岸，后经苏伊士运河，依原道于 1934 年 12 月 21 日回到上海，做客欧洲计两年。旅行欧洲游记诸篇，曾散见于当时的《申报》、《时报》、《大晚报》、《时代画报》、《小晨报》等报纸期刊。张若谷游历欧洲不以欣赏山水名胜为要，重猎奇，崇冒险，慕异国情调。如"永久之都"的罗马，总是如火如荼地，有着生动活跃的景象。那里的宗教民众和运动的节日及神秘的地窟与殉教墓道等让人神往；法兰西的"巡礼"则描叙了避寒避暑的圣地碧蓝海岸的尼斯及尼斯富于浪漫色彩的狂欢节，是人间欢乐乡。巴黎的夜生活，"秘密之家"的暗娼，结婚媒介业，色情小广告，"出差姑娘"（即巴黎舞场中的一种别称，其职业是迎接客人，谁都可以和她接近，正像出差汽车专供大众使用一样），随便一张都市速写写出了这浪漫之都的种种。另外，摩洛哥小国的蒙德卡罗赌城，比国的男人世界的舞场，犯罪之都伦敦，恋爱之都与音乐之都的维也纳，等等，共同呈现了欧罗巴大陆异国风情。一个异国都会五光十色声色旋涡似的万花镜。另外，名人效应在工商化之都市里，往往是热点也是卖点，它能满足都会人猎奇的心理。张若谷在写名人访问记时，除了注重人物的新闻性外，还注意叙述名人的性情及其过去的事迹，使读者有一个系统的观照，从字里行间，可窥其人的胸襟而想见其人，也如见其人。其《当代名人特写》的各篇最早散见于《中美周刊》、《大公报》、《大晚报》、《中美日报》等，后来辑录成册，是各等名人的人物掠影。里面包括国家元首五人："中华民国政府主席林森，英王乔治六世，比王雷奥堡三世，法元首贝当，菲律宾总统奎松；大政治家二人：蒋委员长，巴特莱夫斯基；文学家二人：林语堂，罗曼·罗兰；艺术家三人：梅兰芳、郎静山，张善孖；宗教家四人：于斌，陆徵祥，雷鸣远，饶家驹；教育家一人：马君武，共计国际人物十七人，……"①

鼎沸而多彩的都会充满着集合体式的诱惑。它是艺术文化的中心地、伟大建筑、音乐会、歌剧、绘画展览会、大公园、华丽雕刻等近代以来的艺术都往往非城市不足以表现。科技之突进，机械业之发达，以及花样繁多的妆饰品、化妆品、大商业广告术，让都会变得更为艳丽，灿烂，迷人

---

① 张若谷：《跋》，载《当代名人特写》，上海谷峰出版社中华民国三十年（1941 年 8 月）版，第 96 页。

心弦。对于习惯与流连于山林自然的东方人来说，都会似万恶之源，堕落之窟，但也实在充满着颇为深远的"诱惑"！因为它代表的是世俗。张若谷曾皈依天主教。按天主教理，人类有三种诱惑，一为肉身，二为地狱里的魔鬼，三即世俗。"世俗"是一种诱惑，也内在包含有"烦恼"。在《刺激的春天》一文里，张若谷说春天是一年四季中最为刺激的季节。因为春色之中包含一个"恼"字，"正所谓春色恼人！"并由春之"恼"，联想到"都会病"。都会充满着生存的强烈竞争及饮食男女住所欲望的"世纪病"，所有这一切的病苗皆一个"恼"字。"什么烦恼、郁闷、病楚、悲苦、无聊、伤感、疲倦、寂寞，等等，都是异名实同的变相形态。"而且这"恼"病有着传染性。不过，都会在给人以"烦恼"的同时，却又给人以兴奋与激情，在都会里，哪一天都似春天般生机勃勃！而反观传统中国社会，"只有听命受制于自然界的支配，秋冬夏的时节，不是避暑，即是守寒，老躲在家里，杜门不出，饮酒吟诗，下棋鼓琴，算是消遣岑寂。眼巴巴的等着春天到来，阳光和煦，万物欣欣向荣，于是大家便兴高采烈地出来作户外游散。喜欢热闹的，去看戏游玩，喜欢清静的，出门旅行，游山玩水，算是逢春作乐。文人雅士，也就设酒招朋，互相酬唱'春色恼人''春光明媚'一类的诗词歌赋来"。作为都市之子的张若谷正尽情地欣赏与享受着都市繁复而充满激情的一切。他如是说："我爱看丰姿美丽，肌肤莹白，衣饰鲜艳，行动活泼的少女；我爱听出神入化的大规模的交响乐会；我爱看可歌可泣富于魅诱性的歌剧；我爱嗅浓郁馨芬的化装粉麝；我爱尝甜蜜香甘的酒醴；也喜欢上完了课或著作完毕后，在热闹街道上散步，浏览百货公司，衣装店或书店的窗饰。到咖啡馆小坐，听音乐会，看影剧、舞蹈、歌剧、酒楼菜馆，随意小酌，图书馆看书，找朋友谈天"。等等，这般，真是举不胜举！

诚然，充满着"诱惑"的都会满足着都市人各种"世俗"的欲望，刺激着都市人生命的激情，然而，在五彩斑斓绚人眼目的都市世界里，还是常有不满足的欲望发生！因为，都市在满足着人既有的欲望的同时，也时时刺激着新的欲望的产生。这新的"欲望"常常具有着反叛性，充满着现代理性的色彩。譬如：孔子所谓的"饮食男女，人之大欲存焉"（《礼记·礼运》）似乎是人类永远的话题，但在张氏都会散文中，少了传统的遮掩，多了现代的肆意与体悟。他说："食和性，在人类生活上，是占极大的势力，没有这两种强烈的欲望，人便会变成神仙，也不成其为人间了。"但人"毕竟不同于两翅和四足的动物。若使人都变成了动物的话，一天到晚上只是寻食性交，那就不成其为人间的世界了"①。食欲和性欲满足了肉体的生命，但仍需学问与思想，那是灵魂的生命！恋爱也是两性苦闷的调剂！"人类没有学问思想，精神上便要闹饥荒。两性间缺少了爱，生活上也一定要感觉到干燥饥渴。"在《对于女性的饥渴》中，开篇即说："我今年二十六岁了，我对于女性感着饥渴。"为了说明此原因，他征引希腊神话：人本只是一个，后分男女两性，各皆不完全，为分裂而苦闷，于是在地上生活中，各再思结合而同心一体。故在未与那命运所定的某一异性相结合以前，双方各求之不已。"这，是为性欲满足或生殖的结合，真的人间的恋爱，盖生于此。"

作者借用厨川白村《近代恋爱观》的观点直接阐明自己的思想：一个男人，一个女子，绝不能称为完全者。一生不曾尝到恋爱滋味的人，或终身不曾与异性接触的人，总是在"人"的资格上有大缺陷。人本不能孤独，尤其是个性发达者，愈感到孤独的寂寞。"心的寂寞"当无以排遣时，即往往期望以异性友侣的灵与肉来安慰，这不就是饥渴吗？源于"自己"常感孤独，故想多结交异性友侣，而因为有了许多异性友侣，却愈觉心的寂寥，为救治这心的寂寥，便渐渐产生对于异性的憧憬，这憧憬的结果即是"我"对于女性强烈地感着饥渴。祈望天主带给"我"那个从"我"身上取出来的夏娃，赐予"我"爱的少女，并直白火辣地说："我不但对伊觉着饥渴，简直使我灵魂的最深部都着起火来，伊的灵魂就是甘泉，伊的肉体就是面包，饥渴的我对于伊感着强烈的燃烧，如火如荼，啊啊！渴死我吓！渴死我吓！……"这"饥渴"显然是放恣的，然而更是美的。歌德有言：青年男子谁个不善钟情？妙龄女人谁个不善怀春？"这是我们人性中之至圣至神！"依如法国浪漫派鼻祖谢多布良《少女之誓》中老神父对青年阿达拉姑娘所讲述的教理："最美的爱情是从那造物的手中出来的

---

① 张若谷：《饮食男女》，载《战争·饮食·男女》，上海良友图书印刷公司1933年版，第75页。

男女的爱情。一个乐园是为他们造的。他们是无邪而不朽的。身心完善，情投意合的。夏娃是为亚当造的，而亚当也是为夏娃造的。"至此，把对女性渴念的理由说得"冠冕堂皇"而又淋漓尽致，同时，伤感真挚，坦白直率，却没有亵渎意，是现代理性的感觉。"四时可爱惟春日，一事能狂便少年。"① 血气方刚的盛年张氏，亦当易于受感情特别是爱情支配。的确，如其所言："容易发火，没有常心，有热情，单恋过女人，写过不伦不类的情诗，青春多热情，难逢热情寄托者，人生寂寞呀！"② 在"爱"的渴盼、伤感与寂寞等的引领下，张若谷也曾进一步思索过"爱"的真谛，《恋爱八段经》中，他引述史当达（现译为司汤达）关于两性间恋爱心理的观念，将恋爱分四类：热情恋爱、趣味恋爱、生理恋爱、虚荣恋爱。恋爱诞生的过程，即两性间心理现象的转移，可分为赞叹、憧憬、希望、初恋、结晶、怀疑、信仰七阶段。赞叹者，即中国成语"一见倾心"的心理表现。经"一见倾心"后，必当发生出许多憧憬。和憧憬难以分开的是希望。在恋爱初期，有了这希望，只要有机会，在一刹那间，便会实现初恋。爱之结晶，则是一种无色无形神妙莫测的心理现象，是在自己所爱的女人身上，发见一切新的美德。两性间的恋爱，发生小疑惑时也难免，一经说明了解，会使感情更深一层。怀疑解除，便会筑起"金刚石似的信仰基础"。"结了婚以后，两性间如仍希望享受恋爱的幸福，便是永远把初恋时的种种阶段，重新继续温一遍，这恋爱八段经，是两性间早夕必通的灵经。"

以都会生活与都会情感作为中心表现的张若谷，搜索着都会的新奇，是"灵"与"肉"的饮食，感觉的盛宴，体现着张氏天然的都会情缘与亲切感。他是都会的礼赞者。

（2）"刺激美"与"破调美"

美的基准具有时代性与移动性，每个时代及不同阶级都有着不同的审美标准及其所创造与认可的各种美的形态，"有时候所发现的是人间裸形的美，静物之美，更有时候是悲壮之美，色情之美，妖怪之美。而这些

---

① 王国维：《晓步》。原诗如下："兴来随意步南阡，夹道垂柳相带妍。万木沉酣新雨后，百昌苏醒晓风前。四时可爱唯春日，一事能狂便少年。我与野鸥申后约，不辞旦旦冒寒烟。"

② 张若谷：《热情》，载《战争·饮食·男女》，上海良友图书印刷公司1933年版，第208页。

美，有些跟时代一同消失，有些跟时代一同变了姿态，而到现在那是大都会和机械的美，俱各反映在近代艺术中。"这是张若谷在《刺激美与破调美》一文中所引用的日本无产阶级文艺理论家藏原惟人在《新艺术形式的探求》一文中的一段议论。在《都会的诱惑》一文里，张若谷征引友人倪贻德的话说："最近的艺术，像未来派、表现派、立体派的艺术，都是表现那种动乱的不安的，刺激的都市的情调。用了那电车，汽车，大西洋的横航船，飞行船，飞行机，活动电影，淫荡的妖妇这些东西，来代替那些田畴，乡村，水面，帆影，纯洁的处女等作为画面的题材。于是一群的艺术家，他们都从山水怀里跳了出来聚集在大都会里，到充满着酒香肉气的咖啡馆，跳舞场里，度那颓废的流浪的生活……"在同一本文里，张氏自己亦说："一群神经过敏的艺术家，受了资本主义的压迫，而生出无限苦闷，于是拼命的要求肉的享乐，想忘记了苦闷；酒精呀、烟草呀、咖啡呀，淫荡的女性呀，愈是刺激的东西愈好……而他们所表现出来的艺术，也当然是力求新奇的刺激的东西……"都会的美与机械的美几乎都倾向于动的"破调美"与"刺激美"，其所追求的非传统性的安静与调和。

在《刺激美与破调美》一文中，张若谷将美大致分为两种典型：一为动的美；二为静的美。动的美凭借现存生活而进取，静的美则仅受支配于人的头脑与心脏。动的美最为生动活跃的即为刺激美，其强度高烈，是近代美中的顶点。"东方人趋于静与静的美；西方人的生活与思想，都继承希腊艺术文化的道统，故一切都要求追求狂热与动摇，其生活美，就是极度的动摇与不安，其艺术美就是锐敏的感受与泼辣的刺激。"传统的艺术，倾向于"调和"与"均齐"，而近代的艺术则倾向于"破调"与"刺激"。音乐、绘画、女子服装等方面都表现出很强的"破调美"。现代都会一切生活的享受似乎都有着狂噪、野蛮、刺激、强烈性的色彩等，其所体现也往往正是"刺激美"与"破调美"。包括散文在内的整个都会性的文学艺术，亦都能给现代人以相当的"蛊惑"及满足。都会生活、都会享乐、都会色彩、都会感觉、都会恋爱、都会忧郁等，都会节奏的快速性，科学的明彻利便性，新感觉的扩张，适度的享乐，"试验结婚"，以及"结婚破产"各项问题，给人的是一种刺激，更是一种逼面而来的生活。"都会生活有的是敏锐的情调，而没有迟缓悠闲的趣味，并且还有刺激性最强烈的，有光明，有热力，有色彩，似正午的太阳一样。当然自然也难免烂熟糜腐的阴影，与罩着倦怠疲劳的暗象。""在都会间所产生的文学艺术，就是把官能的纤细锐敏为夸耀，把强烈的刺激与幽婉的情绪为生命。所谓都会艺术的特色及其价值，就是即使在官能的颓靡里，或者精神的困惫里，仍旧有一种对于'生之要求'，即使在失败的叹息中，仍旧有一种对于生活强烈的欲望与爱恋。"[①] 诚然，在美的形态与标准上，张若谷散文小品所体现的正是一种都市的"刺激美"与"破调美"。张氏喜欢读法国19世纪浪漫派作家的热情作品，钦佩新感觉派作品的形式与作风，对都市的一切充满着同情与热情。

在文体形式上，张若谷的散文多为急就章，重表现，多在报纸上写作，是报纸之文。这与其大部分时间兼着新闻记者的职务有关。报纸之文似乎本然就谐和着都会的速率，它追求着时间性、新闻性、新奇性及轻快与通俗性。形式虽谈不上精练，但却能以即兴之笔，纳人工妆饰之大都会中的，一切可玩味的人物及动态于笔端，凸显着新鲜的感觉，新锐的韵律，直觉的印象。当然，作为新闻记者，张氏并没有忘记执笔报国与写作的正义、真理、公道，没有忘记客观的立场，史记的笔法，但他最为重视的还是自己的体验特别是感觉，是感觉的大成。他善于观察事物，鼻舌耳目并用，味音色香聚全。重视都会猎奇，是都会巡礼与奇记，复加之于轻松明朗清利之笔调，无论所写为何，都能引人入胜。他有一双善于发现的眼睛，喜欢寻求刺激性的题材，也常常能于习见的人事物象中，发见其异人的特点，如《创造社访问记》用写真的手法对郁达夫所发生的印象："刚踏进整洁水门汀地 FT 里，看见从第五家门口走出一个穿短衣裤的少年，手里拿了一把茶壶，从他一副平正的脸，细小的眼睛与一个粗大的鼻子望上去，知道这就是郁达夫。"作者抓住郁达夫最具有特性的部分，似夸张与漫画的手法在文字上形容出来，使人一望而知所写何人。即便是追求严谨与正确性的传记性文章，张若谷也往往

---

① 　张若谷：《现代艺术的都会性》，载《战争·饮食·男女》，上海良友图书印刷公司 1933
年版，第 88—89 页。

能写出它的个性、趣味与新鲜，如《马相伯先生年谱》（二十八年，商务印书馆）。作品共分两部分，为了他被编列在［中国史学丛书］中，所以把第一部分的［年谱］作为正文，而把第二部分的［传记］作为附录。附录的传记共有两篇：一为［苦斗了一百年的马相伯先生］；二为［我所见闻的马相伯先生］。在这两篇传记文字中，所有一切材料，都是根据着年谱的记录，字字有来历，句句有出处，不过加以渲染的文笔，加强了提示读者注意的力量，有时也为了要引人入胜，采用特写的笔法，例如马相伯先生童年落水遇救一事。①

另外，张若谷喜欢韩柳欧阳苏氏的诗文及近代湘乡桐城诸子，气势务求雄壮，字句务求清新，兼古奥豪放风，虽属"刺激"与"破调"，但亦神味盎然，义精气淳，余味津津。不但富有东方都会的色彩，厚于东方人间的氛围气，而且有一种中国民族特有的宽容气质，远非日本民族的琐屑，法国民族的讽刺。②

（3）人间意志与人类心声

张若谷一生致力于翻译和文学评论，习得一手好法文，对法兰西文学文化的介绍与翻译尤为用力，曾试图将法兰西文学文化的精髓介绍到中国，甚至还惟妙惟肖地坚持过法兰西民族的傲慢。他翻译过《大卫·科波非尔》，他的寓所内陈设着著名法国画家的画作，听的是法国作曲家创作的歌剧和交响乐，读的是法文原版著作。对法兰西文明的崇仰甚至影响了张若谷的择偶标准。张若谷终生爱慕着青年时代在新亚咖啡馆见到的一位并无多少深交的法国姑娘。后来虽与中国女子结婚，但据说"会做法国料理"是他告诉红娘的第一标准。对法国文明的泥醉当然或明或暗地影响着张若谷的散文创作。诚然，无论其题材兴趣及表达形式，19—20世纪弥漫于欧洲尤其是法国文学世界的现代主义思潮深重影响着张若谷，在其作品中，有着同样的世纪末的情绪与颓废的色彩，以及学理方向上的前卫性质。19世纪法国享有盛名的消极浪漫主义文学作家弗朗索瓦—勒内·德·

---

① 张若谷：《怎样写传记》，载《十五年写作经验》，上海谷峰出版社1940年版，第104—105页。

② 张若谷：《现代艺术的都会性》，载《战争·饮食·男女》，上海良友图书印刷公司1933年版，第87—92页。

夏多勃里昂、浪漫主义诗人阿尔弗莱·德·缪塞及最著名的象征派诗人夏尔·波德莱尔等对张若谷无疑有过太多的吸引力。而从张氏散文随笔中，我们亦不难感觉到夏多勃里昂的风采，缪塞的气息，以及波特莱尔"恶之花"的可怕与华严。张若谷在礼赞都会的同时，同样也在述说着都会的堕落与"诱惑"。都会在给人以新奇及其生活的兴奋与激情时，也伴生着无限的伤感、疲倦、寂寞与苦闷。这其中正似乎有着夏多勃里昂式的忧郁伤感情调，此情调甚至有时还显得些许做作与娇柔，似感情的卖弄与虚伪的深奥。但整体上看，张氏散文的基调是昂扬的，想象丰富，热情洋溢。他大胆述说着人之大欲的"饮食男女"、都会美感及各种强烈的感觉。形象生动，论调新奇甚至怪诞。他似乎并不具有或者干脆说不执意于深度，但却冲决着一股充满青春活力的、炽热沸腾的、令人难以置信的生命的强度，有着摆脱一切活动、义务似的缪塞式的自由。张氏散文的"刺激美"与"破调美"又多似"恶魔诗人"波德莱尔式的那种不受束缚的美！"狂噪""野蛮"及强烈的色彩等多元的"刺激"与"破调"，来源于都市之景同眩人的"妆饰"等，这些并非来源于都市本身，而是人间意志的表现，正象征着人间的生活。这生活里有光明、热力、色彩，也有糜腐与倦怠，而糜腐与倦怠也同样给人以生活的力。在官能的颓靡里，依然蕴含有一种"生之要求"。显然，这里的"美"并不完全等于"善"，在"恶"与"丑"中也同样存在，似奇异的色彩。"恶"不仅仅意味着邪恶，亦可理解为善与美，一种特殊的美。它在腐蚀与侵害着人类，但又激励着人们对生活的欲望，"恶"中似乎同样蕴藏着希望与道德的教训。当然，对都会的"恶"与"丑"，张若谷似乎尚没有波德莱尔式的恐惧，他迷恋与神往于都会的斑驳迷离，歌唱着一切都会的感觉。他相信都会生活是人类生活的象征，都会生活最具人间情味，婆娑气味最浓，生之欲望最强，生命之光最活跃。热爱都会，也就是热恋最浓厚的人间生活。在《刺激的春天》里，他曾引用恶魔主义的罗德来 Lavtrec 的话说："都会的艺术，就是综合多数人间的意志，集成的伟大艺术。"其都会散文所凸显的也正是气味浓厚的人间，在繁复陆离躁动不安的都会人间世相中，凸显出人类的心声。

概之，张氏散文是工业都会的写真画，是都会之子眼里心中的都会物象，虽然都会繁复复杂，以致充满着病态，但张氏更多的还是爱与赞美。

整体而言，海派文人身体力行感性融入的日常生活，是应景的、情绪的，却是真实的。体现了海派文人对传统知识分子"教化"或"教育"等精英意识心态的远离及其对居于下位的都市细民情绪的靠近。在"实"生活的层面上，正反映出都市的都市面相及主体心灵的都市性。

老上海的舞厅

## 二　形而下的困惑与超越

《周易·系辞上》中说："形而上者谓之道，形而下者谓之器。""道"乃现实物质世界形成之前的无形之物质实体，是世界万物的本源、本质、法则与本体。"道"的发展变化即产生"形而下"的"器"，是有形的现实物质、具象、实在，乃"道"的发展形态。换言之，形而上者重超越，是对现实世界诸事物全面而准确认识与界定后的超越，是对本质的推断与思索，有超验、永恒与终极的意味。形而下者重物质与现实世界的变化性，与生活同步，是具体的、经验的、时间性的，有当下的意味。作为都会工商文化的产物，海派散文更多地执着于形而下的物欲与官能的追求，有着平民化、平面化的审美意识。它们不太相信日常生活之外的历史，着眼与关注于地表以下可触可摸的真实存在。远离天空，滑翔于大地，以同情的眼光看待世界，有着浓厚的小市民情结及生存意识，杂遢、卑俗、热闹是其标签。然而，在此尘嚣市街与凡俗世事的抒写中亦满蕴着诗意，甚至又有着形而上的意味。当然，这种"形而上"更为直接地升华于"现实"与本真，从非理性的层面直接切入形而上。它不是承袭时代主潮的某种理性，而是直接来自都市现实的个人体察与感觉，凸显着浓厚的个体感官经验的色彩，鲜活、可信、合理，由不得你不信。具体如下：

（一）最结实的真实

海派散文源于物质化的生活，踏在现实的根桩上，乃十字街头的审美。其扑面而来的是一种最结实的"真实"，不作伪，不掩饰，从自我最熟悉的那一部分生活中发掘日常生活的诗意，有着一种"残酷"的真实的本性，体验、解剖、透视着生活的现实。海派散文已不再保有单纯传统文学的纯洁性，而是有着极其浓烈的"稻粱谋"的文学功能的自觉与张扬。更确切地说，不是单纯的为了某种文学与理想，而更多的是为了"讨生活"，为了饮食男女诸方面的满足。

（1）生命的世俗本相

海派散文不求高深哲理，嗜谈俗事常情，是生活的本味与真实。"凡方寸之中一种心境，一点佳意，一股牢骚，一把幽情"①，尽可以说理、叙事与抒情。

苏青公开承认自己是一个"彻头彻尾的俗人，素不爱听深奥玄妙的理论，也没有什么神圣高尚的感觉"②，其散文体现的也是一种"俗人哲学"。她大胆泼辣、从不遮掩地谈论"饮食男女"之类世俗的东西。妇女生活，相夫教子、某些婆婆媳妇小姑的行事以及恋爱、结婚与养孩子的问题，婚姻的问题，"生男育女"的问题，夫妻吵架的问题，离婚的问题，女性的将来问题，如何做媳妇的问题，吃与睡的问题，等等，展示了中国家庭的诸方面，她不追求新意，唯求生活的原味与生动。

苏青非常关注女性在现代的生存状态，用了很多心力关心女性切身而

---

① 林语堂：《论小品文笔调》，载《泰东日报》1934 年 10 月 28 日。
② 苏青：《道德论》，载《苏青文集》（下），上海书店出版社 1994 年版，第 103—104 页。

难言的问题，特别是性欲问题，为社会与传统的重男轻女发微，有着浓烈的女性感觉与执拗的女性意识及自救意识。在《生男育女》一文里，她深刻地理解着生女或育女对于一个女性命运将有着的巨大的影响。"无子"过去是七出之一，生了儿子，当会母以子贵，即使儿子是白痴，"也不失X门中一位功臣"。倘若生女，则截然不同，社会估定了女子的价值："赔钱货！""身为赔钱货而居然又产小赔钱货，其罪在不赦也明矣！阵痛，腹压，九死一生，产时痛苦不能稍减，而当场开采，一个哑爆竹！"……"生产的是女人，被生的是女人，轻视产女的也是女人。"以成败论人的社会里，失败永远是失败者的错处。① 而在婚姻关系中，男性握有经济权，女人又因舍不得孩子，久之变为屈服。"不敢思想男人所不许她们想的东西，不敢不思想男人所要她们想的东西，时时，处处，个个都顺着丈夫的性儿行事。"② 永远做那最没地位的"第十一等人"，即古代《左传》里所谓的王臣公，公臣大夫，大夫臣士，士臣皂，皂臣舆，舆臣隶，隶臣僚，僚臣仆，仆臣台等十等级，台之下才有妻。加之婚姻的不合理等，女人总是到处吃亏！苏青谈"性"，谈夫妻房事，更是直率而泼辣。"饮食男，女人之大欲存焉。"她认为肉体是精神的基本，性是一种艺术。健康的人永远可以爱下去。她看重生理本能，亦看重精神恋爱，肉体正是精神的基本，强调一切人为都是补自然之不足。这里透着不满，更有着鲜明的女性意识。当然，苏青的女性意识是从低就俗的，在现代的层面上也非逆着传统。她并不主张与男性平分天下以至于一争高下，而是主张刚者宜刚，柔者宜柔。男女天生有别，自有一种自然的不平等。宇宙间没有绝对的真平，不平有时也是一种本然。"我们要做到真正的男女平等地步，必须减轻女人工作，以补偿其生产所受之痛苦"。"假如她更担任养育儿童工作，则其他一切工作尤应减轻或全免，这才能以人为补自然之不足，也就是婚姻的本意。"③ 应该在能够首先满足女性合理而迫切的生理需要后，"再来

---

① 苏青：《生男与育女》，载《苏青集：生男与育女》，汉语大词典出版社1993年版，第29—31页。

② 苏青：《第十一等人——谈男女平等》，载《苏青集：生男与育女》，汉语大词典出版社1993年版，第22页。

③ 苏青：《谈婚姻及其他》，载《苏青集：生男与育女》，汉语大词典出版社1993年版，第3页。

享受其他所谓与男人平等的权利"。死心塌地的女人是幸福的，实际而清明。一切的人工都是补自然之不足。还是张爱玲说得好："新式女人的自由她也要，旧式女人的权利她也要。"真是一语中的！除了谈女人，苏青也谈男人。她说：男人由于女人的虚荣而变得虚荣，男人的争夺，男人的赚钱等一切都源于女子羡慕虚荣。男人是离不开女人的，"跳舞要有伴；看戏，打牌，抽鸦片都得邀几个娘儿们在旁才起劲，至于嫖呀之类，那更不必说了"。"我相信世界上若没有女子，男人便无法赚钱，也无法花钱。——即使赚了仍不开心，花掉又不舒服，这个世界也就不像个世界了。"① 另外，男人的好色，男人的冲动，男人的"坏"，等等，说尽了男人的种种，然而背后所牵扯的还是女人。

张爱玲也自称自己是个俗人，是个地道的小市民，并认为"世上有用的人往往是俗人"，并努力"从柴米油盐，肥皂、水与太阳之中去找寻实际的人生"。② 她重物质而轻人性，有时甚至将物凌驾于人性之上。她标榜自己的"自私"与"拜金"。现实而精明，薄情而尖刻。他写居所，写衣服，写金钱，写"吃"与"穿"，多的是物质的喜爱，少的是情感的抒发，甚至冷酷。以一种执着的现世精神来肯定人生。她从庸常俗世生活中发现了生活的美，一种苍凉的美。以细腻的情感发现与品读那道德"浮文"背后所隐藏着的饮食男女与赤裸的人性欲望。消解与远离着崇高，俯就着绝对功利的世俗。在张爱玲眼里，历史的神圣性不在，英雄变得凡俗甚至自私，似乎所有的一切都无神圣可言，她在还原一个俗事日常与生命的本色。张爱玲所表达的也正是对代表着四季循环的饮食男女、生老病死等芸芸众生俗世人生的宽容理解与同情。

章克标散文小品写的最多的是对当时文人丑行所进行的冷嘲热讽。其《文坛登龙术》描绘的"文坛投机指南"就集中体现了20世纪30年代文坛的"怪现状"。

书中谈论了文人于文坛获取成功所应具备的资格、气质以及如何生活、社交、著作、出版，如何宣传、守成、应变等方面，林林总总，说尽

---

① 苏青：《谈男人》，载《苏青集：生男与育女》，汉语大词典出版社1993年版，第11页。
② 张爱玲：《必也正名乎》，载《张爱玲集：到底是上海人》，汉语大词典出版社1995年版，第30页。

了文坛登龙的诸方面。章克标对上海市民社会的拜金主义、金钱万能、人事繁复、势利浮华、虚荣做作、以貌取人等现象也多有涉及。他的散文是一种"讽刺"，更似一种指导，也包含着宽容与欣羡。其对新奇、怪诞、丑陋、病态、恶毒、腐朽、阴暗等的崇扬与爱好，本身即意味着一种俗世的实际与实利。他曾坦言："人生一世，草木一秋，若不为名又为利，何必劳碌这一生？为名就非得要宣传不可，便是为利，也非得有宣传不可，因为名至实归，有了名大抵可以图利。"①

予且散文所惯常表现的是市民百态，以随意自然之笔墨揭示普通都会市民人与物的关系。街头巷尾的情调和茶楼酒肆的意兴常是其最为着力之处。其所彰显的价值观亦恰是都会市民的价值观，所观所思所觉，皆来自民间，充满着俗趣。

另外，由京入海的章衣萍是一个顽固的唯物主义者。其散文大谈侈谈金钱与女子，特别留心人生世俗的体察与描写，以身边琐事为对象，观照人生意义，领略人生情味，追求生活情趣，也充分体现出烟火俗世的色彩。

海派散文不赞成传统的文以载道，而重平淡的人生，亲切，温暖，清晰可感。笑谈古今，从低就俗。谈历史，不为尊者讳，还历史人物以俗人面目，谈现实，彰亲切与随便，似生活的灵活。这般表现已然迥异于传统中国重农轻商相联系的"君子喻于义，小人喻于利"②；"君子谋道不谋食"③ 等的价值倾向。

（2）人性风景

在一种世俗化与工商化的世界与生活中，人性本身常常暴露无遗，甚至透明与纯粹。海派散文对人性的挖掘确是剖筋剔骨。不是从价值论上对人性的张扬，而是从生活层面对人性的呈现。典型的如苏青，她的《谈女人》直言"虚伪"是女人的本色。女人所说的话，恐怕多不可靠；"女子

① 章克标：《宣传》，载《章克标集：风凉话和登龙术》，汉语大词典出版社 1995 年版，第143—144 页。

② 《论语》卷五，里仁第四。载《诸子集成》卷一：《论语正义》，上海书店影印版 1986 年版，第 82 页。

③ 见《论语》，程昌明译注，书海出版社 2001 年版，第 200 页。

不能向男人直接求爱",这是女子最大吃亏处;因此"女人须费更多的心计去引诱男人"。"可惜是这些心计都浪费了,因为聪明的男人逃避,而愚笨的男人不懂。"甚至大胆肆言:"我敢说世界上没有一个女人不想学永久娼妇型的,但是结果不可能,只好变成母性型了。在无可奈何时,孩子是女人最后的安慰,也是最大的安慰。"谈妇人之道,更是一针见血。她说:女人天天不得闲,连自己都不知道在忙些什么。原来她们把毕生的时间都放在了丈夫身上。这诚确需要改变一下,应该"健康第一!快乐第一!学习至上!事业至上!要陪丈夫也得在自己行有余力的时候偶一为之,不要为吃醋而妨害一切工作,葬送毕生幸福"①,在《女子交友》一文里,苏青认为:女子对男子以及女子与女子之间都很难找到真正的友谊。女人喜欢"当着朋友面讲丈夫坏话,但丈夫真正的坏处却常常讳莫如深",生怕别人知道有伤自己体面。"一千个女人中难得有一个肯爱丈夫,但却有九百九十九个要管束丈夫。"又说:"母爱诚然伟大,但一半也是因为女子的世界太狭窄了,只有自己孩子才不是嫉妒对象,因此大半生光阴就非用来爱孩子不可。""十个女人十个妒,没有丈夫的妒人家有丈夫,丑陋的妒人家美丽,笨拙的妒人家聪明,贫穷的妒人家富有,年老的妒人家年青,……试问这样一来,还到哪里去找朋友呢?"《交际花》里谈到的"交际花",命运可悲,没有人真爱她,也没有人对她负责。因为,男人把妻妾嫖分别得很清楚,"太太好比阔人家的饭,虽然不一定需要,不过一日三餐的时间到了,总不免要循例的扒上几口。交际花是精美的点心,也可以补饭之不足,然而不一定人人吃得起,吃得起的人也决不肯天天只吃一种也。"苏青散文所展现的是枯涩而苍凉的人性本色。再如马国亮在《时代女性生活之解剖——美学上之检讨》中毫不掩饰地指出:现代都会中女性的装饰完全是为了取悦于男性!人是社会中人,人的思想行为直接或间接受社会环境的支配。在资本主义的社会里,经济的权利多操纵于男性手上,女子既不能踢倒这个不健全的社会,为获得自己的生活,只好用外形的美的方法来取悦男子了。于是自然而然地来了更精到的研究外表的美,

---

① 苏青:《我们在忙些什么》,载《苏青集:饮食男女之类》,汉语大词典出版社1993年版,第7页。

以便获得更高的代价和更舒服的生活。而且，女子一步一步趋向于外表的虚浮。①

工商环境下，人性已无遮掩，也无从遮掩，更无所谓诗意。一切"利"当头，"惠"字当先，"合算"为本，传统的道德观已然轰毁，剩下的是赤裸裸的本原人性。当然，海派小说也有对人性的展览，如人性的欲望、性爱游戏、人性的异化等，而且更为繁复，但以叙述与编织故事为主的小说更似一种描述，而以心灵言说为主的散文正如一种说明，恰似整个海派文学对都市人性的隐隐注脚与解释。

（3）经验自我

海派文人创作非常重视自我经验，其散文以至小说，都有其自身经验的身影。苏青如此坦言："我常写这类男男女女的事情，是的，因为我所熟悉的也只有这一部分。"② 苏青忠实于自己的切身经验与经历，以写实的笔法与认同的姿态还原那个鲜活的生活现场及多样的生活状态，表现出对生活的执着与自然的平实。她以自身女性的感觉谈自己、谈男人、谈两性关系等，入情入理，自我的个性浸润其中。虽也含理，但以情为主，"她的理性不过是常识——虽然常识也正是难得的东西"。她就是"女人"，"女人"就是她能够感到一种"'天涯若比邻'的广大亲切，唤醒了往古来今无所不在的妻性母性的回忆，个个人都熟悉，而容易忽略的。实在是伟大的"③，也因此获得了男男女女的读者。

马国亮是最本色的小品作家，无论是表现个人，抑或向社会发声，始终根于自我的感觉，或感伤，或欢乐，或忧患，或愤激，除却艺术的需要外，他都表现得相当明朗，几乎毫无掩饰。正体现了海派散文与人生的紧密联系。张爱玲在《论写作》中也说过，写作不是人们想象中郑重其事的事情，不过是发表意见而已。"真切的生活体验，一点独到的见解"，"也许是至真名言，也许仅仅是无足轻重的一句风趣的插诨"。

---

① 马国亮：《时代女性生活之解剖——美学上之检讨》，载《偷闲小品》，良友图书公司1935 年版。

② 苏青：《自己的文章》，载《饮食男女》，江苏文艺出版社 2009 年版，第 2 页。

③ 参见张爱玲《我看苏青》，载《张爱玲集：到底是上海人》，汉语大词典出版社 1995 年版，第 80 页，原载《天地》月刊 1945 年第 19 期。

无名氏亦异常看重自身的经验,对人在青春期通常有的男女恋情的体验又异常的执着,异常的悲观。他旧时好友依凤露1944年在西安曾拜访过无名氏,发现其室里摆着很多人身道具与令人发毛的骷髅。无名氏如此解释:骷髅正是人生的一面镜子,任何魅力女人,不管生前如何漂亮迷人,只要一死,就是如此模样。其怪异正反映了他精神世界的基本性状,联系着其内心意绪的某种悲凉。他对个人经验的反复重现确乎反映出自我对生活的厌倦。

海派散文所彰显出的毛茸茸的日常性、写实性及其所认可的人的自私、求利与自保性等,充分体现了"人是目的"的现代意识。它不执着仰望星空,而偏于切身的一切。

(二)病态的美感与"先天"的"颓废"

简单地说,绝对之美即为唯美。"唯美"乃超然于实生活的纯粹之美,执着形式与艺术的完美与精巧。唯美主义者认为:艺术之使命非在于传达某种道德或理性及情感的信息,而意在提供与人感观上的愉悦,追求单纯的美感。法国唯美主义运动的倡导者戈蒂埃即主张纯粹之艺术,追求形式美,提出"为艺术而艺术"的主张,反对艺术的功利主义。西方唯美主义思潮于20世纪30年代曾流入中国且影响深远。海派散文的诸多篇什明显存有唯美主义的色彩。譬如:倪贻德散文曾结集《玄武湖之秋》(泰东书局1924年版),在其散文中,作者对秋日格外钟情。"天宇暗淡","草木凋零","秋蝉声苦","月桂香清"。"因为春天的色彩太浓艳了,毕竟只好让俗人去玩赏;只秋天才是艺术家的创作欲达到高潮的时候。"① "秋天是一年中最有诗意的时节!秋天的情调是再高尚不过的!"② "春天虽是娇美可爱,然而她的趣味毕竟是太浅薄:令人一望而无余味,这如同看了轻佻的喜剧,虽有一时的快乐,而无深刻的印象。夏天未免太流于庸俗,我们只要被那种恼人的阳光照着就已经够烦闷欲绝了。只有这秋天的情调最为可爱,它虽是悲哀,但这悲哀之中仍有不尽的快慰;它虽是善泣,但这泪珠儿终究是甜蜜而有余味的。" "秋是追怀的时期,秋是堕泪的时期。"初秋"清凉的晚上,悠悠的微风吹过,使人把长夏的烦恼顿时忘

① 倪贻德:《东海之滨》,载《玄武湖之秋》,泰东书局1924年版,第82页。
② 倪贻德:《寒士》,载《玄武湖之秋》,泰东书局1924年版,第1页。

去"①。作者还把秋天比作"一个美貌的女子，到了中年以后，她娇嫩的容颜慢慢的憔悴了，她浓黑的华发渐渐的稀少了，她往日的恋人也弃她而去了，到这样的时候，她一方面既感慨那似水的流年；另一方面又还时时在眷恋着她那如花的青春。然而春花是一去不可复回，年华又一年一年的流向东去，它无可奈何，只是暗暗的背人流泪的样子，一般的具有美妙而悲凉的诗的情味"②。倪贻德作为一位著名油画家、美术理论家和美术教育家，曾表示："晴湖不如雨湖，昼湖不如夜湖，……模糊比清晰更美，雨湖夜湖之所以美者，大约也是因为模糊的原故吧。模糊的景象多含蓄，而能启人深思，所以月亮底下的美人更是带有诗意的。"③徐訏执着追求一切艺术的空想，并且认为，这种空想的美是真实的。他曾通过小说中人物之口说道："'平常的谎语要说得像真，越像真越有人爱信，艺术的谎语要说得越假越好，越虚空才越有人爱信'，……强烈透露出唯美主义和浪漫主义倾向。"④徐訏的小说如此，散文依然。比如他的《论烟》，说烟是可爱的！"多变化，多曲线，以及静时的静，动时的动，表示温柔时候的温柔，表示坚强时候的坚强……"从历史观之，神权时代的文化即在于宗教仪式所用的烟氛。佛教，道教自不必说，"天主教做弥撒时神父也拿着出烟的东西在念的"；"许多印度传说里的术士，中国巫士之类是从不离开烟的"。"氏族社会的文化，乃在家庭炉灶的烟囱上面，在中国旧社会不开火煮饭是不能算自成一家的。大家庭的分家即是以煮饭的烟囱为标识，等到炊烟衰落到电灶，或者是上海般的，在一个六尺大的灶间，安放四家各别的小风炉时代，文化的象征就在火车与工厂的烟头上面了。这就是资本主义的社会。"烟是文化的标识。最直接影响于人类的烟，就是吸"烟"了。吸的烟类，有"旱烟""潮烟""纸烟""雪茄""板烟"等。烟的姿态最丰富，而烟的效用的丰富，也正如其姿态。吸烟是艺术的事情，但能享受这项艺术，则需讲究吸的艺术。"我常记得那位讲长毛故事的父老，一次旱

① 倪贻德：《归乡》，载《玄武湖之秋》，泰东书局 1924 年版，第 4 页。
② 倪贻德：《秦淮暮雨》，载《玄武湖之秋》，泰东书局 1924 年版，第 16 页。
③ 倪贻德：《东海之滨》载《玄武湖之秋》，泰东书局 1924 年版，第 17 页。
④ 徐訏：《吉卜赛的诱惑》，转引自胡海、延宇凤《论徐訏小说的唯美主义特色》，载《河北大学学报》（哲学社会科学版）2006 年第 6 期。

烟，常有十分之七是让他自烧掉的，他抽到嘴里不过是十分之三，而这十分之三里，三分之二是吐在外面，只有三分之一是腹里去的，这真是最艺术的吸法。"其次，吸烟不宜专吸某一类的烟，应当在适当的时候吸各类的烟；"照普通生活来分配，早晨当吸水烟，出门当吸纸烟，中饭当吸雪茄，晚饭后当吸旱烟，星期日当吸一次板烟，到田野去玩时该吸潮烟"。懂得吸烟之道的人既不会上瘾，也不会为吸所累。而"所谓生活的艺术，乃是将自然收为人用，不是将人身为外物所奴役"。谈烟本身，凸显了一个"闲"，而烟的"可爱"则在一个"妙"，是美的欣赏与享受。林微音散文最富艺术味的是收在《夜步抄》和《阑珊吟》中的篇什，可谓是"诗化的散文"，倾注着作者的诗情和诗艺。空灵、渺茫、精微，是其一般特色。林微音将散文真正当成艺术来对待，善于全方位地调用一切艺术手段，诸如联想、想象、象征、幻觉、暗示、节奏等。似于京派的何其芳等，追求散文艺术的独立性，深谙"为艺术而人生"之理，生活之艺术即意味着作品之艺术，努力扩张散文文体对主体心灵与生活实感的表现能力。对于林微音来说，创作本身即是其生活的一部，艺术即人生，人生即艺术。艺术与人生不可分，创作不能为艺术而艺术，创作艺术实为人生，但为创作者自己的人生。"创作者的创作就是创作者的人生的一部分。"[1]然而，林微音同现实确实保持着一定的距离，他在《散文七辑·序》中如此坦言："有人说我在逃避现实，其实我看我只是在选取现实。"显然，这是其特有的存在方式。汤增敭的散文特别属于青年的，充满着青年人特有的伤感与诚意，也充满着青年人才有的张扬与迷离。其散文结构整洁，描写细密，词句精练，自属于工巧的一路。显然，他与自然朴拙无缘，而趋赴错彩镂金，对装饰性始终有着郁勃的兴致。兹以《缭绕的幽魂》为例。作者感念残喘的生命；缥缈如梦，迷离，空寂，恍惚，不可捉摸。"瘦弱的双肩深深地负着五千年来重压的十字架，独自在荒凉的沙漠里旅行，感伤地。暮天的霞光，病老的年轮，蹲踞于黑暗而污秽的沟渠中悲悯自己不幸的遭遇；于凄凉而阴惨的墓道与白骨砌成的狭径之间哀恸随花飘零的青春，仁立崔巍而嵌峇的高峰之顶企望白云变幻的深处预吊自己渺茫的未

---

[1]　林微音：《艺术即人生论》，载《申报》副刊《自由谈》1934 年 1 月 31 日。

来。""残红的夕阳沦泯于黑黝的夜翳，悲戚的女郎幽泣于阴森的坟冢，受创的孤鸿哀鸣于黯淡的丛林，悠缅的长流浩叹于深邃的豁洞"，"我一缕缭绕的幽魂，尚在辽阔的空漠中谐趁着落叶的残声幻变，寒颤，呻吟"。空虚，幻灭，沉沦，颓废，世界上所偷生着的一切，先后沦丧于空虚，沉陷于幻灭。"在血力与暴啸的一霎时，华严的宫殿在其中颓圮，象牙的宝座在其中残坍，锦绣的幔幕在其中破裂，鲜艳的春花在其中凋谢，美丽的云霞在其中消逝，幸运的绮纹在其中伤毁。"而今，"白发的老翁与柔腻的少女拥抱，接吻，狞恶的蛇蝎与和善的青蛙互慰，调情，狡悍的妖魅与驯良的弱兔微笑，絮语，多刺的荆棘与艳丽的梨花唱歌，曼舞"；……"我"憔悴不堪的瘦容含一掬黯淡的含有无限希望的惨笑，"人类不可思议的绮丽的美梦竟在这时赤裸裸地实现了"！"生命之绡妆饰着血肉交织的鲜痕，世纪之幔闪动着光力砌成的晶波。死寂原野里满生的败草，在熊熊地燃烧，亭亭地高标，毁灭了一切的罪戾。摈斥了一切的障物！接着，山溪深处传来一阵警世的钟声，丑恶的幻影，虚伪的梦翳，悠悠地消逝无有残余的踪迹了！"从此，"黑暗的地狱，阴险的陷阱，展放着明朗的异彩，污秽的沟渠，腥臭的粪坑，舒扬着浓郁的馨香。废墟中已无惨白的遗骸，残棺朽木之中已无蛇虫的踪迹，另一伟大的世界开始了。""清丽的绮纹满布了苍穹，韵逸的波澜充塞着大地，圣母，正在欢忭的歌唱，神女，正在袅娜的曼舞，那阴森的坟冢间被悲戚的女郎幽泣得充满着圣洁的荣光，黯淡的丛林亦被受创的孤鸿哀鸣得弥漫着神奇的绮绸，深邃的溪洞亦被悠缅的长流浩叹得浮泛着欢忭的波纹，沦泯于黑黝夜翳的残红的夕阳亦战胜了劲敌暴露一片琥珀的银光，周遭燃烧着殷红的美丽。"但是，"我"那一缕缭绕的幽魂，已不在辽阔空漠中谐趁着落叶的残声幻变，寒颤，呻吟。只依然昼夜不息地在流荡，呈显着胜利的苦笑！语言的华醇，意象的繁复，情感的浓郁，思想的飘忽……一个愁伤而美的心灵世界。西方的唯美主义和自然主义，大抵促成叶灵凤于创造社诸君内的别一丰姿。叶氏早期散文近于郁达夫，伤感低回气息浓郁。鲁迅加诸叶灵凤等头上的"才子加流氓"之称谓虽非褒义，却也道出了叶灵凤的风格。

叶灵凤的文学艺术与现实社会非即非离。他沉湎于"美"，如写女性的胴体，显现出对文学社会价值的冲淡与远离，但他所标榜的"新流氓主义"似乎又在冲击与破坏着当时的社会秩序，显示出与现实社会相互胶着的一面。当个性自由与至美的境界难融于世或不得伸展时，常常溢出生命的忧患感。叶灵凤的散文小品同其小说一样，都有着如许的空气与情调。它们构筑起一片梦幻的世界："回想中一切都令人留恋，一切都令人低回，尤其是甜蜜的红色的梦境"，然而却是："昙云易散，好梦不常，噙在口中的醇酒的杯儿，被人夺去了之后，所遗下的是怎样地幻灭的悲哀啊！"① 这里象征了叶灵凤散文的基本风格及其自我的心境基调。沉迷与向往于自然之美，艺术之美，以及爱情之美，以之作为抛却与超越忧患及人世纷争的方式，加之，"梦醒"之后的"惶恐"，如此形成一种带有特殊意味的叶灵凤式的忧郁。当然，属于叶灵凤的还有不少是很清新的人生扫描，它们则有着某种特殊的亲切感，但是一种不脱浪漫的亲切。叶氏作品所表现出来的"美"根于现实，来源于生活，仿佛又与现实生活隔了一层，它在超脱着现实，游离于人生。在更高的层面上揭示出作者所处时代的特征。

值得注意的是，西方唯美主义对中国现代文坛的影响主要来自英国，有代表性的如奥斯卡·王尔德。奥斯卡·王尔德以及他的几乎所有诗歌、小说、戏剧、文学理论等都被陆续介绍或译介到中国，于五四新文化运动前后，形成一股热潮。而19世纪后期出现于英国的唯美主义及唯美主义运动（Aesthetic movement）常被认为与彼时发生于法国的颓废主义运动相连，于是唯美常常又与"颓废"相关。前文所述，倪贻德、徐讦、林微音等的"唯美"尚属于比较"健康"的。它的"美"基本来自自然与真实，是生活中发现的"美"。换言之，他们还是面对现实，并不逃避。努力于纷乱的现实与流动不居的世相中发现那"美"与"纯"的东西。其笔下的"秋"与"烟"等这些有时很难精确描绘的东西确有了一种永远的美、永远的希望、永远的信心，也成为其生命存在的意义。而汤增敫夸张的"迷离"，叶灵凤的"低徊"与"伤感"即有了些许的颓废色彩。属于林微音

---

① 叶灵凤：《梦的纪实》，载《叶灵凤集：白日的梦》，汉语大词典出版社1993年版，第2页。

自身的那些上海写真的散文小品及《致荔枝湾的荔枝》《那柔软的一笑》《坐茶室的气氛》《新夏威夷》《黑眼睛》等诸多篇章，则明显有着一股扑面而来的颓废的气息。

其实，海派散文的"唯美"多的正是颓废的气息。玩世的态度，情感的放纵，生活的逸乐，病态的美感，基调的幽暗等成为海派散文的底色。比如：章衣萍做文章带有明显玩世不恭的意味，其散文作品除了那些文明批评社会批评外，亦有着骂世界，骂社会，骂人类，骂家庭，骂一切的无聊道德和法律的作品。前期作品如《樱花集》有对生存困窘的感叹，亦有对于美与自由的向往。个人主义化的芜杂和芜杂化的个人主义是其基本特征。后期作品则有了才子式的无聊与空虚。此时作品最爱骂世，牢骚也多。章衣萍本人就是个玩世不恭的人，吃喝嫖赌样样沾手。其散文小品也是口无遮拦，从不避讳，甚至男女间床笫幽事，也能尽情描绘。邵洵美吟唱过"女人半松的裤带"①，乃友章克标小品的题材也多"不三不四"。其对西方唯美派的沉溺多表现出怪诞奇异、自相矛盾、超越常情的个性。似丑恶开出的花朵。他的《风凉话》与《文坛登龙术》等对恶毒、阴暗、腐朽、丑陋等的崇扬，对光明及荣华等的贬抑即散发着某种颓废的气息。张若谷的散文特别是其中的抒情小品多是寂寞与困倦的象征，同样散发着颓废的色彩与世纪末的情绪。而具有"左"倾性质的海派文人散文中的上海都市景观更有着一种"一塌糊涂"式的"颓废"，几乎消解了任何的美感。在他们看来，上海是女美，肉美，装饰美的世界，没有任何的理性与风致，是全体的财色的买办流氓与妓女的文化。例如，潘汉年在《徘徊十字街头》里如此说道："多热闹啊，你仔细瞧着十字街头有骂街的泼妇，有盯梢的小白脸，有呼幺喝六的泼皮，有'我入你妈的'痞子，有坐着汽车绑票的土匪，有狂叫明天开采的慈善家，有刚才演讲'劳工神圣'回来的阔少，坐在包车大骂车夫阿三没有吃饱饭，有刚认识之乎者也，而大卖圣书的阔客，……有左手提着白兰地，右手挟着美姑娘要赴跳舞场的革命文学家，有三五成群的翻戏党，有身怀手枪镣铐的包探爷，有手持木棍，身

① 邵洵美曾写有《蛇》一诗，诗里即有"在宫殿的阶下，在庙宇的瓦上，你垂下你最柔嫩的一段——好像是女人半松的裤带，在等待着男性的颤抖的勇敢。……"

着警服，眯着眼儿打盹的巡士，有穿白夏布长衫黑纱马褂的拆白党，有装着一提箱大土逍遥过市的土贩……"① 迷人天堂的底座恰似颓废的地狱。

20 世纪 30 年代 "月份牌" 上的钢琴和摩登仕女

　　海派散文的"颓废"色彩当然有着直接移来的文艺思想影响的痕迹，但与上海这样一个特殊的第三世界的殖民都会同样有着密切关系。上海先天有着"繁华"与"颓废"的因子。第三世界国家的现代都会化似乎都有这样一种繁华但必有的糜烂的现代性的悖论。这是整个国家或民族的问题，并不是个人的。诚如陈思和先生所说："当入侵者开辟了这样一个被入侵的准现代化城市的时候，他们是带有强烈的欲望动机的，在掠夺和占领的过程当中，必然会带来糜烂的东西。掠夺的欲望是整个帝国主义的欲望，可是，落实到个人身上就有非常大的纵欲成分。西方国家大多都有宗教传统、社会伦理传统、法制传统，不能什么都胡来，通常这样一些被压抑的欲望到了殖民地就被放开了，被充分发泄出来，所以上海成了'冒险家的乐园'。不仅事业上、生活上的冒险，还有欲望上的冒险。外国人在本国不敢做的事情，或者做了要犯法的事情，到了殖民地就可以无所畏

① 潘汉年：《徘徊十字街头》，载《幻洲》1926 年 10 月创刊号。

惧。宗主国与被殖民的第三世界之间的文化交流、碰撞，都是不平等的，在这种不平等的文化交流中，被殖民的第三世界文化是弱的，弱势文化的精英部分一定被摧残，而弱势文化中的消极部分，那种垃圾、糟粕，往往正好迎合了西方殖民者欲望和他们糜烂追求，都不但被保留而且变本加厉地发展。像金山角的毒品、台湾的雏妓、澳门的赌博、泰国的人妖，等等。"① 的确，海派文人除了书写上海都市的伟大与神秘而外，也时或抒写着它的浮华、平庸、浇漓、浅薄等"颓废"的色相。将它说成是中西陋俗与浊流的总汇。"灯红酒绿的书寓与士女杂沓的舞场"，"麻风式的苏滩与中狂式的吹打"，那"退隐的道台、知县、与玳瑁眼镜八字须的海上寓公，在小花园中做瘟生"；那"四马路文人也在叙述征歌逐色的本领与欺负女性的豪气"；那"半痴的公子哥儿，也在帮助消耗他们祖上的孳钱"；另外，"卖身下部的妓女与卖身上部的文人"；"买空卖空的商业与买空卖空的政客"；……这一中国最安全的乐土，"连它的乞丐都不老实"。② 一个浮华、愚陋、凡俗、平庸的上海！"世风日下日下又日下"，浮世男女"冥冥之中似乎都知道春梦不长，既是糜烂颓唐烟云过眼，又是勾心斗角锱铢必争"。这里有灯红酒绿，纸醉金迷的淫乐，也有一幕幕贫穷的悲剧。这"泥沙鱼龙声色犬马的诡奇传奇，都是以十里洋场为背景的"③。

海派散文的"唯美"与"颓废"在一定程度上反映了其时工商社会精神的危机及其对生活现实的规避，同样也意味着对物质主义与利益为本之时代的反驳。它一方面体现出对声色犬马及疯狂感官享受的偏爱与执着，同时也是作为工业化时代的反叛与异己力量而存在，是现代主义的应有内涵。但在更深的层次上，"颓废"是在物质享受或压抑规约下的异化。海派散文的"颓废"当然体现着工商文明发展到一定阶段所具有的感官与肉体的自觉开放及人性的丰富或解放。然而，海派文人对其散文中所表现出的"颓废"却在保持一种审美的态度与道德化评判的超越。海派散文的"颓废"体现的是对传统理想的放弃与追求后的困惑，有点玩世不恭的意味。它是对人的形而下情欲与感官的肯定甚至赞颂，虽然也是一种人性的

---

① 陈思和：《中国现当代文学名篇十五讲》（第二版），北京大学出版社 2013 年版，第 259 页。
② 林语堂：《上海之歌》，载《论语》1933 年第 19 期。
③ 木心：《上海赋》，连载《上海文学》2001 年第 5—7 期。

复归，但更有着自我个人主义恣意张扬的色彩。值得注意的是，其时都市环境的海派文人，更多的还尚未具有充分奢侈的物质基础，功利的欲望故难以尽然抛却，"颓废"与"唯美"的表现也就有着复杂与不够"潇洒"的一面，或者说不是完全打开的、细腻的颓废，似乎仅似一种对"颓废"的想望，甚至似以"颓废"的标记来标榜自己对传统的反叛，本质上说，应是发展中的与中国特定工商时段的"颓废"。不过，这与古典主义的幽雅趣味也已然远离，体现出自由不拘的反叛，同海派小说一道，为20世纪30年代中国文学的多样化做出了贡献。

（三）都市人的孤独与虚无

当从"高空"回落到"大地"，从"理想"滑到"现实"，消解了"神圣"与"崇高"时，现代人感到的不仅仅是一种自我个性的张扬，亦时时伴有灵魂的"虚无"。因为"理想"与"神圣"的精神支撑及寄托成为泡影后，人们只能面对"现实"。金钱与物质的现实改变了人与人之间的关系，异化与分裂着人人与自我。而当严峻的现实挑战人的生存时，生活并非都是诗意的。鲍莘锄《漫谈卖淫》一文从都市本质的角度寄予卖淫现象以深切的关注与透析。作者从都会生活的特征与都会生存的法则探讨了卖淫的本质。他说：都会生活的特点是"群集的孤单"。"所看见的全是生疏的面庞，冷冷落落各做各的事。"相互之间无感觉，是都会中卖淫增加的最大原因。而"现在的商业经营法，有一个大特色，即是供给的分量，不受需要的分配。而需要的程度，倒由供给引诱得来。你看各国的商品，不是用尽许多奇特色彩与形状，别致的装潢与培植，刺激顾客的欲望，挑拨社会的需要吗？凭广告的技巧，决营业的兴衰，现在已经成了世界商业的通诀，这无非是以勾引力作标准，卖淫业也正相类似，勾引力尤其强，难怪它的营业格外发达。"工业社会所区别于传统农业社会者在于它创造着人的需要而非满足着人的需要。这种创作的"需要"靠的是一种表象的"引诱"，深层体现的则是都市人精神的贫困与寄无所托。而妇女之变成卖淫妇除了社会的原因外，还有个性的原因，如"个性的好舒服"，"放荡生活的感化"，家庭的不和等，并不仅仅归因于贫穷。而这"个性"的原因似乎也是缘于都市的"冷漠""寡情"与奢靡。文本重点所谈虽是都会的卖淫现象，但作者却指出了都会社会的本质性，即都会是一个陌生人的社会。群集的孤单。即便生活在人群中，也时会觉得孤独地很。"他人是地狱"（萨特语），甚至人与人之间是相互提防的。远不是传统乡土中国社会中的那种血缘与拟血缘关系规约下"熟人社会"的温情与诗意。丰子恺的散文《邻人》以及他很多的漫画都典型刻画了都市中人与人的敌意与丑恶。用"锁"防御着别人，也锁住了自己的"心"。防御别人的"锁"似乎正是人类羞耻的徽章。再难找到那种"肯与邻翁相对欢，隔篱呼取尽余杯"的乡土诗意。"陌生"的社会势必带来"虚假"与种种的不信任。"虚假"的发展就是"虚伪"、欺骗与冷酷。加上工商社会的"利"字当头与都市人无尽的欲望，生活的残缺感与孤独感势所必然与弥深。徐讦在《谈金钱》一文所谈的是工商社会万能的主宰——"金钱"。随着社会的发展、文化的进步、科学的发达，"金钱"的效用无所不及。在"金钱"的笼罩下，什么都不再稀奇。"你的健康，你的博学，你的名誉，你的被人崇视，似乎是无论什么人只要一有钱就可以办到的。"法律、爱情等一切的神圣，似乎都是"因金钱之有而有，因金钱之无而无了"。"什么慈善，慷慨，爱国，热心教育……好名词，不都是一些金钱的声音？""用它，一个低能的人可以占据别人的一切，别人的田园，别人的房产，别人的妻子，甚至是别人的科学发明，文艺的作品。""世界到如今，全人类都在金钱之下喘气了。""金钱""束缚了人类的理智"，"抹杀了人类的感情"，"强奸了人类的意志"，哪里还有温情与真诚！因为"金钱"，人性距离人类愈益遥远，纯洁、美好与光明的逝去，充斥于人间的也似乎只能是"孤独"与苦闷。另外，与日常生活的无缝接轨与融入的直感是"细碎"而不是"意义"。日常生活的真正审美往往发生于与现实生活的距离与余裕。张爱玲、苏青等海派文人在"泥醉"日常生活之际，也在解构着传统的"意义"。他们踏在现实的"根桩"上，视生存为本，抛却着一切历史文明的"繁文"。抛却了传统的精神价值支撑，虽居于十里洋场，花天酒地，繁华世界里，然为名利缰锁，时有浮生若梦之感。

正因如此，海派文人在抒写都会"日常"的同时，也时有抹不去的"乡愁"与乡思的惆怅——那失却灵魂之"家"的痛。但"乡土"的世界对于海派文人毕竟已渐行渐远，他们也在寻找着都市的意义。

（四）形而下者之谓道

一般而论，海派散文没有多深的理论，它们多重视日常与安稳的一面。但"日常"与"安稳"之中自有其"道"。诚如张爱玲所说：它代表着永恒，存在于一切时代，是"神性"，也是"妇人性"。它是基本、真实的东西，更清晰、真切。安稳的一面正似人生的底子，没有这底子，人生飞扬的一面只能是浮沫。① 安稳与和谐当中所含之"道"具有永恒的意义，甚至有着终极性，是切身的真理。其所意味的是对人生的肯定，更多的是刺激，也不缺少人性，更接近事实。包含着诸多的"现代人奇异的智慧"②。那些男男女女及日常性的素朴素材，浸润着海派文人对人生的感悟与思考，亦有着对现代人性的深入透析。既理性又真实，亲切中让人感觉到现代社会中存适的道理，体现了德性与世俗人伦的一致。而且，这种理性与真实不是悬浮于生活之上，而是直接来源于生活的感觉，即便说理，也非说教，与所胶着的实际生活状态息息相关。例如：《雨伞下》一文里，张爱玲有一精彩的比喻："下大雨，有人打着伞，有人没带伞。没伞的挨着有伞的，钻到伞底下去躲雨，多少有点掩蔽，可是伞的边缘滔滔流下水来，反而比外面的雨更来得凶。挤在伞沿下的人，头上游得稀湿。"于此结出："穷人结交富人，往往要赔本。"显然，其对人性的窥探是非常深刻，又是多么耐人寻味！在《谈女人》中，张爱玲如是说："如果你答应帮一个女人的忙，随便什么事她都肯替你做；但是如果你已经帮了她一个忙了，她就不忙着帮你的忙了。所以你应当时时刻刻答应帮不同的女人的忙，那么你多少能够得到一点酬报，一点好处——因为女人的报恩只有一种：预先的报恩。"这里面包含一种不太健康的"奇异的智慧"，似新旧文化高压下交流而产生的狡黠，但"坏"的似乎又有分寸，不过火，是一种处世的艺术。同样，苏青的"精明"也是人所共道的。在《做媳妇的经验》中，介绍了如何做媳妇的经验。她认为：对待公婆，不能讲"孝心"，只能讲"孝礼"。对公婆尽孝也是为自己打算，并非真心情愿。文中细数了如何施礼数，如何联络小姑小叔辈，如何藏短，如何待夫家的亲戚，等

---

① 张爱玲：《自己的文章》，载《苦竹》1944年第2期。

② 张爱玲：《到底是上海人》，载《张爱玲集：到底是上海人》，汉语大词典出版社1995年版，第2页。

等。《论红颜薄命》说透了女子命运的苍凉与无奈。红颜常与薄命相连。红颜若不薄命，则其红颜与否往往不为人知，也就无人谈起。"而薄命者若非红颜，则其薄命事实也被认为平常。""美人没有帝王，将相，英雄，才子之类提拔"，纵然再美，也难以"名满公卿，流传百世"。而"婚姻不如意，便是顶薄命的事，理想婚姻是应该才貌相当的"。其中的"貌"常指女子，而且常与年轻相连。年轻女子多缺乏经验常识，不会思虑，不肯也不善学习，"心地便狭隘，胸襟便龌龊，只希望现成的阔佬提拔，有财有势之男子与年轻貌美之女子结合是最普通的事，也是最危险的事情，盖有财有势的男子大多老奸巨猾，而年轻貌美女子又多无学无识，红颜所以更多薄命"。红颜若要不薄命，须有知识，方不致水中捞月，惨遭灭顶。在《道德论——俗人哲学之一》中，苏青先引王弼对道德的解释："道者，物之所由也，德者，物之所得也，由之乃得。"然后直率说出自己的理解："物"字不妨直截了当地改作"人"字，得就是得利，得好处。"人有利可得始去由之，没有好处又哪个高兴去由他妈的呢？""利于我者，爱之欲其生；不利于我者，恶之欲其死"[①]；一切以合算为本，"俗人"自有俗人的智慧与哲学，苏青对人性的透视与处世经的获取典型体现出生活淬砺后的感性真实。在虚幻与紧张的现实里，叶灵凤强调当下与眼前的"真实"，"真实"的"当下"虽然短暂，甚至"一刻"但却具有永恒的意义。他告诫说："哲学家教人去追求永恒，宗教家教人去信仰天国，在我看来这都是虚诞，都是骗人之谈，我们所应追求的只是眼前的实现，只有实现的青春！"[②] 这里似乎亦有着人生短暂、及时行乐的意味，但也包含着抓住现实即时的积极。徐讦曾于早年获取巴黎大学哲学博士学位，这当然会一定程度上影响其对理性的偏好，但其"理性"多化炼于生活。在《等待》《论烟》《谈幽默》等篇什里，多感觉于日常生活的点滴，从细微处升华出现实人生的大道理。以《谈幽默》为例。他说：天地之大，人事之多，都是幽默。"幽默天生成，妙人自得之。"幽默意味着聪敏、愉快与率真，"幽默是在碰壁的时候转出一条路，是在沉闷空气中开一扇窗，是热极时候一

---

① 苏青：《牺牲论——俗人哲学之二》，载《饮食男女》，江苏文艺出版社 2009 年版，第161 页。

② 叶灵凤：《惜别》，载《叶灵凤集：白日的梦》，汉语大词典出版社 1993 年版，第 15 页。

阵风，窘极时候一个笑容"。在他看来，"幽默"是人生的本然，但更是"纷乱"人生应有的态度。无名氏的"哲思"也是一种日常行事中的思辨。其小说创作往往以表达某种哲理为旨归，其散文小品同样有着相当的沉思性质与意义色彩。整部《沉思试验》记载了他自 1943 年至 1946 年四年的沉思默想。中国佛家的语录体和英美的随笔体，是无名氏散文重要的影响源，也成就了其散文小品大半的风采。试看几则无名氏语录：一则，"一想到若干千年以后，一切现实将是一片虚妄。但刹那现实中的美的沉醉与享受，却不是虚妄。也许真正的永生正在这里。但我所指的永生，最纯粹的美的欣赏，而不是醇酒美人"。① 二则，"我们最应该崇拜的，既不是上帝，也不是静的自然，而是那大海般川流不息的生命本体。这生命本体包括宇宙自然，以及上帝与人。这是一种永恒不变的流转"。② "人只是大自然生命运行中的一粒微尘，是大风雪——甚至大星云旋转中的一滴、一点，这微尘与一点一滴迟早总要溶入大风雪——甚至大星云中。"③ 三则，"死是一种魔术，有了它，生命才能焕发各色幻景，最美丽与最可爱的。死是香膏，它能叫生命的胴体发光发亮。没有死，也就没有一切。死是一种注释，它能使生命万象更明了。死也是一种度量衡，它能使生命产生适当的分量"。④ 对"美"的欣赏，"生命本体"的崇拜，"死"的诠释，都显示着无名氏对现实"无执"的轻松，真是"天凉好个秋"！这超越性的理解无疑有着一般哲学性的意义，但如仔细品读，仍可感觉出这种"哲理"直接升华与超越于那"醇酒美人"的"红尘"，"川流不息"的现实，芸芸生存的执碰上。另外，在《默想》一文里，无名氏解释且强调了"谦虚"与"诚实"对于人生及现实的意义。"谦虚者"易于吸取，因为"空"则纳"物"。在所有的智慧中，最高的智慧就是觉得自己一无所知。"凡是爬得越高的人，则所见的似乎越远，也越渺茫。那些在平地上的人，自以为看得很清楚，其实看得太浅太少，他不知道视线周围之外还有一个辽阔的世界！""诚实"也是一切智慧之源，虽然看起来笨拙，但是，"我们越诚实，则越能

---

① 无名氏：《蝴蝶沉思——淡水鱼冥想》，花城出版社 1995 年版，第 147 页。
② 同上。
③ 同上书，第 154 页。
④ 同上书，第 161—162 页。

烛照出一切人间相的虚伪，欺诈，浅薄，仿佛油脂污秽浮在清水上一样"。这是修养的最高境界。似于郑板桥所谓的"难得糊涂"。这"糊涂"或者说"诚实"，"也只是我们的假山，竹林，屏风，雾烟，幕弹，它使我们深奥，大，美丽，难测，且具有防护作用，犹如甲虫的保护色"。"一个人本来不只是一个人，他可以包含一个糊涂的人，一个聪明的人，一个热烈的人，一个冷酷的人。需要哪一种人出现时，他就变成哪种人。"不过，无名氏的"诚实"与"谦虚"似乎又有一些"欺骗"与"做戏"的意味，因为他把这世俗的人世看得通透，故以"诚实"作"幕弹"作"屏风"来保护以至掩饰真实的自己。他甚至认为，如果没有"欺骗"及"欺骗"的揭露，世界太无聊了。所谓人类历史，不过是一些骗局的创立与骗局的被揭破而已。他把人生比之为戏剧，认为"戏剧"是最好的人生象征。一个人如能以演戏的态度来生活，那么，生活里再不会有悲哀。"凡是快乐时，我们应该用感情来扮演，而在感情上以这一切为真实的。凡是悲哀时，我们用理智来扮演，以这一切为虚幻的。"① 必要的时候，"欺骗"一下自己也是应该的，"当第一个希望变成失望时，立刻拿第二个希望来代替失望，而不让这失望成立"。"希望原是人类的无尽财产，我们尽可以拿无穷的火焰式的希望填满这无穷的黑暗与空间。"无名氏的此一"哲思"似乎更是一种生存之"道"，充满了智慧，也不失为机巧。在《沉思试验之四》里，无名氏指出：人在小我宇宙里可以尽可能柔顺，不愤怒，但在大我宇宙里却必须愤怒，亦即正义感。否则，即违背人性。在"小我宇宙"里，人不能走极端，这是合自然原理的。在"大我宇宙"里走极端，以致与"小我宇宙"冲突，这却不需合于自然原理，而需合于人的原理。自然伟大而无情，人虽渺小但有情。自然本身无意识，但人有意识。宇宙不能赠人以意义，但人可以赠宇宙以意义。自然与人性交互影响的二重奏，正是生命的自然发展。"生命本是大自然买空卖空的利润，但这利润旋即成为固定的资本。当我们出生时，我们只是在吃利润过日子。吃到相当程度时，我们旋即吃老本。死来，这是大自然叫我们变成新的利润的一种方式。不用一种技巧挥霍一大笔资本出去，少数的资本绝不会

---

① 无名氏：《沉思试验之三》，载《无名氏集：沉思琐语》，汉语大词典出版社 1996 年版，第 127 页。

变成多数利润。明白这一点，我们就会安心做大自然手头的工具，它拿我们当刀也好，当枪也好，当资本也好，当赌本也好，被派定了的角色，我们总得演，演完了，我们就得休息。""变"是自然的现象，而不变的是变化的"型轨"，正如生老病死，春夏秋冬，日出日落，草绿草黄。社会现象是变的，但变的"型轨"是不变的，这"型轨"是：生存，温暖，发展，男女，名利，争斗，分与合，破坏与建设，拥护与打倒。人是变的，幼年，少年，中年，衰老，但变的"型轨"是不变的，这"型轨"是：希望后是失望，失望后是希望，爱与恨，情绪及理解的几个境界的程序；美、真、善以及由幻想到现实，由现实到幻想，以及静极思动，动极思静，等等。"懂得这些不变的型轨，则我们可以安分守己，对生命本体的进行不再惊奇，只玩味它们的现象。"① 无名氏所追求的这种主观自我的思想深度似在一个"纷扰"的现世当中努力发现其背后的本质，求得灵魂的安静。

海派文人执于智慧世界求永生，其所扬显的是一种切身的生命真理与感性的人生哲学。他们一般不正襟危坐论述"真理"，而是置身"形下"，贴近生活，却以形而上的眼光于"真实"与"实际"中感悟"真理"。自形而下的真实性直透形而上的真诚性。是平淡本色之会意与"真理"的浮现。出言平达，深入浅出。着自我心头之情，是"拉杂"之语中的非逻辑非理论性非系统性的对生活生命的"悟"与"论"，带有个人私见的色彩。海派散文之"道"正象征着那个时代，哪怕有缺点（时代当然是有其不足的）。正如"人饮水，人住房子，人如病了，则水与房子多少都要负责任，它们都有毛病。人活在一个时代里，人如有错误，则是时代的错误"②。日用即道，形而下的生活中贯穿于形而上的"道"，形而上的"道"实现于实际生活的"事"，二者在日常生活的感悟与体验中交融贯通。海派散文着于生活却不泥于生活，于形而下的俗世生活中随机显发生活之"道"与生命之"道"。"不离日用常行内，直造先天未画前。"③ 海派散文的这种"形而上"与

---

① 无名氏：《沉思试验之四》，载《无名氏集：沉思琐语》，汉语大词典出版社 1996 年版，第 129—175 页。

② 无名氏：《沉思录》，载《无名氏集：沉思琐语》，汉语大词典出版社 1996 年版，第 102 页。

③ 王阳明：《王阳明全集》，上海古籍出版社 1992 年版，第 791 页。

"形而下"的交融贯通可以有效克服单纯谈"道"的空落及单纯论"器"的僵化。

近现代的上海处于一个特殊的历史时期与特殊的都会环境，海派文人浸于其中，感觉与体验的是实际的日常生存与现实的人间趣味。其散文也似生活的文本，象征了现代中国的都会文明。海派散文大多不刻意于画意与诗情，而偏于细腻与写实，结实与单纯，是日常生活的文学化。它感性十足，是细密而真切的生活质地里发出的通常人生的回声。他们是踏实的男人与女人，关注着切身的人与事，生活幅员谈不上宽广，但感触多，刺激强。直率、朴实、大方、热情等大致共通的品性与现实的直接刺激有关，无论写什么，似乎总能清楚地看到作者的面目，因，他们不是做梦的人，而是最普通的都会市民。忠实坦白是他们共同的优长。也许他们是俗的，但常常有着"无意的隽逸"。他们"本心忠厚"，有"简单健康的底子"①。对于人生有着简单也是最基本的爱好。他们亦有情感，也发感慨，但这情感与感慨不是温润如玉，而是内容充实的日常生活化情感。他们似在用散文寻找知音。但现实不尽美妙，都会市井的闹猛、混杂与速率等，使其疏朗的外衣下面亦潜动着凄清，生命的疲乏与惘惘的困惑。

海派散文的这种形而下与形而上的"兼顾"，是两个向度的同时展开。它注重以人为本，也突出现代理性，标志着传统道德理性向现代理性精神的嬗变。较之于传统特别是中国传统，它更注重于"人性"，更能同情与理解个体的自由与独立，真正追求与实践及体现着以个人主义为本位的道德伦理。其所体现出的个体性、非理性、忧虑性等对传统式人本主义的自然、共性、理性、积极等特征的突破强烈凸显出现代的色彩。在这一点上，海派散文无疑超越着"五四"。"五四"时期陈独秀、胡适、周作人、鲁迅等的"人性"建设更多地停留在呼吁与倡导，着于继承与传输西方人本主义以及科学理性的人文思想，揭出"病苦"，发现"人"以及儿童、女性等"弱小者"并对之进行启蒙，是其主要内容与任务。海派文人则已经在实际行动上消解着儒学的宏大叙事，追寻着人伦日用与日用常行。这

① 张爱玲：《我看苏青》，载《张爱玲集：到底是上海人》，汉语大词典出版社1995年版，第87—88页。

正意味着中国传统式道德伦理的生活秩序发生了变异。标志着"个人主义"取代传统家族主义的新的时代的到来。在一定程度上也恰恰体现着"五四"时期周作人所谓的以人为本，强调人性的人道主义文学的实绩。它以平视的眼光，平民的姿态发掘着日常生活的诗意，在形而下的世界里探索因人性需要而存在的新的道德伦理。如果说"五四"时期新文学主将们所呼吁与倡导的新道德理性时刻不忘"个人"与"国家"、法制、理性等对个人主义进行约束的话，而海派散文则显示出更为恣意的工商环境规约下的个人性。"五四"重视与强调的是"大人类主义"①，既强调"放纵"，也强调"约束"，似乎总有着对中国传统政教文化因袭的痕迹。而海派文人强调的则类乎"小我主义"，更多的是一种"放纵"。实际上，在传统理念上，无论中西，一直都存在着重视"形而上"轻视"形而下"的倾向，具之于文学艺术则存在着对精神、美善、真理、灵魂、本质等的不懈追求。海派散文的"形而下"呈现无疑意味着对传统"形而上"神话的消解，是一种先验与超越的终结，有着后现代的趋向。显然，20世纪八九十年代以来出现于中国部分都市的后现代现象或特征在20世纪的三四十年代就已经先期出现。

　　当然，海派文人在形而下的层面上所显露出的审美价值取向上，则又明显有着时代的印记。它尚没有提供与彰显出对应于那个时代的相较和谐而健全的道德良知、政治理念、生态环境等，没有达到对那个时代与那个环境下人的真正的世俗关怀。其所体现与追求的审美理想与道德原则还有着不尽合于人性与人道主义的一面。或者说在打破旧的形而上的道德伦理体系等的同时尚未建立起新的系统性的形而上的道德伦理体系，没有达到随心所欲而不逾矩的理性状态。这一问题直到今天，都值得深入思考。


三　海派散文的原乡印记与创伤记忆

　　（一）乡土中国与现代都市

　　乡村文明是中华文明的底色，一个本质是农业型的社会文化决定了一切似乎总是蒙有农本主义的东西。在中国悠长的历史上，虽然也有着很多

---

① 周作人：《艺术与生活》，上海文艺出版社1999年版，第8页。

著名的城市，如隋唐的长安、宋代的汴梁、明清的北京等，但封建时代的都市其功能多在于它的政治性与军事防御性。环绕自身的四边形墙垣、护城河、外城、内城等建设特点以及士兵的把守等都充分说明着它的封闭性与自守性，而且，城市里往往还有成片的农田，这是守城必需的保障。质言之，中国古代的城市就似一座"城"，意于安全与防御，并非意于"市"的一面。在古代，城市也多称为"城郭"，城即乡，乡即城，城市与乡村也从来界限模糊，并没有实质性的区别，"城""乡"之间对立的概念也似乎并不存在。当然，乡土中国的古代城市并非没有"市"的一面，随着手工业的发展，早在唐宋之际即有了交易性质的经济活动及其衍生的消遣娱乐功能，如宋代的勾栏瓦肆，但传统中国"市"的一面是从来附属于"城"的，带有很大的不彻底性。加之儒家文化与科举制度对社会团结的促进，城市成为一个坚强的政治性堡垒，也因此带来了尊官卑民的乡土中国的政治性特点。晚清之前的前工业都市基本皆属于这一类型，这和欧西以"工商""交易"为主的现代都市是截然不同的。

自律、自由、自治、开放、消费性的中国现代都市则是随着殖民文化与开埠通关的影响下而出现的，其真正的生成期始自1840年鸦片战争之后，至19世纪末20世纪初，集中于东南沿海一带，中国出现了现代意义上的都市，中国开始逐步进入工业科技文明时代的以工商文明为轴心的物质化形态的城市发展期。近现代以来中国现代都市，最具有代表性的就是上海，也只有上海。上海由20世纪30年代的小县城，经100年的时间，20世纪30年代发展成为国际性的大都市。但乡土文化土壤中产生的现代都市又终究缺少着西方现代都市诸如纽约、巴黎、伦敦等工商化的纯粹性。现代中国都市的生成环境是复杂的，由之产生的现代人的精神世界与审美意识也是复杂的。以上海为例，近现代上海都市的文化土壤从来有着多元的分层。既有着现代工商业为核心的十里洋场，也有着上海的老城厢及其背后包围着的中国广远的农村。而且，传统中国城市政治性强的"惯性"也一直延续着。当时的上海就是国民党的政治中心，始终保持着官僚政治对市场经济的强力制约。工商业的发展与从事商业活动的市民并不是充分的。都市之"魂"是分裂的，有着资本主义与封建主义杂糅的特性。诚如马克斯·韦伯所说的，中国的现代都市不是单纯地依赖工商资本与公民政治，而是有着更多封建时代乡土中国政治性的残留。或者说，中国的现代都市不是自身、自发、自然产生的，是在殖民入侵与殖民文化的催生下而被动产生的，其产生的母体是乡土文明的土壤。于是，在中国化的现代都市中，总或隐或显或多或少地体现出乡土中国的文化个性。传统与现代，都市与乡村，自然与物质，欲望与人伦，温情与分裂，自我与他者等，始终有着一定的冲突、交互与融合的复杂形态，由此呈现出现代上海都市人"奇异"的精神个性。器物的革新可以瞬间完成，但心灵的革命当需一个漫长的过程。作为中国最早的都市人，虽然乡土中国的文化心理开始让位于工商化的都市空间，但传统文化的血脉与基因在潜在的层面上依然影响了现代都市人精神繁复性的生成。海派文学的写作者——现代都市人，正是在都市文化的冲击与乡村文明的记忆等的共同作用下改变了传统乡土自然的审美经验，却又表现出中国化都市文学的特殊性及复杂性。他们固然不似"五四"一代与京派文人式的对都市的皈依与彷徨，认可与排斥的两难悖论，但多元的文化土壤与混合的文化心理必然也决定了海派文学语义空间的丰富与繁杂。

复杂的都市语境与文人心灵显然并不仅仅影响着海派散文，而是影响着包括小说、戏剧、诗歌等在内的整个海派文学。但散文作为一种古老的文体，却有着特殊的表现。无论中外，散文自古有之。尤其在中国，散文算是特产，五四新诗、戏剧等文体几乎都是外来的，小说也受到了外国文学的影响。古老的散文文体与传统文化一直存有密切关系。从本质上说，文化与散文是一体两面的表里关系。在中国，这种密切的关系不仅体现在散文的实用因子与中国尚实用理性的契合，还体现在两者于人的情感与心灵的相通共质。中国文化特别是传统文化在很大程度上正决定着中国散文的内容以至形式。传统是存在于今天的历史因素，作为一种有着悠久承传历史且与传统文化关系如此密切的散文文体不可能脱离传统，它理应在寻求自己发展的前进路途中把传统作为自己的参照和起点。而且，人是文化的动物，作为一种强调自我呈现的文体也势必规约着散文的文化本体性。散文文体的文化属性决定了通过海派散文可以较为明晰地考辨近现代中国乡土文化向都市文化转变的轨迹与现代都市人精神的历史。

（二）"反认他乡是故乡"与"原乡"印记

海派散文是近现代中国城市散文最典型最集中的代表，其根本的特征就是对都市文化的认同与欣赏。海派文人正处于"离乡"的路上，其本有的乡土中国的面影已然模糊，渐变为一个真正城里人。对于他们，都市就似一个大熔炉，把其固有的一切风俗习惯、地方文化人格，很快地消解消融，着有都市的特色。比之京派与"五四"一代作家，海派文人已与城市生活有着胶结的关系，"生于斯，长于斯"，有了城市的生命体验与生存哲学，多以城市知识分子的现代理性与人类学整体的眼光看待都市的一切。乡土对于他们，已经成为一种遥远的记忆，不再似灵魂之所。由于久居于都会，已经都会的化育，有了一种与都会的融通与心安，日久他乡是故乡。面对都会，再不是那种陌生感与京派式的"乡下人"情怀。城市对于他们，也不再似寄居式的"家"，而是形成了一种新的原乡神话。"城市"成为他们新的"故乡"，正如梁启超所说："盖故乡云者，不必其生长之地为然耳。生长之地所以为故乡者何？以其于己身有密切之关系，有许多之习惯印于脑中，欲忘而不能忘者也。然则凡地之于己身有密切之关系，有许多之习惯印于脑中，欲忘而不能忘者，皆可作故乡观也。"① 不过，对城市的认可与接受，海派文人却是分层级的。

其一，情感认同与都会写真。

海派文人没有了京派文人式的城市的"侨寓"感，城市变为"己乡"，念兹在兹，舍此已无退路。他们遵从着城市的技术、功利等生存的法则与习惯，毫不隐讳地抒写着对城市的喜爱，赞美着都会的华瞻精致，甚至有时显露出一种单纯地缺乏浪漫主义式的物质主义的膜拜。对城市的强烈认同正意味着其文化心理的巨大变化，乡土文明之根渐已失却，他们已然变为都市之子与都市的时髦人。注名颖川秋水的《嫦娥应悔偷灵药之今日观》写极了上海都市的繁华。"笙歌沸地，锣鼓喧天"，"大千世界（谓沪上大世界俱乐部），花月常新；百尺楼台，星辰可摘。洋房近水，黄浦滩金碧辉煌；海舶冲波，吴淞江轴舻衔接"。"名园有半淞、爱俪之奇，梵亭有静安、龙华之古。福地胜常，几叹观止。""麟脯鹿脔，实多异味；龙肝

---

① 梁启超：《夏威夷游记》，载《梁启超全集》第二册，北京出版社 1999 年版，第 1217 页。

凤髓，不少珍肴。北尽京津，朵颐大快；南搜闽粤，食指屡烦。水陆毕
陈，休数江南鲈脍；酒泉封后，犹来西域葡萄。加以菱芡品隽，莲藕味
清。橘柚来自南天，苹婆产从北地。过门大嚼"，至若坐飞行艇，开留声
机，"饮香槟酒，看电火戏，快乐无穷也"①。以都会生活与都会情感作为
中心表现的张若谷，则搜索着都会的新奇，是"灵"与"肉"的饮食，感
觉的盛宴，体现着张氏天然的都会情缘与亲切感。他是都会的礼赞者。作
为都市之子的张若谷正尽情地欣赏与享受着都市繁复而充满激情的一切。
张氏散文对都会的写真，固然繁复，甚至充满着病态，但张氏更多的还是
爱与赞美。对于习惯山水自然的中国子民，都会是一个全新的世界，实在
充满着"深远"的诱惑。被称为文学史上"唯一的城里人"的张爱玲更似
恣意地抒写着对都市的喜爱。她写都市日常的小零碎，那黄昏之时点着脚
灯的人力车，坐自行车的"手里挽着网袋，袋里有柿子"的小老太太，理
发店橱窗里懒懒的小狸猫，炒白果的孩子，……一切的一切，充满着浓厚
的"人的成分"②，让人觉得亲近、温情与温馨，即便也有着挣扎、焦愁、
慌乱、冒险，却耐人回味。她喜欢听市声，水龙头的轰隆轰隆声，街道上
的喧声，尤其是街市的电车声，嘈杂、纷扰的公寓生活在张爱玲的笔下变
得意趣盎然，等等如此，表现了张爱玲对都市生活的满足与热爱。另外，
徐訏散文趣味性地记载着的喝酒、品茶、下棋、浮澡堂、抽大烟；苏青散
文的谈吃、谈性、谈美容、谈女人、谈送礼、谈家庭教师及其对精致的器
皿，用餐的环境讲究，等等，皆是对市民的享受、趣味及吃住睡行的品位
咀嚼，像个"红泥小火炉"，反映出浓郁市民生活的气息，也散逸出对城
市的同情与认可。

海派散文所体现的是对都市的接受、礼赞与徜徉。有对都市器物的迷
恋，更有对都市日常生活的泥醉。是一种外在的描写，也是自我的标签，
海派文人是以都市人的心态与眼光写都市的形形色色，体现出相较纯粹的
都市感觉及对都市现世的享乐与和谐的执着。而在沈从文、李广田、萧
乾、何其芳、师陀等京派文人的很多散文中，则有着很浓的乡情悲剧意

---

① 颖川秋水：《嫦娥应悔恨偷灵药之今日观》，载《红杂志》1922 年第 9 期。
② 张爱玲：《道路以目》，载《天地》月刊 1944 年第 4 期。

识。这种乡情不是简单地表现为"思"，更是一种交织着多种矛盾情感和痛苦的"思"，有着在"城""乡"两个精神驿站之间选择的一种两可两难、两可两不可、无所依着的悲剧情怀和民族化的悲剧性。京派文人遇到了血缘祖籍认同与都市本地认同的双重尴尬。① 而海派文人没有了这种"城""乡"遭遇的心理"困惑"，宽容地理解与接受着城市的一切，在机械的噪音与市声的喧嚣中，寻求一种安心与安然。

其二，都市文化理性的渗透。

海派散文对都市的认可与融入不仅仅停留在洋场文化风景的描摹与欣赏上，在更深的层次上，还有着都市生存的哲学意识（当然更多的还是一种感性的生存哲学）。从都市的现象与生活的事实上升到原理或原则的都市文化理性正意味着海派文人与都市的同一，是由内而外的自然发现与了然彻悟。都市文化理性"是由都市文化社区，都市文化复杂与悖论所生成的，基于人—物关系维度的文化哲学思维。它的思维中心在于都市人与高度物态化、经济化、商业化、技术化的都市文化社区之间的复杂互动关联"②。海派散文的都会文化理性不是悬浮于都市现实之外，而是来自中国本土现代都市的结构与历史的过程中的独特性体悟与分析。比如：市民身份理性的自觉；张爱玲、苏青等始终强调自己就是个小市民，甚至如章衣萍说的，是一个"顽固的物质主义者"，一再标榜自己的自私与拜金。并认为"世上有用的人往往就是俗人"③。其对物质主义观念的张扬有着爽直的认识与喜爱，再不似传统文人那种"君子喻于义，小人喻于利""重义轻利"式的"扭捏"与"羞赧"。他们直言自己是个拜金主义者，大谈"钱"的好处与用"钱"的快乐。类似地，充斥于散文中对居所衣食等的描写，也同样体现出重物质轻人情的倾向与自觉。正是在物质主义盛行的都市生活里，海派文人发现着也力行着生存的自然的道理。再比如：工商社会处世的艺术；在前一章所论述的"形而下者之谓道"的内容里就包含

---

① 参见陈啸、曹蓓《柔性的悲鸣：京派散文的城乡情愿》，载《海南师范大学学报》（社会科学版）2010 年第 5 期。

② 李俊国：《中国现代都市小说研究》，中国社会科学出版社 2004 年版，第 67 页。

③ 张爱玲：《必也正名乎》，载《张爱玲集：到底是上海人》，汉语大词典出版社 1995 年版，第 30 页。

着这种都市生存的哲学。都市的生存哲学有着现代都市人奇异的"智慧"，甚至是一种"狡黠"与"精明"，但也是一种现代都市人对工商社会生活的本能适应与认可。"居移气，养移体"，城市的环境，城市的生活，理应也有城市的哲学。较之传统，虽非"高雅"，却不远人，也很"实惠"。海派文人清醒地意识到都市的物质性、功利性与消费性，发现与遵从着都市现实生存的法则，追寻着种种的名与利。在都市铁硬的现实中，也因此产生了都市的生存哲学。海派文人推崇的"幽默"，也不仅仅是一种写作的风格与写作的姿态，更是一种生活与人生的基本态度，一种润滑生活的工具。海派文人典型的如徐訏、予且等对"幽默"的强调往往就是始于对都市生活的理性自觉。都市的紧张与速率，都市的疲惫与苦闷，都市的浮躁与不安等一切不尽如人意的东西，绝然少不了这"幽默"的滋润。

都市文化理性的自觉是海派文学真正区别于传统中国乡土文学血缘道德理性的根本性区别，只是这些都市文化理性还多停留在感性、经验、局部的层面上。但无可否认的是，都市文化语境孕育了海派散文存适的土壤，而海派散文也表现了都市的繁华与日常、苦闷与刺激、常态与先锋、疲惫与梦幻等。都市对于海派文人，已经不仅仅停留在欣赏与认可的层面上，更似一种认定的亲和力，此乡即是故乡，哪怕这都市并不是那么完美。

然而，作为现代的都市人，海派文人固然有着对都市的亲切与融入，但作为形成期都市中的都市人却又始终有着那隐隐的"原乡"情结及"脐带"情怀。"原乡"对于他们有时似乎正似那抹不去的"胎记"一样，甚至附带了一生的光阴。原乡之情体现的是对祖居之地与故土族群本能的回归意向，它产生于乡土，历经时间的淘洗，形成一种集体无意识根植于中国人的心灵深处。"原乡"属于文化人类学的范畴，小而言之，是指各自的祖居之地，大而言之，是指整个中国的乡土。对于海派文人，原乡心结是隐性的，它掩饰于都市之情的背后，潜在制约着海派文人的写作。不过，这种原乡之情也多没有具体的所指，超越了特定的地理位置，宽泛地倾向与回归于那原始的故乡文化、习俗及血缘亲情，是一种对建立在民族文化心理基础之上的民族故土、文化故乡、精神家园、母体文明的不自觉地回望。

其一，原乡之情的无意识。

海派文人的原乡情结不同于"五四"一代，也不同于京派，是一种集体记忆与集体无意识的情感倾向。集体无意识意指族群大家庭全体成员所继承下来的并使现代人与原始祖先相联系的种族记忆，它包括婴儿记忆以前的全部时间，反映了人类在以往的历史进程中的集体经验，是"同一类型的无数经验的心理残迹"①。海派散文固然集中于都市现象与都市情感的抒写，也是海派散文所以成为海派散文的内在根因。但海派文人在融入都市、抒写都市之际，却也常常留有心灵之一寓观照乡土，有着乡土中国子民抹不去的对原乡的记忆。犹如上海的"宴楼"，"总是两层三层，式样依照西洋，结果完全是中国自己的格局"②。而口腹之禄虽包罗世界但传统中国的京菜、粤菜、川菜、扬菜、本帮菜等却最擅胜场。近现代的上海，仿佛一切都体现出一种不中不西亦中亦西的"混杂"。"塌车"与"电车"的并行，"轿子"与"汽车"并肩，短服西装的男女与长辫的老少同在，城隍庙里有虔诚进香的信男信女，也有充满了"海味"的和尚③，如此等等，虽洋风炽盛，但"自我"亦存。苏青侈谈男男女女，也谈宁波人的吃，那具有地域特征与民俗风情的"吃"里面，有的是故地乡土的文化色泽与地方色彩，同样也体现着苏青自我的地域性格与道德风尚。张爱玲曾说："我将来想要一间中国风味的房，雪白的粉墙，金漆桌椅，大红椅垫，桌上放着豆绿糯米瓷的茶碗，堆得高高的一盆糕团，每一只上面点着个胭脂点。"④ 这些物象似乎并不专属于乡土中国的，但弥漫其中的却又是挥之不去的乡土中国的意味。生活于都市里的张爱玲固然很难看到"田园里茄子"，但"到菜场上去看看也好"，"那么复杂，油润的紫色、新绿的豌豆，熟艳的辣椒，金黄的面筋，像太阳里的肥皂泡"。"把菠菜洗过了，倒在油锅里，每每有一两片碎叶子粘在簸箕底上，抖也抖不下来；迎着亮，翠生

① 参见［瑞士］荣格《论分析心理学与诗歌的关系》，转引自伍蠡甫、胡经之主编《西方文艺理论名著选编》下卷，北京大学出版社 1987 年版，第 376 页。

② 木心：《上海赋·吃出名堂来》，载《上海文学》2001 年第 7 期。

③ 参见阿英《城隍庙的书市》，载《跨世纪散文经典丛书》，北京工业大学出版社 2009 年版。

④ 张爱玲：《我看苏青》，载《张爱玲集：到底是上海人》，汉语大词典出版社 1995 年版，第 83 页。

生的枝叶在竹片编成的方格子上招展着，使人联想到篱上的扁豆花。"①虽不似乡村田园的直接，但色彩的鲜亮与逼真已近于具体，是对公寓日常生活的热爱，也不无有着对乡土田园的神往。都市公寓的"秘密性"，使得张爱玲想到了避世，然而，"陶渊明式的传统文化的思维惯性"却让张爱玲由自然逃世自然想到了乡村生活。施蛰存散文自然家常，方正宽博，"寄至味于淡泊"，始终漫逸着乡土中国的审美境界。如其代表作《雨的滋味》（1930年）运用中国画水墨淡彩的笔法，勾勒出幅幅妙景，使作品富有视觉的亲历性。试看：烟雾般的雨丝笼罩下，杨柳"曼舞低鬟"，花儿"滴粉溶脂"，远处山水失去了边际，斜插入画的黄莺与红襟燕子便是点睛之笔，呼之欲出；长满了绿苔、散着落花的幽幽庭院里，春雨抑或秋雨静静落着，半掩的门中，"可以窥见室中陈列着的屏、帷、炉、镜之类"，一位美人"在静悄悄地无端愁闷"，以颐望落花，倚屏弄裙带……真是尺幅纳千娇，画尽意留，余音袅袅，韵味无穷。"现代中国最像艺术家的艺术家"的丰子恺一直保有着对乡土文明安静一面的不自觉地偏爱。他写儿童，写月，对秋，悟柳等，艺术化，有情化着一切。钱歌川的散文，特别是其中写景状物的文字，总能给人以"象外之象""景中之景"的韵外之致，典型体现着中国传统美学温柔敦厚、含蓄蕴藉的特点。这是一种风格，也是一种心境，带有几多"国民性"，亦能代表"中国"。"乡里之情"无疑意味着浓浓的中国风，梁得所曾明确表达了对乡里之情的推重，甚至企望"乡里之情"普遍推及全地球的人类。如其所说："乡里之情的深浅，与所在地方范围的广狭成正比。""在本省内，同村有情；在外省，同省有情；在外国，同国有情。""假如在火星上面有地球的人类在彼侨居而做贼，劫掳我们的时候，我们尽可对匪首说：'喂，我们同是地球上的人类……'"②

　　以都市情怀与都市现象作为中心表现的海派散文并不仅仅一味于都市的欣羡与歌舞升平的描绘，却也不自觉地有着对原乡的孺慕之情与想象。他们本能地倾向甚至陶醉于乡土风物。秋天的落叶，河边的夜景，雨夜的杜鹃，伦理的温情，等等，皆能感到一种莫名的亲切，并非纯粹的物态化

① 张爱玲：《公寓生活记趣》，载《天地》月刊1943年第3期。
② 梁得所：《乡里之情》，载《梁得所集：猎影与沉思》，汉语大词典出版社1996年版，第5—6页。

都市的审美。

其二，"原型变体"与"替代性记忆"。

德国哲学家诺瓦利斯说："哲学就是怀着永恒的乡愁寻找家园"。当海派文人受到都市"物"的压抑时，也在寻求着家园的宁静。这同样是一种"乡愁"，却是一种变体的"乡愁"。久居都市，无意归"家"，精神栖息之地已渐渐转变为都市。这不同于传统文人，也有别于多数的现代文人。传统乡土中国文人的"乡愁"基本是一种对故园的怀念。"五四"之后的中国文人，如鲁迅、周作人、沈从文等，"怀乡"的内涵则由单纯的"地域"乡愁拓宽为文化乡愁，但根本上仍属于乡土中国的。海派散文则不然，都市渐已成为新的精神原乡，但最初的原乡图符却又常常萦绕于怀，成为一种无法涤荡的潜在心结。这心理深层的祖根意识与脐带情怀便会在无意之中转变为另一类相似性事物的寄托，即荣格所谓的"原型变体"，或者说新的文化图腾。它与原有的潜层"乡土"记忆互为代换指涉，相互转喻，辐辏折射出新的变体的原乡想象与山林情怀。这种替代性的乡土记忆，已经远离于乡土，却又隔离于都市，是变异的心理补偿的白日梦。比如：苏青、丰子恺等海派文人对"童年"的回忆与"儿童世界"的描写即是另一种意义上的还乡。京派沈从文、李广田等也写童年回忆，但仔细品读，会发现内涵还是有差别的。京派文人的童年抒写求的多是都市"遭遇"的安慰及"温暖"的补偿，海派文人的童年抒写则多是一种"咀嚼"。"儿童"的世界即意味着故乡的世界，是一种耐读的乡土精神资源。而且，儿童的"单纯"与"艺术"，儿童的"自然"与"直率"，以及儿童对一切自然的有情化，儿童世界与宗教世界的相通，等等，是一种回归，更是一种超越。是海派文人在否定之否定的过程中找到的与认可的替代性的象征物，已经不属于单纯的童年记忆的色彩。在同样回不到"起点"的境遇下，京派文人多的是伤逝与忧愁，海派文人则多了些洒脱与审视。另外，像郭建英的《求于上海的市街上》，作者试图在被欧美习俗深深污染了的上海街头寻求一个纯粹的中国女子固有美，同样也隐含有精神的还乡及其对原有生命家园的留恋。"中国女子固有美"① 是替代性乡土文明的隐喻，

---

① 郭建英：《求于上海的市街上》，载《妇人画报》1934 年第 17 期。

这一意象潜在连接着作家内心深层乡土原型的敏感与幻想能力,质属于原乡的印象及其蕴含的氛围,象征了镂刻在心里深层结构中的万乐之源与难以割断的脐带。

作为近现代中国的都市之子,乡土文明的根性尽管在慢慢地隐退,不再似鲁迅、周作人、沈从文式的偶来城市做勾留的寄寓人,海派文人开始有了都市的心理、都市的情感及都市的理性,但潜在的双重或多重文化的影响依然制约着海派文人不了的原乡意识与原乡体验。在其更多的散文里,原乡的想象、原乡的记忆、原乡的风貌等一直交潜其中。不同于"五四"一代及京派文人等更多其他现代作家的是,海派散文的原乡意识与原乡印记多是一种虚指,往往并非祖居的故乡,甚至融入了异乡因素,原乡之情也多集中于抽象的抒情,似精神的返乡。而更多其他现代作家的原乡意识往往是一种确指,即便身居都市,比如京派,也多看到的是都市的鄙薄,并未从情感上皈依于都市,乡土田园依然是他们安放灵魂之所。他们恨着都市,却又不愿意离开都市,因为都市有着现代的文明,于是产生了情感与理智的纠结、"流浪"的孤独。这种城乡之间彷徨无定的灵魂痛苦是显在的。都市与乡村在于他们,是互峙的两极,对都市的抒写往往以故乡为参照,一旦外力的挤压与自我的排斥直指心灵,孤独情绪无以排遣释放时,原乡便自然而然地成为游子精神的寄托与慰藉。海派文人显然消解了与消解着这种城乡两无着的矛盾与痛苦,仅在潜层的心理上留有"原乡"的印记与神往。对于海派文人,乡土之根已然淡化,城市之根似未扎牢,原乡的忧郁,都市的愿景,似乎都是索漠与朦胧的。

(三)心灵游移与视角离散

海派文人久居都市,虽没有京派文人式强烈的异乡感与眼前无路即回头的转寰及心悬两地的身世感,但也依然有着文化激荡与文化转换中的情感游移,并因此产生了遗民孤独的情怀与世事的沧桑感。这种文化的激荡与转换不是单纯地源于海派文人本身的城乡位移,而是更多地因为中国都市自身的文化转换而随之产生的情感。以上海为代表的近现代中国都市,本身就长期存在着文化的割裂与混合的特性,生活于其中的都市人自然有着两种或多种精神文化的冲击。比如:海派文化的"混合性"与审美区域的割裂就能很好地说明近现代中国都市的主要特点。即便长期居于都市的

上海老城厢

都市人，也似乎一直有着也必然有着或者说残留着乡村生活的面影。京派文人的"乡下人"情结与"原乡"情感是显在的，初入都市寄寓于都市，精神失去了现实的依据，自然有着强烈的异乡感与"无根"感。海派文人内在于都市，非为都市的"游人"与"浪子"，固然没有了如此"行脚人"的感时忧国，呐喊彷徨的身世之感，但其精神情感深处却被动性地赋有着因中国城乡文化整体位移而同步具有的混合性，似文化转型中的精神的浪子。时间的原点已经位移，主体的情怀也随之位移，在追情逐孽，声色一场之中，同样有着沧桑感与远古的忏情，是对整体文化的悼亡与伤逝。他们同样是矛盾的、孤独的，而且有着更为模糊的面影与复杂的心态。

（1）微讽刺与潜对照

质属于都市性质的海派散文，内在规约着对都市自身不满与讽刺的一面,但不怎么用力,缺少一种"鲁迅风"杂文式的"辣"味,是一种微讽刺。这与海派文人自觉的市民写作者身份密切相关。市民化写作围绕市民的审美需要,追求娱乐与享受,以销量、影响为尚,故不以讽刺为鹄的。"常人地位说常人的话"的角色认知显然缺少传统文人与"五四"一代文人式的"崇高感"与社会的担当意识。不管谁来统治,都市的"小民"求的是生活。文学的功用在海派文人看来,主要的不是指导与讽刺,而是让读者"破颜一笑"。不过,都市的市民又是求新求变的,于是又决定着海派文人对都市的本身与都市中的政治亦有着讽刺的态度,只是少有着"怒目"的一面。瞻庐的《灯话》借"灯话"温婉地批判民国统一的无形,一切的照旧,民主的不平。① 邵洵美《感伤的旅行》把对上海的"不满"变成一种感叹与厌倦。都市对于邵氏,有着太多的血肉联系,生长于斯,纵然百般失望,也仅是讲述着微微的"不适"。徐讦在《论睡眠》一文里,比较了"农业社会"与"工业社会"、"乡村的人民"与"都市的人民"睡眠的不同特点,感性与婉曲地表达了现代都市人生存的紧张与压迫。叶灵凤在《煤·烟·河》里对都市"污染"的"批判"似乎也是以郁闷的抒情表达着对都市的失望。作为都市文人,他们深刻地意识到,都市固然有着现代与繁华,但同样充斥着铜臭、虚伪、懈怠、虚华、浮躁、功利、势利、贪欲、糜烂、平庸、浇漓、浅薄及行尸走肉、营营扰扰,钩心斗角等种种的色相。他们为乡土文明安静与诗意的远离而感到忧郁与不安。在心理的潜层上,他们常常以乡土文明的美好与诗情来观照着都市的"恶"与"悲",但在情感上却又眷念与依附着都市,因而,其对都市的"批判"多是一种感性的忧郁,离"分析"尚有一定的距离。其感性的"忧郁"中不无渗透着"乡愁"与"乡思"——那失去灵魂之"家"的痛,只是比较隐性,不若京派来得明显。京派文学以显在的并加以美化了的乡村的"诗意"衬托了潜藏于心的对于都市"失意"与"恶"的感觉。对于海派文人,乡村的世界毕竟已渐行渐远,他们认同与理解着都市,而潜在乡土的力量偶或参与其中,时而融合,时而分裂,平等地关怀与臧否着都市的现实。

---

① 瞻庐:《灯话》,载《红杂志》1922 年第 30 期。

（2）殖民化进程与宿命性悖论

海派文人固然有着对都市的宽容、接纳与融入，不再有着京派沈从文式的"乡下人"身份的感觉及其对乡村道德理性的皈依与执着，但"游移""城""乡"的心灵困顿依然存在。在心理的天平上，京派文人倾向于乡村，尽管乡村已非理想的乡村，海派文人倾向于都市，尽管都市也并非尽然的美妙。"都市"与"乡村"对于他们来说，都是难以割舍的精神驿站。同样的文化断裂中的尴尬与撕扯的矛盾苦味在京海文学中的表现是不同的。作为"乡下人"的京派文人，常常柔性而温情地抒写着"家乡"的神奇飘忽及超凡脱俗，却又始终流露出一切生命的寂寞，这生命的"寂寞"恰恰正说明着京派文人游移于"城""乡"精神驿站的双重尴尬。而作为"城里人"的海派文人，其散文创作却呈现出别样的矛盾性及复杂的美感特征。以较有特殊性的丰子恺为例。从文化心理上看，丰子恺比之张爱玲等其他海派文人，尚算不上一个地道的"城里人"，但也绝非一个"乡下人"。他批判与臧否着都市，却也始终宽容理解着都市，他迷恋乡土生活的诗意，却又似乎并非京派文人式的那种"执着"。如其所说："我曾经住过上海，觉得上海住家，邻人都是不相往来，而且敌视的。我也曾做过上海的学校教师，觉得上海的繁华和文明，能使聪明的明白人得到暗示和觉悟，而使悟力薄弱的人收到很恶的影响。我觉得上海虽然闹，实在寂寞，山中虽冷静，实在热闹，上海是骚扰的寂寞，山中是清净的热闹。"[①]"都市"与"乡村"对于丰氏，都有着"光亮"与"黯淡"的一面，他不极端，以一个生活的智者审视与看待着"都市"与"乡村"的一切。"都市"的"繁华"与"文明"使其得以于城市安身，"乡村"的"清净"及其清净中的"热闹"又使其得以安心，从情感的归属上，他似乎更亲近乡土。但作为一个生活的智者，丰子恺能够从"都市"明白很多"乡村"世界里所没有的"暗示"与"觉悟"，在理智的层面上，他同样也割舍不了并依恋着"都市"。不同于京派文人的是，虽然都有着对乡土情感的留恋，但丰子恺"贪恋"的是乡土的"诗意"，而不是京派式的对乡村道德理性与生存哲学的坚守与皈依（虽然也有动摇的一面）。京派文人在赞美着乡

---

① 丰子恺：《山水间的生活》，载《春晖》1923 年第 13 期。

村风物与人性的同时，不厌其烦地述说着城市的"冷漠"与"虚伪"，但也同样"贪恋"着都市的现代文明。周作人曾把北平看作是第二故乡，沈从文看到北京的天空甚至有着想下跪的感觉，何其芳把北京比作情人等，但比之海派文人，京派文人缺少的却是都市的文化理性与生存哲学。京海文人虽然都有着"城""乡"两个精神驿站漂泊无依的尴尬，但京派文人灵魂之家似乎还是乡土，是生活于城里的"乡下人"。而海派文人则不然，其心灵自我已自觉接纳着都市甚至泥醉于都市，但心的一寓却总是自觉或不自觉地留有乡土文明的位置，尽管淡化以至消解了京派文人生活于都市的"寄寓"与流浪感，然而，游移城乡，莫可明辨的隐隐的尴尬还是存在的，哪怕被称作最像城里人的张爱玲也一样遭遇着"城""乡"文化游走的困惑。比如《公寓生活记趣》里，张爱玲透彻地理解着在一个逼仄的都会空间与带有浓厚乡土文明的混合型文化里保留"个人隐私"的艰难。"公寓"是现代性都市的器物，对"公寓""房间"等的推尚意味着对"旁观者"的躲避，直接地说也是对现代都市生活的一种沉醉。而脱胎于乡土中国的现代子民，虽然居于现代都市的"公寓"里，但常常有着文化"积习"的侵扰，中国人个性里的"粗俗"使得"公寓"也难以躲避，更难以安心。这显然体现了最像都市人的张爱玲面对中国混合型都市文明的尴尬与无奈。

"海派"究竟还是"海派"，"海"的核心在于它的工商性与海纳百川的"宽容"。海派文人接纳着都市，也不排斥乡村，它不"偏激"，以一个城里人的心理理性地理解着都市与乡村的优劣。当然，在殖民文化影响下而形成的近现代中国都市，具有着先天的颓废性，是中西"沉渣"的集聚。与西方现代都市单纯的工商文化语境里自然生成的都市人格是有区别的，海派文人时或隐现出审美与世界观的矛盾，比如对欲望、享乐、怪诞、丑恶、腐朽、隐暗等"颓废"的追逐与沉溺，其本身自然难以产生自我生命的超升与精神的救赎，尽管"颓废"里也包含有都市人生命的"激情"，但更是一种传统性的堕落。愈是奢望在刺激性的"颓废"里求得洒脱与超越，愈是陷入苦闷的深渊，这是包括海派散文在内的整个海派文学宿命性的悖论。在近现代中国都市化的进程中，对都市的"耽溺"与"矛盾"似乎成为最早变为"都市人"的"乡下人"必然面临也躲避不了的境况与尴尬。

（3）市民、"乡下人"与知识者的混合视角

传统中国的知识分子是附属于统治阶级的，加上"学在官府"及"学而优则仕"等的特性及因袭，其写作自然不在于平民。"五四"一代的知识分子，带有启蒙的色彩，是一种居高临下的写作，即便20世纪30年代的京派与同期存适于上海的现代性灵小品，依然有着启蒙的意味与"忧患"的色彩。海派文人有着市民化写作的自觉，如其所言，将自己归入读者群（主要指市民读者）中去，自然知道他们需要的是什么，然后再给他们一点别的。这种市民写作的自觉规约了海派散文的物质性与工商化的色彩。但刚刚脱胎于乡土中国的现代都市与刚刚脱落于乡土文化的现代都市知识分子，其市民化的身份与自觉又是不纯粹的，而是有着多种审美经验的融合，是残留有"乡下人"，也混合有知识者等的不完全的市民化视角。这种混合型的"视角"决定了海派散文的都市抒写与审美并不单单是物本主义的工商化，乡土中国的伦理诗意也时或一展风采。海派文人所言"此外再给一点别的"，又充分说明着它是属于知识者的，游离于真正的市民之外。

总而言之，海派文人的感觉是混合型的都市感觉，海派文人的视角也是一种混合型的审美视角，海派文人的抒写是散点的，也是复杂的感觉。他们写都市的复杂声浪，声色浮华，撼动的空气，却时时流露有乡村的诗意与温情，但又是一种审视与批判，显示出超越性的一面。"市民""乡下人""知识者"视野与经验的混合也因此使得海派散文具有了混合性的品格。其所谈多是生活中的小事，但小事不小，在小事上用力深思，咀嚼出人生世事的大道理，领略着人生的真趣味。这"道理"不远人，深而不深，因为它是来自你我熟悉的生活，所以，它也就脱却了文学艺术家、哲学家神圣的面纱，或者说，似一种隐性的读书人身份说着普通却也是神圣的道理。他们的感觉与思想有着现实生活的支撑，而非观念的文字。他们的散文去"装饰"，尚平实，似艺术亦似生活，自娱亦"媚俗"，意在求得市民读者的欣赏、认可与喜爱，故而，其"思智"也就有着亲切的色彩。

（四）非完形的都市性

乡土中国土壤上产生的现代都市，缘于自身文化的"积习"，先天缺

乏一种纯粹性。以上海为代表的近现代中国都市，就似中国广远的农业文明包围中的孤岛，而且，上海本身就是一个华界、租界、华洋过渡界杂存之地。正是这种"混合性"规约了近现代上海散文审美区域的分裂与抒情主体"视角"的分散。在此土壤上产生的都市散文似乎也始终存在着创作的越界与创作种类的繁多，或者说，所谓市民都市散文的"都市性"其实是不彻底的，总留有乡村文化的面影，但终究又不再属于传统乡土文学的范畴。它比之于"鲁迅风"杂文与现代性灵小品散文，已经开始失去或淡化中国传统文明的独立品质，更多地直抵现代都市的内核与新的精神"原乡"，在乡村与都市经验的遭遇中，"西风"压倒了"东风"。不过，近现代中国的都市是源于殖民文化而被动兴起，有着原初的创伤经验。以海派散文为代表的近现代中国都市散文甚至整个中国近现代都市文学更多地表现出对西方"物质现代性"的崇仰与机械性的审美，在文化心理层面上还有着过渡的痕迹。上海是近现代中国最具有代表性的现代都市，上海的都市文化从形成的初期即是混合型的，是工商消费文化主导下的多元杂糅文化。这种"杂糅"的本质是以吴越文化为核心的传统中华文化与外来文化的混融。工商文化的都市性自然制约着现代的上海有着不同于传统乡土文明的特点与魅力。比如：社会成员的社会身份发生了变迁，社会价值观念有了变化，商业化需求所造就的去血缘化与去性别化以及现代化的示范，传媒的力量，等等，特别是伴随着都会化进程，连带产生与促进了各种都市亚文化特征的出现，如消费文化、世俗文化、市井文化等。消费文化的商业性、通俗性；市井文化的粗陋化、生活化、自然化、无序化、浅近化；世俗文化的虚荣性、"非人性"、不健康性，等等这些，难免不对上海都会文人文学风格的形成产生重要的影响。另外，无论从历史地理环境到人口构成，都市上海又无法割断吴越文化的这根脐带。乡土文明的滞后性决定了上海文明残留的乡村民间性。更兼上海是一个集聚型的城市，上海人口的构成非常复杂，除外国人之外，尚有浙江人、广东人、苏南人、苏北人及上海本地人，即所谓的中外混居，"五方杂处"。其来自中华各文化区的人特别是其中的文化人共同显示和形成了上海民间文化特征的无主流性，从而决定了上海都会文学文本所展示的不同社会内容，不同文化内涵等都市文学的复杂性。近现代中国都市的"混合性"带给都市文人的感觉当然也是复杂的。久居都市，淡化了"乡下人"进城期的纠结，开始以现代城里人的眼光观照都市，拥抱都市以至泥醉于都市，已经有着浓重的现代都市的感觉与都市的物质性，与乡土文明的诗意已渐行渐远。但传统乡土文化的集体记忆使得现代都市的文人在流连、欣赏、拥抱都市之时又有着或浓或淡的乡土文化的心理机制及比照眼光。在此或隐或显的比照当中，都市文人既发现着都市的意义，也感觉到都市的不足与困惑。爱城与厌城，泥醉与游离，执著与超脱，批评与崇仰等复杂多元的都市感觉集于一身，但它毕竟又质属于都市，没有了京派式的都市的流浪感与漂泊感。

当然，都市上海的"混合性"在整个都市文学中都有所反映，而散文中的表现似乎更为直观，因为它所反映的是都市文人自我的心灵。中国现代都市小说往往偏重于都市生态、图景的明晰与都市文化理性的发现，而作为自我心灵言说的散文文体则更多地在于感性的都市文化的呈现。都市小说当中过于理性的社会学分析与都市文化理性的把握在一定程度上遮蔽着都市文化的复杂与真实，不如散文表现得直接与鲜明。乡土与城市，传统与现代，原乡与异乡，自我与他者等多元共存与多元一体碰撞胶结的近现代都市人的文化心态决定了自我文化身份的模糊，这种文化身份的模糊也正反映了乡土中国到现代都市转变的复杂与多元。在一定意义上，海派散文正象征了近现代中国都市化的进程。

# 结语  近现代中国工商文化的精神标识

　　海派文化是随着移民文化而逐渐形成的一种混合型的移植文化。海派文化的"混合性"决定了相对独立的各种散文品类在上海这一共同的工商文化语境中都有其各自发生与存适的可能，而相互之间却又始终存在着交互与相生的复杂关系。在上海散文三种最基本的形式中，市民都会散文有新旧之别，但同属于工商文化的精神造型，与海派文化具有一种互喻性；"鲁迅风"杂文体现了海派文化"阳刚"的一面，又是海派文化的"他者"批判；现代性灵小品彰显着与政商文学的对举，它的近情与日常对接了海派文化的"世俗"，而对商业文学疏离，则又延续着海派文化的"阴柔"与"雅"，但其"贵族化"的倾向则又反映着对现实的规避。在上海所有的散文形态中，市民都会散文是海派文化因内而符外的主体性表现，是海派散文最有资格的代表者，它属于未来，启示着当下。也正是本论著集中表述的重点。

　　市民都会散文即海派散文的生成除与上海这一特殊的文化土壤密切相关之外，京海合流对之产生了重要的影响。京海合流，客观上提供了现代海派散文产生的平台，延续与发展了"五四"以来京派作家对人的存在与价值的发现。规范与提升了海派散文的品格，使其更能以花样翻新及相较高雅的品格赢得文化市场的接纳。京海融合的直接结果产生或完善了中国现代文学史上的生活散文、文化散文，自然也是一种城市散文。

　　近现代以来，上海是中国最早具有完整与成熟的现代消费文化形态的都会。消费文化的繁荣带来了文化艺术传播载体的发达，也改变着上海的政治形式、社会结构、人际关系、生活方式、心理状态等，表现出现代市民社会的某些典型特征，从而规约了海派散文文体的选择与文本表现形态。大众媒介与消费文化所形成的"言论空间"或"公共领域"造成了对原作者的忽视与其权威性的消解，生成了海派散文作家群及都会散文观，规约了海派散文的尖新与杂散文的表现形态。

现代上海都会的形成与发展，改变了人们的时空观念。时间被纳入了以"现在"为中心的空间，实现了时间的空间化，给人一种完全不同于乡村的都会生存体验。上海都会的空间感影响着包括海派散文在内的海派文学创作。但作为不同于小说的散文文体，海派散文的空间性是一种呈现，也是一种表征。海派散文是一种日常生活的审美。是居于传统主流之外的市井细民生活的扩张与发展。对日常生活的亲近，其实质即是向现实中"人"的回归及其对"人"合理性的肯定。其所表现的世界是一个感知觉的世界，也是一个视觉的世界。作为都会工商文化的产物，它们不太相信日常生活之外的历史，着眼与关注于地表以下可触摸的真实存在。然而，在此尘嚣市街与凡俗世事的抒写中又满蕴着诗意，甚至有着形而上的意味，凸显着浓厚的个体感官经验的色彩。

正是因为工商文化的主导，海派散文实现了从传统乡土散文到都会散文的转型。在中国传统的奴隶与封建制时代，当然也存在着附属于农耕经济的商品交换与消费形式，但在以乡土文明主导一切的时代，其中的消费文化与商业形式总有着浓重的乡土中国的意味。近现代以来特别是20世纪30—40年代的上海，作为乡土文明价值核心的诸如忠孝信义廉耻等，已然失去了故有的光芒。文学文体的变化也正意味着文化人人生价值观念的变迁，趋向一种奢华、好动、重利、求乐、寻变、尚俗的转变。或者说，海派散文与工商文化有着通约与趋同的性质，在一定程度上成为现代都会消费文化的标识。

散文作为一种文体与文化之间，自古有着较之其他文类更为直接密切的关系。从文化哲学的角度来说，散文是人的精神创造物，而人又是文化的动物。"人的身上如果没有文化或者说人失去了创造文化的能力，人就不能成为真正意义上的人。"① 散文的文化本体性与文学的审美性是一种知

---

① 陈剑晖、陈鹭：《时代文体与文化文体》，载《华南农业大学学报》（社会科学版）2009年第4期。

性与感性的交融，理性与诗性的结合。海派散文正体现了市民文人基于吴越文化基底上的都市文化的认同，并因之形成的价值观与荣誉感，以同情与欣赏的态度感觉它、描述它以至建构它。其审美自觉性主要通过如下方面得以实现：一是文化趣味；海派散文的整体特点是自然朴实中的蕴藉圆融，浅近通俗，表现出市民日常俗世的喜怒哀乐与真实的情态。其所追求的是一种世俗化与商业化的轻文学性的散文文体。海派散文没有京派散文、"鲁迅风"杂文等的理想化姿态与俯瞰世间苍生的精英色彩，而是力求与广大都会市民文化趣味的融通，潜入都市日常生活的深处，以自我经验的方式关怀生活的真实与常识，从日常生活最琐屑的基底出发，发现与如实地描绘庸常生活本身的乐趣与力量，表现出浓郁的市民意识、世俗意识、市井意识，追求散佚、精巧的享用性，力求使人感到愉快，引起兴趣，显示出都会文人本身的浮华、精明，实惠。它远离时代历史，漠然于国家民族相关的历史事件，充分体现出都会散文的商业消费性。二是文化气质；散文文体的文化本体性决定了与主体人格的同构。海派散文显示出了市民文人相对稳定的生活化的，无序而自然的个性特点与风格气度。不求深刻与庄严，自由散漫，甚至"粗鄙"，带有些许的市井气。当然，作为中国最早发展起来的现代都市，又决定了海派散文及海派文人的现代质。三是修辞的经营；为了达到散文文体的商品化与流行，都会文人在行文风格、叙述腔调、描写手段等方面，皆显现着一种都会人的精神品性。海派文人以庸常生活与俗人的意识放逐雅正与庄严，追尚幽默与轻松。排斥说教，自然本色，凡人凡语，甚至发奇论，造噱头，以通俗化、世俗化甚至低俗化的描写超越与消解着一切，体现出一种商业化的审美情趣，也似海派文人自我及全体现代都市人彷徨无据及其颓废心理状态的表征。海派散文的商业化与世俗性，也正是海派散文的现代性。它反叛传统，强调竞争、松散、欲望、装饰与实利等，凸显着"现代"的"市"以及现代人的压抑意识与疯狂意识。当然，作为进行中的中国都市文化土壤，海派散文也似乎始终隐现着乡土文化的印记与原初的创伤经验，体现出现代中国式都市文化的品格。

　　海派散文是属于城市的，本质是属于生活的，是散文的生活化。散文对身边琐事的日常性抒写，在"五四"时期曾为一时之尚。其根源则是其时对人的存在价值的发现，影响了"五四"散文对人生世俗的体察与描写。20世纪20年代末，社会矛盾急剧动荡，以及作家思想的转变规约了散文小品的题材走向，"身边琐事"似乎变得无谓，生活化的散文失去了往日的风光。恰在此时，海派散文却接续和发展了生活化散文的传统。在复杂的言说语境与都市环境的刺激下，海派文人几乎完全由社会归向个人，远离了传统的"神圣性"，加重加浓了散文小品的消遣性、世俗性及人生风味的吟诵。点点滴滴，似乎都在彰显着工商经济漩流中的市民心态。"日日紧张的生存条件和善于精打细算，养成了沪上民众普遍关注努力和积累，对实惠的追求和对自身精力的宝爱往往使他们不太计较品位格调，唯痛快、新奇、有趣是上。这类十字街头的审美趣味大不同于象牙塔的审美趣味，失去了严肃却获得了通俗。正是这种通俗化，连同现代化，使海派散文小品在满足读者消费的同时，也刺激了作家的生产。"① 当然，对商品经济的适应及其对政治的远离在刺激着市民都会散文发达的同时，也影响着都会散文带有着负面的因素。畸形的都市生活及其规约下的城市文化也有着不健康的东西，势必影响着海派散文的品格。海派散文唯求个人委屈求生、苟且偷生、现世安稳的心态与生存之道一定程度上是以放弃对人性与文学之尊严作为代价的，势必降低"五四"以来所开辟的"人的文学"的底线。海派散文中也时有着市侩气等恶俗性的一面，亦有着对趣味享乐等的欣赏、追尚以至对现实的规避等，但不管怎么说，海派散文的生活化与城市性毕竟属于新鲜与未来的，有着无比鲜活的生命力，历史的海派散文告诉着我们现在及将来的散文甚至整个现在与将来的文学，必定有着一定的借鉴与启示意义。

---

① 许道明：《前言》，载张爱玲《张爱玲集：到底是上海人》，汉语大词典出版社1995年版，第6页。

# 参考文献

**文学史资料类**

北京大学、北京师范大学、北京师范学院、中文系中国现代文学教研室主
　　编：《新文学运动史料选》，上海教育出版社 1979 年版。

北京大学哲学系美学教研室编：《中国美学史资料选编》，中华书局 1980
　　年版。

包忠文：《现代文学观念发展史》，江苏教育出版社 1992 年版。

陈柱：《中国散文史》，上海书店 1984 年版。

陈寿立：《中国现代文学运动史料摘编》，北京出版社 2004 年版。

陈子展：《中国近代文学之变迁·最近三十年中国文学史》，上海古籍出版
　　社 2013 年版。

陈伯海、袁进主编：《上海近代文学史》，上海人民出版社 1993 年版。

陈子善主编：《中国现代文学编年史：以文学广告为中心（1937—1949）》，
　　北京大学出版社 2013 年版。

程华平：《近代上海散文系年初编》，上海教育出版社 2003 年版。

曹万生主编：《中国现代汉语文学史》，中国人民大学出版社 2010 年版。

范培松：《中国散文批评史》，江苏教育出版社 2000 年版。

范培松：《中国现代散文史》，江苏教育出版社 1993 年版。

郭绍虞：《中国文学批评史》，上海古籍出版社 1979 年版。

郭绍虞主编：《中国历代文论选》，上海古籍出版社 1979 年版。

孔另境编：《现代作家书简》，花城出版社 1982 年版。

柯灵主编：《中国现代文学序跋丛书·散文卷》，海南人民出版社 1988 年版。

刘炎生：《中国现代文学论争史》，广东人民出版社1999年版。

敏泽：《中国文学理论批评史》，人民文学出版社1981年版。

［美］费正清：《剑桥中华民国史》，章建刚译，上海人民出版社1986年版。

钱理群、温儒敏、吴福辉：《中国现代文学三十年》，北京大学出版社1998年版。

钱理群主编：《中国现代文学编年史：以文学广告为中心（1915—1927）》，北京大学出版社2013年版。

阮元：《十三经注疏》，中华书局影印本1979年版。

佘树森编：《现代作家谈散文》，百花文艺出版社1986年版。

唐弢、严家炎主编：《中国现代文学史》（二、三卷），人民文学出版社1980年版。

汪文顶：《现代散文史论》，福建教育出版社1994年版。

吴福辉：《插图本中国现代文学发展史》，北京大学出版社2010年版。

吴福辉主编：《中国现代文学编年史：以文学广告为中心（1928—1937）》，北京大学出版社2013年版。

徐迺翔编：《中国文学史资料全编（现代卷）：文学的"民族形式"讨论资料》，知识产权出版社2010年版。

谢飘云：《中国近代散文史》，中国文联出版公司1997年版。

俞元桂：《中国现代散文史》，山东文艺出版社1988年版。

俞元桂主编：《中国现代散文理论》，广西人民出版社1984年版。

袁进主编：《中国近现代文学编年史——以文学广告为中心（1872—1914）》，北京大学出版社2013年版。

姚春树、袁勇麟：《二十世纪中国杂文史》，福建教育出版社1998年版。

朱栋霖、丁帆、朱晓进主编：《中国现代文学史》，高等教育出版社1999年版。

文学专题研究论著论文类

别林金娜编：《别林斯基论文学》，新文艺出版社1958年版。

曹顺庆：《中西比较诗学》，北京出版社1988年版。

程光炜编：《周作人评说80年》，中国华侨出版社2000年版。

陈子善：《说不尽的张爱玲》，上海三联书店 2004 年版。

陈啸：《京派散文：走向塔尖》，人民出版社 2012 年版。

陈平原：《散文小说志》，上海人民出版社 1998 年版。

陈良运：《中国诗学批评史》，江西人民出版社 2007 年版。

陈飞主编：《中国古代散文研究》，福建人民出版社 2005 年版。

陈剑晖：《中国现当代散文的诗学建构》，江西高校出版社 2004 年版。

陈剑晖：《诗性散文》，广东教育出版社 2009 年版。

丁晓原：《文化生态与报告文学》，上海三联书店 2001 年版。

戴维·洛奇编：《二十世纪文学评论》，上海译文出版社 1987 年版。

杜福磊：《散文美学》，河南大学出版社 1999 年版。

樊美筠：《中国传统美学的当代阐释》，北京大学出版社 2006 年版。

范培松：《20 世纪中国散文研究系列·中国散文批评史》，江苏教育出版社
    2000 年版。

方遒：《散文学综论》，安徽教育出版社 2004 年版。

方宽烈：《凤兮凤兮叶灵凤》，福建教育出版社 2013 年版。

傅瑛：《昨夜星空——中国现代散文研究》，安徽大学出版社 2004 年版。

黄科安：《现代散文的建构与阐释》，福建海峡文艺出版社 2001 年版。

胡晓军、苏毅谨：《戏出海上——海派戏剧的前世今生》，文汇出版社 2007
    年版。

贾平凹主编：《散文研究》，河北大学出版社 2001 年版。

卢玮銮编：《不老的缪思——中国现当代散文理论》，香港天地图书有限公
    司 1993 年版。

林非：《林非论散文》，江西高校出版社 2000 年版。

林非：《中国现代散文史稿》，中国社会科学出版社 1981 年版。

林非：《现代六十家散文札记》，百花文艺出版社 1980 年版。

林非：《笔谈散文》，百花文艺出版社 1980 年版。

林贤治：《鲁迅的最后十年》，复旦大学出版社 2011 年版。

卢桢：《现代中国诗歌的城市抒写》，中国社会科学出版社 2012 年版。

吕若涵：《"论语派"论》，上海三联书店 2002 年版。

李今：《海派小说与现代都市文化》，安徽教育出版社 2000 年版。

李建军：《小说修辞研究》，中国人民大学出版社 2003 年版。

李楠：《晚清、民国时期上海小报研究》，人民文学出版社 2005 年版。

李相银：《上海沦陷时期文学期刊研究》，上海三联书店 2009 年版。

李永东：《租界文化与 30 年代文学》，上海三联书店 2006 年版。

李书磊：《都市的迁徙》，时代文艺出版社 1993 年版。

李洁非：《城市相框——九十年代都市文学研究》，山西教育出版社 1999
　　年版。

刘锡庆：《散文新思维》，河北教育出版社 1998 年版。

[马来西亚] 温梓川著，钦鸿编：《文人的另一面》，广西师范大学出版社
　　2004 年版。

欧明俊：《现代小品理论》，上海三联书店 2005 年版。

秦亢宗主编：《中国散文辞典》，北京出版社 1993 年版。

绕良伦等：《烽火文心》，北方文艺出版社 2000 年版。

沈义贞：《中国当代散文艺术演变史》，浙江大学出版社 2000 年版。

沈建中：《遗留韵事：施蛰存游踪》，文汇出版社 2007 年版。

佘树森：《中国现当代散文研究》，北京大学出版社 1993 年版。

佘树森：《散文艺术初探》，福建人民出版社 1984 年版。

孙郁、黄乔生主编：《回望周作人——知堂先生》，河南大学出版社 2004 年版。

孙郁：《周作人和他的苦雨斋》，人民文学出版社 2003 年版。

施蛰存：《〈现代〉杂忆》，载《沙上的脚迹》，辽宁教育出版社 1995 年版。

唐正序、陈厚诚主编：《20 世纪中国文学与西方现代主义》，四川人民出版
　　社 1992 年版。

童庆炳：《文体与文体的创作》，云南人民出版社 1994 年版。

汪文顶：《无声的河流：现代散文论集》，上海远东出版社 2003 年版。

汪应果、赵江滨：《无名氏传奇》，上海文艺出版社 1998 年版。

王又平主编：《文学批评术语词典》，上海文艺出版社 1999 年版。

王尧：《乡关何处——20 世纪中国散文的文化精神》，东方出版社 1996 年版。

王佐良：《英国散文的流变》，商务印书馆 1998 年版。

王兆胜：《真诚与自由——20 世纪中国散文精神》，陕西人民教育出版社
　　2003 年版。

王德威：《想象中国的方法》，生活·读书·新知三联书店 1998 年版。

吴冶平：《空间理论与文学的再现》，甘肃人民出版社 2008 年版。

吴家荣编：《比较文学新编》，安徽教育出版社 2004 年版。

吴福辉：《都市旋流中的海派小说》，湖南教育出版社 1995 年版。

吴立昌：《文学的消解与反消解》，复旦大学出版社 2004 年版。

吴义勤、王素霞：《我心彷徨（徐讦传）》，上海三联书店 2008 年版。

肖剑南著：《东有启明　西有长庚：周氏兄弟散文风格比较研究》，上海三
　　联书店 2009 年版。

肖佩华：《中国现代小说的市井叙事》，学苑出版社 2008 年版。

许道明：《海派文学论》，复旦大学出版社 1999 年版。

许建平：《文学研究的新经济视角与分析方法》，上海古籍出版社 2008 年版。

席扬：《知识分子的心路历程——中国现代散文名家新论》，山西高校联合
　　出版社 1994 年版。

尹恭弘：《小品高潮与晚明文化》，华文出版社 2001 年版。

喻大翔：《用生命拥抱文化——中华 20 世纪学者散文的文化精神》，人民
　　文学出版社 2002 年版。

杨义：《中国叙事学》，人民出版社 1997 年版。

俞元桂：《中国现代散文十六家综论》，华东师范大学出版社 1989 年版。

郑明娳：《现代散文纵横论》，台北长安出版社 1986 年版。

郑明娳：《现代散文类型论》，台北大安出版社 1987 年版。

郑明娳：《现代散文现象论》，台北大安出版社 1992 年版。

张隆溪编：《比较文学译文集》，北京大学出版社 1982 年版。

张国俊：《中国艺术散文论稿》，中国社会科学出版社 2004 年版。

张智辉：《散文美学论稿》，中国社会科学出版社 2004 年版。

张赣生：《民国通俗小说论稿》，重庆出版社 1991 年版。

张铁荣：《周作人平议》，天津人民出版社 2006 年版。

张桂华：《胡兰成传》，北方妇女儿童出版社 2010 年版。

周海波、杨庆东：《传媒与现代文学之间》，中国社会科学出版社 2004 年版。

周冠生主编：《新编文艺心理学》，上海文艺出版社 1995 年版。

朱世英、方遒、刘国华：《中国散文学通论》，安徽教育出版社 1995 年版。

曹超：《海派小说与现代上海消费文化》，硕士学位论文，郑州大学，
　　2002 年。

陈子善：《钱歌川和他的散文》，载《书城》1995 年第 4 期。

陈水云、周云：《论晚明小品的世俗性》，载《海南师范学院学报》（社会
　　科学版）2006 年第 1 期。

陈剑晖：《散文理论的春天何时到来？——对散文理论核心范畴的一种阐
　　释》，载《文艺争鸣》2006 年第 2 期。

陈剑晖、陈鹭：《时代文体与文化文体》，载《华南农业大学学报》（社会
　　科学版）2009 年第 4 期。

范培松：《京派与海派散文批评比较论》，《文学评论》2002 年第 4 期。

范卫东、王力：《论"孤岛"杂文的自由精神》，载《江苏社会科学》2011
　　年第 4 期。

方爱武：《生命的瞩望：走近真实——海派小品散文比较谈》，载《上海大
　　学学报》（社会科学版）2001 年第 3 期。

方爱武：《试论海派散文小品的文化品格》，载《浙江工业大学学报》（社
　　会科学版）2002 年第 6 期。

方习文：《章衣萍：一个被忽略和误解的安徽现代作家》，载《江淮文史》
　　2007 年第 5 期。

黄科安：《中国现代艺术性散文的选择与重构》，载《福建师范大学学报》
　　（哲学社会科学版）2002 年第 1 期。

黄裳裳：《文学的日常性品格——文学理论的一种新关怀》，载《社会科学
　　辑刊》2000 年第 4 期（总第 129 期）。

何雪英：《独特的"流言体"：论张爱玲的"絮语散文"》，载《沈阳师范
　　大学学报》（社会科学版）2010 年第 4 期。

韩春岫：《苏青与〈天地〉》，硕士学位论文，山东大学，2008 年。

蒋心焕：《"海派"散文与文化市场》，载《东岳论丛》1998 年第 1 期。

姜振昌：《"鲁迅风"的活力与"活鲁迅"的风范——"孤岛"杂文概
　　观》，载《山东社会科学》1989 年第 6 期。

孔令云：《杂志文：1940 年代散文的另类形态》，载《江苏社会科学》2010
　　年第 1 期。

林非：《对于中国现当代散文文体的深入探索——读陈剑晖〈中国现当代散文的诗学建构〉》，载《文艺争鸣》2006 年第 6 期。

雷世文：《鲁迅后期杂文中上海经验的反现代化书写》，载《盐城师范学院学报》（人文社会科学版）2011 年第 5 期。

李今：《日常生活意识和都市市民的哲学——试论海派小说的精神特征》，载《文学评论》1999 年第 6 期。

李标晶：《中国现代散文诗的意象范型及其构成方式》，载《山东师范大学学报》（社会科学版）1997 年第 6 期。

李雅娟：《抗战期间沦陷区小品文杂志及其写作——以〈古今〉为个案》，载《汕头大学学报》（人文社会科学版）2007 年第 1 期。

李春雨：《论现代出版与现代作家群体的关系》，载《中国现代文学研究丛刊》2008 年第 6 期。

李旭：《周作人散文"平淡"风格的文体学分析》，载《广东社会科学》1997 年第 4 期。

李红霞：《唯美主义与中国现代文学》，博士学位论文，中山大学，2009 年。

彭国梁：《散文大家钱歌川》，载《长沙晚报》2009 年 5 月 22 日。

邱江宁：《消费文化与文学文体研究》，载《文学评论》2010 年第 4 期。

舒芜：《周作人后期散文的审美世界》，载《中国现代文学研究丛刊》1987 年第 1 期。

舒芜：《周作人的散文艺术》，载《文艺研究》1988 年第 4、5 期。

苏红：《鲁迅的"自由谈"文体及其影响》，硕士文学论文，河北大学，2005 年。

孙秀昌：《文学的神圣性与世俗性》，载《邢台职业技术学院学报》2003 年第 2 期。

孙琳：《〈现代〉杂志推介欧美文学作品研究》，载《中国海洋大学学报》（社会科学版）2009 年第 1 期。

唐晓莉：《论张爱玲散文的现代性》，载《唐山师范学院学报》2010 年第 4 期。

王兆胜：《林语堂与章克标》，载《江汉论坛》2003 年第 9 期。

王兆胜：《论 20 世纪中国性灵散文》，载《海南师范学院学报》（社会科学版）2003 年第 6 期。

汪文顶：《英国随笔对中国现代散文的影响》，载《文学评论》1987 年第 4 期。

王嘉良：《论语丝派散文》，载《文学评论》1997 年第 3 期。

佘树森：《当代散文之艺术嬗变》，载《北京大学学报》（哲学社会科学版）1989 年第 5 期。

王鹏飞：《沦陷区文学期刊研究》，博士学位论文，华东师范大学，2006 年。

王鹏飞：《〈西风〉与西洋杂志文的兴起》，载《新文学史料》2010 年第 2 期。

王鹏飞：《孤岛时期"论语派"的文学活动及其意义》，载《学术探索》2005 年第 6 期。

王鹏飞：《〈西风〉："论语派"后期的新变动》，载《郑州轻工业学院学报》（社会科学版）2005 年第 5 期。

王军：《上海沦陷时期市民杂志〈万象〉的散文杂文形态》，载《通化师范学院学报》2007 年第 5 期。

王军：《周炼霞的文学创作》，载《大连大学学报》2009 年第 5 期。

王春燕：《论"语丝"时期的鲁迅杂文创作》，载《山东社会科学》2005 年第 4 期。

吴福辉：《中国左翼文学、京海派文学及其在当下的意义》，载《海南师范学院学报》2001 年第 1 期。

吴福辉：《海派的文化位置及与中国现代通俗文学之关系》，载《苏州科技学院学报》（社会科学版）2003 年第 2 期。

吴福辉：《老中国土地上的新兴神话》，载《文学评论》1994 年第 1 期。

吴福辉：《海派文学与现代媒体：先锋杂志、通俗画刊及小报》，载《东方论坛》（青岛大学学报）2005 年第 3 期。

吴苏阳：《海派文学的传统与现代》，载《福建论坛》（社科教育）2009 年第 2 期。

吴晓东：《海派散文的都市语境》，载《长江学术》2014 年第 1 期。

许志英：《论周作人早期散文的思想倾向》，载《中国现代文学研究丛刊》1980 年第 4 期。

许志英：《论周作人早期散文的艺术成就》，载《文学评论》1981年第6期。

许建平：《货币观念的变异与农耕文学的转型——以明代后期的市井小说为论述中心》，载《中国社会科学》2007年第2期。

许建平：《经济活动与文学活动之关系及其研究途径》，载《社会科学》2008年第3期。

薛雯：《从"直觉说"到"性灵说"——林语堂与克罗齐美学思想的比较》，载《文学评论》2011年第3期。

谢纳：《都市空间与艺术叙事——中国现代主义小说叙事的"空间化"》，载《解放军艺术学院学报》（季刊）2011年第3期。

解志熙：《走向妥协的人与文——张爱玲在抗战末期的文学行为分析》，《文学评论》2009年第2期。

咸立强：《创造社出版部小伙计》，载《复旦学报》（社会科学版）2005年第4期。

咸立强：《异端·流浪·新流氓主义——从新的角度探索创造社群体特征》，载《天府新论》2005年第3期。

熊月之：《上海的崛起与上海史研究》，载《新华文摘》2000年第1期。

杨建民：《〈文坛登龙术〉的由来及遭遇》，载《中华读书报》2011年6月22日第14版。

余凌：《论中国现代散文的"闲话"和"独语"》，载《文学评论》1992年第1期。

俞兆平、王文勇：《林语堂与梁实秋美学观念之辨异》，载《福建论坛》（人文社会科学版）2008年第3期。

袁进：《试论中国近现代文化中心的北移与南下》，载《社会科学》2000年第8期。

游修庆：《在全球化语境中建构新的散文理论话语——评陈剑晖先生新作〈中国现当代散文的诗学建构〉》，载《海南师范大学学报》（社会科学版）2007年第3期。

张鸿声：《城市的公共性想象与日常性的消失——以"十七年"上海题材文学为例》，载《学术月刊》2009年6月第41卷6月号。

张芸：《鲁迅杂文与林语堂小品文思想艺术的异同比较》，载《通化师范学院学报》2003 年第 3 期。

张道兵：《世俗的超越　崇高的消解——张爱玲散文研究》，硕士学位论文，华中师范大学，2006 年。

张玲玲：《20 世纪 30 年代期刊的科学小品》，载《山西师范大学学报》（社会科学版）2007 年第 2 期。

张娟：《〈天地〉视野下的市民文化空间透视》，载《南京师范大学学报》（社会科学版）2006 年第 4 期。

赵海彦：《〈语丝〉、〈骆驼草〉、〈论语〉：现代纯文学轻松化写作观念之流变》，载《文学评论》2005 年第 6 期。

赵京华：《周作人审美理想与散文艺术综论》，载《文学评论》1988 年第 4 期。

赵怀俊：《林语堂的"表现性灵说"与克罗齐的"表现说"》，载《上海师范大学学报》（哲学社会科学版）2006 年第 2 期。

周明鹃：《论中国现代散文的怀乡情结》，载《中国文学研究》2005 年第 1 期。

周荷初：《施蛰存与晚明小品》，载《海南师范学院学报》2004 年第 2 期。

周利霞：《永安月刊与民国后期上海都市文化述略》，硕士学位论文，上海师范大学，2010 年。

朱晓江：《"失乡"：丰子恺的都市散文及其现代性反思》，载《杭州师范学院学报》（社会科学版）2008 年第 1 期。

朱英：《近代上海商业的兴盛与海派文化的形成及发展》，载《三峡大学学报》（人文社会科学版）2001 年第 4 期。

社会与文学文化理论专著类

［奥］弗洛伊德：《集体心理学和自我的分析·弗洛伊德后期著作选》，上海译文出版社 1986 年版。

［奥］弗洛伊德：《精神分析引论》，商务印书馆 1987 年版。

包亚明主编：《后现代性与地理学的政治》，上海教育出版社 2001 年版。

陈望道：《修辞学发凡》，上海教育出版社 1976 年版。

［德］马克斯·韦伯著：《文明的历史脚步》，黄宪起译，上海三联书店1988年版。

［德］海勒：《色彩的文化》，吴彤译，中央编译出版社2004年版。

冯天瑜、何晓明、周积明编：《中华文化史》，上海人民出版社1990年版。

方东美：《生命理想与文化类型》，中国广播电视出版社1992年版。

［法］莫里斯·哈布瓦赫：《论集体记忆》，毕然、郭金华译，上海人民出版社2002年版。

［法］让·波德里亚：《消费社会》，刘成富、全志钢译，南京大学出版社2000年版。

胡经之、张首映：《西方20世纪文论选》，中国社会科学出版社1988年版。

贺麟：《文化与人生》，商务印书馆2005年版。

何钟秀、曾涤：《城市科学》，浙江教育出版社1988年版。

［荷］米克·巴尔：《叙述学：叙事理论导论》，谭君强译，中国社会科学出版社2003年版。

［德］海德格尔：《存在与时间》，陈嘉映，王庆节译，生活·读书·新知三联书店1987年版。

黄伯荣、李炜主编：《现代汉语》（上、下册），北京大学出版社2012年版。

杰姆逊：《后现代主义与文化理论》，陕西师范大学出版社1986年版。

居阅时、瞿明安主编：《中国象征文化》，上海人民出版社2001年版。

［加拿大］威尔·金里卡：《自由主义、社群与文化》，应奇、葛水林译，上海译文出版社2005年版。

李泽厚：《中国现代思想史论》，东方出版社1987年版。

李重光：《音乐理论基础》，人民音乐出版社1982年版。

陆扬：《精神分析文论》，山东教育出版社1998年版。

刘康：《对话的喧声——巴赫金的文化转型理论》，中国人民大学出版社1995年版。

刘惠吾：《上海近代史》，华东师范大学出版社1985年版。

梁漱溟：《中西文化及其哲学》，商务印书馆2005年版。

［美］柯文：《在中国发现历史——中国中心观在美国的兴起》，林同奇译，北京中华书局出版发行2002年版。

［美］帕克等：《城市社会学》，宋俊岭等译，华夏出版社 1987 年版。

［美］E. 希尔斯：《论传统》，傅铿、吕乐译，人民文学出版社 1980 年版。

［美］罗兹·墨非：《上海——现代中国的钥匙》，上海人民出版社 1986年版。

［美］瑞恰慈：《文学批评原理》，南昌百花洲出版社 1992 年版。

［瑞士］荣格：《心理类型学》，西安华岳出版社 1989 年版。

［瑞士］荣格：《分析心理学的理论与实践》，生活·读书·新知三联书店1991 年版。

［美］M. H. 艾布拉姆斯：《镜与灯——浪漫主义文论及批评传统》，郦稚牛、张照进、童庆生译，北京大学出版社 2004 年版。

童庆炳：《维纳斯的腰带》，上海文艺出版社 2001 年版。

童庆炳：《文体与文体的创造》，云南人民出版社 1994 年版。

钱乃荣：《上海方言》（海派文化丛书），文汇出版社 2007 年版。

［苏联］巴赫金：《对话性想象》，美国得克萨斯大学出版社 1985 年版。

邱紫华：《悲剧精神与民族意识》，华中师范大学出版社 2000 年版。

邱江宁：《明清江南消费文化与文体演变研究》，上海三联书店 2009 年版。

吴承学：《中国古代文体形态研究》，中山大学出版社 2002 年版。

温科学：《20 世纪西方修辞学理论研究》，中国社会科学出版社 2006 年版。

王宁：《消费社会学》，社会科学文献出版社 2001 年版。

徐行言主编：《中西文化比较》，北京大学出版社 2004 年版。

谢选骏：《中国神话》，浙江教育出版社 1995 年版。

［英］迈克·克朗：《文化地理学》，杨淑华、宋慧敏译，南京大学出版社2005 年版。

［英］马·布雷德伯里、詹·麦克法兰编：《现代主义》，上海外语教育出版社 1992 年版。

邹依仁：《旧上海人口变迁的研究》，上海人民出版社 1980 年版。


工具书类

贾植芳、俞元桂主编：《中国现代文学总书目》，福建教育出版社 1993年版。

贾植芳主编:《现代散文鉴赏辞典》,上海辞书出版社 2003 年版。

唐沅、韩之友、封世辉、舒庆、孙庆升、顾盈丰编:《中国现代文学期刊目录汇编》(上、下),天津人民出版社 1988 年版。

谭正璧编:《中国文学家大辞典》,上海书店 1981 年复印版。

俞天白:《海派金融》(海派文化丛书),文汇出版社 2009 年版。

杨家骆:《民国名人图鉴》,南京辞典馆 1937 年版。

张仲礼:《近代上海城市研究》,上海人民出版社 1990 年版。

中国现代文学馆编:《中国现代作家大辞典》(精装本),新世界出版社 1992 年版。

## 文学作品类

陈子善编:《夜上海》,经济日报出版社 2003 年版。

陈福康,蒋山青编:《章克标文集》,上海社会科学院出版社 2002 年版。

陈醉云编著:《玫瑰仙子》,中华书局 1924 年初版,海豚出版社 2014 年版。

陈醉云:《游子的梦》,未央书店 1930 年初版。

陈醉云:《两个月亮》,海豚出版社 2014 年版。

曹聚仁:《文笔散策·文思》,生活·读书·新知三联书店 2007 年版。

程德培、郜元宝、杨杨编:《1926—1945 良友散文》,上海社会科学院出版社 2004 年版。

程德培、郜元宝、杨杨编:《1926—1945 良友随笔》,上海社会科学院出版社 2003 年版。

杜学忠、武在平编:《钱歌川散文选集》,百花文艺出版社 2009 年版。

废名著,陈子善编订:《论新诗及其他》,辽宁教育出版社 1998 年版。

丰子恺:《丰子恺散文选集》,上海文艺出版社 1981 年版。

丰子恺:《丰子恺散文全编》(上下编),浙江文艺出版社 1992 年版。

金性尧:《闲坐说诗经》,江苏古籍出版社,中华书局(香港)1991 年版。

金性尧:《夜阑话韩柳》,中华书局 2004 年版。

金性尧:《不殇录》,汉语大词典出版社 1997 年版。

金性尧:《三国谈心录》,中国人民大学出版社 2006 年版。

柯灵名誉主编,本书编委会:《长夜行》,上海书店出版社 2002 年版。

柯灵主编，完颜绍元编选：《玻璃建筑——〈现代〉萃编》，上海古籍出版社 1999 年版。

柯灵主编，白丁编选：《钓台的春昼——〈论语〉萃编》，上海古籍出版社 1999 年版。

柯灵主编，赵福生编选：《无花的春天——〈万象〉萃编》，上海古籍出版社 1999 年版。

柯灵主编，冯金牛编选：《午夜高楼——〈宇宙风〉萃编》，上海古籍出版社 1999 年版。

柯灵主编，袁进编选：《纸片战争——〈红杂志〉〈红玫瑰〉》，上海古籍出版社 1999 年版。

柳雨生：《怀乡集》（散文集），太平书局 1944 年版。

林语堂：《林语堂散文》，人民文学出版社 2005 年版。

林语堂：《林语堂名著全集》，东北师范大学出版社 1994 年版。

林语堂：《林语堂全集》，群言出版社 2011 年版。

林微音：《散文七辑》，上海时代图书公司 1936 年版。

鲁迅：《鲁迅全集》，人民文学出版社 1981 年版。

马国亮：《生活哲学》，上海辞书出版社 2002 年版。

倪贻德著，丁言昭编：《倪贻德艺术随笔》，上海文艺出版社 1999 年版。

钱歌川：《楚云沧海集》，湖南人民出版社 1985 年版。

钱歌川：《巴山夜雨》，华夏出版社 2011 年版。

钱歌川：《秋风吹梦录》，台湾开明书店 1976 年版。

任访秋主编：《中国近代文学大系》（第 3 集·第 10 卷·散文集一），上海书店 1991 年版。

任访秋主编：《中国近代文学大系》（第 3 集·第 11 卷·散文集二），上海书店 1992 年版。

任访秋主编：《中国近代文学大系》（第 3 集·第 12 卷·散文集三），上海书店 1992 年版。

任访秋主编：《中国近代文学大系》（第 3 集·第 13 卷·散文集四），上海书店 1993 年版。

苏青：《浣锦集》，上海四海出版社 1994 年版。

苏青：《饮食男女》，江苏文艺出版社 2009 年版。

施蛰存：《沙上的足迹》，辽宁教育出版社 1995 年版。

施蛰存：《施蛰存序跋》，东南大学出版社 2003 年版。

施蛰存：《灯下集》（散文集），上海开明书店 1937 年版。

施蛰存：《待旦录》（散文集），上海怀正文化社 1947 年版。

施蛰存：《散文丙选》，黑龙江人民出版社 1998 年版。

施蛰存：《施蛰存散文》，浙江文艺出版社 1999 年版。

施蛰存：《文艺百话》，华东师范大学出版社 1994 年版。

谭正璧：《夜珠集》（散文集），太平书局 1944 年版。

唐弢：《唐弢杂文集》，生活·读书·新知三联书店 1984 年版。

陶亢德：《甲申集》（杂文集），太平书局 1944 年版。

王军：《上海沦陷时期〈万象〉杂志研究》，吉林人民出版社 2008 年版。

文载道：《风土小记》（散文集），太平书局 1944 年版。

许道明、冯金牛编：《张若谷集：异国情调》，汉语大词典出版社 1996 年版。

许道明、冯金牛编：《汤增敭集：大学风景线》，汉语大词典出版社 1996
　　年版。

许道明、冯金牛编：《林微音集：深夜漫步》，汉语大词典出版社 1996
　　年版。

许道明、冯金牛编：《章克标集：风凉话与登龙术》，汉语大词典出版社
　　1995 年版。

许道明、冯金牛编：《潘序祖集：饭后茶余》，汉语大词典出版社 1995 年版。

许道明、冯金牛编：《钱歌川集：偷闲絮语》，汉语大词典出版社 1995 年版。

许道明、冯金牛编：《无名氏集：沉思琐语》，汉语大词典出版社 1996 年版。

许道明、冯金牛编：《马国亮集：生活之味精》，汉语大词典出版社 1993
　　年版。

许道明、冯金牛编：《丰子恺集：纳凉与避雨》，汉语大词典出版社 1995
　　年版。

许道明、冯金牛编：《苏青集：饮食男女之类》，汉语大词典出版社 1993
　　年版。

许道明、冯金牛编：《张爱玲集：到底是上海人》，汉语大词典出版社 1995

年版。

许道明、冯金牛编:《徐讦集:文学家的面孔》,汉语大词典出版社 1993
　　年版。

许道明、冯金牛编:《梁得所集:猎影与沉思》,汉语大词典出版社 1996
　　年版。

许道明、冯金牛编:《叶灵凤集:白日的梦》,汉语大词典出版社 1993 年版。

许道明、冯金牛编:《章衣萍集:随笔三种及其他》,汉语大词典出版社
　　1993 年版。

徐蔚南著,李军编:《上海鬼语》,海豚出版社 2014 年版。

徐霞村:《古国的人们》,黑龙江人民出版社 1999 年版。

徐讦:《徐讦文集》(全 16 册),上海三联书店 2008 年版。

叶灵凤:《灵魂的归来》,花城出版社 1999 年版。

叶灵凤:《灵凤小品集》,现代书局 1933 年版。

叶灵凤:《灵凤散文选集》,百花文艺出版社 2004 年版。

袁进主编,李玉珍编:《随草绿天涯》(鸳鸯蝴蝶派散文大系 1909—1949),
　　东方出版中心 1997 年版。

袁进编:《艺海探幽》(鸳鸯蝴蝶派散文大系 1909—1949),东方出版中心
　　1997 年版。

袁进编:《活在微笑中》(鸳鸯蝴蝶派散文大系 1909—1949),东方出版中
　　心 1997 年版。

袁进编:《咏叹人生》(鸳鸯蝴蝶派散文大系 1909—1949),东方出版中心
　　1997 年版。

袁进主编,冯金牛:《闲者的盛宴》(鸳鸯蝴蝶派散文大系 1909—1949),
　　东方出版中心 1997 年版。

袁进主编,黄怡编:《尘封的风景》(鸳鸯蝴蝶派散文大系 1909—1949),
　　东方出版中心 1997 年版。

袁进编:《都市魔方》(鸳鸯蝴蝶派散文大系 1909—1949),东方出版中心
　　1997 年版。

予且:《饭后谈话》,上海良友图书印刷公司 1933 年版。

周越然:《六十回忆》(散文集),太平书局 1944 年版。

周黎庵：《清诗的春夏》，江苏古籍出版社，中华书局（香港）1991 年版。

周作人著，陈子善、张铁荣编：《周作人集外文》，海南国际新闻出版中心
　　1995 年版。

周作人：《自己的园地》，止庵校订河北教育出版社 2002 年版。

周作人：《秉烛谈》，北京十月文艺出版社 2012 年版。

周作人：《谈龙集》，北京十月文艺出版社 2011 年版。

周作人：《周作人散文全集》，广西师范大学出版社 2009 年版。

周作人：《周作人自编文集》（丛书），止庵校订，河北教育出版社 2002
　　年版。

张恩和：《周作人散文欣赏》，广西教育出版社 1989 年版。

张若谷：《异国情调》，上海世界书局印行 1929 年版。

张爱玲：《张爱玲文集》，安徽文艺出版社 1992 年版。

**期刊类**

《语丝》，1924 年 11 月 17 日创刊，北京语丝社编辑发行，上海文艺出版社
　　1982 年影印版。

《现代》，1932 年 5 月 1 日创刊，上海现代书局发行。上海书店 1984 年影
　　印版。

《论语》，1932 年 9 月 16 日创刊，上海时代图书公司发行。

《文学》，1933 年 7 月 1 日创刊，上海生活书店出版发行。

《人间世》，1934 年 4 月 5 日创刊，上海良友图书印刷公司出版兼发行。

《文艺风景》，1934 年 6 月 1 日创刊，文艺风景社出版，上海光华书局发行。

《新语林》，1934 年 7 月创刊，上海书店 1982 年影印版。

《太白》，1934 年 9 月 20 日创刊，上海生活书店出版发行。

《文饭小品》，1935 年 2 月 5 日创刊，脉望社出版部上海杂志公司代理总
　　发行。

《宇宙风》，1935 年 9 月 16 日创刊，上海宇宙风出版社。

《天地人》，1936 年 3 月 1 日创刊，独立出版社发行，中国图书杂志公司总
　　代销。

《逸经》，1936 年 3 月 5 日创刊，上海人间书屋经售。

《西风》，1936 年 9 月 1 日创刊，西风月刊社出版。

《谈风》，1936 年 10 月 25 日创刊，上海宇宙风社出版。

《万象》，1941 年 7 月 27 日创刊，万象书屋出版，中央书店发行。

《古今》，1942 年 3 月创刊，古今月刊社编辑发行。

《风雨谈》，1943 年 4 月创刊，北新书局出版发行。

《天地》，1943 年 10 月 10 日创刊，天地出版社出版发行。

# 附录一 中国现代性灵文学的存适语境与流变形态

## 小 引

性灵文学是对举于"载道"文学或政商文学等功利文学的一个相对性的概念。但凡反映了个性与自我心灵的文学艺术都有着或多或少的性灵思想，现代文学普遍如此。在此之所以将性灵文学别立一宗正在于其与"载道"或政商文学的对举性与相对性。中国文学史上，"性灵"思想虽非主流且若隐若现，但依然是经久不息的重要美学范畴。《庄子·渔父》中的"法天贵真"，《尚书·尧典》中的"诗言志，歌永言"，陆机《文赋》中的"诗缘情而绮靡"，到《文心雕龙·原道》里明确地说："仰观吐曜，俯察含章，高卑定位，故两仪既生矣。惟人参之，性灵所钟，是谓三才。为五行之秀，实天地之心，心生而言立，言立而文明，自然之道也。"钟嵘《诗品》里亦有"可以陶性灵，发幽思，言在耳目之内，情寄八荒之表。"等等如此，都在述说着性灵文学的不绝主题。"五四"时期"民主"与"科学"的思想里同样包含着性灵文学的内在精神。郁达夫在《中国新文学大系·散文二集导言》中说："五四运动的最大成功，第一要算'个人'的发见。从前的人，是为君而存在，为道而存在，为父母而存在的，现在的人才晓得为自我而存在了。我若无何有乎君，道之不适合于我者还算什么道，父母是我的父母；若没有我，则社会、国家、宗族等哪里会有？""个人"的发现与性灵文学所强调的"真性情"等无疑是相通的。当然，"五四"时期的性灵文学内涵整体上是附属于启蒙的。明确提出现代性灵文学思想的应始于周作人。早在 1928 年 5 月周作人如是说："唐宋文人也作过些性灵流露的散文，只是大都自认为文章游戏，到了要做正经文章时便又照着规矩去做古文。明清时代也是如此，但是明代的文艺美术比较地稍有活气，文学上颇有革新的气象，公安派的人能够无视古文的正统，以抒情的态度作一切的文章，虽然后代批评家贬斥他们为浅率空疏，实际却是真实的个性的表现，其价值在竟陵派之上。以前的文人对于著作的态度可以说是二元的，而他们则是一元的，在这一点上与现代写文章的人正一致。"① 在 1932 年出版的《中国新文学的源流》中，周作人进一步认为，"五四"新文学的源流就是明末公安、竟陵派的性灵文学，"根本方向是相同的，其差异点无非因为中间隔了几百年的时光，以前公安派的思想是儒家思想、道家思想，加外来的佛教思想三者的混合物，而现在的思想则又于此三者之外，更加多一种新近输入的科学思想罢了"。"胡适之的'八不主义'，也即是复活了明末的公安派的'独抒性灵'、'不拘格套'和'信腕信口，皆成律度'的主张。只不过又加了西洋的科学哲学各方面的思想，遂使两次运动多少有些不同了。而在根本方向上，则仍无多大差异处。"② 作为历史的"性灵文学"，周作人当然认识到其必然存在的浮华、空疏、不彻底等不够现代的一面，但他所看重的是性灵文学所隐藏着的对待传统"载道"文学的反抗态度。

以周作人为起点，中国现代性灵文学的重要载体性灵散文随着文学中心的变迁或散落出现了迁流漫衍的复杂形态。

一

北京与上海作为文学中心的地位，几经周折。近代以降，因为繁荣的工商业，上海一度成为文学文化中心并引领了中国文学的发展。自 1920 年始，因新北京大学的崛起，文学中心由上海移到北京，实现了与政治中心的重合。20 世纪 20 年代末，激进新文学家们迫于北洋军阀的压制纷纷南下。以租界为庇护中心，上海集纳了众多南下的北平文人。上海再次成为

---

① 周作人：《知堂序跋·〈杂拌儿〉跋》，岳麓书社 1987 年版，第 314 页。
② 周作人：《中国新文学的源流》，岳麓书社 1989 年版，第 54 页。

文学中心，实现了与经济中心的又一次重合。① 1928 年，国民党亦建都南京，失去了作为政治与文化中心地位的北京（当时称为北平），颇显几分清冷荒凉之态，但客观上也使得当时的北平成为话语言说环境相较宽松、自由与雍容之一隅。周作人曾说："小品文发达的极致，他的兴盛必须在王纲解纽的时代。"② 政治思想专制的远离，利于"处士横议，百家争鸣"，性灵文学遇到了难得的生长机遇。

现代性灵散文在北京的发展大致分为前后两期。前期以周作人与《骆驼草》周刊为中心聚拢了俞平伯、废名、徐祖正、徐玉诺、梁遇春诸代表作家。脱胎于"语丝社"的《骆驼草》同人在承继"语丝"散文针砭文化立场的同时，也在有意远离复杂的现实斗争和激烈的思想批判，眷恋于一己的温和与文化体认，凸显出个性言志的整体创作倾向。以沈从文、何其芳、李广田、萧乾、林徽因等为代表的后期性灵散文则以扬弃的态度在两个向度上延续和发展了周作人等的性灵文学思想。其一，秉持散文创作的个性与自由；周作人心仪与显现在其散文中的"个性"，更多的还是一种"小我"。他回避时事政治和社会热点，避难到艺术世界里，言自己之志，载个人之道。但周氏散文的"小我"包含有隐衷，似有所寄托。《自己的园地》是周作人的第一本自编散文集，1923 年晨报社版的序言如是交代了创作这些散文的缘由："写下了几十篇无聊的文章，说来不免惭愧，但是仔细一想，也未必然。我们太要求不朽，想于社会有益，就太抹杀了自己；其实不朽决不是著作的目的，有益社会也并非著者的义务，只因为他是这样想，要这样说，这才是一切文艺存在的根据。我们的思想无论如何浅陋，文章如何平凡，但自己觉得要说时便可以大胆的说出来。因为文艺只是自己的表现，所以凡庸的文章正是凡庸的人的真表现，比讲高雅而虚伪话要诚实的多了。我平常喜欢寻求友人谈话，现在也就寻求想象的友人。请他们听我的无聊赖的闲谈。""我只想表现凡庸的自己的一部分，此外并无别的目的。"并强调"个性的表现是自然的"③。周作人的散文观、个性思想和创作态度影响了沈从文、何其芳、李广田等在继承"五四"人

---

① 　参见陈啸《京海合流与海派散文的生成》，载《江汉论坛》2013 年第 7 期。
② 　周作人：《冰雪小品文序》，载《骆驼草》1930 年第 21 期。
③ 　周作人：《个性的文学》，载《新青年》1921 年第 8 卷第 5 号。

生文学、启蒙精神的同时，更表现出明显的个性关怀形态。比之周作人等，他们更加重视散文的题材选择与处理上的自我感受性，表现出更为外露心迹、抛却寄情、不戴面具的"真我"个性。他们一致认为散文创作就是书写"自己的心和梦的历史"①。"心是怎么想，手里便怎么写。"② 其"妙处也全在于我们能够从一个具有美妙的性格的作者眼睛里去看一看人生。"③ 吴福辉先生在编选《梁遇春散文全编》（浙江文艺出版社 1992 年版）时曾经说过："我国的古典散文每一次挣脱'载道'的束缚而转向'言志'，也都讲究抒发个人性灵，但大半是寄情式的"。后起京派文人的散文观则是有着自述的"内倾性"品格，其对"自我"性灵的重视显然异于明清及周作人的性灵小品。其二，追求散文的"纯"化与文体的独立；他们不满于周作人等散文创作的随笔与记叙、抒情、议论"三体并包"的特性，泥醉于散文深层的审美价值，以带有个性的文体探险彰显别样的散文创作的性灵。周作人虽然曾较早提出过艺术性"美文"的概念，但由于受到英、日现代随笔"强势话语"的影响，其散文理论一直局限于"闲话"体随笔理论的发挥上，周氏创作亦多是偏于知识趣味的散文小品。沈从文曾明确表示过对周作人等人的"白相文学态度"即趣味主义文学的批判。加之当时杂文创作带来的混乱不堪、鱼目混珠、粗陋草率等拙劣的印象，促使他们走向了一条散文艺术唯美的道路。在艺术上精益求精，有意"为抒情的散文找出一个新的方向"④。在他们看来，散文应是和诗歌、小说、戏剧处于同等地位的一种独立的创作。"觉得在中国新文学的部门中，散文的生长不能说很荒芜，很孱弱，但除去那些说理的、讽刺的，或者说偏重智慧的之外，抒情的多半身边的杂事的叙述和感伤的个人遭遇的告白。"⑤ 并试图凭借个人的努力来"证明每篇散文应该是一种独立的创

---

① 沈从文：《沈从文文集》（第 10 卷），花城出版社 1984 年版，第 273 页。
② 朱光潜：《论小品文》，载佘树森编《现代作家谈散文》，百花文艺出版社 1986 年版，第228 页。
③ 梁遇春：《小品文选序》，载吴福辉编《梁遇春散文全编》，浙江文艺出版社 1992 年版，第 435 页。
④ 何其芳：《我和散文》，载《还乡杂记》，上海生活书店出版社 1949 年版，第 2 页。
⑤ 何其芳：《还乡杂记代序》，载《何其芳文集》（第四卷），人民文学出版社 1984 年版，第 124 页。

作"①。他们"追求着纯粹的柔和，纯粹的美丽"②。后期京派文人的创作姿态具有极强的个人性，他们有勇气，能疯狂，彻底顽强甚至冒失地冲破俗气及既有的成规。不以某一特殊趣味和风格为正统，重视以个人具体的生命体验及感觉进入自己的风格语言，以属于自己的独特的语言表达自我，塑造自我。一般来说，语言作为思维的载体，不可避免地受到时代与环境的制约，从而以特定的组织形式承担着共同的时代主体。后期京派文人大胆突破了这种常规，以个性为创作的准则，追求一种美的艺术，张扬一种个体生命的神性。③ 不过，《骆驼草》同人中的废名、梁遇春、吴伯箫等不同，其不少作品泥醉于世外桃源的描写，人性的淳朴，想象的美感及其对艺术的精益求精等，被后期散文作家引为同道。④ 后期京派文人所追尚的纯正文学趣味、纯艺术散文的文体实践实际抵制了以"革命""启蒙""教化"等诸形式的功利教化文学观，同时也纠正与反思了"五四"新文学对"启蒙"的依重而遮蔽了于"文学"的完成。

20 世纪 30 年代初，国共两党严重对立，在阶级对抗紧张的非常时局下，相较"宽松"的北京文化环境加之学院派出身的余裕等因素促成了周作人等性灵文学发生发展的可能。而同期发生于上海的受周作人影响了的以林语堂为精神盟主的性灵文学则显然要复杂得多。

## 二

周作人的性灵文学思想直接影响了林语堂，而林语堂则带着周作人的影响在上海发扬光大。林语堂本为京派中人。1923 年 9 月，林语堂留学归国后即在北京大学任教并从事文学活动。《语丝》时期的林语堂先后写有《读书救国谬论一束》《祝土匪》《文妓说》《悼刘和珍杨德群女士》《论性急的中国人所恶》等一系列反帝反封建与呼唤民主自由的文章，显示出

---

① 何其芳：《我和散文》，载《还乡杂记》，上海生活书店出版社 1949 年版，第 2 页。
② 何其芳：《还乡杂记代序》，载《何其芳文集》（第四卷），人民文学出版社 1984 年版，第 124 页。
③ 参见陈啸《论京派纯散文理论的本体性》，载《南通大学学报》（社会科学版）2009 年第 2 期。
④ 参见陈啸《〈骆驼草〉〈水星〉〈文学杂志〉与京派散文的生成与运命》，载《淮北师范大学学报》（哲学社会科学版）2012 年第 1 期。

"五四"时期的"毒辣"与"勇猛"。1927 年到上海以后，文风与思想皆发生了变化。20 世纪 30 年代上海时期的林语堂则接过周作人性灵文学的大旗，极力提倡幽默闲适性灵小品。其所主编或合作主编的《论语》（1932 年 9 月）半月刊、《人间世》（1934 年 4 月）半月刊、《宇宙风》（1935 年 9 月，与陶亢德等联合创办）半月刊等刊物则成为林语堂倡导与推广性灵文学的主阵地。直到 1936 年 3 月，林语堂辞去《论语》《人间世》《宇宙风》等半月刊的主编之职。林语堂的性灵文学思想有周作人的影子，亦有其独自的个性及海派文化影响下的地域性。同于周作人，林语堂极为推崇明公安派，偏爱袁中郎，依如其言"近来识得袁中郎，喜从中来乱狂呼"①。他反对社会的虚伪与不近人情，看不惯当时上海文坛存在的"独于眼前人生做鞋养猪诸事皆不敢谈或不屑谈"的现状。② 认为："写作不过是发挥一己的性情，或表演一己的心灵。"③ "方寸中一种心境，一点佳意，一股牢骚，一把幽情，皆可听其笔端流露出来。" "或平淡，或奇峭，或清新，或放傲，各依性灵天赋"④。林语堂强调："性灵二字，不仅为近代散文之命脉，抑且足矫目前文人空疏浮泛雷同木陋之弊。" "得之则生，不得则死。"至于什么是性灵，林语堂解释说："一人有一人之个性，以此个性 Personality 无拘无碍自由自在之文学，便叫性灵。"⑤ "性灵之为物，惟我知之，生我之父母不知，同床之吾妻亦不知。然文学之生命实寄托于此。故言性灵之文人必排古，因为学古不但可不必，实亦不可能。言性灵之文人，亦必排斥格套，因已寻到文学之命脉，意之所之，自成佳境，决不会为格套定律所拘束。"⑥ 性灵派文学的根本在于"真"与近情，"得其真，斯如源泉滚滚，不舍昼夜，莫能遏之。国家事大、喜怒之微，

---

① 林语堂：《四十自叙》，载《论语》1934 年第 49 期。

② 林语堂：《且说本刊》，载《林语堂名著全集》第十八卷，东北师范大学出版社 1994 年版，第 146 页。

③ 林语堂：《生活的艺术》，载《林语堂名著全集》第二十一卷，东北师范大学出版社 1994 年版，第 363 页。

④ 林语堂：《论小品文笔调》，载《林语堂名著全集》第十八卷，东北师范大学出版社 1994 年版，第 22—23 页。

⑤ 林语堂：《论性灵》，载《宇宙风》1936 年第 11 期。

⑥ 林语堂：《论文》，载俞元桂主编《中国现代散文理论》，广西人民出版社 1983 年版，第 54 页。

皆可著之笔墨，句句真切，句句可诵。""盖'真'有性灵之言，常浮出纸上，决不与众言伍。"① 而"宇宙之大，苍蝇之微"，"尤长于体会人情，观察毫细"②。如此，方能够与人生接近，从而达到诚实近情的现代人生观。他批判文学的西崽气与方巾气，批判任何形式远人的功利文学观。他说："我以为以艺术为消遣，或以艺术为人类精神的一种游戏，是更为重要的。""只有在游戏精神能够维持时，艺术方不至于成为商业化。""商业式的艺术不过是妨碍艺术创作的精神，而政治式的艺术则竟毁灭了它。因为艺术的灵魂是自由。"③ 因此，他极为推崇幽默，并解释说："'幽默'既不像滑稽那样使人傻笑，也不是像冷嘲那样使人在笑后而觉得辛辣。它是极适中的使人在理智上以后在情感上感到会心的、甜蜜的、微笑的一种东西。"④ 而有了性灵，自有幽默。在他看来，性灵之解脱，可达道理之参透，道理之参透，便得幽默。为了达到幽默，林语堂还提倡闲适笔调："此种笔调，笔墨上极其轻松，真情易于吐露，或者谈得畅快忘形，出辞乖戾，达到如西文所谓'衣不纽扣之心境'。"⑤

林语堂丰富与发展了周作人的性灵文学思想，在上海影响很大。围绕着林语堂及其所办刊物，聚拢了众多闲适幽默性灵小品作家。代表性的有：郁达夫、冯沅君、赵景深、许钦文、谢冰莹、老向、毕树棠、李宗吾、柳存仁、周黎庵、谭正璧、谢兴尧、文载道、陶亢德、周越然等。这些上海滩的自由主义文人，在20世纪30年代革命文学的影响下虽亦有一定的"左"倾，但整体上皆能够发诸性情，以一种觉醒的思想为中心，打破桎梏，于宇宙之大，苍蝇之微的生活世界中发掘那属于"灵"的东西。远世俗文化及观念，含天地之灵气，自有着宁静，超脱的境界。

1936年8月，林语堂远走美国；1937年7月，抗战爆发。《论语》和

---

① 林语堂：《论文》，载俞元桂主编《中国现代散文理论》，广西人民出版社1983年版，第60页。

② 林语堂：《再谈小品文之遗绪》，载《林语堂名著全集》第十八卷，东北师范大学出版社1994年版，第103页。

③ 林语堂：《生活的艺术》，载《林语堂名著全集》第十七卷，东北师范大学出版社1994年版，第339页。

④ 林语堂：《会心的微笑》，载《林语堂名著全集》第十四卷，东北师范大学出版社1994年版，第156页。

⑤ 林语堂：《论小品文笔调》，载《人世间》1934年第6期。

《逸经》于 1937 年 8 月停刊。《宇宙风》出至第 66 期，于 1938 年迁往广州，后又辗转于香港、桂林、重庆等地。1939 年 3 月，陶亢德、周黎庵在法租界创刊《宇宙风乙刊》，停刊于上海沦陷时期的 1944 年 10 月。[①] 林氏刊物及林氏直接影响下的刊物在抗战的非常时期或停刊或开始有了抗战的色彩。而 1942 年 3 月下旬创刊的《古今》文史半月刊则延续了 20 世纪 30 年代《论语》《人间世》《宇宙风》等的性灵小品风格。《古今》创刊之初本为月刊，第 9 期（1942 年 10 月 16 日）起改为散文半月刊，第 43、44 期（1944 年 4 月 1 日）起改为文史半月刊，出至 57 期（1944 年 10 月 16 日）休刊。《古今》是上海沦陷后出版的第一种文学期刊。《古今》的编辑人是朱朴、周黎庵、陶亢德（周、陶二人自第 3 期起加入），主要作家有：北京的周作人、商鸿逵、毕树棠、尤炳圻、俞平伯、谢兴尧、谢刚主、傅芸子、傅惜华、徐一士、瞿兑之等，南方的陶亢德、周黎庵、柳雨生、纪果庵、文载道、梁鸿志、徐凌霄、冒鹤亭、赵叔雍、陈乃乾、吴湖帆、郑秉珊、周越然以及汪精卫、周佛海等。《古今》创办者朱朴是汪伪官员，缘之沦陷区的"亡国奴"身份，故而有意寻求精神的排遣与寄托，带有怀旧风与思古之幽情。编者在《古今》的发刊辞里强调说："自古至今，不论英雄豪杰也好，名士佳人也好，甚至贩夫走卒也好，只要其生平事迹有异乎寻常，不很平凡之处，我们都极愿尽量搜罗献诸今日及日后的读者面前。我们的目的在乎彰事实，明是非、求真理，所以不独人物一门而已，它如天文地理，禽兽草木、金石书画、诗词歌赋诸类，凡是有特殊的价值可以记述的，本刊也将兼收并蓄，乐为刊登。"其散文小品冲淡隽永。在《古今》第 51 期《编辑后记》中，朱剑心曾明确地梳理了自古及今性灵小品的流变脉络。朱剑心认为，性灵小品起始先秦诸子的"庄列文"，沿顺历史，依次为"魏晋骈文""宋代苏黄尺牍题跋""晚明公安""20 世纪 30 年代论语派"直至《古今》小品，并强调，"直抒性灵，不拘绳墨"的性灵小品皆是与卫道的新旧八股的对举起伏中凸显出来的。[②]《古今》性灵小品多流露出一种由当下现实而回首往事的情

---

① 参见李雅娟《抗战期间沦陷区小品文杂志及其写作——以〈古今〉为个案》，载《汕头大学学报》（人文社会科学版）2007 年第 23 卷第 1 期。

② 同上。

绪，"谈古论今"，但往往"古肥今瘦"①，乃悼古伤今。如第 2 期笠堪《谈明代的妓女》、经堂《谈汪容甫》，第 7 期纪果庵《论从容就死》，第 8 期南冠《关于李义山》，第 9 期沈尔乔《龚定庵与林则徐》，第 18 期郑秉珊《关于钱牧斋》等。多谈的是自古及今异于寻常的英雄豪杰、名人佳士甚至贩夫走卒的逸闻趣事、行事去就、性情好尚。其中有对往世太平盛世的安乐怀念，有对异代之际贰臣的宽恕，也有对明末遗民气节的礼赞等，显露了异族统治下的文人进退失据、无所作为的苍凉与无奈。既伤逝者，行自念也。《古今》之后的《风雨谈》《天地》《文史》等则一定程度上延续着《古今》的风气，但相较开阔、潇洒、通俗、轻松、切实有用，伤今怀古的惆怅之意依然仍挥之不去。《古今》、《天地》、《风雨谈》等刊物上的性灵小品作者多为亲汪学者或文人，如周作人、瞿兑之、谢刚主、谢兴尧、徐凌霄、徐一士、沈启无、纪果庵、周越然、龙沐勋、文载道、柳雨生、予且、苏青、陶亢德、周黎庵等，有的本身即为汪伪政府官员，如汪精卫、陈公博、周佛海、梁鸿志、朱朴、赵叔雍、江亢虎等。整体上看，其散文小品多带有文人的雅致、性情、学识、放逸及古典趣味，文风很少关乎政治，即便是汪伪政府的官员写作，也多为忆旧清谈，强调自我与遣愁寄痛。

上海的幽默性灵小品整体上有着贵族化的倾向，多写自身与内省，轻松清新，流利隽婉，以"天籁""闲适""轻灵""自由"为美，有着明人小品与英国小品风的言志之作，与现实保持着一定的距离。这种"距离"或者说"逃避"彰显的是一种与政商功利文学的对举。性灵小品对政治文学的拒斥，凸显了其自身的自由、活泛与真实人生的亲近及闲适幽默的个性。这种近情的日常性对接了海派文化中"世俗"的一面，使其不至于悬空而高蹈。性灵小品对商业文学远离，则又接续了海派文化中"阴柔"的雅传统，使其一直保持着高古的一面。

### 三

抗战爆发，文学中心散落，创作性灵小品的京海文人因抗战的严峻现

---

① 　杨静庵：《古肥今瘦》，载《古今》1943 年第 19 期。

实大多发生创作的转向。以北京为中心的性灵散文作家群体在抗战的炮火硝烟中风流云散，创作风格发生巨大的变化，其强烈的现实感与时代感正意味着以何其芳、李广田、萧乾、师陀等京派文人对性灵散文的远离，沈从文、废名等则在苍凉的坚守，但却步履艰难，而作为京派文学一脉单传的汪曾祺，其散文创作在京派性灵散文作为一种团体风格流派的消逝当儿，则像一股潜流，顽强地延续着京派的血脉，影响深远，意义不菲，但作为一个创作群体毕竟风华不在。① 曾经一度成为文学中心的上海也因时局的严峻导致大批文人的离散。1937 年 7 月，抗战爆发，8 月 13 日，上海闸北开始燃上了抗战的炮火，11 月中旬，日寇已全部占领苏州河和南市一带，除租界外，上海已陷入日寇的铁蹄之下。大部分文化人开始离开上海，或内迁，或西行，或南下。英国统治下尚属安稳的香港成为内地文人的集散地。此次南来香港的知名作家有萧红、郭沫若、茅盾、叶灵凤、端木蕻良、范长江、戴望舒、章乃器、萧乾、杨刚、夏衍、陆丹林、周鲸文、黄宁婴、杜衡、穆时英、徐迟、马国亮、郁风、叶浅予、施蛰存、路易士、冯亦代、鸥外鸥、袁水拍、张光宇、张正宇、鲁少飞、丁聪、卜少夫、胡兰成等。香港成为继北平、上海以后的中国文化中心地。时至 1942 年 12 月 8 日，香港沦陷，大批文化人士、作家又都返回大陆。1945 年日本投降，中国内战发生，大陆国民党统治区的众多文化界知名人士再次南来香港。如茅盾、郭沫若、夏衍、廖沫沙（怀湘）、乔冠华、邵荃麟、冯乃超、周而复、聂绀弩、袁水拍（马凡陀）、杜埃、陈残云、司马文森、沙鸥、吕剑、华嘉、韩北屏、邹荻帆、曾敏之等。香港成为国统区文化中心。造就了香港新文学运动的主流骨干。随着解放战争的迅速发展，1948 年前后，大批南来作家返回大陆。但与此同时，也有大批"难民作家"为主的文化人南来香港，"形成中国文化人在香港的南下北上局面"。至 1951 年以后，南来作家已逐渐成为香港的永住民。② 南来作家多为左翼文人，也多从事着抗战宣传的工作。1939 年 3 月 26 日中华全国文艺界抗敌协会香港分会的成立即是明证。此时，汪伪文人也在组织"中华全国和平救国

---

① 参见陈啸《京派散文流变论》，载《徐州师范大学学报》（哲学社会科学版）2008 年第 3 期。

② 参见犁青《从"南来作家"到"香港作家"》，载《新文学史料》1996 年第 1 期。

文艺作家协会"，意在夺取香港文艺界领导权。左翼文人的散文多是一些杂文，宣传抗日、团结、进步，揭露和批判国民党反动派的种种倒退腐败现象是其主要内容。有代表性的如茅盾、夏衍、宋云彬、聂绀弩、孟超、秦似等，发表杂文的刊物主要是晚刊《华商报》（1941 年 4 月 8 日）的副刊《灯塔》、《野草》（1940 年 7 月创刊于桂林，1942 年秋被勒令停刊，1946 年冬以丛刊的形式在香港重办）等。左翼文人的杂文对香港本土散文的影响并不大。南下文人之中，创造社出身的叶灵凤，曾经与林语堂合作创办过《人间世》等推行闲适性灵小品的徐訏等人则把 20 世纪 30 年代兴盛于上海的中国现代性灵小品带到了香港，特别是徐訏和曹聚仁创办的《幽默》半月刊，决定了周作人、林语堂一路的性灵散文传统在香港的延续发展与影响。南来文人到港之前，香港文坛一片寂寞。由于英国殖民者1848 年在香港就实行的殖民统治与奴化教育的方针，包括散文在内的整个香港文学一直以来整体水平不高，时至 20 世纪 20 年代中后期前后才出现白话写作的新文学。据王剑丛先生考证，1927 年前，香港散文界基本与大陆没有联系，也不受其影响。1927 年以后，香港文学青年开始阅读大陆文艺作品，主要是创造社作家的作品。周作人主编的沪版《语丝》散文刊物也发行到了香港。此期香港散文受大陆影响很大。① 以抗战爆发为界，1937 年之前，香港的散文作家主要有华胥、郑或、银汉、禁坡、林英强、真汉、李育中、犁青、黄鲁、谢星河、芦荻、干苍等，散文所关涉的主要内容主要在于贫富悬殊，分配不公，社会不合理等的反映，题材广泛，多逼近现实，贴近生活，与时代脉搏息息相关。1937 年之后，香港的散文也出现了与抗战有关的作品。叶灵凤的《相思鸟》《摩登半闲堂》，李育中的《还不是武士的一大耻辱》，郑官哲的《墙》等即是代表性的反映抗战的散文。1951 年之后，南来香港并长期定居的散文作家徐訏、曹聚仁、叶灵凤、徐速、司马长风、吴其敏、李辉英等与香港本土的侣伦、舒巷城、夏易、曾敏之等成为 20 世纪 50—60 年代香港散文的主力军。尤其是老作家曹聚仁、叶灵凤、司马长风、吴其敏等承载了现代性灵小品在香港的传播

---

① 参见王剑丛《寻找历史的足迹——20 世纪 40 年代前香港散文试探》，载《世界华文文学论坛》2007 年第 4 期。

与影响。例如：移居香港之后的叶灵凤即转向以随笔小品为主，谈读书藏书的甘苦，忆文坛旧事，追故乡民俗，抒香港风物等，内容驳杂，妙趣无穷。曹聚仁于 20 世纪 30 年代的上海曾以杂文博得盛名，50 年代移居香港后则以学术随笔、思想随笔及文坛掌故为主。徐訏移居香港后的主要散文集子有《传薪集》《街边文学》《门边文学》等。他一以贯之地沿袭着林语堂式的幽默性灵路向，写有《论幽默》。其散文小品犀利、幽默、平和且不乏智慧与诗意。司马长风于 1949 年来港，写有《北国的春天》《心影集》《乡愁集》《旧梦新痕》等。司氏散文注重独一无二的个性，忠于自己的感觉。吴其敏于 1937 年移港，善写散文随笔，结集有《文史小札》《闲墨篇》《撷微集》《园边叶》等。其散文渊雅有趣，舒卷味浓，以小观大，识见深刻。20 世纪 60 年代吴其敏主编出版的《五十人集》《五十又集》是闲适性灵散文小品的一次盛展。20 世纪七八十年代，又崛起了著名的散文家梁锡华、董桥、蔡思国、黄国彬、小思等。其散文创作的哲理意与幽默风等都在显示着自周作人以来中国现代性灵小品的绵延。不过，香港的文化环境毕竟不同于当时的大陆，虽然言说语境的政治性也很强，但工商社会的特点无疑给性灵小品留有存适的空间。而且，"香港是个没有民主只有自由的社会，没有统一的意识形态，'边缘'而又追赶世界大潮导致文化个性的斑驳和多元"①，加之新闻媒体的主导地位决定了现代性灵小品于香港的变易、斑驳与多元。

# 结　语

发轫并绵延于北京的现代性灵散文于 20 世纪 40 年代末即告中断，一脉单传的汪曾祺至 80 年代始拾起性灵散文的笔墨。② 而花开于上海的现代性灵小品则在香港得以延续与发展。本质观之，北京时期以周作人、俞平伯、徐祖正、徐玉诺等性灵散文第一代作家群在相对宽松的政治文化语境

---

① 刘登翰主编：《香港文学史》，人民文学出版社 1999 年版，第 344 页。
② 参见陈啸《京派散文流变论》，载《徐州师范大学学报》（哲学社会科学版）2008 年第 3 期。

下，以"名士"为衣，超越于"红尘"，擎起了现代性灵文学的大旗。其性灵言说因急于摆脱"载道"的束缚及其对政治文学的远离，多有所寄情，文体驳杂，偏于外向。以沈从文、何其芳、李广田、萧乾、师陀、林徽因等为代表的后期性灵散文则以"乡下人"为裳，扬弃的态度延续和发展了周作人等的性灵文学思想。语境内敛，封闭自我，泥醉于审美的乌托邦，是纯散文的创作方向。以"极端"的个性表现着别样的"性灵"。林语堂带着周作人性灵文学的影响来到上海并开花结果。上海的性灵文学究竟不同于同期的北京。对举于政商文学，且沾染了市民文化的痕迹，凸显了性灵文学的消遣与游戏功能。20世纪40年代上海性灵文学则流露出以今观古悼古伤今的情绪，是伤逝亦自念，同时与革命文学亦存有着"暧昧"关系。其整体上的贵族化、市民气与同时存于上海的市民散文有了亲近感但又究竟不同，它多了市民散文没有的端庄、厚重、"冷"与"怀疑"，却少了市民散文宝有的恣意与激扬。同源于周作人，但表现各异。周作人等与后起京派文人，同在北京，接受了与接受着传统的士大夫传统，时空语境基本一致，虽然文化与政治环境发生了变化，但整体上仍未失去那份生活的余裕与雍容。而生活在上海的作家，面对的却是畸形现代工业社会下生存的压抑与紧张，时代的焦虑与政治的低压。日常生活的余裕了然全无，生存的高压逼迫着他们无可逃遁。后起京派文人在面对政治的低压等紧张的环境下足可避到艺术的世界里，呈隐逸的姿态，而上海的文人似乎只有呐喊与抗衡或者呈困顿阴影下的末世狂欢。北京的文人是站得高的，不属于大众的一员，上海的性灵文人则在亲近着市民社会（但与真正的市民作家自不属于一类）。比之北京的性灵文学，多了份市民社会的温热与吵闹，轻松与放恣。抗战爆发，文学中心散落，作家群游走，性灵散文在香港有所延续与发展。香港的文化环境又不同于当时的大陆。高度自由的社会，边缘且又追潮的个性以及全新的媒体传播等多种因素规约了性灵散文的斑驳、变异与多元，并直接影响了港岛当代都市散文的生成。正是源于文学中心的变迁，存适语境的各异，主体心灵的调适，有了中国现代性灵文学复杂多元的流变形态。

# 附录二　主要海派散文作家简介①

[范烟桥]

范烟桥像

范烟桥（1894—1967），乳名爱莲，学名镛，字味韶，号烟桥，别署含凉生、鸥夷室主、万年桥、愁城侠客等，生于苏州吴江同里漆字圩范家埭的书香门第。后迁居苏州温家岸。为范仲淹从侄范纯懿的后人。其父范葵忧为江南乡试举人。1907 年，范烟桥入读于同川公学，得以从学于金松岑。因勤苦优异，颇得金松岑的喜爱并深受其影响，始涉文、史、地、诗歌、小说等。1911 年，范烟桥考入吴长元公立中学（苏州草桥中学前身）。与后来成为历史学家的顾颉刚（诵坤）、文学教育家的叶圣陶（绍钧）、画家的吴湖帆（万）与陈俊实（子清）、书法家的蒋吟秋（镜寰）、作家的郑逸梅（际望）、小说家的江铸（红蕉）等同学，恰风华少年，春秋鼎盛，交流甚欢，受益匪浅。1923 年有随笔《烟丝》（由文新公司出版）面世。1945 年，因时局关系，物价飞涨，范烟桥以教书为业，常有小品文散见于各小型报刊。1947 年，撰有电影剧本《陌上花开》，后经洪深、吴仞之修改，由香港大中华影业公司摄制，易名《长相思》。创作著名歌曲《夜上海》。范烟桥多才多艺，小说、电影、诗、小品文、猜谜、弹词等皆通晓，还善书画、工行

① 以下所列海派散文的主要作家简介，是参考了现代作家辞典、各相关作家传记、年谱、回忆录等多种史料整理而成，因参考资料较为驳杂，且很多作家已为学界所熟悉，之所以罗列于此，意在突出海派散文研究的整体感，恕不一一列出研究者的姓名了。

草、写扇册等，是红极一时的"江南才子"。著有《烟丝》《中国小说史》《范烟桥说集》《吴江县乡土志》《唐伯虎的故事》《鸥夷室杂缀》《孤掌惊鸣记》《江南豪杰》《林氏之杰》《离鸾记》《苏州景物事辑》等。

　　[郑逸梅]

郑逸梅像

郑逸梅（1895—1992），男，汉族，生于江苏苏州（今上海江湾），祖籍安徽歙县。别署纸帐铜瓶室主、扫叶老残等。原名鞠愿宗，缘于其父早殁依苏州外祖父为生，改姓郑，谱名际云，号逸梅，笔名冷香。郑逸梅5岁入私塾，10岁入上海敦仁学堂，14岁入苏州长元和公立第四高等小学。17岁就读于江苏省立第二中学，开始为报刊写文史小品。21岁进江南高等学堂。32岁到上海，入上海影戏公司，作文字编辑。曾参加南社。1913年，编辑《华光半月刊》、《金刚钻报》。1934年，辞《金刚钻报》编辑职务，任中孚书局编辑。1938年，任上海国华中学副校长。同时兼任上海音乐专修馆、爱群女中的教师。国华中学停办后，任教于大夏大学附中、大同大学附中。1942—1943年，任教于徐汇中学、志心学院、江南联合中学。1944—1946年，又任教于模范中学（晋元中学）、诚明文学院。1966年退休。"文化大革命"中受冲击，1977年平反。加入农工民主党。1985年加入中国作家协会。郑逸梅早在1913年就有作品面世。因擅长撰写文史小品而被誉为报刊"补白大王"。著有《人物品藻录》《淞云闻话》《逸梅小品》《孤芳集》《近代野乘》《小品大观》《逸梅谈丛》《南社丛谈》《郑逸梅文摘》《艺坛百影》《影坛旧闻》《三十年来之上海》《清娱漫笔》等。

　　[周瘦鹃]

　　周瘦鹃（1895—1968），原名周祖福，字国贤，别署紫罗兰主人，江苏吴县人。作家，文学翻译家，盆景艺术家。六岁丧父，幼年贫苦，以母亲的辛苦操作，勉强读完中学。中学时期即有文学创作活动。曾主编《礼拜六》《半月》《紫罗兰》《紫兰花片》《新家庭》等。周瘦鹃著作丰富，

周瘦鹃像

计有《新小说丛编》《小说选》《曼殊余集》《亚森罗苹全集》《消闲集》《信美集》《碎琼集》《霏玉集》《忆语选》等。并于 1916 年翻译、1917 年集印了《欧美名家短篇小说丛刊》，介绍了包括高尔基《叛徒的母亲》在内的欧美二十多个作家的作品，鲁迅赞誉他是"昏夜之微光，鸡群之鸣鹤"。除写作之外，酷爱园艺，爱花成癖，富于审美观念，不论盆栽盆景，经他设置，皆成佳名，曾开辟有苏州有名的"周家花园"。

[林语堂]

林语堂像

林语堂（1895—1976），本名和乐，读大学时改为玉堂，后又改为"语堂"。笔名毛驴、宰予、岂青等，福建龙溪（现福建省漳州市平和县坂仔镇宝南村）人。其父为教会牧师。1912 年林语堂入上海圣约翰大学，毕业后任教于清华大学。1919 年 1 月 9 日林语堂与廖翠凤结婚。1919 年秋，携夫人廖翠凤赴美留学，就读于哈佛大学文学系。一年许，因助学金被停，被迫前往法国打工，后来又到了德国。1922 年，在耶鲁大学获文学硕士学位。1923 年，在莱比锡大学获比较语言学博士学位，同年回国，任北京大学教授、北京女子师范大学教务长和英文系主任。1924 年，林语堂在《晨报》副刊上连续发文，定"幽默"为"humor"的汉译名。1924 年后，为《语丝》周刊主要撰稿人之一。1926 年，任厦门大学文学院院长。1927 年任外交部秘书。1932 年 9 月主编《论语》半月刊。1934 年创办《人间世》，出版《大荒集》（上海生活书店 1934 年版）。1935 年创办《宇宙风》，倡"以自我为中心，以闲适为格调"的小品文写作，成为论语派的"盟主"。1936 年 8 月，林语堂远赴美国，教书并从事文学创作。在美国用英文写有《吾国与吾民》《风声鹤唳》《老子的智慧》《生活的艺术》等。1944 年，曾一度回到中国重庆讲学。1945 年，赴新加坡筹建南洋大学，并任校长。1947 年，任联合国教科文组织美术与文学主任。1952 年，在美国与人创办《天风》杂志。1966 年，定居台湾。1967 年，被聘为香港中文大学教授。1976 年 3 月 26 日，于香港离世。1976 年 4 月 1 日移灵台北故居后园中。林语堂著述丰富，成就斐然。三次被提名为诺贝尔文学奖候选人。作品被翻译成二十多种语言。"两脚踏东西文化，一心评宇宙文章"。正是林氏一生的写照。"眼前一笑皆知已，座上全无碍目人。"这种知己之间的清谈，也是林语堂向往的人生境界。其散文集有《剪拂集》（上海北新书局 1928 年版）、《大荒集》（上海生活书店 1934 年版）等。

[陈醉云]

陈醉云（1895—1982），浙江嵊县人，20 世纪 20 年代做过上海中华书局编辑，主要致力于语文教材的编写工作，代表性的如：中华文库之《秦始皇》《明太祖》等，另外，还与周剑云、汪煦昌合作撰有《电影讲义》。1932 年上海创刊儿童刊物《小朋友》，陈醉云是约稿作家之一，写有儿童诗《龙王》等，并常在上海《民国日报》副刊《觉悟》上发表诗歌、散文等。20 世纪 30 年代初，曾离开上海回到家乡嵊县，在县立中学做教员。1932 年 8 月至 1940 年 1 月，与张耀一起编过《剡声日报》。1939 年应同乡汪伪南京国民政府教育部政务次长，兼中央大学校长樊仲云之邀，在中央大学任教。中华人民共和国成立后，在家闲居。1976 年迁往济南与儿同住。1982 年去世。陈醉云散文主要结集有《卖唱者》（上海未央书店 1936 年版）、《游子的梦》（上海未央书店 1930 年 4 月初版）等（关于陈醉云的介绍主要摘编于《游子的梦》一书中关于作者的资料）。

[丰子恺]

丰子恺（1898—1975），名润、仁，乳名慈玉，原名丰润，又名丰仁、婴行，浙江桐乡石门镇人。丰子恺自幼酷爱美术，1914 年入浙江省立第一师范学校，受业于单不庵、李叔同和夏丏尊，从李叔同学习绘画与音乐。1917 年与同学组织桐荫画会。1918 年秋，李叔同

丰子恺像

在杭州虎跑寺出家，对丰子恺的思想影响很大。1919年师范学校毕业后，与同学数人在上海创办上海专科师范学校，并任图画教师。1921年东渡日本短期考察，学习绘画、音乐和外语。1922年回国到浙江上虞春辉中学教授图画和音乐，与朱自清、朱光潜等人结为好友。1924年，与友人创办立达学园。1925年成立立达学会，参加者有茅盾、陈望道、叶圣陶、郑振铎、胡愈之等人。1926年，任教职于上海艺术大学。1929年被开明书店聘为编辑。1931年，他的第一本散文集《缘缘堂随笔》由开明书店出版。抗战期间，辗转于西南各地。1937年编成《漫画日本侵华史》出版。1939年任浙江大学讲师、副教授。1942年任重庆国立艺专教授兼教务主任。从1943年起结束教学生涯，专门从事绘画和写作。陆续译著出版《音乐的常识》《音乐入门》《近世十大音乐家》《孩子们的音乐》等面向中小学生和普通音乐爱好者的通俗读物，为现代音乐知识的普及作了许多有益的工作。1946年返回上海。出版画册《子恺漫画选》。1952年后历任上海文史馆馆员、中国美术家协会上海分会副主席与主席、上海中国画院院长、上海文学艺术界联合会副主席、中国美术家协会常务理事、上海市对外文化协会副会长、上海市文联副主席、全国政协委员等职。丰子恺被誉为"现代中国最像艺术家的艺术家"，漫画、散文、美术、书法、音乐、翻译等多方面皆卓有成就。最初以"漫画"知名，中国有"漫画"之称谓就是从丰子恺开始的。其漫画作品风格独特，内涵深刻，耐人寻味，深得人们的喜爱。其散文雍容恬静，同样脍炙人口，且有着较大的影响。早在1922年已有随笔文字见世，而之后的《文学周报》《小说月报》等刊物则正式向读者昭告其散文小品生命的诞生。至中华人民共和国成立前，结集出版的主要有《缘缘堂随笔》（开明书店1931年版）、《中学生小品》（中学生书局1932年版）、《随笔二十篇》（天马书店1934年版）、《车厢社会》（上海良友图书印刷公司1935年版）、《缘缘堂再笔》（开明书店1937年版）、《子恺近作散文集》（普益图书馆1941年版）、《教师日记》（崇德书店1944年版）、《率真集》（万叶书店1946年版）等。其散文小品除了部分的艺术评论外，多散溢出浓浓的人间情趣。

[林微音]

林微音（1899—1982），1899年出生于上海安义路上。江苏苏州人，笔名陈代。从上海国民大学毕业后，主要供职于金融界，一度在上海任银行职员。1932 年为帮助好友诗人兼出版家并有文坛"孟尝君"之谓的邵洵美，曾担任新月书店经理。1933 年，林微音和朱维基、芳信、庞薰琴等人在上海成立"绿社"，并在同年 11 月创办了《诗篇》月刊，且以此为阵地，努力介绍、提倡和宣传唯美主义，"为艺术而人生"，其所创作的作品，也无不体现唯美主义的风格。在《新月》宣布停刊之后，林微音还在邵洵美家的客厅里，和邵洵美、林语堂等人，参与讨论了《论语》杂志的创办工作，甚至有人称林微音曾经主持过《论语》的实际工作，只是为时不长。自 20 世纪 20 年代中期开始，林微音在《洪水》《现代》等杂志发表不少的小说，在上海版《语丝》《真美善》《新月》《无轨电车》《现代文学》《文艺月刊》《论语》《矛盾》《中国文学》《文艺风景》以及《大众文艺》《申报·自由谈》等报刊陆续发表了很多随笔、杂文。林微音于1930 年前后总出版小说四部：小说集《白蔷薇》于 1929 年 6 月由上海北新书局出版，小说集《舞》于 1931 年由上海新月书店出版，小说集《西泠的黄昏》于 1933 年由上海良友图书印刷公司出版（良友图书公司于1945 年又将张天翼、施蛰存、杜衡、何家槐与林微音等人的小说合集定名为《西泠的黄昏》，充分体现了对这一短篇小说作品的肯定），而其影响最大的中篇小说作品《花厅夫人》则于 1934 年由上海四社出版部出版。此外，以"唯美主义"为指导，林微音还创作了为数不少的诗歌与散文作品，其中，散文集有《散文七辑》（上海时代图书公司 1936 年版，绿社出版部 1937 年版）、《夜步抄》和《阑珊吟》等。翻译也曾涉足，但因才力不济，终收获了了。1933 年，林微音曾以"陈代"为笔名，与鲁迅发生过笔战，被鲁迅称作专靠嗅觉而写作的"叭儿们中的一匹"，"讨伐军中最低能的一位"，故以鲁迅所批判的"反动文人"而广为宣扬。加之后人在回忆鲁迅的文章中（典型的如唐弢的《琐忆》）不无渲染的笔墨，因此，林微音长久以来留给人们的印象是"猥琐"的被鞭挞者形象。林微音与民国时期才貌双绝的名媛林徽因（本名"林徽音"，与男性"林微音"仅一字之差）因名字的相似而带来时人的混淆，诗人林徽因曾专门为此登报更名，公开放弃"林徽音"的名字，此事也使得男性林微音作为陪衬者的角色吸引了众多的眼球，并也因之流传开来。日本侵华期间，林微音为侵略者曾经办过《南风》杂志（1939年5月由上海商务出版社出版），接受过汪精卫政府特务机关40元的津贴，被目为汉奸文人，遭人不齿。在生活上，或许有着诸多的不如意以至精神的困顿，林微音自从20世纪30年代即染上了鸦片瘾，本不宽裕的林微音愈发颓唐困窘。1949年以后林微音又遭遇失业。总而观之，林微音主要致力于金融界，写作只能算是副业，而散文创作应是林微音最为当行的文体。

[章克标]

章克标像

章克标（1900—2007），字恺熙，别名章建之，笔名岂凡、许竹园、杨南天、杨恺、辛古木等。1900年7月26日生于浙江省海宁县庆云镇。1919年毕业于嘉兴省立二中，同年赴日本官费留学。1920年春考入东京高等师范学校，攻读数学科。1925年在上海《时事新报》"学灯"副刊发表处女作，自此开始诗歌、散文等文学写作。1925年从东京回国，先后在浙江省立六中、二中、杭州工业专门学校、上海立达学园及国立上海暨南大学任教。1926年章克标在上海与胡愈之、丰子恺、叶圣陶等人共同轮值主编《一般》月刊，同时与滕固、方光焘、张水淇、黄中等十多人结成狮吼社，出版同人杂志《狮吼》（月刊、半月刊），开办金屋书店。1928年章克标又进入开明书店，主编当时影响广泛的开明数学教科书及《开明文学词典》，一年以后，章克标又参与创办时代图书公司，章克标出任时代图书公司总经理，并主编《十日谈》旬刊。与林语堂、邵洵美、李青崖、全以嘏等创办《论语》半月刊，提倡幽默，闲适的艺术风格。在《小说月报》《申报·自由谈》发表文章。后在嘉兴中学任教。1937年抗战爆发，逃难上海。1939年冬入《中华日报》社翻译日文资料。第二年汪精卫在南京成立伪政府，曾任宣传部科长，担任《南京新报》（后改为《民国日报》）主笔。后赴杭州任《浙江日报》总编辑，很快又兼代理社长直至1944年，次年退隐回乡。1952年到上海少儿读物出版业联合书店任出版部主任。后到新华书店上海发行店宣传科工作。1956 年调到上海印刷学校，主持编译室，翻译编辑印刷技术教材。1958 年被判处三年管制，开除公职。1980 年由浙江省文史研究馆聘为馆员。1982 年参加海宁县文联，县政协委员。1985 年其错案平反。在海宁从事写作。2007 年于上海离世。主要著作有杂文集《风凉话》（开明书店 1929 年版）、小品文集《文坛登龙术》（开明书店 1933 年版）、长篇小说《银蛇》（金屋书店 1930 年版）、短篇小说集《蜃楼》（金屋书店 1930 年版）、《恋爱四象》（金屋书店 1931 年版）、译作《菊池宽集》（开明书店 1929 年版）、《谷崎润一郎》（开明书店 1930 年版）、《现代日本戏曲集》（中华书局 1931 年版）、《杀艳》（水沫书店 1932 年版）、《现代日本小说选集（一、二）》（太平书局 1942 年版）、《癞院受胎》（太平书局 1942 年版）；还编辑有《文学入门》（与方光焘合作，开明书店 1930 年版）、《开明文学辞典》（开明书店 1932 年版）等。章克标的文学创作以杂文、小品名之于世，其小品文集《文坛登龙术》，杂文集《风凉话》读起来脍炙人口，也使其因此成名。（关于章克标的介绍主要参考了 1995 年章克标写给《中国文学家辞典》的自撰《简历》）

[徐蔚南]

徐蔚南像

徐蔚南（1900—1952），原名毓麟，笔名半梅、泽人。江苏吴县盛泽镇人，出身儒医之家。与近代中国著名政治家、教育家邵力子自幼相识。曾就读于上海震旦学院。后留学日本，庆应大学毕业，归国后任教于绍兴浙江省立第五中学。1923 年，徐蔚南与其胞兄在家乡创办《新盛泽》报，致力于新文化的宣传。列宁逝世，他曾撰文悼念。与此同时，柳亚子在黎里创办《新黎里》报，两人建立友谊，并协助柳亚子创建国民党吴江县党部。1924 年，柳亚子推荐，徐蔚南参加新南社。1925 年，任教于上海复旦大学实验中学，并开始文学创作，以《山阴道上》载誉文坛。1925 年，经由沈雁冰介绍加入文学研究会。后执教于复旦大学、大夏大学。1928 年，始任世界书局编辑，主编《ABC 丛书》（总出版 152 种）。1932 年上海通志馆成立，徐蔚南受聘担任编纂部主任。1935 年，徐蔚南应叶恭绰之邀，任上海市博物馆董事，1936 年担任历史部主任。"抗战"爆发后，徐蔚南于 1942 年底毅然远走重庆，参加抗日活动。抗日战争胜利后，徐蔚南致力于《民国日报》的复刊工作，担任《大晚报·上海通》的主编，上海通志馆的副馆长，以及大东书局编纂主任。中华人民共和国成立后任上海文献委员会副主任。1952 年 1 月病逝。徐蔚南著有短篇小说集《奔波》《都市的男女》《龙山梦痕》（与王世颖合著），译作有《她的一生》《女优泰绮思》《莫泊桑小说集》《屠格涅夫散文诗》《印度童话集》等。徐蔚南以散文名世，其散文创作结集主要有《春之花》，散文名篇有《山阴道上》《快阁的紫藤花》《香炉峰上鸟瞰》等。

[倪贻德]

倪贻德像

倪贻德（1901—1970），1901 年出生于浙江桐乡，祖籍浙江杭县，其幼年至小学皆在桐乡万安桥镇度过，中学则就读于杭州。1919 年进上海美术专科学校学习，1922 年毕业并留校任教。1923 年倪贻德加入了以郭沫若、郁达夫、成仿吾等发起组织的创造社，成为该社后期重要的成员之一。自 1923 年参加创造社以后，倪贻德开始成为当时文坛的新人，先后在《创造季刊》《创造周报》《洪水》《创造月刊》等创造社的刊物上发表小说、诗歌、散文、剧本等。直至 1926 年秋赴日本川端绘画学校学习之前，倪贻德一直活跃于当时的文坛。1928 年自日本回国后，先后任教于广州、武昌、上海等地艺术专科学校，主编过《艺术旬刊》等。抗日战争爆发后，倪贻德投身抗日救亡运动，曾任教于西南联合大学。抗战胜利后，回杭州，办有西湖艺术研究所。中华人民共和国成立后，曾任浙江美术学院教授、第一副院长、《美术》杂志主编等职。倪贻德以"画"名，小品亦可观。

[章衣萍]

章衣萍与吴曙天合影

章衣萍（1901—1947），乳名灶辉，又名鸿熙，安徽绩溪北村人。与胡适之是同乡。其祖父为前清贡生，通古文，常逼其一日念书至四百遍，其父为小商人，信唐太宗"开卷有益"语。八岁读小学，十二岁因父亲开店亏本负债而辍学。十四岁进安徽省立第二师范学校读书两年，因"思想太新"被开除。十七岁去了南京，初于一学校做书记，不久职业被挤，几近乞食。后因同乡帮助，插进一中学读书，次年毕业。章衣萍是一个非常复杂的人物。1919 年去北京大学听课，曾以胡适"秘书""我的朋友胡适之"自居而自豪。1921 年入北京大学预科。北京大学毕业后，在陶行知创办的教育改进社主编教育杂志，上海大东书局任总编辑。1924 年，经孙伏园介绍与鲁迅相识并开始交往，参与筹备《语丝》，成为《语丝》周刊的重要撰稿人之一。1925 年，章衣萍《桃色的衣裳》面世，文章因其夫人吴曙天的一件衣服而突发灵感，颇有韵味，为章氏成名作，章衣萍也因之自谓文章一流。1926 年，北京女子师范大学爱国学生惨遭段祺瑞政府镇压，刘和珍等六名学生不幸死难。章衣萍曾因此撰有"卖国有功，爱国该死；骂贼无益，杀贼为佳"的挽联以抒愤慨悼亡之情。1927 年夏，章衣萍携夫人吴曙天迁往上海，任暨南大学校长郑洪年的秘书，并教授国学概论、修辞学等课。抗战爆发后赴四川成都，先任省政府咨议，旋转至一军校当教官，又开办书店。始由文人转为书商，创作日益减少，1947 年 12 月因脑溢血于成都离世。章衣萍是道地的小品作家，他的小说也写得如同散文一般。其小品文字多收入《樱花集》（北新书局 1928 年版）、《古庙集》（北新书局 1929 年版）、《枕上随笔》（北新书局 1929 年版）、《青年集》（光华书局 1931 年版）、《随笔三种》（上海神州国光社 1933 年版）、《衣萍书信》（北新书局 1933 年版）、《秋风集》（复兴书局 1936 年版），另有《衣萍文存》（上海乐华图书公司 1933 年版）和《衣萍文存二集》（上海乐华图书公司 1935 年版）。

[予且]

予且像

予且（1902—1990），原名潘序祖，字子端，"予且"是他 20 世纪 30 年代开始发表长篇小说时使用的主要笔名。另有笔名潘予且、水绕花堤馆主。1902 年 6 月 1 日出生于安徽泾县茂林村。曾就读于上海圣约翰大学，"五卅"运动期间，因不满当局对学校师生的压制，参加"六三同学会"，并离开圣约翰大学而转入光华大学，获光华大学特界毕业生称号。大学毕业后，任光华大学附中教员，并同期开始文学创作，有《如意珠》《饭后谈话》等作品面世。后来参与中华书局、《新中华》杂志等的编辑工作。抗日战争爆发，予且曾暂离上海，1939 年重回上海，开始进入创作的高峰期，以现代通俗小说创作驰名文坛，成为上海"孤岛"与沦陷时期重要的通俗小说家。较为有名的是予且以"百记"为目的的表现市民百态的短篇小说系列，如《寻燕记》《移情记》《追无记》《窥月记》《劝学记》《留香记》《别居记》等。中华人民共和国成立以后，予且一直在上海的中学里教书，湮没无闻。著有长篇小说《浅水姑娘》等作品多种。作为新市民小说的代表作家，予且已为人熟知，而作为一个散文作者，予且在 20 世纪 30 年代的上海文坛上，影响同样很大，很得时人好评。予且的散文随笔所多是由光华背景的赵家璧刊载在《中国学生》杂志上以及散佚在各报刊上面。主要散文小品著作有《予且随笔》（上海良友图书公司 1931 年版）、《饭后谈话》（上海良友图书印刷公司 1933 年版）、《鸡冠集》（上海四社出版部 1934 年版）、《霜华集》（上海知行编译社 1944 年版）等。

[钱歌川]

钱歌川（1903—1990），原名慕祖，笔名歌川、味橄、秦戈船等。自号苦瓜散人，又号次

钱歌川像

逊，湖南湘潭人。湖南长沙明德中学肄业。1920 年负笈东瀛，就读于东京高等师范学校英文系，毕业后回国，先后在湖南与上海两地担任教职，曾任明德等中学教师。1930 年，经夏丏尊引荐进上海中华书局做编辑。1933 年参与《新中华》杂志的编辑工作。1936 年入英国伦敦大学研究英美语言文学。后游学意大利、法国和英国。1939 年回国后任武汉、东吴等大学教授，《世说》周刊主编等职。曾与鲁迅、茅盾、田汉、郭沫若、郁达夫等文化界名人交往，参与文化运动。抗战胜利后出任中国驻日本代表团主任秘书。1946 年应台湾大学校长陆志鸿之邀任文学院外文系教授，1947—1948 年任文学院首任院长，后转任成功大学英文教授和陆军军官学校教授兼英文系主任。1964 年，应聘新加坡，在义安学院、新加坡大学、南洋大学执教。他曾在中国台湾、新加坡、美国发表大量散文与英语教学资料，包括《翻译的技巧》《英文疑难详解》《翻译的基本知识》《论翻译》《简易英文文法》《简易英文动词》《美国日用英语》《英语造句例解》等。退休后侨居美国纽约，专事著述。1990 年 10 月 13 日病逝于纽约。钱歌川的文学创作以散文为主，是本色的小品散文作家，代表作有《北平夜话》（中华书局 1935 年版）、《詹詹集》（中华书局 1935 年版）、《流外集》（中华书局 1936 年版）、《偷闲絮语》（中华书局 1943 年版）、《巴山随笔》（中华书局 1944 年版）、《游丝集》（中华书局 1948 年版）等。

［叶灵凤］

叶灵凤像

叶灵凤（1904—1975），原名叶蕴璞，笔名叶林丰、L·F、临风、亚灵、霜崖等。1904 年 4 月 9 日生于江苏南京，而在九江、镇江，叶灵凤则度过了他的青少年时代。1924 年，叶灵凤随其三叔到上海，入上海美术专科学校学习绘画，并开始练习写作，投稿于创造社。1925 年，加入创造社，曾主编《洪水》半月刊。1926 年，与潘汉年合作创办《幻洲》杂志。1927 年，继续于创造社的工作，负责《创作月刊》与上海泰东书局出版物的插图、封面设计以及装帧等。1929 年创造社被封，叶灵凤曾一度被捕，但不久释放。1931 年 4 月 28 日，因"完全放弃了联盟的工作等情况"，被开除出"左联"。1937 年抗日战争爆发，参加了由夏衍主持的上海《救亡日报》工作，后随《救亡日报》到了广州。1938 年广州失守后转到香港，并从此定居香港，直至 1975 年 11 月 23 日病逝于香港善和医院。在香港的 30 年间，先后编辑过《立报》副刊《言林》、《星岛日报》副刊《星座》，并积极参加抗日宣传活动，从不避讳被"左派"视之，与郭沫若、夏衍、潘汉年、乔冠华等也一直过从甚密。日军占领香港期间，曾一度被捕。后编过杂志，做过搜集敌情材料的工作，写过《甲申三百年祭》《苏武吞旃》之类的文章。抗日战争胜利后，继续编辑《星岛日报》的《星座》副刊，直至退休。叶灵凤是个小说家，但更是一个散文家，他到香港后，几乎停止了一切的小说构思，而专注于散文小品写作及翻译的工作。其散文、随笔主要有《白叶什记》（上海大光书局 1927 年版）、《天竹》（上海现代书局 1928 年版）、《灵凤小品集》（现代书局 1933 年版）、《读书随笔》（上海杂志公司 1936 年版）及《忘忧草》《文艺随笔》《晚晴什记》《北窗读书录》《花木虫鱼丛谈》《世界性俗什谈》《香港方物志》《香江旧事》《张保仔的传说和真相》《香港的失落》《香岛沧桑录》《香海浮现录》等。

[ 张慧剑 ]

张慧剑像

张慧剑（1906—1970），原名嘉谷，笔名辰子，别署江马、不珍等。安徽石埭（今石台县）人。20 世纪 20 年代初期始有小说创作，并受到北京《舆论报》社长的赏识，因之进入报界，被聘为《舆论报》副刊《瀚海潮》的编辑。后在南京先后主编《南京晚报》《朝报》《时事新报》以及《新民报》的副刊等。张慧剑曾经担任过《新民报》重庆、成都、南京、上海、北平五个社的副刊主编，被誉为"副刊圣手"。他在《新民报》连续工作近 20 年。著有杂文集《慧剑杂文》《马斯河的哀怨》《辰子说林》，历史小说《屈原》，专著《白居易和他的诗》，电影剧本《李时珍》等。张慧剑与张友鸾、张恨水三人，因均姓张，且皆为皖人，同致力于新闻界与创作，被合称为"三个徽骆驼"。中华人民共和国成立后，一度工作于上海。1952年入中国作家协会，1958年归居于南京。20世纪60年代曾当选为中国作家协会江苏省分会副主席。"文化大革命"中受到冲击迫害，后病逝于南京，葬于南京南郊牛首山。张慧剑终身未娶，与烟、酒、茶、书为伴，闲暇吟诗、作文，自得其乐。好旅游，随心而动，说走就走，无牵无碍，足迹遍及黄山、泰山、峨眉山、雁荡山、西湖、洞庭湖等名山胜水。有闲云野鹤之风。

### ［施蛰存］

施蛰存像

施蛰存（1905—2003），原名施德普，蛰存是其笔名，另有笔名施青萍、青萍、安华、薛蕙、李万鹤、柳安、苹华室、蛰庵、陈蔚、曾敏达、舍之、北山等。祖籍浙江杭州。1905年12月3日生于浙江杭州水亭址；1908年，随父母移家苏州，1913年，又随家迁居江苏松江县城镇（今属上海市）。先后就读于松江县立第三小学、松江县第一高等小学、江苏省第三中学、杭州之江大学、上海大学、大同大学、震旦大学法文特别班等。施蛰存于杭州之江大学读书期间，与戴望舒、杜衡等创办《兰友》旬刊，在上海大同大学就学时又与戴望舒、杜衡两人创办《璎珞》旬刊，其后又与刘呐鸥、戴望舒先后创办第一线书店与《无轨列车》杂志、水沫书店与《新文艺》月刊等。1929年，施蛰存创作心理分析小说《鸠摩罗什》《将军底头》，是中国最早运用心理分析手法创作小说的人，并因此成为重要的早期中国现代小说的奠基人。1932—1934年，施蛰存应现代书局邀请，主编《现代》月刊，倡导推崇现代主义思潮及现代意识的文学创作，产生了广泛的影响。1937年抗战爆发前的施蛰存，其主要的工作是做文学编辑，编辑之余创作短篇小说、诗歌、翻译等。抗日战争爆发后，施蛰存先后任教于云南大学、厦门大学、江苏学院、暨南大学、大同大学、光华大学、沪江大学、华东师范大学等，在教学之余继续从事翻译，散文写作，历代诗词与金石碑刻研究等，创办《词学》。由是又成为一个文学翻译家、学者、教授等。20 世纪 50—70 年代，因早年与鲁迅有过论战曾遭受到迫害。不过，在这期间，施蛰存曾翻译了大量的外国文学作品以及古典文学与碑版文物的研究。20 世纪 80 年代，思想解冻，现代主义思潮重新涌入中国，施蛰存的文学创作又重获新生。施蛰存曾先后出版过五部散文集：《灯下集》（1937 年 1 月上海开明书店初版），《待旦录》（1947 年 5 月上海怀正文化社初版），《枕戈录》（1992 年 7 月福州海峡文艺出版社初版），《文艺百话》（1994 年 4 月上海华东师范大学出版社初版），《沙上的脚迹》（1995 年 3 月沈阳辽宁教育出版社初版），以及两本散文选集：《施蛰存散文选集》（1986 年 8 月天津百花文艺出版社初版），《施蛰存七十年文选》（1996 年 4 月上海文艺出版社初版）。

## ［张若谷］

张若谷像

张若谷（1905—1967），原名张天松，字若谷。曾用笔名有摩炬、马尔谷、百合、南方张、刘舞心女士、虚斋主等。原江苏省南汇县周浦镇西八灶（今上海市南汇区横沔乡沿南村）人。出生于天主教家庭。早年读书于天主教徐汇中学，受过马相伯思想影响。1925 年毕业于上海天主教震旦大学。1926 年任上海艺术大学教授，1927 年任南京《革命军日报》编辑，同时又是《真美善·女作家号》杂志的编者。（《真美善》杂志于 1927 年 11 月 1 日创刊于上海，以发表创作为主，兼翻译介绍外国文学。为纪念创刊一周年，张若谷主编女作家专号。）1930 年任古巴驻华公使馆秘书，1932 年任上海《大晚报》记者，后来游历欧洲，入比利时天主教鲁汶大学农学院学习，在比利时期间还学习社会学、神哲学。1935 年归国后，任上海《时报》记者。1936 年，任南京《朝报》主编，后转任上海《神州报》记者，创办大上海人社，任半月刊《大上海人》主编。1937 年抗日战争爆发后，《中美日报》创刊，张若谷应邀参与编辑，发表中文及英文文章，号召抗日，遭汪精卫列入 82 名抗日分子黑名单。1941 年 9 月 24 日，张若谷在上海法租界被日本宪兵会同法国警察逮捕，舆论哗然，日本及汪精卫方面被迫释放了张若谷。1945年抗日战争胜利后，张若谷赴南京任南京总教区总主教于斌的私人秘书，天主教《益世报》南京版编辑。1955年9月8日，张若谷因宗教原因被抄家，并被遣送到东北劳改农场劳动改造。后无罪释放。1967年病逝。张若谷是民国时期上海著名的文学评论家，翻译家，著有《异国情调》《文学生活》等。张若谷一生致力于文学评论与翻译，尤迷恋于法兰西文学，并试图将法兰西文学的精髓介绍到中国。对法兰西文学的痴迷渗透到张若谷生活的诸方面，甚至影响了张氏的择偶标准。诚然，张若谷并非用力于散文创作，但其算不上多么丰富的散文小品却具有海派散文范式的意义。

[梁得所]

梁得所像

梁得所（1905—1938），广东连县人。其父早年曾在香港教学，笃信基督教，后来回乡做牧师，一生养有九个儿女，梁得所居二。幼家贫，苦读书，尤感兴趣于音乐。梁得所的小学是在家乡连县度过的。小学毕业后即半工半读于美国教会设立的培英中学。中学读书时，初显组织、编辑、美术等方面的才能，并以勤奋名之于校。1925年，曾到山东齐鲁大学攻读医学专业，但旋即感觉学医非其所长也非其所好。其最为擅长也最也最有影响的则是他的摄影、文字、报刊编辑以及美术、音乐等方面的才艺及业务。1926年10月15日，梁得所应聘担任上海《良友》画报月刊第三任主编。主编《良友》画报是其事业的辉煌期，在他主编《良友》画报的六年间（第13期至第79期后辞职），《良友》画报成为包容广阔、影响深远的综合性画报。鼎盛期的《良友》画报发行可达3万册，影响遍及全国甚至五大洲各国等。1932年，梁得所率领《良友》全国摄影团，摄取与保留了万余张有关当时中华景象、建筑、雕刻、风物等珍贵的史料图片。1933年，梁得所联合友人黄式匡在上海创办大众出版社，并主编《大众画报》（1933年11月创刊，1935年5月终刊，总19期）、《文化》月刊（1934年2月创刊，1935年6月终刊，计出16期）、《小说》半月刊以及《时事旬报》等。1938年8月

8日，梁得所于连县老家睡眠中安然离世。梁得所虽瘦弱矮小，举止文弱，说话也中气不足，但却才华横溢，是编辑界、画报界、出版界的奇才。虽然生命短促，却以作家、美术出版家、翻译家名之于世。梁得所散文小品集主要有《若草》（1927年）、《得所随笔》（1929年）、《未完集》（1931年）、《烟和酒》（1933年）、《猎影记》（1933年），均由良友图书公司杀青发行。

### [胡兰成]

胡兰成像

胡兰成（1906—1981），原名胡积蕊，浙江嵊县人。才女作家张爱玲的第一任丈夫。1927年从燕京大学（是燕京大学的旁听生）中途退学后，直至1935年，曾辗转于浙江、广东、广西等地担任中学和师范教师，颇不得意。1936年，胡兰成开始转入新闻界，始有了点小名气，也因此被国民党汪派延揽，到香港担任《南华日报》主笔。1938年岁末，汪精卫发表"主张和平"的"艳电"，遭国人唾弃，而胡兰成却很快在《南华日报》发社论《和与战》予拥护，因此颇得汪精卫的赏识。胡兰成也由是追随汪精卫，并做了汪记《中华日报》主笔。1939年春，汪精卫在上海着手组织伪政权时，胡兰成充当其侍从秘书。1940年，汪伪政府成立，胡兰成出任宣传部政务次长、伪行政院法制局局长、伪国民党中央执行委员，兼《中华日报》总主笔。实际成为汪精卫的"文胆"。汪精卫曾亲切地称呼其为"兰成先生"，并"殷殷垂询"。后因与汪伪政权中宣部部长林伯生争权，而林是汪精卫更为倚重的心腹兼同乡，胡兰成随遂被逐出汪伪政权中央宣传部，出任一闲职。1944年，胡兰成结识张爱玲，演绎了一段始乱终弃的旷世姻缘。抗战后期，缘日本人之意，胡兰成到湖北接办《大楚报》，并拟创办一所政治军事学校。当时的胡兰成很看好武汉，踌躇满志，野心勃勃，但好景不长。日本投降后，胡兰成逃离武汉，隐居于上海、浙江等地。中华人民共和国成立前后，逃脱各方追捕，偷渡到了日本，后又执于台北。1976年，胡兰成被逐出台湾，又客居日本，1981年病死于日本东京。胡兰成擅长写作，文学感觉很好。在投机并忙于汪伪政务之余，也写有不少的散文小品，散见于《万象》《人间》《天地》《苦竹》等刊物上。

[徐霞村]

徐霞村像

徐霞村（1907—1986），原名徐元度，曾用笔名方原、保尔，1907年9月14日生于上海，祖籍湖北阳新。1925年秋，入北京大学哲学系，1927年5月赴法勤工俭学，就读于巴黎大学文学院。文学研究会和水沫社成员，曾担任过《熔炉》主编，《新文艺》编辑，后又主编《华北日报》副刊《每日谈座》。1930—1935年，历任北京大学、北京师范大学、北京女子师范大学中文系讲师；1935年任济南齐鲁大学中文系副教授；抗日战争爆发后，赴重庆、成都、武汉等地，曾任重庆商船专科学校英语教师。1943年任中华全国文艺界抗敌协会常务理事。抗战胜利后，主编《新湖北日报》一年，后任联合报驻沪办事处译员；1947年9月至1958年9月担任厦门大学中文系教授，后改任外文系教授。1986年2月13日病逝。徐霞村自1926年起即开始在《晨报》副刊、《世界日报》副刊、《语丝》、《小说月报》等刊物上发表作品。1928—1930年夏，活跃在上海文坛上，此时有大量译著与著作。主要小说集有《古国的人们》（水沫书店1929年版）；译著有《菊子夫人》（法国作家洛蒂著，商务印书馆1928年版）、《洗澡》（法国作家左拉著，开明书店1929版）、《法国现代小说选》（中华书局1931年版）、《六个寻找作家的剧中人》（意大利作家皮蓝德娄著，水沫书店1929年版）、《鲁滨逊漂流记》（英国作家笛福著，商务印书馆1934年版）、《塞万提斯的未婚妻》（西班牙作家阿左林著，与戴望舒合译，神州国光社1931年版）等以及《法国文学史》（北新书局1928年版）、《现代南欧文学概况》（神州国光社1930年版）、《文艺杂论》（光华书局1930年版）等论著。散文则主要结集有《巴黎游记》（光华书局1930年版）等，《巴黎游记》1996年又被收入《欧游三记》再版。

[马国亮]

马国亮像

马国亮（1908—2001），广东顺德人。曾先后任过上海良友图书公司编辑，《今代妇女》主编，香港《大地画报》总编辑，《广西日报》副刊编辑，新大地出版社总编辑，上海《前线日报》副刊编辑，香港《新生晚报》编辑，香港长城电影公司编导室主任、总管理处秘书长，上海美术电影制片厂编剧等。中华人民共和国成立后，加入中国作家协会。从1929年起，始有作品面世。其作品散见于当时的《良友》《人间世》《现代》《大众》《自由谈》《妇女画报》《青光》《旅行杂志》《华安》《华美》《一角丛书》等刊物上。马国亮的散文小品主要结集有《昨日之歌》（良友图书印刷公司 1929 年版）、《给女人们》（良友图书印刷公司 1931 年版）、《生活之味精》（良友图书印刷公司 1932 年版）、《再给女人们》（良友图书印刷公司 1933 版）、《偷闲小品》（良友图书印刷公司 1935 年版）、《春天！春天！》（重庆良友复兴图书印刷公司 1945 年版）等。另外著有回忆录《良友忆旧》，中篇小说《露露》，电影文学剧本《绮罗春梦》《南来雁》《神·鬼·人》等。

[徐讦]

徐讦（1908—1980），原名徐传琮，字伯讦，笔名有徐于、史大刚、东方既白、任子楚、姜城北等，1908 年 11 月 11 日出生于浙江慈溪县东部庄桥（现属宁波市江北区）。其父徐荷君（又名徐曼略、徐韬），自幼聪颖过人，善文能诗，曾师从于"四明四才子"之一、慈溪县著名学者冯君木，于清光绪三十年中举人。因此，徐讦有着良好的家学背景，童年即通读了《三国演义》《红楼梦》《野叟曝言》等作品以及一些林译小说等。1921 年，入读于北平成

徐讦像

达中学。1922 年，转入上海天主教圣方济中学。后因看不惯洋修士的伪善，一学期后又重回北平成达中学。1925 入读于北京潮南第三联合中学。1927 年 9 月就读于北京大学哲学系。大学期间，喜读周作人的散文小品，并接受马克思主义及康德、伯格森等的影响。1931 年，北京大学毕业后留校任助教，并开始研读精神分析学及行为主义心理学等。北京大学读书期间有短篇小说《烟圈》面世。1933 年，徐訏由北平转赴到了上海，曾投稿于林语堂创办的《论语》半月刊。1934 年任上海《人间世》编辑（1935 停刊，总出版了 42 期），为京海合流作出了积极贡献。1936 年 3 月，与孙成合作创办《天地人》半月刊。1936 年秋天，赴法国巴黎大学攻读哲学，接受柏格森生命哲学，获哲学博士学位。法国留学期间，写就成名作《鬼恋》。抗日战争爆发后，徐訏筹划回国，于 1938 年 1 月底，回到已"孤岛"的上海，专事写作，卖文为生。作品散见于《宇宙风》《西风》《中美日报》等报刊上。1938 年 5 月，徐訏与冯宾符合作创办《读物》月刊，同时兼任中央银行经济研究处的翻译工作。1942 年初，徐訏在重庆主编《作风》杂志，并兼任国立中央大学师范学院国文系教授。1943 年 3 月，其成名作《风萧萧》开始连载于《扫荡报》副刊，誉满文坛，1943 年也由是被称作"徐訏年"。1944 年，徐訏以《扫荡报》驻美特派员名义远赴美国。1946 年回到上海，整理诗稿，并与刘以鬯合作创办"怀正文化社"。1948 年开始构思并创作《时与光》。1950 年抛妻别女，由沪赴港。1953 年创刊《幽默》杂志，并担任主编。1956 年《江湖行》第一部出版。1959 年出版《江湖行》第二部。1960 年赴任新加坡南洋大学教授，出版《江湖行》第三部。1961 年《江湖行》第四部出版。1966 年开始连载"文化大革命"题材作品《悲惨的世纪》。1968 年创办《笔端》半月刊。1976 年创办《七艺》月刊。1980 年 9 月 20 日，受洗礼为天主教徒。1980 年 10 月 5 日，因肺癌病逝于香港。徐訏被称为"鬼才"作家，以写作传奇小说且高产而著称。小说创作之外，徐訏还写有话剧、诗歌以及大量的散文随笔等，徐訏散文小品主要结集有《春韭集》（夜窗书屋 1939 年版）、《西流集》（夜窗书屋 1940 年版）、《海外的情调》（夜窗书屋 1940 年版）、《成人的童话》（夜窗书屋 1940 年版）、《海外的鳞爪》（夜窗书屋 1940 年版）、《蛇衣集》（夜窗书屋 1947 版）以及《三边文学》（香港上海印书馆

1973 年版)、《传薪集》(台、正中 1978 年版)、《传怀集》(台、正中 1978 年版,与丽明筹合集)等。

[汤增敭]

汤增敭,1908 年生,卒年不详,浙江吴兴人,海派散文代表作家。毕业于上海复旦大学。大学读书期间,得到过谢六逸、孙俍工、黄天鹏等前辈师长的提携奖掖。20 世纪 30 年代前后他写过不少诗和散文,散见于《小说世界》《真善美》《现代文学》《当代文艺》《新时代》等文学期刊上。散文小品是其当行,也是汤氏最有收获的领域。其散文结集有《姊姊的残骸》(上海草野社 1930 年版)、《幸运之连索》(上海现代书局 1931 年版。据许道明先生考证,该题与黄奂若合作,1937 年上海文艺出版社再版,易名《初试》,题黄奂若著。1931 年 6 月 15 日刊行的《当代文艺》第一卷第六期上短篇小说《韵姊》的署名是黄奂若。经多种版本的考索,以及比较文章作风,黄奂若者,可能是汤增敭故用的托名,也可能是用以纪念的友人名,或许径直是子虚乌有先生)、《幸福》(此集是汤增敭的综合杂集,收《姊姊的残骸》、《幸运之连索》中部分篇什,另含总题"流浪之歌"诗作 17 首。上海广益书局 1933 年版)等。

[苏青]

苏青像

苏青(1914—1982),原名冯允庄,早年发表作品时曾署名冯和仪,苏青是其笔名。浙江宁波人。苏青 1914 年 5 月 12 日出生在宁波乡下外婆家。祖父缘"鸾凤和鸣、有凤来仪"之意,为其取名"和仪"。苏青的祖父是前清举人,后经商,家道殷实,置田数千亩,变成富裕的地主,质属于近现代中国城市最早兴起的市民阶层。1933 年,苏青考入国立中央大学(1949 年更名为南京大学)外文系,肄业后移居上海。早在 1935 年,苏青写有散文《生男与育女》(原名《产女》)发表在《论语》杂志上。后因婚变而成为专业女作家。20 世纪 40 年代与张爱玲齐名,红极一时,是"上海文坛最负盛誉的女作家"。其作品散见于《宇宙风》《逸经》《古今》《风雨谈》《天地》等刊物。1943年，苏青发表自传体长篇小说《结婚十年》，连载于《风雨谈》杂志。1944年，《结婚十年》出单行本，该书一版再版，至1948年底，已高达18版之多。《结婚十年》因用语泼辣直率，为苏青赢得大胆女作家、"犹太女作家"甚至"文妓"等称谓。1947年，苏青又有《续结婚十年》出版。另有长篇小说《歧途佳人》等，也影响很大。苏青除了是个专业女作家，还是出版家，1943年主办《天地》杂志，创办《小天地》杂志及四海出版社。抗日战争爆发后，曾担任国民党汪精卫政府伪上海市政府职员、陈公博的秘书等，抗战胜利后，也因此被传讯。1949年后，留居于上海，担任越剧团专职编剧。曾编写《江山遗恨》《卖油郎》《屈原》《宝玉与黛玉》《李娃传》等剧目。"文化大革命"中间多次受到批斗。1982年冬，苏青在贫病交加中凄然离世。苏青是著名的海派小说家，也是个散文家，其小说也往往有着散文化的笔法及自叙传的色彩，甚至可作散文看。苏青的散文小品主要结集有《浣锦集》（上海四海出版社1944年版）、《涛》（天地出版社1945年版）、《饮食男女》（天地出版社1945年版）及《逝水集》（自印）等，其中，《浣锦集》一版再版，有十几版之多。

[丁谛]

丁谛像

丁谛（1914—2000），原名吴调公，丁谛是其笔名。江苏镇江人。1935年毕业于上海大夏大学国文系。1931年始有作品面世。1958年加入中国作家协会。1985年加入中国共产党。曾任镇江师范学校教师。中华人民共和国成立后，历任江苏师范学院讲师，南京师范学院、南京师范大学副教授、教授，江苏省美学学会第二届会长，中国古代文学研究会理事，《中国思想家评传》丛书副主编等。长期从事古代文论与古典美学的研究。著有长篇小说《长江的夜潮》《突围》，散文集《调公文录》《海市集》，专著《谈人物描写》《与文艺爱好者谈创作》《文学分类的基本知识》《论文学的真实性和党性》《古代文论今探》《神韵论》等。

［无名氏］

无名氏像

无名氏（1917—2002），原名卜宝南，后改名卜乃夫，又名卜宁、卜怀君、宁士、"百万岁人"、"无名氏"等。1917 年 1 月 1 日出生于江苏南京下关。祖父卜庭柱，原籍山东滕县，行走江湖，卖布为生，中年定居江苏扬州北郊方家巷镇，置田一百余亩。其父卜世良（后改名卜善夫），自学中医，小有成就，行医于南京、镇江一带。无名氏本兄弟六人，无名氏居其四。其中，大哥、三哥及五弟，幼年夭亡。而二哥卜宝源（后改名卜少夫），六弟卜宝椿（后改名卜幼夫），皆从事于新闻出版业。1922 年，无名氏开始读私塾，在南京下关跟一位吴姓先生读《大学》《中庸》《论语》《孟子》等。1927 年，入南京下关龙江桥小学读书。1928 年，转入国立东南大学实验小学，仅读一年半即小学毕业，然而，系统的西方办学理念对无名氏影响很大。小学四年级时即有作品面世，对其后来的文学创作激励很大。1934 年 4 月 1 日，无名氏还在读中学期间，即只身远赴"北平"，旁听过北京大学胡适、周作人、钱玄同、叶公超、梁实秋等以及著名左翼学者李达的课程。1934 年秋，入北平俄文专科学校。因俄文专科学校有俄国教授及中国左翼教授的"红色"之嫌，1935 年冬，北平教育局迫其停办，无名氏也因此肄业。抗日战争爆发后，无名氏曾担任《扫荡报》《中央日报》等报记者，西安《华北新闻》主笔，做过教育部的职员，在韩国光复军中有过一段时间的生活经历。1940 年于西安华山独居一年。1944 年出走重庆，抗战胜利后到了上海，后隐居于杭州，专事写作。无名氏于 20 世纪 30 年代开始创作，1943 年，始以"无名氏"为笔名发表小说《北极风景画》，名极一时。《北极风情画》以及他的《塔里的女人》曾成为中国新文学第一畅销书，数年来，一版再版，历久不衰，影响很大。其青春爱情自传之作《绿色的回声》影响也十分久远。1946—1949 年，无名氏创作"无名书"首卷《野兽、野兽、野兽》，第二卷《海艳》，第三卷《金色的蛇夜》（上册）。

1950—1960 年又续写"无名书"多册。《无名书》是无名氏的代表作。共七卷，总 260 多万字。除上述三卷外，还有《荒漠里的人》《死的岩层》《开花在星云之外》《创世纪大菩提》等。因《荒漠里的人》毁于战火，故实际成书六卷。1982 年去香港，1983 年到台湾，2002 年 10 月 11 日零时在台北荣民总医院去世。临终前，陆达成神父为他进行洗礼。无名氏是个小说家，散文亦可观，且十分耐读，结集有《塔里·塔外·女人》、《火烧的都门》（上海真善美图书公司 1947 年初版，后在台湾出版改名《薤露》）、《沉思试验》（上海真善美图书公司 1948 年版）及随想录《淡火鱼冥思》等。

[张爱玲]

张爱玲像

张爱玲（1920—1995），原名张煐，笔名梁京，祖籍河北丰润。张爱玲出身名门，祖父张佩纶系清代同治进士，官至都察院左副都御史，祖母李菊耦是清代重臣李鸿章之长女。张爱玲于 1920 年 9 月 30 日出生于上海的麦根路（今康定东路），1922 年迁居天津。1924 年开始私塾教育，颂诗读经。1925 年母亲黄逸梵出洋留学。1927 年，张爱玲随家回到上海，不久，母亲回国，从母亲学画、钢琴和英文。8 岁读《红楼梦》。良好的童年教育与母亲的敏感清高及"洋式"生活志趣对张爱玲产生了深远的影响。1931 年秋就读于上海圣玛利亚女校。1937 年，毕业于上海圣玛利亚女子中学，1938 年考取伦敦大学，后因战事改入香港大学。1941 年太平洋战争爆发。1942 年香港沦陷，未毕业即回上海，开始职业写作生涯。1943 年，《紫罗兰》杂志连载其中篇小说《沉香屑·第一炉香》，一炮走红，同年发表代表作《金锁记》《倾城之恋》等。同样是 1943 年，张爱玲结识周瘦鹃、柯灵、苏青、胡兰成等人。1944 年出版小说集《传奇》和散文集《流言》。1947 年与胡兰成离婚。1950 年参加上海第一届文学艺术界代表大会。1952 年避居香港，就职于美国驻香港新闻处。1955 年秋天离港赴美，曾任柏克莱加州大学中国研究中心研究员。1956 年 8 月，与美国左翼作家赖雅结婚，时年张爱玲 36 岁，赖雅 65 岁。1967 年赖雅逝世。1973 年定居洛杉矶，从此过着深居简出的著译生活。1995 年 9 月 8 日于美国洛杉矶公寓内寂然离世。张爱玲是重要的海派小说家，也是一个散文家，张爱玲的散文成就集中于其散文集《流言》（中国科学公司 1944 年印刷、五洲书报社总经销），出版不足一月，即由街灯出版社再版、三版。她擅长心理分析，语言犀利精警，直逼都市人性的内核。

# 后　记

　　这是我研究京海文学的第二部个人专著，与第一部《京派散文：走向塔尖》（人民出版社 2012 年版）或可形成姊妹篇。京海文学是一门显学，关注者众多，成果早已蔚成气象。京海文人与京海文学的研究者也多为高材秀士，笔者不佞愚陋，实以一种敬畏之心进入京海文学的天地。与其说是一位研究者，不如说是一位学习者。摆在诸君面前的这本小书，仅仅是笔者对风姿绰约之京海文学诵持极佩后的一点心得。

　　与京海文学的相遇是一种缘，也有精神的契合。2005 年，蒙恩师吴福辉先生不弃，从收我做弟子的那一刻起，已在暗示我向京海文学靠拢。吾师是现代文学史家，也是京海文学研究的名家。从吴师问好，窃以为应于京海文学之间寻得一块领地。在阅读的过程中，我开始发现自己对京海文学有着一种无可言说的喜爱，总能愉快地摩挲着、玩索着。究其原因，恐怕不仅仅因为京海文人逼人的才，更有那精神的"灵"。我出身农家，由乡入城。比之土生土长同代的城里人，有着很深的乡土之"根"的意识。虽不敢自比于京派文人的"乡下人"感觉，但生活在城里，却又有着某种相通性。一样有着都市的"寄寓"感。我喜欢都市，也隔离于都市。如当年沈从文那样，是闯入城里的乡下人。居城有年，时念想家乡的温暖。祖居的老屋已经倾颓，残留的一面断墙成为现今后园的一段。不规整的后园里有父亲手植的果树，种类很杂，最多的是石榴。也散不成行，父亲当年栽植的时候不会想到"美"感，恰似乡间的朴拙，没有识别，但更感亲切。每逢春夏，后园满目苍翠，待榴花怒放，更是星珠串天，火红闪眼，加以其间散落补种的青菜，真一个诗意田园的小世界。每每归家，我总喜欢在那后园里流连不已。也始终觉得自己是一个离不开家的人，但事实却已离家千里。"根"在乡土，却漂泊于都市。乡土似乎也回不去了，城市也不是灵魂的家。在这一点上，我不若父祖辈，也比不了城里出生的孩子，物质的生活无论丰瘠，他们总还是有"根"的，有着灵魂的安定与安宁。我的这种游走城乡的"漂泊"感让我亲近着京派，也喜欢着京派，在美的文字里品味着那相通的戚戚之心。也许正因如此，我选择了"京派"作为我博士学位论文的选题，并得到了先生的肯定，于是有了"京派散文"的研究文字。

海派无疑是都市的（但也无疑是属于中国化都市的）。"反认他乡是故乡。"都市对于他们，不再是一种异乡感，但隐性的"脐带"情怀依然存在。比之京派文人，海派文人已远离乡土，淡化了都市生命存在的漂泊感与萦绕于心的"怀乡病"，但都市之"根"似未扎牢，亲近着都市，却又同时有着对乡土文明不自觉地回望。他们是宽容的。只不过，在"入城"的道路上，海派文人走得稍远。乡土文明土壤上产生的现代都市与都市人似乎很难在很短的时间内顿然涤荡那农本主义的东西。在"城"与"乡"的心理情感上，京海文学并非天隔，本就有着密切关系。而且，"京海本为一家"。近现代以来，北京、上海一直作为文学文化的中心，但因经济或政治的原因却几经周折，真是"你方唱罢我登场"。活动于北京的"五四"新文化运动的主将们就多来自当时经济中心的上海。"五四"退潮后，北京的文人又纷纷南下，成为"海派"的主将或影响了海派……"京派散文"之后，我自然想到了海派。海派文学的研究至今已有四十年的历程。特别是其中的小说研究，成果更是异彩纷呈，并成体系，且已成熟。因此种种，我选择了"海派散文"作为我的博士后选题，并也因此幸运地结缘于我所敬重的陈子善先生。本书即是子善师海我导我的博士后研究报告修改后的文字。

研究的初衷无疑是想超越，但不才之我想在前人多有研究的基础上对才情宏深的京海文学研究试图超越，当是一个艰难且费时的事情。诚然，对京海文学的研究一直以来多集中于小说文体的探索，散文似乎至今尚未出现系统而深入的研究专著。对于京派散文的研究，笔者尝试以逼近散文本体性的研究思路对文学史意义上的京派散文做整体、深入、系统的考察，而对于海派散文的研究则是试着从市民散文与生活散文的角度试图爬梳摩挲。虽设想美好，但结果却常常终于虚愿。我非勤勉之人（不是借口，也非惯性托词），凡事不喜欢用力地想，绝少苦心孤诣，思考的习惯还是相沿弗替，常常止于漂于脑海，加之俗务殷繁，或作或止，乃闲闲出之；此"闲闲出之"非雍容之"闲"，断不是"优裕"之中的精雕细刻。也因于疏懒，资料的搜集很不到位，不少史实的取舍与剪裁多掠美他人，只是未敢简单地把他人材料掇拾成篇，而是努力加以生发，试图对海派散文说得原原本本，来去清晰，得以整体观照。在汲取现有研究成果的基础上，不苟同，不苟异，骛逐新奇，尽最善之力发一孔之见。是我非我，请方家自由判断。但终因缺少一种"十年磨一剑"之心力，匆匆荒唐之语与急中舛讹，在所难免，同求教于方家。不过，"京海"与我，更重要的意义在于有得。我倾心京海，研究的过程也是学习的过程。京派之"雅"及"超越"使我有着向上的仰望，宝有心灵沙漠的幻洲。海派之"俗"让我感到一种切身的真实与活泼的真理，持守一种做人的踏实。而从为学之理路上讲，做研究不应回避重点，甚至应主动挑战重点以及难点。如果把中国现代文学比作一棵大树，而京海派文学无疑称得上主要的枝杈甚至是主干，不了解主干，很难整体了解中国现代文学。故而选择多有研究甚至多有定论的京海文学再做研究，尽管有超越前人艰难的风险，但我更愿意认为是后学者进入现代文学研究的"叩门"，是以后深入研究的总热身。其实，选择了"京海"，也似给自己圈了一块地，留待日后细细地耕作。本人深为钦慕朴实清通，扎扎实实，言必有据，论从史出，对读者受益，对学科有所推动的文字。文字的才情，史学的功力，都是有待提高的，笔者努力也期待着京海散文"学术习作"之后新的纪元与刷新。

时下出书，流行图文并茂。本书也添加了一些插图，图片多为一些老照片，非首次发现，有"效颦"之嫌，然意在使行文活泼，以增阅读的轻松与愉悦。

写完这本小书，循例透漏一下自己的心情，也似一种"存照"。年去年来，在现代文学治小学已十又二年。负笈巴蜀乃为学始。此前戏耍晨昏，懵然长大，心绪茫然而混然，走了很多无头路。写此书的近五年，沧海世事，几多朝夕，感慨亦无量。五年间，皆在劳生途中。为生活计，2008年，别家亲，赴南通。迁折终日，左右旋驰，只赢得几许凉冷。后辗转沪通，泛宅漂萍，乡心难寄，心绪不宁，又空落江城。现寄生民大，南湖的烟景让我欣喜，虽有杂事牵萦，也颇得几分宁静。天空海阔，翱翔天宇，并非我志；秀名远扬，期人慕颂，亦非我愿；奔走举离觞，踏雪留鸿踪，却属无奈。我偏于安静，不喜俗事常袭，嗜好旅行，但厌泛舟终日。保持些许宁静的激情，投入苍苍的学术，会友论道，安心自我，在内心深处存有一点读书人的底气，倒是现在我所奢望的状态与生活。在以后的日子里，希望自己多所振作，安静地读书，安静地做事。一本书的完成，意味着结束，也是一个新的开始，盼望未来的新生活。

在拙作煞笔之际，最不该忘记的是感谢！感谢我的硕士导师曹万生先生在我迷茫之际导我以新路。万生师才华横溢，激情充沛，见广志阔，永远给我以坚持与前进的力量；我的博士导师吴福辉先生绵密细致，雄笔高文，声彩炳焕，永远提醒着我未来的路还很长，要努力、努力、再努力！我的博士后导师陈子善先生谨严莹洁，博观约取，厚积薄发，无征不信的为学之路，也永远暗示着我踏实、虚己与接物。我正在从事的第二站博士后研究的合作导师李俊国先生，深邃大气，机敏灵动，也启发着我的不呆不僵。同样感谢参加我博士后答辩的殷国明先生、罗岗先生、张业松先生、文贵良先生、孙晓忠先生，诸师多有助益的建议及其各自的风采，自是勉励我的动力与咀嚼无穷的精神财富。谈到尊师，绝非炫师以自抬。是感恩，亦愧愤。它让我感到的永远是差距，实难追其辙，总有危惜自我之感，当是一种动力，诚所谓"感谢无似，且谢且奋"。在我生命中有幸遇到的诸师，都有京派的雍容，也有海派的宽量。常娓娓笑言，却如雷贯耳，让我冥然有会。

2012 年，我远从南通大学调到了中南民族大学。感谢罗漫先生、刘为钦先生、杨彬教授、董伟建教授、黄迎新教授对我的抬爱与帮助，感谢彭修银先生、赵辉先生、冯广艺先生、向柏松先生、邵则遂先生、胡家祥先生、高卫华教授等众多师长给予我的温暖；感谢龚举善教授、罗义华教授、肖晓阳教授、宋雄华教授、左洪涛教授、徐红教授、郝永华博士等给予我的兄弟姐妹般的情谊。感谢民大及民大文传院这个通情祥和的大家庭，给予我的心安与愉悦，在不算很长的时间里，我在接受它，亲近它，喜欢它，因为有了它，浮躁喧哗的今天，尚可以存心灵绿洲之一寓，守独行之我素。

感谢我的家人始终如一默默对我的支持、鼓励与关爱。数年来，辗转在外，陪伴他们的太少，损失的亲情太多，这是一生难补的缺憾。

感谢本书的责任编辑陈肖静女士，美编孙婷筠女士，她们的严谨、细心让我钦佩！

今天的学界空气，想说爱他不容易！求速求量，浮躁功利。自非硕儒通才，不能孤高自雄，骨头有点"硬"，断做不了"人精"，不能左右逢源，所想做的，唯闭户息纷，读喜欢的书，写自己的文，如此而已！

系累人生，难以决绝，矛盾总是成捆的！

俗尘之心，自是自贱，超人总是难做的！

不尽美的现实，终需有一个火焰般的梦！

陈　啸

2014 年 10 月记于江城·中南民族大学·青教公寓 D404